約束の河

角川文庫
21672

目次

序章

男の子には誰でも秘密基地が必要だ。誰も知らない洞窟《どうくつ》でもあれば申し分ないが、竹やぶの中や木の上、都会なら団地の踊り場であっても差し支えない。他人に侵されることなく、仲間と共有できる空間でさえあればいいのだ。長じて贔屓《ひいき》の喫茶店や行きつけのバアができるのも、秘密基地で遊ぶ延長に過ぎない。半ば公共の場所であっても、自分の周囲に透明な壁を張り巡らせ、プライベートな空間を作り出すことができる。それは、男が持って生まれた性癖としか言いようのないものだ。

十歳の頃、彼らの秘密基地は、河原に捨てられた車だった。いつ頃からそこに置いてあったのかは分からない。タイヤは四つともなくなり、ボディには斑点《はんてん》のように錆《さび》が浮いていた。屋根の一部には穴が開いており、後部座席の右隅は、その穴から漏れてくる雨の雫《しずく》でいつも濡《ぬ》れて、腐った卵のような臭いを漂わせていた。

席にははっきりとした序列があった。運転席が特等席で、助手席が二番目。濡れている場所の近くは最低で、「貧乏席」と呼ばれていた。彼らは妙に律儀なところがあり、来た順にいい席に座ればいいものを、少なくとも四人の仲間のうち三人が揃ってからジャンケンで席順を決めるのが、恒例の儀式になっていた。

グローブボックスやトランクの中は、格好の物入れになっていた。食料としては、家から持ってきたチョコレートやポテトチップス。回し読みするための漫画。一時はジグソーパズルが大流行したが、一度雨に濡れて駄目になってしまってからは廃れた。トランプはとうとう流行《はや》らなかった。後部座席に座った者からは、前にいる人間の手札が丸見えになってしまうし、前に座った人間が手札を隠そうとして体を捻《ひね》っていると、首が疲れてしまうのだ。

小学校四年生の冬。その日は朝から大粒の雨が降っていた。河原のあちこちに水溜《みずたま》りができ、ふだん水量の少ない川の水も、濁って渦を巻いていた。じゃんけんで勝った小柄な少年がにやにやしながら運転席に座り、景気づけだと言わんばかりにハンドルを叩《たた》く。クラクションはとうに壊れており、ぐらつくハンドルが、今にも脱落しそうにからからと音を立てるだけだった。

「カズ、これで三連勝じゃん」

助手席に座った少年が羨《うらや》ましそうに唇を噛《か》む。カズと呼ばれた少年は、拳《こぶし》で鼻の下をこすった。

「ジャンケンにはコツがあるんだ」

「教えろよ」

「教えたら勝てないじゃん」

　後部座席の左側に座った痩《や》せて背の高い少年は、両手に息を吹きかけながら、二人のやり取りを聞くともなく聞いていた。寒い。その冬、多摩《たま》地区では何度も雪が降った。今は冷たい雨が規則正しいリズムで屋根を叩いているだけだが、そのうち雪になるかもしれない、と少年は思った。

「今日、イズルは？」少年は身を乗り出して、前の座席に座った二人に訊《たず》ねた。

「知らない」漫画に目を落としていたカズが、心ここにあらずといった調子で応じる。

「そのうち来るんじゃないの」助手席に座ったミノルが頭を巡らせ、にやりと笑いかけた。「タカ、あいつが来てもジャンケンのやり直しはなしな」

「何で」タカは唇を捻《ね》じ曲げた。チクショウ、前の座席に移りたい。身をよじるようにして、シートのぐしゃぐしゃになったところからは離れて座っているのだが、それでもあの臭いは鼻の辺りに漂ってくる。雨が降っているので、今日は特に臭いがきつい。

「あ、雪だ」言って、ミノルが薄汚れた窓ガラスに額を押しつける。とうとう降りだしたかと、タカはジャンパーの胸元をかき合わせた。三日前に降った雪が、まだ河原のあちこちに残っている。今年初めて雪が降った時には、大騒ぎして、日が暮れるのも忘れて遊んでいたものだが、何度も続くうちに飽きてしまった。寒いのは嫌いだ、とつくづく思う。ミノルもすぐに関心を失ってしまったようで、持ってきた本に視線を落として一心に読み始めた。

「何読んでんだ」身を乗り出してタカが訊ねた。

「十五少年漂流記」本から顔も上げずにミノルが答える。

「面白いのか」

「面白いよ」ミノルが、苦しそうに首を折り曲げた姿勢を崩さずにページをめくる。こいつ、すぐに目が悪くなるな、とタカは思った。近視になるってどんな感じなんだろう。眼鏡なんかかけて、野球やドッジボールができるのだろうか。ミノルは、家から持ち出した本を何冊もトランクの中に入れている。ここが本棚代わりなのだ。

「おーい、ジャンケンやり直し、やり直し」車の外から声が聞こえてきて、三人は一斉に顔を上げた。雪を避けようと頭に両手を載せ、イズルが走ってくる。いつものにやにや笑いを顔に貼りつけたままで、ばしゃばしゃと水を跳ね飛ばしながら、一直線に車に向かってきた。

「あーあ、やっぱりやり直しかよ。あいつ、いつもこうなんだよな」不貞腐《ふてくさ》れたようにカズが言って、ドアに手をかける。その瞬間、何かの影が迫ってきて車内が暗くなった。黒い羽だ、とタカは思った。巨大な黒い鳥が翼を広げ、車の上に舞い降りてきた。彼らの頭上が、黒い翼で覆い尽くされる。

イズルが何か叫ぶ。黒い影に取りついて暴れているようだが、タカにはまだ事情が飲みこめなかった。次の瞬間、涙がこみ上げそうなほどきつい油の臭いが立ちこめ、強い吐き気を感じた。

「やめろ！」イズルの叫び声が響く。「やめろ、この野郎」

目の前が真っ赤になった。炎が巨大な舌を出しながら襲ってくる。心が恐怖に食い荒らされ、タカは悲鳴を上げた。熱い。熱風が、叩きつけるように吹きつけてくる。ドアに背中をくっつけ、炎から距離を置こうとしたが、どんどん近づいて来て顔を舐《な》めた。このまま僕は丸焼けになるんだと悟り、タカはパニックに陥った。背中に手を回してドアを開けようとしたが、何もつかめない。か細い悲鳴が、目の前に迫る業火に飲みこまれた。

急に体が熱から解放され、天地がひっくり返る。湿った暗い空が広がり、顔に雪がかかった。誰かがドアを開け、車から引っ張り出してくれたのだ。背中が水溜りにはまり、肌が切れそうなほど冷たい水が染みこむ。それで意識ははっきりしたが、腰が抜けてしまったのか、体が言うことを聞かない。

イズルだ。あいつが助けてくれたのだ。イズルはなおも身軽に飛び回り、助手席のドアを引きちぎるように開けると、ミノルの首に両手を回して車から引っ張り出した。ミノルは命綱にしがみつくように本をしっかり摑《つか》んだまま、呆然《ぼうぜん》と口を開けている。

水溜りの中に座りこんだまま、タカはぼんやりと周囲を見回す。黒い鳥だと思ったのは大柄な若い男で、膝《ひざ》まであるコートの裾《すそ》を翻しながら、土手に向かって歩いていた。右足を引きずっている。コートの裾の辺り、黒いズボンのふくらはぎのところで何かが光っているのが見えた。ナイフだ。イズルはここに来る時、いつも万能ナイフを持っているのだが、それを突き立てたのだろう。あいつは、どうしてこんなことができるんだ。自分にはない度胸に驚いて、タカは心臓が爆発しそうに高鳴るのを感じた。

男は慌てる様子もなく、ゆっくりと振り向いた。現場の状況を目に焼きつけようというのか、舐めるような視線を車に注ぐ。目に力がない。口を尖《とが》らせているのは、音をたてずに口笛でも吹いているのかもしれない。何て奴だ。あいつは車にガソリンをぶちまけて、僕たちを焼き殺そうとしたのだ。タカは激しく痙攣《けいれん》する胃の痛みに耐え切れず、拳を腹に押し当て、体を二つに折り曲げた。

イズルは意味の分からない叫びを上げながら、運転席の方に回りこんだ。煙が渦を巻いて車を覆い隠しているが、運転席側がより激しく燃えているのがタカにも分かった。嫌な臭いが満ち、黒い煙が激しい勢いで立ち上がる。

「おい、手伝え！」イズルが叫ぶ。タカは震える両手を地面に突っ張って立ち上がろうとしたが、体が動かない。下半身から力が抜け、自分の意思とは関係なしに膝がぶるぶると震える。隣では、ミノルが低い声を上げながらしゃくりあげていた。

「タカ、手伝えって！　おい、ミノル！」イズルが怒鳴った。「カズが死んじまう」

死ぬ？　どうしてカズが死ぬんだ。そうか、カズは一番激しく燃えている運転席に座っていた。手伝わなくちゃ。そう思っても体は動かず、タカは煙の向こうに見え隠れするイズルの姿をぼんやりと眺めるしかできなかった——次の瞬間、激しい爆発音と同時にボンネットが吹き飛ぶ。車のガソリンに燃え移ったのだろうか。いや、そんなはずはない。この車はずっと空き地に置きっぱなしになっていたのだ。ガソリンなんか入っているはずがないのに。

「イズル、危ない！」タカは声を限りに叫んだ。喉《のど》が細くなってしまったようで、声を出すだけで息が詰まりそうになる。イズルが叫び返した。

「ここは俺たちの場所なんだぞ。俺たちの川なんだぞ。誰にも渡さ——」イズルが叫んだが、煙を吸いこんだのか、言葉の最後は激しい咳《せ》きこみの中に消えた。

一際高く炎が曇天を焦がし、タカは涙が頬を伝い始めるのを感じた。車の中は煙で濃い灰色に染め上げられ、オレンジ色の炎が時折太い舌になって車内を舐め回した。何かが動く。カズ！　カズ、車から出られないのか。炎の中、人影が操り人形のようにぎこちなく左右に揺れる。一瞬、顔が見えた。蠟燭《ろうそく》のようだ、とタカは思った。髪が燃え上がり、顔が火ぶくれで赤くなっている。握り締めた拳に指は見えなかった。

「チクショウ！」悲鳴のような叫びとともに、イズルがタカの方に転がってきた。異臭が鼻を突き、タカは再び体を折り曲げて自分の足の間に吐いた。吐き終わるのと同時に、じゅっという異様な音が耳に突き刺さる。イズルが地面に体を横たえ、右手を水溜りの中に浸していた。のろのろと片膝《かたひざ》をつき、左手で右の二の腕をきつくつかんで持ち上げる。セーターが肩のところからなくなり、腕全体から煙が立ち昇っていた。腕は一本の太い木炭に変わっていた。

「腕が……」イズルが呆然と自分の腕を見詰める。次の瞬間には地面に突っ伏し、動かなくなった。

「イズル！」辛うじて声は出たが、タカは依然として動けなかった。イズルは死んでしまったのではないか。カズは大丈夫なのか。ミノルの方に目を向ける。まじまじと目を見開いて何かを見ているようだったが、突然糸が切れたようにばったりと地面に倒れ、気を失った。

遠くで消防車のサイレンが鳴る。ボンネットの中で小さな爆発が起き、タカは震える手で耳を塞《ふさ》ぎ、目をきつく閉じた。そうやって悪夢の全てを消し去ろうとしたのだが、聴覚と視覚が消えると、先ほどまで見ていた光景がますます鮮明に脳裏に蘇《よみがえ》る。炎の中で身をくねらせるカズ。燃える腕を濁った水溜《みずたま》りに浸したイズル。気を失ったミノルに柔らかく降り注ぐ雪。


タカは救急車に押しこまれ、毛布二枚で体を包《くる》まれたが、震えは止まらなかった。隣に座ったミノルの歯もかたかたと鳴っている。窓の外に目を転じると、担架に乗せられたカズの遺体が隣の救急車に運ばれてくるところだった。毛布がずれ、濃い茶色の枯れ木のようになった腕が突き出る。悔しそうだ。虚空を摑み、結局何もなかったと気づいて唇を嚙《か》む様が目に浮かぶ。あいつはいつもそうだ。ジャンケンだって本気でやる。勝てば得意気に鼻の下を擦《こす》り、負けると血が出そうなほどきつく唇を嚙み締め、自分が勝つまで何度でも勝負に挑む。

負けたんじゃないぞ、お前は。そもそもこれは、勝負なんかじゃなかったんだから。いかれた奴が面白半分に火を点《つ》けたんだ。そんなこと、避けようもない。僕たちは何も悪くないし、誰かに責められることもない。

カズの代わりにあの担架に乗っていたのは自分かもしれないと思い、タカはまた吐き気を感じた。イズルが助けてくれなければ、今頃どうなっていただろう。それにしても、イズルの腕は大丈夫だろうか。黒焦げの腕。枯れ枝のようになった腕。野球をやる時の、惚《ほ》れ惚《ぼ》れと見とれてしまうようなグラブさばきをまた見ることができるのだろうか。

先に走り去った救急車に運びこまれた時、イズルは半分気を失いながらも、タカに呼びかけた。負けるなよ。また戻ってこような。絶対この川に戻ってこような。ここは俺たちの場所なんだ。誰にも渡さない。

分かってるよ。ここは俺たちだけの場所だ。こんなことぐらいで、怖がって手放すわけにはいかない。約束だ。きっとまた戻ってこよう。そして何もなかったことにして、今までと同じように遊ぶのだ。

いや、決して今までと同じにはならない。カズはもういないのだ。明日からは、まったく違う日々が始まる。

その日タカは、一時《いちどき》に多くのものを失った。全てが、どんなにあがいても決して取り返すことのできないものばかりだった。

第一章

俺は、こういう目をした男に世界中で会ってきた。ストックホルムで。モロッコのラバトで。メキシコのロス・カボスで。濁った胡乱《うろん》な目には何も映っていない。それがヤク中に特有の目つきである。人種にも国籍にも関係なく、奴らはドラッグという共通の言語で結ばれた新しい人類なのだ。

サンティアゴの酒場で見かけた初老の男は、真っ黒なカウンターの上で乱暴にコカインの袋を引き裂いた。細い一本の線を引き、ストローか何かで吸うのだろうと思っていたら、そうする手間さえ惜しいように、手の甲にこんもりと盛って顔を近づけた。鼻をぐずぐず言わせながら顔を上げた時には、目は虚《うつ》ろな二つの穴になっていた。

ロスのバアのトイレでは、丸太のような腕にチューブを巻き、浮き上がった血管に注射針を突き立てている最中の男と出くわしてしまったこともある。便器に座ったその男は、ジッパーを弾《はじ》き飛ばしそうなほど激しく勃起《ぼっき》していた。汚い歯を見せてにやりと俺に笑いかけると、次の瞬間には脳みそから溢《あふ》れ出る恍惚《こうこつ》を閉じこめようとするように、固く瞼《まぶた》を閉じた。

今日俺はまた、同じ目をした男に会った。誰かが俺の心臓を鷲摑《わしづか》みにして激しく揺さぶったように、胸が痛む。まさか。どうしてあいつが——いや、意外ではあるが不思議ではない。ドラッグは今や、世界共通の言語なのだ。あいつだけが絶対に手を出さないという保証などない。

最初は、俺が誰なのかさえ分からなかったようだ。確かに会うのは三年ぶりだったし、俺は顔中髭《ひげ》を生やしていたから分からなくても仕方ないと思ったが、すぐに、あいつの脳から俺という人間の記憶そのものが抜け落ちているのだと気づいた。「やあ」と力ない声で挨拶《あいさつ》してから、しばらく内容のずれた会話が続く。昔からいつも自信のなさが顔に出る男だったが、その時は、おどおどとした目に恐怖の色さえ浮かんでいた。何分か経ってからようやく俺の名前を思い出したようだが、手遅れというものである。その時点で俺には分かってしまった。しきりに鼻を啜《すす》り上げ、うろうろと落ち着きなく視線を這《は》い回らせるこの男は、全身をドラッグに支配されてしまったのだ。ほどなくげっそりと疲れ果て、道端に座りこんで立ち上がれなくなってしまうだろう。とりあえず生き残るためには別の薬が必要になる。

耽溺《たんでき》してもいい。そもそも人は誰でも、何かに溺《おぼ》れなければ生きていけないのだから。薬であれ、酒であれ、愛であれ。だが、何かに頼りたいというなら、俺を頼って欲しかった。助けが必要なら、呼んで欲しかった。どこにいたって、お前のためなら駆けつける覚悟があったのだから。

胸の中で、長年馴染《なじ》んだ後悔の念が燻《くすぶ》り始める。俺はいつも、確固たる信念を抱いて生きてきた。だが、その信念は往々にして間違ったものであり、何年も経ってから俺を苦しめ始める。さながら、忘れた頃に地雷を踏んだ少年が脚を吹き飛ばされるように。

――「業火」第一章

事務所は静まり返っていた。午後三時。階下の商店街の喧騒《けんそう》が間断なく忍びこんでくるが、凍りついた沈黙を打ち破るほどの力はない。埃《ほこり》っぽく冷たい空気が淀《よど》んでいる。いつもは、「うるさい」と声を張り上げても聞こえないほどざわついているのに。北見《きたみ》貴秋《たかあき》は、入り口から一歩事務所に入っただけで、静けさを壊すのを恐れてその場に立ち尽くした。おかしい。明らかにおかしい。

誰もいない。ふだん、「南多摩《みなみたま》法律事務所」の午後三時はラッシュアワーのような騒々しさなのだ。この事務所に勤める弁護士は五人、事務員は四人。それに対して、持ちこまれる相談や訴訟の数が多過ぎる。こんな静かな日は年に何度もない――いや、静かというわけではない。これは廃墟《はいきょ》だ。北見は、疫病で滅びた都市に足を踏み入れてしまったような薄ら寒さを感じた。

ビルの二階部分全てを占めるこの事務所は、中央部分が事務スペースで、その周囲を五つの小部屋が取り囲んでいる。天井まで高さのあるパーティションで区切っただけだが、一応そこが弁護士に与えられた個室なのだ。北見が望み、結局得られなかった小さな空間。先代の所長――彼の父親――の部屋は、とうに他の弁護士に譲り渡していた。

「僕が使う」とは言い出せなかった。

　両手で頬をこすり、トイレに足を運ぶ。顔を洗おうと洗面台の蛇口を捻《ひね》ると、少し間が空いてから水がほとばしり出た。手が切れそうなほど冷たい水で顔を洗い、身震いしながら手探りでタオルを引き寄せる。ごわごわと硬い感触が顔を不快に刺激し、嫌な臭いが鼻を突いた。長いこと放置しておくと、タオルはこんな臭いを発するようになる。

　体の芯《しん》が熱く、足元がふわふわとおぼつかない。朝、病院を出た時は頭がすっきりして、体調も良かったのに。デスクの一番下の引き出しに、バーボンが入っているのを思い出す。確か、まだ封を切っていないのが一本あったはずだ。そいつがあれば、とりあえずは何とかなる。家に帰る前に気持ちを落ち着かせることができればいい。

　窓際にある自分のデスクに向かう。北見が名刺に所長の肩書きを刷りこんだ時は、他の事務員のデスクとくっつけて置いてあった。せめて他のデスクと離して置くことで、自分が所長になったことを強調したつもりだったが、結局それは、孤立への第一歩に過ぎなかった。

　ぎしぎしと音を立てる椅子に腰を下ろし、上から順番に引き出しを開けていく。何かここに残しておかなかっただろうか。小さな青いカプセル、赤い錠剤。純粋な白に限りなく近い色の粉末。屈《かが》みこんでいるうちに、眩暈《めまい》がひどくなってきた。まずい。もう完全に治ったと思っていたのに。やはり薬の助けが必要だ。こんな時はスピード系に限るのだが。瞬時に意識が尖《とが》り、周囲の状況が完璧《かんぺき》に把握できるようになる。いや、こんなところにドラッグがあるわけがない。誰かの目に触れるような場所には、絶対に置いておかないようにしていたのだから。買ったらすぐに使い切る。証拠は一切残さないのが北見のやり方だった。

　空しい探索の最後に、一番下の引き出しにたどり着く。記憶にあった通り、丸みを帯びた四角い瓶のバーボンが待っていてくれた。埃を被《かぶ》ったグラスと一緒に取り出し、蓋《ふた》を開ける。トレイナーの袖口《そでぐち》を使ってグラスの埃を拭《ぬぐ》い、二センチほど注いで目の高さまで持って行こうとしたところで、一通の封書がデスクに載っているのに気づいた。

「北見貴秋様」と宛名《あてな》があるだけで、切手は貼っていない。手に取って裏返したが、差出人の署名すらなかった。目をすがめ、午後の太陽が眩《まぶ》しく射しこむ窓の方にかざして、中身を読み取ろうとする。案外分厚く、逆光の中で封筒は黒い長方形の影を作るだけだった。バーボンを一口呑《の》み下す。胃の中で落ち着くのを待ってから封を開け、人差し指と中指でつまんで中身を引っ張り出した。読み進むに連れて、眉間《みけん》の皺《しわ》が深くなる。

「北見貴秋様

　あなたの所在が分からなくなってから一か月になります。あちこちを探しましたが、とうとう見つけ出すことができませんでした。奥様は居場所をご存知のようでしたが、どうしても教えてくれません。

　スタッフで何度か話し合いを持ち、これ以上この事務所を維持していくのは不可能だという結論に達しました。所長がいない状態では様々な不都合が生じるのです。我々にも生活があります。あなたがいない状態で事務所を解散することはできませんので、全員で辞表を提出させていただくことにしました。

　各人の連絡先は、別紙にある通りです。万が一事務所に戻られて、我々と話し合いを持たれたい場合は、ご連絡いただけると幸いです。

南多摩法律事務所　職員一同」

　北見は大きく溜息《ためいき》をついて、手紙を封筒に戻した。日付は四週間前。それ以来、この事務所はずっと無人だったのだろう。要するにみんな、ここを見捨ててさっさと逃げ出したわけだ。だったらせめて、電気や水道の契約ぐらいは解除してくれればよかったのに。これではまるきり無駄ではないか。紙に書かれた連絡先をちらりと見ただけで、封筒に押しこんだ。

　北見が二か月ほど姿を消していたことは、連中にも格好の口実になったのだろう。何もしない、何もできない所長のところから逃げ出すために、これほどの好機はない。

「まあ、いいさ」強がりの言葉が、冷えた空気の中で凍りつく。地元の信用金庫の名前が入ったメモ帳を引き寄せ、ボールペンで「南多摩法律事務所」と乱暴に書きつけ、それを二本の横線で消した。もう一度。さらにもう一度。しまいには、黒々とした一本の太い線だけが残った。

引き出しから鍵《かぎ》を取り出して立ち上がり、腿《もも》の辺りまである大きな金庫の前でしゃがみこむ。暗証番号を覚えていることに驚いた。多くの記憶が抜け落ちてしまっているのに、こういうことは脳に染みついているものだ。右へ二回以上回して一度十五に合わせ、それから左へ回転させて七。かちりと軽い金属音が響いて金庫が開いた。この事務所が入っているビルの登記簿と、事務所の法人登記を取り出す。連中もここまでは手をつけていなかったようだ。そもそも、このビルや法人としての事務所にさほどの魅力を感じていたとも思えない。事実、「新しい場所に引っ越そう」という声が定期的に上がっていたぐらいだった。

北見はそういう希望に一切耳を傾けなかった。あいつらの言うことを一々聞いてやる必要などないし、亡き父から相続したこの建物は、北見がすがりつける唯一のものでもあったから。

「それでもまだ、不動産はあるわけだ」確認するようにつぶやいてみた。強がりに過ぎないことは自分でも分かっている。この瞬間の北見が失業者であり、明日から何もすることがないという事実に変わりはないのだ。

倒れこむように椅子に腰を下ろす。グラスを手の中で揺らしながら、ゆっくりと椅子を回して窓の外を見やった。「南多摩法律事務所」の看板が目に入る。思いついて職業別電話帳を引き寄せ、看板屋を探した。立場的には、北見は弁護士ではなく、ただの法律事務員である。弁護士が一人もいないのに、いつまでも法律事務所の看板を掲げていたら、一種の詐欺ではないだろうか。さっさと外すのが筋なのだが、業者に頼んだら幾らかかるだろう。自分でやってみるか。そして足を踏み外して頭から道路に落ちる。馬鹿者の最後には、そういう間抜けな事故が相応《ふさわ》しい。

酒をもう一口。喉《のど》を焼き、胃に染み渡る感覚をゆっくりと味わう。アルコールはほぼ二か月ぶりだったが、頭がうっとりと痺《しび》れる心地良い感触に変わりはなかった。これはこれで悪くない。ドラッグに手を出す前は、酒にもずいぶん助けてもらったのだから。もう一口呑むと、グラスが空になる。ゆっくりと次の一杯を注ぎ、顔の高さにグラスを掲げると、琥珀色《こはくいろ》の液体の中に娘の明日菜《あすな》と妻の香織《かおり》の顔が浮かんだ。何度首を振っても、瞼《まぶた》をきつく閉じても、目の奥に張りついたまま離れない。長く息を吐いてから、一気に二杯目を呑み干した。グラスをデスクに置き、「どうでもいいか」とつぶやく。このまま死ぬまでここに座っていよう。どうせどこへも行けはしないのだ。これまでの生活と縁を切って、一からやり直さなければいけないのは分かっているが、新しく何かを始めるには僕は年を取りすぎている。かまうものか。このままここで首をすくめて穴に籠《こも》ったまま、あらゆる災厄をやり過ごしてしまおう。

だが、どんなに深い穴に隠れていても、真上からトラブルが降ってくることもある。そうなったら、逆に逃げ場はない。

デスクに両足を乗せてぼんやりと窓の外を眺めているうちに——と言っても、事務所の看板と隣のビルしか見えないのだが——いつしか眠りに引きこまれていた。遠慮がちなノックの音が聞こえた途端に現実に引き戻され、バランスを崩して椅子から転げ落ちそうになる。細い肘掛《ひじかけ》をつかんで体を支え、耳を澄ました。ドアの外の薄暗がりの中に誰かがたたずんでいる気配が感じられる。一瞬体を起こしかけたが、北見の腰は結局、再び椅子に沈みこんだ。

口の中に金属の嫌な味が広がる。ちらりとバーボンの瓶を見ると、いつの間にか中身が三分の一ほど減っていた。一度ドラッグにはまった者は、たとえドラッグと縁が切れても、他の何かに耽溺《たんでき》する可能性が高い。あの医者はそんなことを言っていた。知ったようなことを。

「あの」震える声が耳に届いた。肘掛をつかんで何とか座り直し、ドアの方に目をやる。目を細め、デスクに置いた眼鏡を引き寄せた。視界がはっきりすると、逆に混乱に追いこまれ、鼓動が高鳴る。

服部奈津《はっとりなつ》がドアのところに立っていた。ベージュ色のトートバッグのストラップを握り締め、何かを確かめようとするように事務所の中を見回す。北見の姿を認めると、ほっとしたように笑みをこぼした。その表情には、十七歳の名残が未《いま》だに見て取れる。北見はグラスにわずかに残っていたバーボンを一気に呑み干し、喉の渇きを抑えつけた。相変わらず、喉から心臓が飛び出してしまいそうだった。

どうして慌てる必要がある？　とうの昔に切れた関係だと思っていたのに、僕の中ではまだ気持ちが残っていたのだろうか。いや、違う。不意打ちだからだ、と自分の中で結論づけた。長年会ったことのない友人が急に訪ねてきたら慌てる、それと同じことではないか。

奈津が口を開きかけたが、言葉は出てこない。辛うじて浮かべていた笑みも消え、今は口元が痙攣《けいれん》するほど緊張していた。結局、北見が先に喋《しゃべ》らざるをえなかった。

「営業中じゃないんだけど」

奈津が真顔で唇を噛《か》み、首を横に振る。

「仕事の話じゃないの」

「そうか」

「入っていい？」

「もう入ってるじゃないか」言いながら北見は立ち上がった。その瞬間、自分の靴が立てた情けない音が耳に入る。スニーカーのソールがはがれかけ、歩く度に床を叩《たた》くのだ。靴だけではない。髪はだらしなく伸びっぱなしで耳が隠れているし、無精髭《ぶしょうひげ》というには長すぎる髭《ひげ》が顔を汚している。膝《ひざ》の破れたズボン、襟ぐりが広がって鎖骨が覗《のぞ》くトレイナーは、病院に担ぎこまれた時に着ていたものらしいが、それにしても、これではまるで浮浪者ではないか。病院内では制服のようにグレイのジャージを着せられていたので、今日逃げ出そうとするまで、自分の服がどうなっているか、まったく知らなかったのだ。

早朝、「退院します」という書き置きだけを残し、埼玉の山の中にある病院を抜け出した。駅を探して数時間歩き、やっと事務所のある街に帰ってきた時には午後になっていた。体調がおかしいのはそのせいだと自分に言い聞かせる。

ソファをさっと掌《てのひら》で掃《はら》い、埃《ほこり》が積もっていないのを確認してから、座るよう奈津に促す。彼女はトートバッグを膝に抱き、遠慮がちに浅く腰を下ろした。地味なクリーム色のパンツスーツに、ヒールの低いパンプス。くすんだ黄色のコートはきちんと折り畳んで自分の脇に置いた。高校生の頃に比べると、少し体が丸みを帯びている。肩まであった髪が短くなっていたせいか、ヒマワリが咲いたような丸顔は一層強調されていた。

「コーヒーでも」と言いかけたが、冷蔵庫には水ぐらいしか入っていなかった、と思い出した。結局何もせず、無言で彼女の向かいに座る。北見は彼女の顔を正面から見ることができず、いじいじと爪をいじった。

「久しぶりだね」ようやく顔を上げ、無理に笑みを浮かべてみた。彼女は何も言わずにうなずくだけだったが、すぐに呆《あき》れたように口を小さく開いたまま、事務所の中をぐるりと見回した。

「どうしたの」

北見は黙って首を振った。何と説明したらいいのだろう。

「どうしたって、何が」

「この事務所。何だか……」

「ああ、ここか」北見は奈津の言葉を中途で遮った。「潰《つぶ》れたんだ」

「潰れた？　本当に？」奈津がわざとらしく目を大きく見開く。大袈裟《おおげさ》な表情の割に、声には驚いた調子がない。そういう態度も昔と変わらなかった。

「そうらしいね」

「らしいって、あなたの事務所でしょう」

北見は口をつぐんだ。慎重に言葉を探し、うつむいたままぼそぼそと答える。

「しばらくここには来てなかったんだ」

疑わしそうに奈津が目を細める。昔からこうだった。時折見せる、人の心の底まで見透かそうとするような目つきは今も変わっていない。だが、実際の彼女はそれほど鋭い女ではない。いつも何か勘違いして、一人大騒ぎするのが常だった。

「実は、入院してててね」

「病気だったの？」何とか意味のある回答を引き出そうとするように、奈津が身を乗り出す。

「ああ」北見はさっと唇を舐《な》めた。無性に喉が渇く。視線が、アルコールを求めて彷徨《さまよ》った。「それより、何の用かな」

僕に用なんかないだろう、という捨て台詞《ぜりふ》を、北見は辛うじて呑《の》みこんだ。奈津がこの事務所を訪ねてきたことは一度もない。それどころか、高校を卒業してから、会うのは今日が初めてだった。二人とも同じ街に住んでいるのだから、偶然出くわしてもおかしくないようなものだが、北見は無意識のうちに奈津を避けていた。どこかで見かけたことがあるかもしれないが、見なかったことにしてしまったのかもしれない。

奈津が座り直した。トートバッグのストラップを握る手に力が入り、手首に血管が浮き上がる。

「あの」

「何」

「本当に入院してたのね」

「ああ。今日退院したばかりだ」退院という嘘に、北見の胸はかすかに痛んだ。

「じゃあ、知らないの？」

「何を」

北見は右手の人差し指で、膝頭《ひざがしら》をリズミカルに叩いた。昔からそうだ。彼女はいつも、肝心の話題にすぐに入らない。自分が言わなくても、聞いている方が察するのが当然だとでも言いたげに、核心の周辺をうろつくだけなのだ。

「なあ、いったい何なんだ」北見は拳《こぶし》を固めて腿《もも》を叩いた。奈津の体が強張《こわば》る。口をぎゅっと引き結んだが、やがて諦《あきら》めたように言葉を押し出した。

「死んだの」

「誰が」

「出流《いずる》」

北見はソファの肘掛《ひじかけ》を掴《つか》み、何とか姿勢を保とうとした。体に力が入らない。腕がぶるぶると震え、やがてその震えが唇まで上がってきた。今川《いまがわ》出流。その名前を「死」と同じ文脈の中で聞く羽目になるとは。君は嘘をついている、という悲鳴が口を突いて出そうになる。が、目の前で涙をこぼす奈津の姿からは、嘘の欠片《かけら》さえも感じ取ることができなかった。

奈津は酒を拒まなかった。冷蔵庫に残っていたミネラルウォーターでバーボンを割ってやると、ゆっくりと一口呑んで溜息《ためいき》をつく。目の端に涙が浮かんだ。人差し指で拭《ぬぐ》うと、グラスを両手で包みこんだまま、両肘を膝に乗せて前屈《まえかが》みになる。

「いつ？」訊《たず》ねて、北見は自分のグラスを取り上げた。かつかつと甲高い、不快な音がする。指が震え、結婚指輪がグラスを叩いているのだ。入院している間に緩くなって、勝手に動くようになってしまっている。その音に耐え切れず、慎重にグラスをテーブルに置いて指輪を深くはめ直した。

「二か月前。九月二十五日よ」

北見が入院した頃だ。たぶん入院中のことである。その前なら、いくら何でも耳に入っていたはずだ。

「どうして」

「溺《おぼ》れたの」

「溺れた？」北見は、今川の顔を思い浮かべた。右手を失うまで、今川は仲間内で一番泳ぎが上手《うま》かった。だが、片腕になって変わった。「泳げるわけないだろ」と、かつて右手があった辺りを見下ろしながら溜息をついていたのを思い出す。

「場所は」

「矢萩川《やはぎがわ》」

頭を殴られたように痛みが走った。目の奥で稲妻が光る。クソ、僕たちは呪われているに違いない。あの川は、僕たちを永遠に縛りつけるつもりなのだ——まるで悪意を持っているかのように。

「何であんなところで」

奈津の表情が一気に暗くなった。目を伏せ、視線をグラスに注ぐ。ようやく顔を上げた時には、目が濡《ぬ》れていた。

「分からないのよ」

「分からない？」自分の声が非難がましくなるのを感じながら、北見は問い詰めた。

「人が一人死んでるんだぞ。分からないってことはないだろう」

「橋から落ちたの」

「橋って、もしかしたら思居橋《おもいばし》か」

奈津が黙ってうなずいた。子どもの頃、みんなでよく遊んだあの場所。水の冷たさ、肌を撫《な》でるススキの感触、裸足《はだし》に突き刺さる石の痛み——そしてそれ以上に、自分たちが死にかけた事実が、記憶の中の大きな部分を占めている。顔を舐める炎。悲鳴。肉が焼ける、吐き気をもよおす臭い。肉体的に傷は残らなかったが、北見は今でも時折、頬の辺りに引き攣《つ》るような痛みを感じることがある。まるで、死んだ藤山和俊《ふじやまかずとし》の痛みを引き継いだように。

「何であんなところで」搾り出した声が無様に潰れた。矢萩川は多摩川の支流で、思居橋は二車線の道路が走る橋である。歩道はあるが、歩いて渡る人はほとんどいない。北見は、無理に咳払《せきばら》いをしてから質問を続けた。

「事故なのか」

「それが、はっきりしないのよ」奈津が首を傾げながら言う。グラスを乱暴に傾け、残った酒を一気に喉《のど》に流しこんだ。顔をしかめ、音をたてて空のグラスをテーブルに叩《たた》きつける。一瞬彼女の目がボトルに行ったが、北見はそれを無視した。奈津は少し不安定になっているようだし、酔いがさらに彼女の精神状態を悪化させるであろうことは間違いない。この先泣き出すのか、突然怒りをぶちまけるのか、暴力を振るうようになるのか。どんな反応であっても、北見には抑えられそうもなかった。

「警察は何て言ってるんだ」

「自殺にしたいみたいね。事件になったら、いろいろと面倒なんでしょう」

「自殺にしたい？　面倒？　冗談じゃない。まともに捜査したのかよ」

「私を責めないで。おかしいと思うなら、あなたが訊《き》いてみてよ」挑みかかるように奈津が言った。「弁護士なんだから、私たちよりは、警察とも話せるんでしょう」

「僕は弁護士じゃないよ」北見は静かに訂正した。弁護士の業務を事務的に補佐している　るだけ。その説明を今までに何十回、何百回繰り返しただろう。父親が名の知れた弁護士だったし、その事務所で働いているから、この街の人たちは北見も弁護士だと思いこんでいる。それを一々否定して回るのにも疲れていた。自分はとうとう司法試験に合格できなかった。馬鹿なんです。努力が足りませんでした。そんなことを言い続けているうちに、北見は自分が本当に最低の人間だという烙印《らくいん》を、自分で心臓に押してしまった。

「ああ、ごめんなさい」素っ気なく言って、奈津が物欲しそうにグラスを指先で撫でた。ふだんからアルコールとは縁の切れない人間のようである。北見は、手探りでボトルに蓋《ふた》をした。

「葬式は」

「とっくに終わってるわ。妹さんがアメリカから来て。もう、ご両親のお墓に入ってるわよ」

「彩乃《あやの》が来たのか」北見はソファの肘掛を掴んで身を乗り出した。あまり仲の良くない兄妹《きょうだい》だったが、葬式となると、たった一人の肉親が顔を出さないわけにはいかなかったのだろう。

「そう。お葬式を済ませたらさっさとアメリカへ帰ったけど。弁護士さんは忙しいみたいね」皮肉をたっぷりまぶして奈津は吐き捨てた。葬式の席で何か言い合いでもしたのだろうか。

「あなたのこと、探したの。ずっと探したのよ」奈津が両手を胸に押し当てた。

「ああ」

「親友だもんね」

「そうだな」

「家にも電話して……したくなかったんだけど。奥さん、すごく素っ気なかったわよ。お教えできませんって繰り返すだけで。いったいどういうことなの。入院してたって、連絡ぐらいはとれるでしょう」

遠慮なしに奈津が詰《なじ》る。その勢いに、北見はもごもごと言い訳するしかできなかった。

「僕が頼んだんだ。人に知られたくなかったから」

「変ね」その一言は、北見の喉元《のどもと》に確かに切っ先を突きつけたが、幸い彼女は、それ以上追及しようとしなかった。

「一か月ぐらい前から事務所も閉まってたでしょう？　だから、どうしようもなくて。それが、今日近くを通りかかったら灯《あか》りが点《つ》いてたから」

「ああ」北見はゆっくりと両手を握り合わせた。自分の指なのに、ひどく頼りない感覚しか伝わってこない。

「お葬式ぐらい、顔を出して欲しかったわ」

「すまない」北見は頭を下げた。不意に涙がこぼれそうになる。

「私に謝ってもらっても仕方ないわ」奈津が溜息をつき、顔をそむける。

「だけど君は、僕を探してたんだろう。悪かった」さっと頭を下げてから、北見は何かがおかしいと気づいた。奈津と今川は、ずっと没交渉になっていたはずである。特に七年前、今川が日本を離れたのをきっかけに、完全に別れたものだと思っていた。北見はそれらの疑問を短い質問にまとめ、柔らかい言葉に変えて彼女にぶつけた。

「君は、今川と会ったのか」

「会ったわよ」

「そうか。あいつ、帰ってきてから一度だけ僕に電話をくれたんだ。その時に会おうっていう話はしたんだけど、タイミングが合わなくてね」

熱に浮かされたような今川の声を思い出す。一冊本を出して、生来の自信と傲慢《ごうまん》さがさらに膨れ上がったようであった。しかし、機関銃のように彼が吐き出した言葉の一つ一つをはっきりと思い出すことはできない。ただ彼がひどく興奮していた、その事実だけが脳裏に残っている。あまりにも異様な興奮に気圧《けお》されてしまい、積極的に「会おう」と言えなくなってしまったのも事実だ。

「電話で話しただけだったのね」奈津が小さく、素早く首を傾げる。

北見はじっと奈津の顔を見詰めた。何か変なことを言ったか？　いや、思い当たる節がない。

「ああ。それより君は、どうして今川と会ってたんだ」

北見の質問に、奈津が不思議そうに目を細めた。

「だって、彼と結婚する予定だったから」

まただ。またあの空疎な感覚が襲う。体の力が抜け、北見は床にへたりこみそうになった。椅子の肘掛を摑《つか》んだ手がぶるぶると震える。

「何で驚いてるの」奈津が不審そうに目を細める。どうして知らないのかと、訝《いぶか》るような様子だった。

「何でって、初耳だからだよ。いつの間にそんなことになったんだ」

一瞬、奈津が呆《あき》れたように口を開いた。首を振って煙草を取り出し、火を点ける。北見は綺麗《きれい》に掃除してあったガラスの灰皿をキッチンで見つけて持ってきた。神経質そうに、奈津が灰を叩き落とす。

「君がまだあいつと会ってたとは思わなかった。海外まで追いかけて行ったのか」

「まさか。そんな時間はないわよ。これでも一応、会社が忙しいんだから」そうだった。噂で聞いたことがある。奈津は、短大を出て就職した信用金庫を数年前に辞め、今は友人たちと編集プロダクションを経営している。仕事の内容まで詳しくは知らないが、土日もないほど仕事に追いまくられているであろうことは想像がついた。

「じゃあ、どうして」

「急に決まったの。彼が日本に戻ってきて久しぶりに会ったら、何だかそんな話になっちゃって」溜息《ためいき》と一緒に、奈津が言葉を押し出す。

にわかには信じられなかった。高校生の時から、この二人はずっとくっついたり離れたりを繰り返してきた。そういう愛憎劇を、北見は噂として聞いていただけだったが——確かめるだけの勇気はなく、二人が巻き起こす嵐からはできるだけ距離を置くように努めていた——この二人には何か致命的な問題があるのではないかといつも疑っていた。激し過ぎる。激しく愛し合い、激しく衝突し、やがては紅蓮《ぐれん》の炎の中で互いの身を滅ぼす。それが、結婚などという、一番安定した関係に落ち着くとは。

「あいつも、ようやく地に足をつけて暮らす気になったわけだ」茶化すように言うと、奈津が一瞬北見を睨《にら》みつけた。が、すぐに表情を和らげる。

「作家って、地に足がついた仕事じゃないわよ。いつ書けなくなってもおかしくないでしょう」

「でも、処女作は売れただろう。あいつ、散々自慢してたよ。それで、生活の基盤はできたんじゃないか」今川が本を書いたという事実は、北見を心底驚かせた。それでも、新聞の広告で盛んに増刷を宣伝しているのを見て、妙な安心感を覚えたのも事実である。これであいつも落ち着くのではないか。本を一冊出すということは、ある意味社会的責任ができるということである。いつまでも自分勝手に、好きに生きていくわけにはいかない。

「それはそうだけど、一生遊んで暮らせるようなお金を稼いだわけじゃないから。それに、お金の問題じゃないのよ」

「大事なのは次の小説、か」

「そう。書くために日本に戻ってきたんだから」

「そうか」

北見は、奈津の顔を隠すように立ち上る煙草の煙をじっと見つめた。奈津がふっと顔をそらす。

「心当たりはないのか？　その、どうして――」言いかけて、北見は口を閉ざした。

「死」という台詞《せりふ》を口にしたら、また全てがくずおれてしまいそうだった。

「分からない」奈津が力なく首を振る。自分を責めるような調子だった。

「婚約者なのに？」つい疑問が口を衝《つ》いて出る。奈津の言い分は、北見にとっては矛盾だらけだった。

奈津が溜息と一緒に言葉を吐き出した。

「あの人、昔から何考えてるのか、分からないところがあったじゃない。行動パターンも全然予想できないし。だから私たち、普通の婚約者みたいなことは何もしてないのよ。式場を探すとか、不動産屋を回るとか、食器を揃えるとか……もう三十五歳だしね。でも今考えてみると、話だけが上滑りしてたみたい。自分でも全然実感がないのよ」

「確かにね。あいつがそういうことしてるの、想像もできないな。まともな結婚生活には縁がないようなタイプだからね」

ふと北見は、今川の小説『極北』の内容を思い出した。去年出版されてから、何度読み返したことだろう。家に一冊、事務所にも一冊置いてある。その中で彼は、世界各地で出会った女性たちとの激しい情事を生々しく綴《つづ》っていた。三人称の記述だが、主人公はどう考えても今川の投影である。全ての出来事が、彼の想像の産物だとは考えにくかった。奈津も『極北』は読んでいるはずである。世界各地に撒《ま》き散らされた今川の女性遍歴を、彼女はどう感じたのだろうか。

「何か、冗談みたい」

「そうだね」冗談ならいいんだが、と北見は奈津に聞こえないように小声で言った。突然破顔一笑して、彼女が「嘘よ」と告白しても、今ならまだ許せる。

「だって、いきなり日本に帰ってきて、急に結婚しようって言われて……それですぐ死んじゃうんだから。そんなのってないよね」鬱積《うっせき》した不満を押し出そうとするように、奈津が力なく溜息をつく。

「分かるよ」

「でも、今さら何言っても、彼が帰ってくるわけじゃないし」

奈津は、今川の残像を必死に忘れようとしているのだろう。その気持ちは分かるが、たぶん拭《ぬぐ》い去ることはできないはずだ。こんなところへ来るべきではなかった。僕と話していれば、嫌でも今川のことを深く思い出してしまうのだから。

「調べてみる」

「え」奈津が顔を上げた。

「僕は納得できない。絶対おかしいよ。警察は自殺だって言うかもしれないけど、あいつは一番自殺しそうもないタイプじゃないか。それにもしかしたら、僕がいればあいつも死なないで済んだかもしれない。このままじゃ寝覚めが悪いよ。自殺なら自殺で、はっきりした動機を知りたいと思わないか」

「あなたが自分を責めても、どうにもならないのよ」

「いいんだ。今さら君にそんなこと言っても仕方ないけど、僕にとってあいつは特別な存在なんだ。今川がいなかったら、僕はあの時死んでたかもしれないんだから」

奈津が、またトートバッグのストラップを強く握り締める。小学校四年生の時に起きたあの事件のことは、彼女ももちろん知っている。北見は、誰かに蹴飛《けと》ばされたように勢いこんで続けた。

「あいつに対する恩……恩でも何でもいいけど、それを返しきれたとは思ってない。僕は、あいつに対して義理があるんだ」

「そんなこと言わないで。彼は、昔のことは一言も口にしなかったわよ」

それは北見にもよく分かっている。今川は、一度たりとも恨みがましいようなことを言ったり、愚痴をこぼしたことはなかった。

諦《あきら》めたように、奈津が言葉を押し出す。

「それに、今さら……」

「言いたいことは分かるけど、君はそれでいいのか。警察だって、真面目に捜査してないんだろう」

「警察の事情は私には分からないわ。それに一度自殺だということになったら、そんなにちゃんと捜査するものじゃないでしょう」皮肉に吐き捨てて、奈津が煙草の煙を吹き上げる。

「そんなこと、言うなよ」

途端にしおれて、奈津がうつむく。頼りない声で「ごめん」とつぶやいた。短い沈黙の後、嗚咽《おえつ》が溢《あふ》れ出す。肩が小刻みに震え、パンツの腿《もも》に涙の染みができた。北見はようやく言葉を搾り出した。

「とにかく僕は納得できない。どうしてあいつが死んだのか、知りたい」北見は、拳《こぶし》をきつく握った。伸ばしっ放しにしていて汚れた爪が掌《てのひら》に食いこむ。

奈津が顔を上げる。頬に涙の筋がついていた。微笑もうとして顔が強張《こわば》り、一瞬無表情な仮面を被《かぶ》ったようになった。

「勝手に生きて、勝手に死んじゃったのよね。それも彼らしいって言えば彼らしいけど。でも、あなた、いいの？」

省略された奈津の言葉を思う。私は、あなたから彼に乗り換えた。十八年も前のこととはいっても、平気なのか。

「君はどうなんだ」北見は逆に質問をぶつけた。あの時、結局自分が身を引いた。命を救ってくれた友のわがままは、許すしかないのだから。

「私？」奈津が自分の鼻を指差す。「私は……もう古い話だから。あなたにこんなことを言うのは失礼かもしれないけど」

「僕はいいんだ。確かに昔の話だよな。もう二十年近く前だ」

北見は苦い唾《つば》を飲み下した。そんな昔のことを、いつまでも悩んでいる方がおかしい。高校生の頃感じた悲しみや憎しみに、どれほどの深い意味があるのだろうか。絶望の底に叩《たた》き落とされたと思っていても、後から考えてみれば、その絶望にはさらに二段も三段も深い底があるのだ。今は、今川がもうこの世にいないという事実の方が問題ではないか。それ以上に大きなことなど、何もない。

「いいも何も、僕にはそれぐらいしかできないから。それに事情が分かれば、君も少しは納得できるんじゃないか。こんなこと言ったら怒るかもしれないけど、これからずっと、出流の想い出だけを抱えて生きていくわけにはいかないだろう」

「優しいんだ、相変わらず」ようやく奈津の顔に小さな笑みが浮かんだ。

「そんなことないよ」

「ありがとう。でも、無理しないでね。病み上がりなんでしょう」

「まあね」確かに、体調が完全になるまでは時間がかかるかもしれない。だが、僕は大丈夫なんだと自分に言い聞かせる。もう薬に頼る必要はない。今は、ここから落ちていくことはできないのだ。踏み止《とど》まって、あいつに何が起きたのか調べてやる。自殺なら自殺で、あいつの心に何が巣食っていたのか、どうしても知りたい。それができたら、こちらの世界に戻れるかもしれないではないか。人生をやり直せるかもしれないではないか。

やり直すのが正しいことかどうかは、分からなかったが。

もう暗くなってしまっていたが、北見は奈津と一緒に今川の墓に参った。彼は両親と同じ墓に入っている。何度か墓参りに来たことがあったが、そういう時とは意味合いが大きく違ってしまっていた——自分の一部が死んだような、奇妙な感じであった。

今川の家族と北見の関係は、微妙なものだった。小学校に入る前から、毎日のように遊びに行って可愛がってもらったものだが、あの事件をきっかけに、その関係には小さな棘《とげ》が刺さった。何を言われたわけではない。恨めしい目で見られたわけではない。だが、自分の息子が腕をなくした事実は、絶対に消すことができなかったはずだ。二人の目の奥にどうしようもなく暗い光が宿っているのを、北見は何度も見たことがある。単なる恨みや哀しみよりも遥《はる》かに暗く深いものが。

「あいつ、煙草は吸ってたか」

「ええ」奈津が自分の煙草を一本振り出し、火を点《つ》けて北見に渡した。北見は煙草を墓に供え、長身を折り曲げるようにしてしゃがみこんだ。手を合わせ、目の奥で今川の顔を思い浮かべる。最後に会ったのは三年前だ。その時は昔と何一つ変わっていなかったが、それから三年、今川の人生はそれまでにないほど大きく、急に方向を変えたはずだ。

容貌《ようぼう》が変わっていたとしても不思議ではない。お前は、どんな顔をして死んでいったんだ。

　奈津が北見の腕に手をかける。はっとして立ち上がり、腕時計を見ると、いつの間にか十分が過ぎていた。

「話すこと、ずいぶんたくさんあったみたいね」

「三年分だ。最後に会ったのが三年前だからね」

「変わってなかったわよ、彼」北見の気持ちを見透かしたように奈津が言った。「髭《ひげ》なんか生やして、ちょっとおかしかったけど」

「そうか」

「人はそんなに簡単に変わらないのよ。特に彼の場合はね」

「頑固だからね。そう言えばあいつ、高校の時にパーマをかけたことがあったよな」

「ええ」奈津の顔に小さな笑みが浮かんだ。

「あの時、何度も職員室に呼び出されただろう。だけど絶対髪型を変えようとしなかった。確か三回目に呼び出されて、明日までにちゃんとしないと停学だって言われて――

――」

「アフロにしてきたのよね」

　北見も頬が緩むのを感じた。他人に注意されると不必要に意地になる。今川はそういう男だった。あの時も、どうしても髪型に固執していたわけではないだろう。カリフラワーのような髪型でいたのは三日ほどで、すぐに「飽きた」と言って今度は丸坊主にしてしまった。それも本音だったと思う。

「あいつがこんな小さな墓に入っちまうなんてな」北見は墓石を指先で撫《な》でた。ひんやりと硬い感触が、指の動きを凍りつかせる。「実感が湧かないよ」

「何もしなくていいのよ」

「どういうことだ」

「このまま、彼のことなんか忘れちゃってもいいじゃない。私もその方がいい。覚えてる方が辛《つら》いこともあるから」

「そうはいかない」北見は拳を固く握り締めた。「そうはいかないんだ」

北見の言葉に気圧《けお》されるように、奈津が小さくうなずく。北見はふっと肩の力を抜いて、もう一度墓石を見やった。最後はまともに親と一緒の墓に入るのか。ひどく奇妙な感じもした。三年前、お前は酔っ払って言っていたではないか。どこかで野垂れ死ぬのが俺らしい。できれば氷河の中に閉じこめられ、何万年も経ってから発見されたいものだ、と。そのために、これからパタゴニアに行くと宣言していたのに。

夢は、なかなか叶《かな》えられるものではないらしい。

「事務所に戻ろうか」

「そうね」

そこに何があるわけではない。ただ、誰もいなくなった事務所が、今の北見にとってはたった一つの避難場所なのだ。

藤代一泰《ふじしろかずやす》は、書類を伏せてデスクに置き、両手を後頭部にあてがった。椅子をぐるりと回して窓の方を向く。街はとうに闇に包まれ、静けさが窓ガラスを突き抜けて刑事部屋に忍びこんでいた。街道を走る車のヘッドライトがふいに闇を切り裂き、どきりとさせられる。両手を前に回して顔をごしごしとこすり、そのまま、短く刈り上げた白髪頭に指を這《は》わせた。全身が疲労という脂にまみれて、ぬるぬるするようだった。

「オヤジさん、まだいたんですか」声のした方を振り向くと、若い刑事の五十嵐亮平《いがらしりようへい》が、呆《あき》れたように口をぽかりと開けて突っ立っていた。両手に捜査資料を抱えている。無駄に時間を潰《つぶ》しやがって、と藤代は鼻を鳴らした。こんな時間まで残業しなければならないような事件などないのに。

「オヤジなんて呼ぶんじゃない」藤代は憤然として命じた。

「でも、みんなオヤジさんって呼んでるじゃないですか」

「お前にオヤジなんて呼ばれる筋合いはない。係長と呼べ、係長と」

「はいはい、分かりましたよ」

「返事は一回でいい」

「分かりました。で、まだ仕事してたんですか、係長」係長、にわざとらしく力をこめて五十嵐が訊《たず》ねる。

「ちょいと気になることがあってな」藤代は、先ほどまで目を通していた書類を掲げて見せた。五十嵐が大股《おおまた》に近づいてくる。無駄に大きな男だ。確か、百八十五センチある。これでは尾行にしても張り込みにしても、すぐに相手に気づかれてしまうではないか。刑事の希望者には身長制限を設けるべきだな、と真面目に考えた。

立ったまま、背中を丸めて書類を一瞥《いちべつ》した五十嵐が小さくうなずく。

「ああ、例の作家さんの件ですね」

「お前、どう思う」

「自殺じゃないんですか。一応、そういうことになってるでしょう」五十嵐が軽い調子で答える。

「根拠は」

「いや、それは」突っこまれ、途端に五十嵐が口ごもる。「自分、あの件はほとんどタッチしてませんから」

「だったら軽々しく決めつけるな」

「でも、作家なんていつも神経質に悩んでるし、すぐに自殺しちまうようなイメージがあるんですけどね」

「それは、お前の勝手な思いこみじゃないのか」

「ああ、まあ」五十嵐が椅子を引いてきて座った。改めて、書類を一枚ずつ繰っていく。

「思居橋でねえ。矢萩川にかかってる橋でしょう」

「そうだ」

「溺死《できし》ですよね」書類に視線を落としたまま五十嵐がぽつりと言った。

「橋から水面までは十メートルぐらいか。水に落ちた時に、首の骨を折った形跡はないようだな」十メートルなら、よほど打ち所が悪くない限り、それだけで死ぬことはない。あの時は台風の後で川が増水していたから、川底で頭を打つようなこともなかっただろう。ただし、増水していたのが裏目に出たとも言える。片腕のない被害者は、泳げなかったのだ。

「お前が自殺しようとしたら、十メートルの高さの橋から飛び降りようと思うか」

「そりゃないですよ。確実に死ねなかったら馬鹿みたいですからね」五十嵐が頭を掻《か》く。

「十メートルか。高飛びこみの方がまだ高いんじゃないですかね。被害者が泳げなかったって事実をさっぴいても、ちょっと疑問だな。欄干の高さは、一・五メートルってところですか」五十嵐が、現場の橋を写した写真を指差した。

「そんなもんだろうな」

「飛び越すのは簡単ですよね」

欄干には、はっきりと掌《てのひら》の跡が残っていたから、被害者がそこに手をついたのは間違いない。だが、靴の跡がないのだ。片腕しかない男が高さ一・五メートルある欄干を飛び越すには、足を使わないと無理だろう。

「片腕でもできるかね」

「できますよ」むきになって五十嵐が言い募る。室内を見回し、書類を納めたファイルキャビネットのところにつかつかと歩いて行った。

「一・五メートルって、これぐらいでしょう」キャビネットの上から五分の四ぐらいのところを指で指し示す。「左腕を欄干に引っかけて体をよじれば、乗り越えられるじゃないですか」

「お前は無駄にでかいからな」

五十嵐がむっとして言い返した。

「十センチや二十センチの誤差は問題にならないでしょう。被害者の身長、どれぐらいですか」

「結構小柄だな。百六十センチちょっとだ。お前が言ったようなやり方じゃ、無理だろうな」

「でも酔っ払ってたとしたら、何するか分からないじゃないですか」

「そんなに酔ってなかったぞ」解剖の結果、血中アルコール濃度は〇・一パーセント程度だった。足元が覚束なくなるほどではないし、ましてや周囲の状況が把握できなくなることなどないはずだ。

「血中アルコール濃度はあくまで目安でしょう。酒に弱かったのかもしれないし」

「本当に弱かったかどうかは分からないじゃないか。どういうわけか、調書にはそういう肝心なことが書いてないんだよ。いい加減な捜査で自殺なんて決めつけるなってんだ。

初動でミスしてるぞ」藤代は丸めた調書でデスクを叩《たた》いた。五十嵐が口を尖《とが》らせる。

「そんな、責めないで下さいよ。自分は、この件はほとんどタッチしてないって言ったじゃないですか」

「お前は、事件じゃないと思うんだな」

「特捜になってないんだから。自殺じゃなくても事故に決まってます」

「屁理屈《へりくつ》の多い奴だな」藤代が吐き捨てると、五十嵐が舌打ちをした。

「その件、もう動いてないんでしょう？　何で今になってひっくり返してるんですか」

「うるせえな。気になることは気になるんだよ。三十年以上も刑事をやってると、そういうのが癖になるんだ。中途半端になってる件は、裏側に何かあるんじゃないかと勘ぐっちまうんだよ」

「はいはい、分かりました」五十嵐が、ハンガーが入ったような肩をすぼめて見せる。

「口の減らねえ野郎だな……おい、それより、カップ麺《めん》でも食わないか」

「またですか」五十嵐が口をへの字に捻《ね》じ曲げる。「俺はいりませんよ」

「いいからつき合え。一人であんなもん食ってると馬鹿みたいだろうが」

「だったら家で食べればいいじゃないですか。体にも良くないんですよ」

「こっちにはこっちの都合があるんだよ」

　ぶつぶつ言いながらも五十嵐が立ち上がった。刑事部屋にはインスタント食品がストックしてある。名目は非常用だが、泊まり勤務の時には夜食にもなる。

「オヤジさん、金は」

「たかが百五十円だろうが。たまにはお前が奢《おご》れ」

五十嵐が何か文句をつぶやくのが聞こえてきたが、藤代はそれを無視した。家に帰っても食べるものがない、いや、女房が食事を作れないということは、刑事部屋の同僚には伏せている。半年前から藤代の妻は体調を崩しており、食事の支度さえ満足にできなくなってしまったのだ。いろいろ調べて、鬱病《うつびょう》だろうということは見当がついていた。最近では珍しくない病気だし、ちゃんと治療を受ければ調子が上向くのは間違いない。だが妻は、徹底した医者嫌い、病院嫌いで、結婚してから病院に行ったのは二人の子どもを産んだ時だけだった。無理に連れて行こうとすれば、かえって悪化するのは目に見えている。

その結果、隠者のような生活を送るようになってしまった。毎日昼過ぎに起き出し、朝のうちに藤代が用意しておいた飯を食べる。その時に残った飯を夕方になって何とか食べるだけで、料理などほとんどしていないようだった。もともと食が細いので、その点ではあまり心配していなかったが、家に帰っても食事の用意がないのは辛《つら》い。何とか自分で作るようにはしているが、時にはそれも面倒になる。刑事部屋に居残って、カップ麺で夕食を済ませてしまう日も少なくはなかった。女房より先に俺の方が栄養失調になってしまうかもしれない、と皮肉に思うこともある。

五十嵐が、湯を入れたカップ麺を両手に持って、危なっかしい足取りで戻ってきた。

そっと机に置くと、ボールペンを重石《おもし》代わりに蓋《ふた》に載せる。

「そんなんじゃ開いちまうぜ」言って、藤代はセロテープで両方の容器の蓋をきっちり閉じた。

「セロテープは、そういうことに使うものじゃないですよ」

「それがお前の弱点だ」藤代は箸《はし》で五十嵐の顔を指した。不満気に、五十嵐が「はあ」と相槌《あいづち》を打つ。「物事にはいろいろな側面があるんだ。一つの面しか見えないようじゃ、真実は分からねえんだよ」

「はいはい、分かりました」諦《あきら》めたように言って、五十嵐が箸を割る。テープをはがしてさっそく食べ始めた。

「まだ早いんじゃないか」

「硬い麺が好きなんですよ」

「そうか」藤代はもう少し待つことにして、また窓の方を向いた。

調書を信じる限りでは、やはり自殺にしか見えない。ただそれは、様々な可能性を取り除いた末の消極的な結論だ。事故死でも殺しでもないから、自殺。ただし遺書は残っていないし、周辺の聞き込みでも、自殺につながるような出来事は発掘できなかった。

今川の両親はずっと昔に亡くなっており、身内といえば妹がいるだけである。その妹も今はアメリカに住んでおり、葬儀の間に慌ただしく行った事情聴取でも、自殺の理由など思い当たらないと供述していた。そもそも今川本人がずっと海外に住んでいて、日本に戻ってきたのはつい三か月前なのだ。出版社の担当編集者や昔の友人たちの事情聴取でも、はっきりとした動機は分からなかったようである。

もう一度、事故の可能性を考えてみた。橋の歩道を歩いていて、何かの拍子で足を滑らせ、欄干を乗り越えてしまったのか。かなり無理のある想定である。では、泥酔していて、欄干をハードルか何かと勘違いしてしまったのか。しかし、解剖結果は一応「泥酔」を否定している。

殺しなのか。

これはもっと可能性が薄い。日本における今川の足跡は、この数年間ずっと希薄——ほとんど途絶えているのだ。誰かに恨みを買っていたとは考えにくい。街ですれ違った人間と喧嘩《けんか》になって、偶発的に川に投げこまれたとでもいうのなら、何がしかの情報が入ってくるはずである。婚約者は真っ先に疑ってかかるべきだが、事情聴取した刑事は、直感的に「シロだ」という印象を抱いたようだ。それを全面的に信じるわけにはいかないが、同僚の勘を否定するだけの材料を藤代は持っていなかった。

自分がここに赴任する前に起きた、さして重要とも思えないこの一件がなぜ気になるのか。小さな謎が散らばって釈然としないからということもあるが、別の理由もある。今川という男が、北見貴秋の友人だからだ。北見貴秋——藤代の年長の親友だった、北見智雄《ともお》の息子。ガキの頃から知っている。そして今川も北見も、異常な通り魔事件の被害者だったという共通点があるのだ。今川のことを一番よく知っている人間がいるとすれば、間違いなく北見である。

ところが北見は、事情聴取しようにも行方が分からなくなっていた。調書によれば、家族は「入院している」と証言しているが、入院先を明かすことは拒んだ。話を訊《き》きに行った刑事は、それ以上突っこまなかったようである。北見が弁護士事務所の所長という立場であることもあり、波風を立てたくなかったのかもしれない。だが、何かが引っかかる。この件については、いずれ自分で確かめに行くつもりだった。それに藤代は、北見に対して後見人のような意識も持っている。

あいつはどこへ行ったのか。事情聴取できないということよりも、その事実の方が気になっていた。一度家へ行ってみよう。先輩の仏壇に線香を上げに来たと言えば、訪問の理由としては十分だろう。だいたい、今でも半年に一度は北見の家に行くのだ。智雄が心筋梗塞《こうそく》で死ぬ数か月前、ふっと言われた台詞《せりふ》を今でも覚えている。「あいつを見てやってくれよ」。今考えると、まるで自分の死期を悟っていたような言葉だった。

「オヤジさん、どうしたんですか。ラーメン、伸びちまいますよ」

五十嵐の言葉で現実に引き戻された。

「オヤジって呼ぶなって言っただろう」窓の方を向いたまま、五十嵐を叱りつける。

依然として、北見の存在が気持ちに引っかかっている。帰りにちょっと寄ってみるか。あいつの事務所は駅に行く途中にある。どうせ帰り道だし、立ち寄ったこともある。ただ、いつも灯は消えていた。法律事務所というのは、どこも遅くまで人が居残っているものなのに。

藤代はくたくたになった麵を啜《すす》った。不味《まず》い。妻の顔が脳裏に浮かぶ。またあいつの作った飯を食える日が来るのだろうか。いや、それよりも定年の方が先だろう。そうなったら、本格的に料理も覚えないといけない。藤代は、五十嵐に気取られないように溜《ため》息《いき》をついた。


たぶん藤代は、この署で定年を迎えることになる。一月前の異動でここに来る前は、本庁の刑事総務課にいた。そろそろ靴底をすり減らすのがきつくなる年齢になってから、自ら所轄に異動を申し出たのは、この署が自宅に近いからというだけの理由である。私鉄の各駅停車でわずか十分、ドアからドアまで三十分というのは、これまでで一番短い通勤時間だ。妻の面倒を見るためには、勤務先が自宅に近いほどいい。それに、誰に白状したわけでもないが、藤代は疲れ切っていた。このまま定年を迎えたら、間違いなく抜け殻になってしまうだろう。自分でそれを認めた時、少しだけ体を休め、定年後の人生についてじっくり考える時間が必要だとつくづく思った。六十歳を過ぎてからの日々は、それまで想像していたよりもずっと重いものを背負うことになるはずだから。

赴任してから一月。ゆっくり過ごそうと思っていたのに、結局はあまりの退屈さに耐え切れなくなった。この一か月間、藤代が処理した事件といえば窃盗が二件、それに傷害事件が一件だけである。いかに都心から外れた多摩地区の署だといっても、これではあまりにも暇過ぎる。だからこそ、少し前の事件のファイルをひっくり返してみようという気になったのだ。

そして偶然、北見の名前を見つけた。

署から駅までは歩いて十分ほど。夜八時を過ぎても交通量の多い街道を五分ほど歩き、そこから駅前の商店街に入る。まだシャッターを開けている店もあるが、そろそろ商店街全体が店仕舞いする時刻だ。コンビニエンスストアの看板だけがやけに明るい。通り過ぎる電車の音が遠くから聞こえてきた。

南多摩法律事務所は、商店街から一本入った細い道沿いに立つ雑居ビルの二階にある。どうせ今夜も誰もいないだろうと決めつけ、のんびりと歩いてきて、藤代ははっと足を止めた。灯《あか》りが点《とも》っている。北見が帰ってきているのだろうか。無精髭《ぶしょうひげ》の浮かび始めた顎《あご》を撫《な》で、藤代は思案した。北見ではなく、事務所の人間が残業しているだけかもしれない。そこに顔を出すのは何となく気が進まなかった。藤代は、北見が事務所で苦労しているのを知っている。父親の跡を継いだといっても、本人は弁護士ではないのだ。周囲に気兼ねしながら仕事をしている気配を、藤代は敏感に感じ取っていた。一度事務所を訪ねて行ったことがあるが、その時もひどく迷惑そうな顔をされた。恥ずかしい場面を見て欲しくないと、懇願するような表情が浮かんでいたのを覚えている。

しばらく待ってみることにして、電柱に背を預け、煙草を口にくわえた。その瞬間、事務所の灯りが消える。ゆっくりと電柱から背中を引きはがした。ほどなく、誰かが階段を降りてくる。慌てて煙草をコートのポケットに入れ、電柱の陰に身を隠した。

北見だ。何という格好をしているのだろう。ズボンの膝《ひざ》は破れている。喧嘩でもしたのか、それともどこかに引っかけて派手な鉤裂《かぎざ》きを作ったのか。この寒空に上半身はトレイナー一枚で、それも袖口《そでぐち》や裾《すそ》が伸びきっていた。北見の後に続いて、もう一人が階段を降りてくる。何と、服部奈津ではないか。今川の婚約者。何で彼女が、と思ったが、すぐに二人は昔からの知り合いなのだということを思い出した。あるいは、北見が奈津にちょっかいを出して、それに気づいた今川との間でトラブルになったのか――藤代は、自分で書いたシナリオをすぐに消した。二人の間に、男女の関係を想像させる親密な様子はない。一メートルほどの距離を置き、駅の方にゆっくりと歩いて行く。互いにどこか遠慮しているようにすら見えた。

二十メートルほどの距離を置いて、藤代は二人の跡をつけ始めた。気配を消して、足音を消すために靴を引きずるように歩く。習い性である。幾つになっても、刑事の習性は簡単に消えてはくれない。

裏通りなので人気《ひとけ》は少ない。北見が振り向けば、すぐに気づくだろう。が、藤代の懸念をよそに、二人は話に熱中しており、周囲に気を配っている様子はなかった。やがて、駅の方に折れる線路沿いの小道に入る。藤代はその角で立ち止まって、二人の様子を見守った。奈津が頭を下げ、改札の向こうに消えるところだった。北見は手を振るでもなく笑顔を見せるでもなく、腰に両手を当てて小さくうなずき返すだけだった。

北見はしばらくその場に佇《たたず》んでいたが、やがて踵《きびす》を返して商店街を歩き出した。どこか落ち着かない様子で、初めて歩く街のようにきょろきょろと周囲を見回している。路地の入り口で足を止め、電柱に掲示された住居表示に目をやった。記憶を取り戻そうとするように首を傾げ、ようやく歩き出したかと思うと、ケーキ屋の店先を覗《のぞ》きこむ。不自然で怪しい足取りだったが、声をかけるにはまだ早いと藤代は判断した。

北見は背中を丸め、ケーキ屋のショーウィンドウをじっと眺めていた。やがて意を決したように顔を上げ、店に入る。藤代は通りの反対側に移動し、観察を続けた。北見がケーキを指差し、ズボンの尻《しり》ポケットから財布を抜き出す。頼りなさそうに財布を覗きこんでいたが、最後は溜息をつきながら札を引っ張り出した。どうやらチーズケーキを買ったらしい。店員が包むのを待つ間、居心地悪そうにもじもじしていた。

変だ。ここはお前の街じゃないか。生まれ、育ち、結婚して家庭を持った街だ。このケーキ屋だって、何十回も入ったことがあるだろう。その度に、娘の好物のチーズケーキを買ったはずだ。それなのに、まるで自分がこの街では異質な存在であるかのように、落ち着きをなくしている。合わない服、合わない空気。今にも、幻のように消えてしまいそうである。

結局、声をかけるのはやめにした。北見が、駅から歩いて十分ほどのところにある自宅の玄関に消えるのを見届け、藤代は尾行を終わりにした。とにかくあいつは帰ってきた。どこへ行っていたのかは知らないが、これからはふらりと行方不明になるようなことはないだろう、という確信がなぜか芽生えた。

第二章

自制心？　クソ食らえだ。常識？　俺はその字を本で見つけると、片っ端から黒く塗り潰《つぶ》したくなる。欲しいものは欲しい、それが人間の自然な心理であり、欲望の否定はすなわち人間らしさの放擲《ほうてき》に他ならない。

欲望のままに行動し、後になって後悔するのは百も承知だ。実際俺は、今まで何百回もそういう目に遭っている。だが後悔を恐れていては、心に開いた穴を塞《ふさ》ぐことはできないのだ。それに所詮《しょせん》、俺が抱く欲望など高が知れている。

問題は女だ。主に、いや、ほとんどの場合が女だ。

女は、様々な方法で俺の心に住み着く。一目見た途端、強烈なボディブローのように衝撃を感じる女もいるし、長い時間をかけてじわじわと心を食い荒らす女もいる。

彼女が俺の中に入ってくるのには、十数年もかかった。ガキの頃から近くにいたのだが、女であることをはっきりと意識したのは、そう、十七歳の夏である。歩く度に跳ねるポニーテールからは、いつも夏の花のような香りが漂っていたし、成熟した女になる直前の胸や腰の丸みが、どうしても目に焼きつくようになった。

　直接の原因は、彼女があいつとくっついたことだと思う。それは間違いない。男の存在があって初めて、女は女になる――いや、それは後付けの屁理屈《へりくつ》だろう。どういうわけか、他人のものになってしまった女は魅力的に見えるのだ。もしかしたらそれは、女に対する欲望ではなく、相手の男よりも自分の方が優れていると証明したいがための衝動なのかもしれない。奪い取る快感は、何ものにも代えがたいのだ。

　八月四日。今でも覚えている。その日俺は市立図書館で、活字の波に体が揺り動かされるのに任せていた。十七歳の夏休み、俺はほとんどの時間を埃《ほこり》臭いその図書館で過ごしていた。後にも先にも、あれほど活字に溺《おぼ》れた時はなかった。それは一種の熱病のようなもので、その後はほとんど本を手にすることもなかったのだが。

　その時読んでいた本は、旅行記だった。パタゴニアの厳しい大地を描いた旅行記を読むのは、その夏すでに三度目であり、その本が頭に穿《うが》った穴から、辺境のイメージがどっと流れこんでいた。いつか自分はそこへ行く。そのためにどうしたらいいか、どうやって資金を作るかということまで、真面目に考え始めていた。

　ふと目の前が暗くなる。顔を上げると、彼女が腰を下ろしたところだった。あら、というちょっと驚いた表情を浮かべた後、あの笑顔を見せてくれた。少し目が潤み、男を勘違いさせるような笑顔を。俺は勘違いしなかった。確信した。彼女は俺と寝たがっている。身もだえして、今にも服を脱ぎたくなるような衝動を、何とか笑顔で抑えつけているだけなのだ。

「何だ、一人か」俺は訊《たず》ねた。彼女がこっくりうなずく。ポニーテールが揺れ、花の香りが鼻孔をくすぐった。

「珍しいな」彼女があいつとつき合い始めたのは、この春だ。それ以来二人は、二枚の紙のようにいつもぴったりとくっついている。「あいつはどうした」

「旅行」

「ああ、沖縄か」毎年恒例の家族旅行。俺には縁のない話だ。俺の親は二人ともコマネズミのように働き、夏休みも滅多に取れなかった。家族旅行など、話題に上ったこともない。こういう時、俺はあいつと自分の違いをはっきり意識する。時には嫉妬《しっと》に近い感情を覚えることもあったが、その時の俺は、ただ単に「しめた」と思っただけだった。あいつは千五百キロも離れた場所にいる。今この街には、彼女と俺の二人だけだ。

「俺と寝るか」

一瞬、彼女が呆然《ぼうぜん》と俺を見詰めた。口が小さく開く。綺麗《きれい》な歯が覗き、甘い吐息が流れ出した。次の瞬間には、彼女は長年その言葉を待ち望んでいたような熱っぽい眼差《まなざ》しを俺に向け、素早くうなずいた。そうすることで、自分の夢をがっちりと捕まえることができるとでもいうように。

「片腕の男と寝るのはどんな感じだと思う?」

「分かってんだろうな」

「分かってるよ」俺は涼しい声で答えた。避けて通れない道であることは、十分承知している。その覚悟がなければ、こんなことはできない。

いきなり拳《こぶし》が飛んできた。遠慮も何もない左フックが、腕のない右側から襲ってくる。反射的に身をすくめて避けたが、身長はあいつの方がずっと高いし、リーチも長い。前腕が側頭部をかすめただけで、眩暈《めまい》がするような重い衝撃が走った。ここで引いたら何にもならない。ふんばって、左肩からタックルに入った。二発目を見舞おうとあいつが腕を振り上げた隙を狙い、腹に突っこんでいく。もろにはいった。あいつが体を二つに折り曲げたので、顎《あご》めがけて下から頭を突き上げてやる。こちらの脳天にも痛みが走り、涙が滲《にじ》む。あいつは顎を押さえて涙をこらえていたが、まだ闘志は衰えていなかった。俺の右側に回りこむと、短いフックを叩《たた》きこんでくる。もろに顎に入った。頭がぐらぐらし、視界がかすむ。口の中に血の味が広がった。奥歯を一本、それに血をまとめて吐き出す。あいつも左手を押さえ、痛みをこらえている。やっぱり素人だ。殴り方がなっちゃいない。手の骨が折れたかもしれない。

それに比べれば、俺はプロだ。中学生の頃から、何十回、他人と殴りあったことか。あれは……何だったのだろう。右腕がないことがハンディではないと証明したかったから？　ただいろいろなことが気に食わなかったから？　たぶん、後者だ。説明できないもやもやとした気分を抱えて、俺は夜の街を歩き回った。そういう場所では、喧嘩《けんか》のタネには事欠かない。右腕がないぐらいでは容赦しない連中と渡り合い、その結果学んだことは、気合さえあれば何とでもなるということだった。腕がなくても脚で、脚が駄目なら噛《か》みついてでも攻撃を続ける。勝敗はまた別問題で、とにかく相手に一撃を与えることが大事だった。

振り回す。右手を……クソ、右手なんかないんだ。左腕一本で何年も暮らしてきたのに、未《いま》だにいざという時には、そこにない右手に頼ってしまう。

それからはもう、何も覚えていない。何発食らい、何発打ち返したか。脚が出る。頭も出る。あいつの痛みが自分の痛みに変わり、しまいには二人が一つの物体になってしまったように感じた。

意識が戻った時、俺は地面に大の字になっていた。むき出しの土の、冷たい感触が心地良い。痛む首を回して横を見ると、あいつも同じ姿勢で倒れこんでいた。血に塗《まみ》れた顔を見た俺は吐き気をもよおした。誰かが駆けつける足音が地面に響く。終わった頃に来ても遅いのに。

助け起こされた時、自分たちが体育館の裏にいたことに気づいて、笑い出しそうになった。何と陳腐な状況か。自分が体育館の裏で殴り合いをする羽目になるなど、考えたこともなかった。そういうのは、ガキっぽい連中の専売特許だと思っていたのに。

あいつと目が合う。互いに睨《にら》み合ったが、それは五秒と持たなかった。どちらからともなく噴き出し、それがさらに互いの笑いに火を注ぐ。ほどなく、俺たちは体を折り曲げて笑い転げた。

顔を上げると、真顔にもどったあいつが俺を見下ろしていた。俺も立ち上がったが、全身に痛まないところがない。

「仕方ないな」あいつが言った。「仕方ないんだよな」

どちらからともなく俺たちは歩み寄り、抱き合った。俺の耳元であいつが囁《ささや》く。「女なんかどうでもいいんだ。お前の好きにすればいい」

——「業火」第二章

ズボンのポケットをまさぐった。鍵《かぎ》は……ある。
晩夏から初冬へ——二か月ぶりに見る家は、何も変わっていなかった。三十年前に建てられた家で、あちこちが傷み始めているが、まだ周囲の家を圧倒するような迫力は消えていない。建てられた時は、かなりモダンな建物だったのを覚えている。コンクリート打ちっ放しで、住居というよりは、一見したところ小さな研究所か何かのようだ。車二台が入る車庫の横にある細い道を通って玄関にたどり着くと、すぐ目に入るのが、左手にあるガラス張りの部屋だ。ピアノが二台。父親が死ぬ五年前に亡くなった北見の母親は、この家でずっとピアノ教室を開いていた。玄関のすぐ脇にあるガラス張りの部屋から、何人の子どもたちが巣立っていったことだろう。北見自身は、まったくピアノが弾けない。母親の手ほどきを受けたことはあったが、指がどうしても脳の命令に従わなかったのだ。一か月ほど我慢していた母親もついにさじを投げ、「あんたは好きなことをした方がいいわ」と溜息《ためいき》をついたものである。記憶にある限り、母親のがっかりした顔を見たのはその時が初めてだった——最後ではなかったが。

北見が香織と結婚したことを一番喜んでいたのは、母親だったかもしれない。香織は高校までピアノを習っていて、一時は音大に行くことも考えていたぐらいの腕前だった。よく二人で、二重奏を聴かせてくれたものである。しかし母親が亡くなってから、香織は滅多にピアノの前に座らなくなった。娘の明日菜にも教えてはいない。

玄関には、木製の小さな人形が何体も置いてある。ノルウェーのトロールというやつだ。両親は玄関をいつもすっきり掃除していたが、二人とも亡くなった後、香織が自分の好みで飾るようになった。二つの植木台からアイヴィーが垂れ下がり、トロールの表情を隠している。北見は、この玄関の光景があまり好きではない。酔って帰ってきた時など、無気味な表情のトロールが動き出すのではないかという妄想に襲われるのだ。

玄関の左手にあるキッチンの灯《あか》りは消えていた。腕時計にちらりと目を落とす。九時。ふだんなら、娘の明日菜はもうベッドに入っている時間だ。今日帰ることは、病院を出る時に伝えてあったが、待っているだろうか。それともいつものように、妻の香織が時間通りに寝かしつけてしまっただろうか。

ふいに胸が痛んだ。右手で胸を押さえる。胸の血管という血管が泡立ったように息苦しく、空気を求めて顎が上がった。舌を突き出し、気道を確保しようともがく。眩暈がし、眼前の光景が白くなった。頭の中が、炭酸飲料の泡が弾《はじ》けるようなしゅうしゅうという音で満たされる。

やってきた時と同じ唐突さで、痛みは去った。物理的な痛みではなかったのだ、と気づく。両手で顔を擦《こす》ると、脂っぽく、不快な感触が掌《てのひら》に広がった。震える手で鍵を持ち上げる。うまく鍵穴に入らない。ひどく寒いのに、ねっとりと熱い汗が背中を伝い始めた。さあやってみろ、と自分に声をかける。鍵を鍵穴に差し入れ、くるりと回す。がちゃりと音がすれば、それでオーケイだ。後はドアノブを回して、音を立てないようにそっとドアを開ければいい。

できない。震える右手を左手で押さえた。

こんな簡単なことに、どうして手間取ってしまうのだ。脂の浮いた顔を、もう一度掌で擦る。頭の中で手順を思い浮かべた。鍵を差し出して、鍵穴に合わせる。それを左へ九十度回せばいい。子どもの頃から何万回も繰り返した手順だ。それだけのことなのに、指先が言うことをきかない。

突然キッチンの灯りがついて、北見の心臓は激しく肋骨《ろっこつ》を叩き始めた。香織に気づかれた。自分で鍵を開けて家に入るつもりだったのに。生活を取り戻すための最初の一歩を失敗してしまった。

表札を睨んでいるうちに、静かにドアが開いた。香織が顔だけ覗《のぞ》かせる。何とか笑みを浮かべようとしたようだが、かえって表情は強張《こわば》っていた。やがて緊張感がほぐれ、後にかすかな驚きが残る。

「お帰りなさい」かすれた声で吐き出す。北見は辛うじてうなずいたが、なぜか玄関に足を踏み入れることができず、彼女との間には一メートルほどの空間が空いたままだった。香織が、さらに広くドアを押し開ける。北見は「これ」とだけ言ってケーキの箱を差し出した。壊れ物を扱うように香織がそっと受け取り、ようやく安堵《あんど》の笑みを浮かべる。

「わざわざ買ってきてくれたの？」

「明日菜にお土産だよ」急に照れ臭くなって、北見は両手をズボンの腿《もも》に擦りつけた。その動きを見ていた香織が、膝《ひざ》の破れに気づいたのか顔をしかめる。

「怪我してるの？」

「大丈夫。それより、明日菜は？」

「まだ起きてるわよ」

ドアの隙間から音楽が聴こえてくる。大好きなディズニーのヴィデオでも見ているに違いない。

「いいのか、こんな時間まで」

「今日は特別よ。あなたが帰ってくる日なんだから」

「そうか」

「誰？」家の奥から明日菜の声がした。香織が顔を引っこめ、「パパよ」と告げる。明日菜のスリッパが廊下を叩《たた》くぱたぱたという音が聞こえてきた。香織が開けてくれたドアの隙間から、北見はようやく玄関に入った。かすかなポプリの香りが鼻をくすぐる。香織は、いつも玄関に飾っているブーケを新しく作り直したようだ。天井まである作りつけの姿見をちらりと見て、北見は顔を引き攣《つ》らせた。髪は伸び放題で耳が隠れそうだし、頬はげっそりこけている。眼鏡が顔の幅に合わなくなり、鼻の上でずり落ちていた。だらしなく伸びた髭《ひげ》のせいで、人間としての値段が下がってしまったように見えるし、目も虚《うつ》ろである。そしてなにより、前髪に増えた白髪だ。横に流したところに白い、太い房ができている。これでは、香織が驚くのも当たり前だし、明日菜は自分の父親だと気づかないかもしれない。

明日菜は気にしていない様子だった。

「パパ！」甲高い声で叫びながら飛びついてくる。一瞬よろめきながら、北見は胸にすがりつく明日菜を受け止め、抱き上げた。小さなスリッパが玄関に落ちる。わずか二か月会わない間に、ずいぶん重くなったようだ。明日菜が小さな顔を北見の頬にこすりつけ、その甘やかな香りが彼の中に溶けこんだ。香織にうなずきかけると、彼女も目に薄《うつす》らと涙を溜《た》めてうなずき返す。

「パパ、お帰り」明日菜が体を海老《えび》反りにして顔を離し、にっこりと笑った。北見は明日菜の後頭部に手を当て、そっと髪を撫《な》で下ろした。柔らかく、細く、長い髪。何年かすると、この髪に触るためには人殺しも厭《いと》わないという男が現れるだろう。

その男が、自分のような人間でないことを北見は真剣に祈った。

「もっと大きくして」北見がチーズケーキにナイフを入れようとすると、明日菜が注文をつけた。

「あんまり食べると太っちゃうぞ」

「いいの」

言われた通り、北見はいつもより大き目の楔形《くさびがた》にケーキを切ってやった。明日菜は頬《ほお》杖《づえ》をついて目を輝かせている。注目は、もう自分からケーキに移ってしまったのだろうか、と寂しい気分になった。皿に移してやると、明日菜が両頬にえくぼを作って笑顔を浮かべる。すかさず、その皿を北見の方に押しやった。

「これ、パパの」

「明日菜のだろう」

「いいの。大きいのはパパの」

「そうか」頬が緩んだ。明日菜の分を、自分のよりほんの少し小さく切り取ってやり、皿に載せる。明日菜が、鋭角な部分をフォークでほんの少し切り取って口に運んだ。大人のように上品な食べ方は、いつも香織が口を酸っぱくして言っているせいで身についたものだ。

強いコーヒーの香りが漂ってくる。まともなコーヒーはいつ以来だろう。なぜか、あの病院にはコーヒーの自動販売機がなく、いつも飲んでいたのは水のように薄いお茶だった。強いカフェインは、中毒症状を悪化させるのかもしれない。

香織の淹《い》れてくれたコーヒーは、濃く、深い味がした。彼女はコーヒーメイカーを使わない。一回ずつ豆を挽《ひ》き、ペーパーフィルターを使って丁寧に淹れてくれる。明日菜は温かいミルク。香織は薫り高いアールグレイ。いつもの食後の飲み物が揃った。もっとも、三人揃って食後の飲み物を楽しむのは週末の夜だけである。平日、北見の帰宅はいつも夜十時過ぎだった。仕事が忙しかったわけではない。事務所の弁護士たちは毎日忙しくしていたが、北見にできることはあまりなかったのだ。それでも平然とした顔で、一人定時に事務所を後にすることはできなかった。取っていた新聞五紙を隅から隅まで読み、無意味にネットサーフィンをして時間を潰《つぶ》す。ようやく人がいなくなってから酒を吞《の》み始め、さらに時間を潰した。居心地の悪い場所なのに、ただ自分が遅くまで仕事をしていることを家族に証明するために事務所に居続けたのだ。

「食事は済んだの？」横に座った香織が訊《たず》ねる。

「今日はいい。ケーキ、食べちゃったし」このチーズケーキはだいぶ甘さを抑えているのだが、それでも北見の胃には重い。コーヒーの苦味で、何とかケーキの甘さを口蓋《こうがい》から洗い落とした。

「簡単なものなら作れるわよ」

「今からじゃ大変だから、いいよ」

「今日ね、オムライス食べたの」明日菜が割りこんでくる。

「そうか、オムライスか」北見はテーブルの上に身を乗り出し、明日菜の唇の端についたクリームを指先で拭《ぬぐ》い取ってやった。明日菜がぴょこんとお辞儀をして、いかにも大人が喜びそうな、子どもらしい笑顔を見せる。まったく、親子なのに。この子は妙に礼儀正しいし、気を遣い過ぎるところがある。今からそんな風だと、大人になるまでに疲れきってしまうだろう。

「今日はね、パパのオムライス」

「え？　ああ、あんな辛いの、よく食べられたな」

香織はいつも二種類のオムライスを作る。明日菜用には、自家製の甘みが少ないケチャップで味つけしたチキンライスを包んだものを。大人二人のためには、香辛料が喉《のど》と鼻を突き刺すようなドライカレーを使ったものを。ダイニングテーブルの周辺には、まだその名残の香りが漂っていた。

「美味《おい》しかったよ」

「辛かったんじゃないか」

「平気」が、突然その辛さを思い出したように明日菜が顔をしかめる。甘さで相殺しようとでもいうつもりなのか、ケーキを口一杯に頬張った。

「明日菜ね、今日、パパと一緒にお風呂《ふろ》に入る」

「まだ入ってないのか。ずいぶん遅いぞ」

「明日、学校休みだよ」

「ああ」慌てて壁のカレンダーを見る。金曜日だった。曜日の感覚は完全に吹っ飛んでしまっている。

「いいのか、夜更かしして」香織に助けを求める。彼女は、おっとりとした笑みを浮かべてうなずいた。

「今夜ぐらいはね」

今夜ぐらいは。特別な夜なのだ。行方不明になっていた夫が、父が帰ってきた夜。そして明日からは、また当たり前の日々が戻ってくる——いや、絶対にこれまでと同じにはならない。仕事を失った三十五歳の男にできることなど、限られている。鬱々《うつうつ》とした気分を打ち消すように、北見は苦いコーヒーを一気に飲み干した。


明日菜の「夜更かし」は十時半が限界だった。一緒に風呂に入り、ソファに並んでテレビを見ているうちに、北見に体を預けてすうっと寝入ってしまったのだ。抱え上げてベッドに運び、首元まで毛布を引き上げてやる。大した娘だ。久しぶりに父親が帰ってきたのだから、興奮して寝つけなくなったり、逆に怖がって泣き出してもおかしくないのに。まるで北見が、今朝仕事に出かけて普通に帰ってきたかのように出迎えてくれた。子どもらしくない。もっとも、大袈裟《おおげさ》な感情表現をされても、それに応《こた》えてやれる自信もなかったが。

「七歳だぞ」北見は声を押し殺してつぶやき、明日菜の額に手を乗せた。「小学校一年生の娘に気を遣ってもらうとはね」

ベッドの横に跪《ひざまず》き、じっと明日菜の顔を見つめる。そうしているだけで、娘の体温が伝わってきた。軽い寝息には、甘い香りが混じっている。目が潤むのを感じ、北見は慌てて立ち上がって子ども部屋のドアを閉めた。

リビングルームに戻ると、香織がソファに座っていた。振り向き「何か飲む？」とさりげない口調で訊ねる。北見は首を振って、香織の斜め向かいにある一人がけのソファに腰を下ろした。香織が脚を組むと、長いスカートの裾《すそ》がはだけ、形の良いふくらはぎがあらわになる。

「今日、呑んできたでしょう」香織が鼻をひくつかせ、落ち着いた声で訊ねる。

「事務所に寄って、ちょっとね。少し整理しようと思ったんだ。二か月も空けてたから、仕事も溜まってた」北見の口から、次々に言い訳が零《こぼ》れ落ちる。

「皆さん、うちにも来られたのよ」香織がうつむいて爪をいじる。北見は頬が熱くなるのを感じた。そういえば手紙にも書いてあった。事務所の件でも、もう彼女に隠し事はできないのだ。香織が顔を上げ、きゅっと唇を引き結ぶ。両手をきつく握り合わせて、北見の顔を見据えた。「ごめんなさい。何にもできなくて」

「いや」北見は胸に拳《こぶし》を押し当てた。また、あの胸の痛みが襲う。先ほどよりは小さかったが、硬いしこりが熱を発しているように感じた。

「私がしっかりしなくちゃいけなかったんだけど」

「やめろよ。悪いのは僕なんだ」

「そうね、やめましょうね」香織が小さな笑みを浮かべる。「どっちが悪いかなんて、言うだけ無駄だから。私は、あなたが元気でいてくれればそれでいいの」

「そうだな」小さく息を吐き、北見は唇を舐《な》めた。かさかさに乾き、不快な金属の味がする。

「それより、お酒なんか呑んで大丈夫なの」香織が心配そうに眉《まゆ》をひそめる。薬のことではなく、結婚する前の一時期を思い出していたに違いない。司法試験の勉強に行き詰まった北見は、朝から酒に逃げるようになっていた。香織はゴミ溜《た》めのようになってしまった北見の状況が分かっていて、現実を受け止めたのだ。見捨てるという選択肢もあったはずなのに。

北見は小さく肩をすくめてみせた。

「とりあえず平気みたいだね。今も何でもないから」

「じゃあ、もう大丈夫なのね」

「医者がそう言ってたから退院したんだし」本当は勝手に出てきたのだが、喋《しゃべ》っているうちに、本当に「大丈夫だ」という気になってくる。

「あなた自身はどうなの」

「僕か？」北見は自分の爪をじっと見つめた。指先がかすかに震えている。「僕もそう思う。だいたい、リハビリもそんなに大変じゃなかったから。医者は『玄関に入ったぐらいだ』って言ってたよ」

「良かった」ふいに香織が涙ぐんだ。が、嗚咽《おえつ》を上げることもなく、掌《てのひら》に顔を埋めることもなく、頰に伝った涙を指先で拭っただけで、また笑顔に戻る。感情の奔流を予想していた北見は、肩透かしを食った気分になった。確かに香織は、自分よりずっと大人だ。だが、こんな時ぐらいは感情を爆発させてもいいのに。それを言えば、明日菜も同じである。二人とも妙に礼儀正しく、北見の二か月の不在をなかったことにしていた。

「明日菜、大人しかったな。もっと大騒ぎするかと思ってたのに」

「あの子、もともとそんなにはしゃがないでしょう。それに今日は、余計なこと言わないように言っておいたの」香織が、落ち着いた淡々とした声に戻って説明した。

「子どもには、あんまり無理強いしない方がいいんじゃないか。僕には、そんなことを言う権利はないかもしれないけど」

「でも、あなただって聞かれたくないこともあるでしょう」

「とにかく、変に気は遣わないでくれ」

「じゃあ、とりあえず私には話してくれる？」

短い沈黙が流れる。北見はリモコンを手にとって、テレビをぼんやりと眺めた。香織は膝《ひざ》に両手を揃えて置き、辛抱強く待っている。いっそ、責め立ててくれた方がありがたいとも思った。新しく人生をやり直すには、一度全てをぶち壊すべきではないか。嫌なことに封をして、何事もなかったかのように振舞っていたら、いつか割れ目から全てが零れ落ちる。

「病院、行きたかったのよ」爪をいじりながら香織が言った。「お見舞いぐらい、いいと思ったんだけど」

「近親者は会わない方がいいって言われたんだ。そういう決まりなんだよ。それに、新聞もテレビも駄目なんだ。ふざけてるんだよ、あの病院は」話しているうちに、北見は鼓動が激しくなるのを感じた。入院している時に何度も感じた怒りである。僕をこんなところに閉じこめやがって。人を病人扱いしやがって。「あれはするな、これはするなって、刑務所みたいだったんだ。冗談じゃないよな。自分の体のことは、自分が一番よく分かってるのに」

「本当は、面会もできないほど悪かったんじゃないの」香織が、胸の前で両手をきつく握り合わせた。

「そんなことない。患者はみんな同じだよ。近親者に会うと気が緩むから、治療に良くないらしいんだね。そんな理屈、僕はおかしいと思うけど」

「そう」

「さっきも言っただろう。僕は玄関に足を踏み入れただけだって」ドラッグに、玄関もリビングルームも寝室もない。一度でもドアを開けたら、もう家の一番奥まで行ってしまっていることになる。だが、それを香織に告げることはできなかった。

「病院から定期的に連絡はもらってたけど、不安だったわ」

「そうだよな」

香織が身を乗り出す。北見はすっと身を引いて、ソファに背中を埋めた。彼女の体温が怖い。

「辛《つら》かった？」

「いや」一気に禁断症状が襲ってきて、気絶するほど身悶《みもだ》えするようなことはなかった。著しく体調が悪化したわけでもない。ゆっくりと、確実に薬の影響が抜けていっただけである。気づくと、ずっとつきまとっていた吐き気が引き、生ぬるい冷や汗が出なくなっていただけだ。ドラッグそのものの効果は速やか、かつ劇的だが、そこからの回復は緩やかで曖昧《あいまい》な形でしか訪れない。

「これからいろいろしなくちゃ」香織がぽつりとつぶやいた。「まず、あなたを病院に運んでくれた人を探して、お礼をしないと」

「それが、分からないんだ」

あの日、北見は気づくと病院のベッドに寝かされていた。その直前に何をしていたかは記憶にない。服がぼろぼろになっていたからひどい目に遭ったのだということは想像がつくが、すっぽりと記憶が抜け落ちているのだ。一月ほど経って落ち着いたところで、誰が自分を病院に運びこんだのか、病院のスタッフにも聞いてみたのだが、どういうわけか答えてはもらえなかった。

「もしかしたら、名乗らなかったのかもしれない」

香織が頰に手を当て、首を傾げる。

「そんな人、いるのかしら。入院費用も払ってくれたんでしょう？　いろいろ調べてみたんだけど、そんなに安いわけでもないみたいよ」

「世の中には奇特な人もいるんだろう」その件については、深く考えたくなかった。考えようとすると、頭が締めつけられるように痛む。もしかしたら入院費用が足りず、病院から連絡が来るかもしれない。「退院します」とメモは残してきたが、連中が僕を捜す可能性もある。「とにかく、あの病院とはもう無関係でいたい。あまりいい想い出もないから」

「あなたがそう言うなら」香織がそっと顔をそむけた。

「君には迷惑かけた。事務所の件にしても。まさか、連中が君のところまで押しかけてくるとは思わなかった」

「そんなこと、いいの。でも、あんな人たちと一緒だったら、あなたが嫌な思いをするのも当然よね。殴ってやろうかと思った」

「よせよ」北見は苦笑を漏らした。「そういうの、君らしくない」

「あなたがずっと辛そうにしてたの、私には分かってたから。今は、仕事なんかどうでもいいじゃない。事務所の先生たちだって、どこへ行っても仕事はできるんだから、あなたが身の振り方を心配してあげる必要はないでしょう。その点では、皆さんも納得してくれたし」

「そうか」

「私、あなたの辛さを本当には分かってなかったんだと思うわ」ふいに香織が涙ぐむ。「あなたがここまで追いこまれてるなんて、全然気づかなかった。それにあなた、家では何でもなかったから」

「君は悪くない」

「私には言って欲しかった。相談してくれれば、二人で何とかできたかもしれないでしょう」

「そうだな」反論し続ける気力もなく、北見は話題を変えた。「それより、今川が死んだ話、君は知ってたんだろう」

「ええ」香織がうつむく。隠していたのだということはすぐに分かった。

「どうして教えてくれなかったんだ。僕は、二か月も何も知らなかったんだぞ」つい詰問口調になってしまう。

「知らせたかったんだけど、なるべくショックは与えない方がいいって」

「病院に止められたんだな」

「ええ」

「ひどいな。連中にだって、そんな大事なことを隠す権利はないはずだ」うつむいたまま、北見はぶつぶつと文句を言った。

「病院のこと、悪く言っちゃ駄目よ。そのうちお礼に行かないと」

「僕は嫌だ」

ふいと顔を背けると、香織が慌てて話題を変えた。これでは駄々っ子ではないか。どうして香織は、こんなに僕に気を遣うのか。

「事務所は……潰《つぶ》れちゃったものは仕方ないわよね」香織が無理に明るい調子で言った。

北見は反射的に頭を下げる。

「すまない。何か、仕事を探すよ」

「いいのよ、急がなくて」慌てて香織が顔の前で手を振る。「お父様には、申し訳ないかもしれないけど」

「オヤジのことはいいじゃないか」急に、父親の顔が目に浮かぶ。二年前に死んだ父親の亡霊は、未《いま》だにこの家に居座ったままなのだ。やはりあの時、思い切って家を出てしまえばよかった。ここを売り払えば、親子三人で暮らす家を買う取っかかりぐらいにはなったはずである。

「あのビル、売っちまおうかと思ってるんだ。他のテナントだって別に困らないだろうし、そうしたら、しばらく金のことは心配しないで済む」一階には弁当屋とパン屋が入っていて結構繁盛しているが、三階はここ二年ほど空いたままで、事務所の倉庫になっている。どちらにせよ、テナントからの収入はさほどの額ではない。

「駄目よ」一転して強い口調になり、香織が首を振った。「それじゃ、いつまでもお父様に頼るみたいじゃない。あなた、そういうのが嫌だったんでしょう」

「ああ」普通に話しているだけなのに、香織の言葉が胸を刺す。

「リハビリのつもりで仕事もしないとね」

「そうだね。別に仕事がしたくないわけじゃないから、心配しないでいいよ」

「仕事は見つかるわよ」妙に自信たっぷりに香織が言い切る。

「おいおい、今はそんなに簡単にはいかないよ。不景気なんだから」

「坊屋《ぼうや》先生と話をしたの」父の知り合いの弁護士だ。「いつでも相談に来いって言って下さったわ」

「ああ」そこで法律事務員として働け、ということなのだろう。確かに、今すぐ働こうとしたら、それぐらいしか選択肢はない。書類をさばいて、弁護士たちが働きやすいように雑事を一手に引き受けてやる――もう、うんざりだ。

「いざとなったら、父も力になってくれるわ」

香織の言葉に、北見は目を細めて顔を上げた。

「そういうわけにはいかない」

香織の父親は、ラジオ局の役員をしている。確かに顔は広いし、北見との関係も悪くはないのだが、こんなことで相談に乗ってもらうわけにはいかない。彼はあくまで他人であり、進んで恥を晒《さら》すことなど、絶対にできないのだ。

「父には、まだ何も言ってないから」慌てて香織が言い訳する。

「ああ。こんなこと知られたら、面目立たないからね」

「そんなこと、気にしないで。家族なんだから」

気取られないよう、北見はそっと溜息《ためいき》をついたが、香織は目ざとく気づいた。

「無理しないでいいのよ」香織がそっと言い添える。「いろいろなことは、体調が戻ってからでいいんだから。しばらくゆっくりしてね。お金のことは心配しないでいいから」

「大丈夫なのか」

「いざという時の蓄えぐらいはあるわ」

「すまない」北見は頭を下げた。しばらくは香織に甘えることになるだろう。いろいろなことが同時に起こり過ぎた。ゆっくり立ち上がったが、足元が覚束ない。

「ちょっと書斎に行ってる」

「寒いから暖かくしてね。掃除もしてないから、埃《ほこり》っぽいかも」

「そのままでいいんだ」

香織の弱々しい視線を感じながら、北見は立ち上がって書斎に向かった。後ろ手にドアを閉め、小さく溜息をつく。灯《あか》りを点《つ》けないまま、大きな椅子に腰を下ろす。ぐるりと回して、窓の方を向いた。暗闇の中で、自分の手だけが白く浮き上がる。様々なことどもが頭の中で渦を巻き、考えがまとまらない。が、やがて全ての思考は一点に集中した。自分の体のことも、仕事のことも、家族のことも消し飛んでしまう。

書棚を見やると、一番手前に置いてある今川の本が目に入る。『極北』。何もあいつが北極に行ったわけではない。だが、何度も読み返した今川のデビュー作は、確かに『極北』というタイトルに相応《ふさわ》しいものだった。あいつは好んで辺境の街に赴き、時に何か月も、何年も腰を落ち着けた。一種の旅行記でもあるのだが、旅していたのは彼の体ではなく魂である。いつもにやにやと嫌らしい笑いを浮かべていた今川が、こんな深い内容の本を書いたということが未だに信じられない。机に向かってペンを走らせたり、キーボードを叩《たた》き続けるのが、これほど似合わない男もいなかったのに。

出流。どうして死んだ。

両手を握り締め、身を屈《かが》める。嗚咽《おえつ》がこみ上げ、肩の筋肉が引き攣《つ》った。涙がパジャマの膝《ひざ》を濡《ぬ》らす。

世の中にはあり得ないことがある。今川が死ぬなど、その最たるものだ。あいつは誰よりも長生きし、俺たちの最期を看取《みと》ってくれそうだったのに。そして最後に高笑いを残して死ぬ。異常とも言える生命力と元気さはどこへ行ってしまったのだろう。

北見は両手で膝をつかんだ。痩《や》せ細り、血管が浮き出た手に涙が落ちる。このまま、心の全てが溶け出してしまいそうだった。

島尾豊《しまおみのる》は、欠伸《あくび》を嚙《か》み殺しながら事務室に入った。妻の秋穂《あきほ》は、パイプ椅子に座って腕組みをしたまま、むっちりとした体を揺らしている。転げ落ちそうにも見えるのだが、微妙にバランスを保っており、眠りが中断することはない。これが羨《うらや》ましい。島尾は絶対に、座ったまま眠れないのだ。

「おい、替わってくれよ」

島尾の言葉に、秋穂がはっと顔を上げる。不満気に目を細めて壁の時計を見やると、「もうそんな時間？」と文句を言った。

島尾は秋穂の言葉を受け流し、新しく茶を淹《い》れ直した。うんと濃い目にして、熱いのを我慢しながら急いで啜《すす》る。舌を火傷《やけど》した。夜が明けるまであと五時間かそれぐらい、それまでは頑張らなくてはいけない。

悪い時には悪いことが重なるものだ。もう一年以上働いていた有能なアルバイトが急に辞めてしまい、今夜の夜勤も、夕方になって風邪で休むと連絡を入れてきた。こうなると、夫婦二人で交替しながら夜の時間を乗り切るしかない。

終電が行ってしまい、客も途切れた。これから数時間が一番暇な時間帯だ。島尾は店内を映すモニターを睨《にら》みながら、今度は慎重に茶を啜った。

それにしても、思い出す度に頭にくる。二時間ほど前、客がひけた時間帯に、島尾は高校生の万引きを取り押さえかけた。小さなチョコレートの箱をかばんに入れようとした瞬間を見つけたのだが、声をかけた途端、その高校生はにきび面に驚愕《きょうがく》の表情を浮かべて逃げ出した。慌てて後を追いかけたが、閉まりかけた自動ドアに派手に衝突して取り逃してしまった。髪の生え際に丸い瘤《こぶ》ができて、青黒い痣《あざ》になっている。あのガキは、盗んだ菓子をしっかりかばんに入れたままだった。まったく、男がチョコレートなんか万引きするな。そんなものばかり食ってるから、にきびが治らないんだ。

　損害はたかが百円である。しかし、百円のものを売って生活しているコンビニエンスストアの店長としては、こういう小さな損害も無視するわけにはいかない。百円が積もり積もって一万円になり、いつかは十万円になる。万引きしやすい店だとでも思われたら、損害は雪ダルマ式に増える一方なのだ。

「私もお茶、ちょうだい」秋穂が物憂げに言う。

「いいから、早く店に出ろよ」

「お茶飲まないと目が覚めないわ」

「いい加減にしろよ。こっちは怪我してるんだぞ」額の瘤には湿布を貼り、バンダナで押さえていた。みっともないが、冷やしておかないと明日の朝まで我慢できそうにない。

「大丈夫でしょう、それぐらい」

「あのな――」

　文句を続けようとしたが、秋穂の大欠伸に遮られた。もっとガツンと言ってやりたいところだが、激しい言い合いをするような元気もない。仕方なしに茶を淹れる。一杯目よりも濃くなっていた。ちょっと飲めそうにない代物だが、何も言わずに出すと、案の定、一口飲んで秋穂が渋い顔をする。

「何、これ。ずいぶん濃いわね」

「目覚ましにはちょうどいいだろう。飲めないなら飲むなよ」

「こんなに濃く淹れちゃ、もったいないでしょう」

コンビニエンスストアを経営していると、自然と一円、二円の細かい金額に目が行くようになるものだが、茶の濃さや煙草の本数まで一々指摘されるのはたまらない。結婚する前はよく気が利く女だと思っていたものだが、あれは単に、物事に細か過ぎる性格を裏側から見ていただけだったのだ。

「じゃ、お店に出るわ。あなたは少し寝てたら？」

「ここで休んでるよ。横になったら起きられそうもないから」

「でも明日、面接しなくちゃいけないんでしょう」

「それぐらい何とかなる」

秋穂の太い尻《しり》が店に消えると、島尾はまた溜息をついて煙草に火を点けた。親の代から続いた酒屋をコンビニエンスストアに衣替えしたのが正解だったのか失敗だったのか、未《いま》だに答えが出せない。確かに、収入は酒屋時代に比べて格段に増えた。だが、ちゃんと仕事をしてくれる店員を引き止めておくのは案外難しかったし、とにかく忙し過ぎる。今夜のように徹夜になってしまうことも珍しくはなかった。徹夜する時は、一時間が十時間にも感じられ、特に客の途切れる午前二時台から朝五時ぐらいまでは拷問を受けているようなものだった。それにここ一、二年ほどは、疲れが取れにくくなっている。

一生、こんなことを続けていかなくてはならないのか。子どももいないまま、六十歳を過ぎた自分がまだここで夜勤している姿を想像すると、身震いすることもあった。俺は自分自身をこの店に、閉じた小さな宇宙に閉じこめてしまったのかもしれない。

濃い茶を飲み干し、ズボンのポケットから携帯電話を引っ張り出す。向こうから電話してくる約束だったのに、結局はこちらからかけることになる。いつもそうだ。あいつは、こういう些《さ》細《さい》な約束をちゃんと守れない。毎回、二度と会うものかと憤慨するのだが、今度ばかりはそうも言っていられない。

呼び出し音が三回鳴ったところで相手が出た。起きていたようで、声ははっきりしている。モニターで店内の様子を眺めながら、島尾は相手の話に耳を傾けた。ほとんど説明を聞いているだけだったが、事実がはっきりするに連れ、頭が混乱してくる。

北見が帰ってきた。

そもそも、今までどこに行っていたのか。その間、何をしていたのか。何の根拠もなしに、急に自分の足場が脆《もろ》く崩れそうになるのを感じた。放っておけばいい。いや、あいつのことだ、このままでは済まさないだろう。昔から、思いこむと異常にしつこくなる男なのだ。きっと、今川の死についてあれこれ調べようとするに決まっている。

そんなことをしても、今さらどうにもならないのに。死んだ人間は戻ってこない。

長々と話しこんでも結論が出る気配はなかった。相手もまだ混乱している。とりあえず探りを入れてみよう、と決めた。それでどう出るか、様子を見守るのだ。卓上カレンダーを引き寄せ、翌日の日付のところに「北見に電話」と書きつける。徹夜明けにややこしい話は面倒くさいが、先延ばしにするわけにはいかない。

ふと、デスクの片隅に追いやられた写真立てに目が行く。いつもちゃんと、目が届くところに置いておくのに、忙しさにかまけて忘れてしまっていた。伝票を挟みこんだバインダーを片づけて写真を救出し、曇ったガラスをシャツの袖口《そでぐち》で拭《ぬぐ》う。妹の千春《ちはる》の笑顔が、ようやく輝きを取り戻した。生きていれば、今年で三十歳。あいつには様々な未来があった。店を手伝ってくれたかもしれないし、もう結婚して遠くへ行ってしまっていたかもしれない。あるいは、常々話していたように、海外で仕事をしていたか。あいつは英語が得意だった。一年でいいから留学したいと言って、大学を出た後も就職せず、アルバイトをして金を貯めていたのに。

死んだ後、銀行の口座を調べてみると百二十万円貯まっていた。留学に幾らかかるのかは知らなかったが、それほど遠い夢ではなかったはずである。

島尾はその金を、慈善団体に寄付した。

写真立てをデスクに置き、立ち上がる。千春の写真が、恨みがましい視線を送ってくるように感じた。長い間、何も知らなくてごめん。何もしてやれなくてごめん。今まで何万回も唱えた台詞《せりふ》を、心の中でまた繰り返す。


午後四時。藤代は前夜に続いて南多摩法律事務所に足を運んだ。土曜で休みだが、北見のことがどうにも気にかかり、出てきたのだ。今度は迷わず階段を登り、ノック抜きでドアを開ける。北見がびっくりしたように目を見開いた。

「藤代さん」慌てて立ち上がると、その拍子に、デスクに積み上げた書類が崩れて床に流れ落ちる。拾うのを手伝っていいのかどうか判断しかね、藤代は入り口で突っ立ったままだった。北見が両手一杯に書類を抱えて立ち上がったのを見届けてから、事務所に足を踏み入れる。目を細めて中を見回し、わざとらしく舌打ちをしてやった。

「どうしたんですか、土曜なのに。休みじゃないんですか」北見が目を見開く。

「刑事に土曜も日曜もないんだよ。それより、いったいどうしたんだ。夜逃げでもした後みたいじゃないか」

「夜逃げじゃないけど……閉めたんですよ」目を逸《そ》らしながら北見が言った。

「閉めたって、この事務所を？」

「そう言ったつもりですが」

「屁理屈《へりくつ》はよせ」藤代はずかずかと事務所の中を横切り、窓際のソファに腰を下ろした。北見はまだ書類を両手に抱えて、ぼんやりと立っている。首を捻《ひね》って顎《あご》をしゃくり、座るよう促すと、渋々といった様子で書類をデスクの上に揃えてから、藤代の向かいに腰を下ろす。浅く腰かけ、さっさと話を切り上げたがっている様子がありありと窺《うかが》えた。

「ずっと捜してたんだぞ」藤代は切り出した。「先月こっちに転勤になってな」

「もしかしたら今川の件ですか？」

「いつ知った」

「昨日です」

「昨日？　今までどこへ行ってたんだ」

「入院してました」

「ほう」藤代は両手を重ね合わせて身を乗り出した。「確かに奥さんもそう言ってたようだな。だけどうちの刑事には、入院先をどうしても教えなかったらしいぞ。どういうことなんだ」

北見の喉仏《のどぼとけ》がゆっくりと上下する。藤代は灰皿の縁で煙草を叩《たた》きながら、北見の言葉を待った。

「人には言いたくない病気でした」

「何なんだ」

北見が無言で、両手を自分の胸に当てる。途端に藤代は、無理に硬いものを飲み下した時のように喉が詰まるのを感じた。

「心の病ってやつか」

「まあ、そんなところです」北見が藤代から視線を外し、ぼそりとつぶやいた。

「そりゃあ、確かに言いにくいわな。偏見持っちゃいけないんだろうけど、実際、白い目で見る奴もいるんだし。だけど、俺に隠すことはないよ。実は、うちの女房もずっと調子が悪くてね」

「そうですか」いかにも義理といった感じで北見が応じる。

「なかなか起き出せないんだよ。本人も大変だけど、俺も結構参ってる。無理にでも病院へ連れて行きたいところなんだけど、本人が嫌がっててな。鬱病《うつびょう》だと思うんだけど、あれは、本人も周りの人間もきついもんだな」

「そうでしょうね」

藤代は小さく舌打ちした。昔からこいつは覇気がない。優しいのはいいことだが、男はそれだけではやっていけないのだ。まったく、親父とは大違いだ。

藤代の大学の先輩である北見の父親は、若い頃から大人物の雰囲気を漂わせていた。筋肉質の堂々たる体軀《たいく》、よく通る太い声、全てを見透かしてしまいそうな大きな目。動作はゆったりとしていたが、のろのろしているというよりは、人に威圧感を与えるために、意図的にそんな態度を取っているようだった。後に彼が弁護士になった時、藤代は、まさに天職を選んだと感心したものである。藤代は仕事柄、北見が活躍する裁判を傍聴する機会が何度かあったが、いつも彼は、法廷が自分の庭でもあるかのように振舞っていたものだ。

あの豪快な男の息子が、こんな優男になってしまうとは。あるいは、反動のようなものかもしれない。藤代は幼い頃から北見のことをよく知っているが、本ばかり読んでいる子どもだった。父親は、司法試験の準備を始める大学の三年生までは、将来の五輪代表候補にも擬せられるほど有望な柔道の選手だったのに、北見は運動神経をどこかに置き忘れてきたようだった。野球をやれば簡単なゴロをトンネルし、サッカーでは足元に止まったボールを空振りする。それに、態度もはっきりしなかった。父親はいつもエネルギィに溢《あふ》れ、人が三人集まれば、必ずその場を仕切り出すようなタイプだったのに。それに比べて息子の方は、モヤシのようなものではないか。それも散々火でいたぶられ、歯ごたえをなくしてしまったモヤシだ。

やれやれと首を振り、藤代は煙草を揉《も》み消した。

「亡くなった今川さん、お前と幼馴染《おさななじみ》だったんだよな」

「高校までずっと一緒でした」湿った声で北見が答える。意を決したように急に身を乗り出し、逆に藤代に疑問をぶつけてきた。「あいつ、どうして死んだんですか」

「溺死《できし》だよ」

「そうじゃなくて」軽く舌打ちしてから北見が言った。「自殺なんですか」

「俺が調べたわけじゃないが、一応そういう結論になってるようだな」

北見がうつむいたまま「ええ」とつぶやき、ソファに背中を預ける。

「お前、心当たりはないのか」

「全然」

「今川さん、最近帰国したんだよな。会ってなかったのか」

「会おうとはしてたんですけど、お互いに忙しくて」

「忙しい？」藤代は不審感を顔一杯に浮かべて事務所の中をぐるりと見回した。「ここが繁盛してたのは知ってるけど、会えないほど忙しかったのか。二十四時間営業してるわけじゃないだろう」

「あいつも忙しかったみたいですから。それに、つかまえにくい男でね。携帯電話も持ってなかったし、こっちは、向こうが電話してくれるのを待つしかなかった」

「そうだったな。で、彼からは連絡がなかった、と」

「一度だけ電話がありました。『帰ってきたから会おう』って、それきりでしたね」

「この事務所、何で潰《つぶ》れたんだ」

急に話題を変えると、北見が色を作《な》して説明を始めた。

「そりゃあ、僕がいなかったからですよ。これでも一応所長です――」壁にぶつかったように言葉が途切れる。北見がゆっくり首を振り、一段低い声で言葉を継いだ。「うちの連中が僕に愛想を尽かしたんですよ。事務所を潰して独立するには、いいチャンスだと思ったんじゃないですか。弁護士は誰だって、自分の事務所を持って一国一城の主《あるじ》になりたいと思ってるんだから」

言葉に詰まり、藤代は新しい煙草をくわえた。この男はいつも、父親と比べられてきた。事務所の古参の弁護士や職員たちから、冷たい視線で見られていたのも事実だろう。何とかしたい。この事務所をきちんと運営し、父親と同じように評価されたいと努力してきたことも、藤代は知っている。事務所に入ったばかりの頃は、誰よりも早く出勤して掃除までしていたはずだ。

あるいは、それが裏目に出たのかもしれない。掃除と裁判には何の関係もないのだ。

「潰れたって簡単に言うけどな、これからどうするんだよ」

北見が白けた様子で肩をすぼめた。

「しばらくリハビリしてから考えます。今は残務処理をしないと」

「普通に仕事はできそうなのか」

「まあ、何とか。もう少ししないと分からないですけどね」

「しっかりしろよ」機動隊に入って毎日しごかれている自分の息子の姿を思い浮かべながら、藤代ははっぱをかけた。あいつは、決して泣き言を言わない。「明日菜ちゃんもまだ手がかかる年なんだからな」

「分かってますよ」露骨にむっとした表情を浮かべ、北見が一瞬そっぽを向く。だが、そのまま臍《へそ》を曲げて黙りこんでしまうこともなく、会話を巻き戻した。

「今川の件なんですが」

「ああ」

「本当のところ、どうなんですか。警察はどう見てるんですか」

「正直言って分からない」

「それは公式の見解ですか」疑わしげに、北見が眼鏡の奥の目を細める。

「いろいろな可能性があるが、俺に言わせればどれも決定的な証拠がない。お前が、何か手がかりを提供してくれるんじゃないかと思ってたんだけどな」

「無理ですよ。もう何年も、ちゃんと話もしてなかったんだから」

「親友だって言っただろうが」

北見がまた肩をすぼめる。

「あいつは七年前に日本を飛び出して、ずっと帰ってこなかったんですよ。どこにいるか分からない時期も長かったし。手紙やメールのやり取りもできなかった」

「あちこちを放浪してたんだよな」

「だから、あんな小説が書けたんじゃないですか」

「俺も読んだが、面白かったよ」

「証拠として読んだんでしょう。藤代さんは、積極的に本を読むタイプじゃないですよね」

「まあな」藤代は苦笑を浮かべた。今川のデビュー作は、簡単に言ってしまえば、数万キロに及ぶ放浪の旅に魂の彷徨《さまよ》いを重ね合わせた小説である。が、決して独りよがりの分かりにくい話ではなかった。とにかく、一つ一つのエピソードが新鮮なのだ。特に、最後に彼がたどり着いた南米大陸の最南端、パタゴニアの描写が鮮烈である。もちろん藤代はパタゴニアのことなどまったく知らなかったが、小説を読んだ後では、険しい山を吹き渡る風の冷たさと強さを自分で経験したような気分になったものだ。

「二作目を書くために帰国したっていう話だな。婚約者の服部さんもそう証言してた」

「少し腰を落ち着ける気になったみたいですね」

「それなのに、お前は会ってない」

「忙しかったって言ったでしょう。それに、あいつが帰ってきてからすぐ、僕は入院しちゃったし」

「どこの病院に入ってたんだ」

「それは、まあ」北見が口を濁す。藤代はさらに突っこんだ。

「分からないと困ることになるかもしれないよ」

憮然《ぶぜん》として北見が言い返す。

「僕のアリバイが必要なんですか」

「そういうわけじゃないが」

気詰まりな沈黙が流れる。北見が、急に事務的な口調になった。

「やっぱり自殺なんですか」

「どうかね」

「橋から落ちたんですよね」

話していいのかどうか、藤代はしばらく迷った。が、結局は説明することにした。今のところ隠しておかなくてはならないことはないし、この男の協力を得るためには、手の内を少し明かしておく必要もある。

「手すりに手をついた跡があった。こう、背中を欄干に預ける格好でね。指紋も一致したよ」

北見はしばらく、天井を見上げながら思案していた。

「あの橋の欄干、一・五メートルぐらいの高さでしたよね」

「よく知ってるな」

「ガキの頃、あの辺は遊び場でしたから」慌てる様子もなく、北見は淡々と説明した。

「あの橋からは、簡単には落ちないでしょうね」

「酒は呑《の》んでたが、酔っ払ってはいなかったと思うよ」

「やっぱり……」言いかけ、北見が言葉を飲みこむ。藤代はすかさず突っこんだ。

「やっぱり何だ」

北見はしばらく爪をいじっていたが、やがてぽつりとつぶやいた。

「バランスが取れなかったのかもしれないな」

「片腕がないからか」

「いや、それはありませんね」北見が自分の説を自分で打ち消した。「昨日今日の話じゃないんだから。あいつはもう、二十何年も左腕一本で生きてるんですよ。それが普通の状態なんだから」

「例の事件のことだよな」

「ええ」北見の顔が急に暗くなった。「僕たちが小学校四年生の時でした」

「そうか。彼も苦労したんだろうな」

「そんなことないですよ」一転して強い口調で、北見が否定した。「みんなあいつには気を遣ってたんです。腕がないことで馬鹿にされたり、苛《いじ》められたりってこともなかったし、あいつも、いじけて殻の中に閉じこもるようなタイプじゃなかった」

「特に仲が悪い奴はいなかったのか」

「仲がいいも悪いも、あいつはずっと日本にいなかったんですよ。昔の仲間とはあまり連絡も取ってなかったみたいだし。僕だって、この七年間は何回も話してません」

「卒業から何年経っても、恨みが消えないこともあるよ」

「あいつに限ってそんなことはない」

「例えば、服部さんはどうだ」藤代はずい、と身を乗り出した。

「彼女は婚約者じゃないですか」

「犯罪の動機ってのはそんなにバリエーションが豊かなわけじゃなくてね。金とセックスでほぼ九割だよ」

「彼女がやったとでも思ってるんですか」

二人の視線が交錯する。藤代は短く「いや」と否定したが、すぐに同じ話題を巡って質問を繰り返した。

「実際のところ、あの二人の関係はどうだったんだい。俺は服部さんに直接事情聴取してないから、分からないんだ」

「正直言って、僕もよく分からない」

「ほう？」

「付かず離れずだったみたいですね。喧嘩《けんか》しては仲直りの繰り返しみたいな。腐れ縁ってやつでしょう」

「何で今になって、急に結婚することになったんだろう」

「それは、彼女にでも聞いて下さい。僕には関係ないことだ」ふい、と北見が顔をそむける。ここまで会話は自然に流れてきたのだが、何かが彼を傷つけてしまったようだ。やはりこの三人の間には、複雑な関係があるに違いない。

「彼女も、何だかはっきりしないみたいでね」藤代は白髪頭をがりがりと掻《か》いた。

「そりゃあそうでしょう」北見が言葉に棘《とげ》を滲《にじ》ませた。「婚約者を亡くしたばかりなんですよ。まともに説明しろって言っても無理でしょう。彼女はある意味被害者なんだから。警察も気を遣うべきじゃないですか」

藤代は北見の詰問を無視した。

「仮に自殺だとして、何か原因に心当たりはないか」

「ありません」北見が言い切った。少し反応が早過ぎる、と藤代は訝《いぶか》ったが、北見は言葉をぶつけるように続けた。「あいつはガキの頃、一度死にかけてるんです。だからこそ、生に対する執着は人一倍強かった。間違っても自殺するようなタイプじゃないですよ。それに、小説も売れて世間に受け入れられた。前途洋々ってところじゃないですか。とにかく僕には、あいつが自殺したとは思えません」

「その仕事が、自分の首を絞めることもあるんだぞ。二作目の小説が上手《うま》くいってなかったとか」

「それは警察の方がよく知ってるでしょう。編集者なんかにも話を聞いたんじゃないですか」

やれやれ、お見通しか。藤代はまた頭を掻いた。こいつは妙に鋭いところがある。そういうところだけは、しっかりと親父の長所を受け継いでいるのだ。

「僕は、この件を調べますよ」

「それは警察の仕事だぞ」藤代はすかさず忠告した。

「誰かに殺されたんだったらね。自殺だったら、そんなに熱心に捜査しないでしょう」

「そんなことはない」

藤代の反論を無視して北見は宣言した。

「あいつは、こんなことで死ぬべき人間じゃなかった。僕自身が、納得する答えを見つけたいんですよ」

「そういう気持ちは分からないでもないがな」藤代は腰を浮かした。「警察に分からないことが、お前に分かるのか」

「やってみないと分からないでしょう」

「好きにするんだな。動くのはいいリハビリになるだろう。だけど、警察の邪魔だけはするなよ」

「もう、ろくに捜査もしてないんでしょう。事件の可能性が少なければ、警察は動きませんよね」挑みかかるように北見が断じた。その目に、小さいが熱い炎が燃え盛っているのを藤代は認めた。悪いことではない。こんなにむきになって何かを主張する北見を、藤代は初めて見た。

「他の人間はともかく、俺は諦《あきら》めてないぞ」宣言して藤代は事務所を出た。ドアを閉めても、北見の強い視線がなおも背中に突き刺さってくるようだった。

店の裏の事務所で、椅子に腰かけたままうつらうつらしていると、秋穂が乱暴に島尾の名前を呼んだ。はっとして椅子から転げ落ちそうになり、慌てて両足を踏ん張る。

「お客さんよ」秋穂の声はざらざらと苛《いら》つき、いかにも面倒臭そうだった。

「誰」

「北見さん」

島尾は息を呑んだ。こっちから電話するつもりだったのに。もう、何か分かったのかもしれない。煙草に手を伸ばし、思い直して引っこめる。冷たくなった茶を一気に飲み干すと腰を上げた。

店に出ると、レジの前に北見が立っていた。この前会ったのは、半年ほど前だったか。商店街で偶然顔を合わせ、一、二分立ち話をしたのだが、内容までは覚えていない。その時に比べると、はっきりと分かるほど痩《や》せていた。顔が細くなって眼鏡が合わなくなったのか、しきりに人差し指の第二関節で押し上げる。島尾の顔を見ると、緊張した表情を浮かべたまま、軽く右手を挙げた。

「ちょっと出てくるわ。店、頼む」秋穂の鋭い視線を感じながら、島尾は北見にうなずきかけた。北見は首を傾げたが、店を出て行く島尾に黙ってつき従った。

「どこへ行く」追いついた北見が訊《たず》ねる。

島尾はちらりと彼の顔を見て、「お茶でも飲もうぜ」と誘った。

「店はいいのかよ」

「昨夜徹夜だったんだ。少し息抜きしないと死んじまう」

「悪いな、そんな時に」

「いや、ちょうど良かった。どうせ寝られないいんだから、コーヒーでも飲んで目を覚ました方がいい」

二人は、コンビニエンスストアの斜め向かいにある喫茶店に入った。夕方の客が途切れた時間帯で、BGMがやけに大きく聴こえる。島尾は崩れ落ちるように椅子に腰を下ろすと、お絞りで丁寧に顔を拭《ぬぐ》った。無意識のうちに溜息《ためいき》が漏れ出る。

「ずいぶんお疲れみたいだな」北見が遠慮がちに切り出した。

「貧乏暇なしでね。急にバイトが辞めちまって、昨夜は女房と交替で店番してた。ほとんど寝てないいんだよ」

「大変なんだ」

「大変だよ。まったく、コンビニなんか始めるんじゃなかった。酒屋のオヤジの方が楽だったな」

「だけどお前、酒は呑まないだろう。それで酒屋のオヤジってのも変じゃないか」

「そんなことないよ。煙草を吸わない煙草屋ってのもいるんじゃないか」

　煙草に火を点《つ》け、島尾は北見の姿をざっと観察した。痩せたどころではない。やつれたというのがより正確だ。煙を吐き出すと、正面から切りこんだ。

「お前、一体どうしたんだ。今川が大変なことになっちまったのに、一番の親友のお前が顔も見せないなんてさ」

「入院してた」

「病気だったのか」

「ああ」

　島尾は声を荒げてなじった。

「何で俺らに言わなかったんだよ」

「何でもかんでもお前に言わなくちゃいけないのか」急に北見が開き直る。島尾は目をすがめて、北見の本音を読み取ろうとした。何もない。その目はがらんどうで、島尾の視線を吸いこんでしまった。

「病気はもういいのか」

「ああ、まあ」北見が口を濁す。「しばらく家で大人しくしてるよ。どうせ事務所もなくなったし」

島尾はぐっと身を乗り出した。

「なくなったって、どういうことだ。まさか、潰《つぶ》れたんじゃないだろうな」

「はっきり言うなよ」北見が目を伏せた。「まあ、いろいろあったんだ。とにかくこれからは、出流のことを調べるつもりだよ」

「調べるって、それは警察の仕事だろう」

「警察は真面目に捜査してくれないよ。自殺だって決めつけてるんだ。動機だってはっきりしないのに」

「自殺じゃないのか」

北見は肩をすぼめた。昔からの癖なのだが、何だか癇《かん》に障る。

「自殺なんて、信じたくもない」

「お前、あいつには会ってなかったのか」

「会いたかったんだけど、何だかすれ違いでね。あいつが帰ってきてから、一度電話で話しただけだ。お前は会ったのか」

「俺？」島尾は自分の鼻を指差した。一瞬躊躇《ためら》った後「会ったよ」と認める。

「じゃあ、奈津と婚約した話も知ってたんだな」

「ああ、聞いてた」

「何か変だと思わないか」

「何が」島尾は手を振って、自分の顔の前に漂う煙を追い払った。

「あの二人、喧嘩《けんか》したりくっついたりの繰り返しだっただろう。それに、出流が海外に出てからは、会ってなかったはずだぜ。それがいきなり結婚って言われても、僕には信じられない」

「そんなこと、俺に言うなよ。二人のことは二人にしか分からないだろう」

「奈津の説明を聞いてもはっきりしないんだ。出流が帰ってきたの、八月の末だろう？それで、死んだのが九月二十五日。一か月もなかったんだぜ。婚約したって、ずいぶん急な話じゃないか」

「奈津に会ったのか」島尾は煙草を灰皿に押しつけた。

「昨日ね。彼女が事務所に会いに来て、出流のことを教えてくれた。出流がどうして死んだのかはっきりしないと、彼女も可哀相じゃないか」

「奈津のために靴をすり減らそうってわけか。相変わらずだな」一つ、溜息を織りこむ。

「でも、いいのかよ」

「何が」

島尾はそっと唇を舐《な》めた。この話がタブーであることは十分承知している。彼女を巡る北見と今川の殴り合いは、高校の伝説の一つである。あんなことがあった後も二人が親友同士でいられたのは不思議だが、北見はまだ、あの出来事から完全に立ち直っていないのではないだろうか。かさぶたをはがし、傷口をむき出しにするようなことはしたくなかった。

「奈津と会って、平気なのか。普通に話できるのかよ」

「昔のことは、もういいんだ」自分に言い聞かせるように北見が言った。

「本当に大丈夫なんだな。俺は知らないぞ」島尾は念押しした。後で愚痴を持ちこまれたのでは、たまったものではない。

「いいんだ。お前に面倒見てもらおうとは思わない」強張《こわば》った口調で北見が繰り返す。

「それよりお前、何か心当たりはないのか」

「心当たりって、何の」

北見が小さく溜息をつく。グラスを手に取り、水を一口舐めた。

「出流、何か変な様子じゃなかったか」

「ああ」島尾は顎《あご》を指でつまんだ。ざらりとした無精髭《ぶしょうひげ》の感触が鬱陶《うっとう》しい。「実はな、静かだった」

「へえ」北見が顔を上げる。右目だけが大きく見開かれていた。「それは変だ」

「だろう？」島尾はうなずいて応じた。「黙れって言っても黙らない男がだよ、妙に考えこんでる感じだった」

「悩んでたのか？」

「そうかもしれない。あいつ、ふだんは思ってることを何でも喋《しゃべ》っちまうタイプだっただろう？　黙りこむのは、大抵悩んでる時だったよな」

「そんなに悩んでたのか」

「とにかく俺は、あんなに静かな今川を見たことはなかった」

「そうか……やっぱり奈津のことかな」

　島尾はゆっくりと首を振った。

「それは俺には分からない。奈津に直接聞いてくれ」

「そうじゃなければ、小説のことかもしれないな」

「どうだろう。俺は何も聞いてないけどな。書いてるとは言ってたけど、そのことについては、あまり積極的に話したくないみたいだった」

「行き詰まってたのかな」

「だから、俺には分からないって」島尾は顔をしかめながら、首を傾げた。北見はくどい。今川のことになると、さらにくどくなるようだ。

「だいたいあいつは、小説を書くような柄じゃないんだよ」北見が怒ったように吐き捨てる。「旅行記とか、そういうものなら分かるよ。あちこち旅して面白い経験もしてるんだろうから。でも、小説っていうのはあいつには合わない。それが売れちまうんだから、妙な話だよな」

「そうだな」島尾はぼんやりした口調で話を合わせた。

「元文学青年のお前から見てどうなんだ。あいつの小説はやっぱり凄《すご》いのか」

「凄いっていう形容詞は、あいつの小説には合わないような気がするけどね。そもそも、そんなこと俺に聞かれても困るよ。文学青年なんて、昔の話じゃないか。そもそもその言葉が死語だよ」

　もしも両親が死ななければ、今頃俺はまったく別の人生を歩んでいたかもしれない。夢なんだ、単なる妄想だったんだと自分に言い聞かせてはいるが、今でもほとんど無意識のうちに、頭の中で小説の筋を組み立てている時がある。

「僕は、お前が作家になるもんだと思ってたけどね」北見がぽつんと言った。「本も一杯読んでたし、ずっと書いてたんだろう」

「そんなのは昔の話だよ。今は、ただのコンビニのオヤジだ。本を読む時間があれば寝ていたいね」書いていない言い訳は百万もある。が、それを北見に話しても無駄だ。分かる奴には何も言わなくても分かる。分からない奴には、どれだけ言葉を費やして説明しても理解してもらえない。

　コーヒーが運ばれてきて、北見が口を閉ざした。ブラックのまま一口飲んで顔をしかめる。島尾は砂糖とミルクをたっぷり入れた。カップに視線と意識を集中させてゆっくりとかき混ぜてから、顔を上げる。

「お前、どうしてあいつに会わなかったんだ」

「だから、忙しかったんだよ」北見が素っ気なく繰り返した。

「そんなことは理由にならないだろう。友だちじゃないか。せっかくあいつが日本に帰ってきたのに会わないなんて、かえって不自然だよ」

責めたてられていると思ったのか、北見が憮然《ぶぜん》として唇を嚙《か》み締める。乱暴にカップを取り上げて、受け皿にコーヒーをこぼしてしまった。

「そんなこと言ったって、会えなかったものは仕方ないだろう。あいつの連絡先も分からなかったし」

「なあ、変なことに首を突っこむなよ」島尾は低い声で忠告した。

「変なことって何だよ」むっとした口調で北見が言い返す。島尾はカップ越しに北見の顔を睨《にら》んだ。

「死んだ奴のことをあれこれほじくり返すのはやめろって言ってるんだ」

「そういう言い方はないだろう」カップを持つ北見の手が震える。

「お前が何をしたって、今川は帰ってこないんだぞ。だいたいお前、肝心の葬式の時にもいなかったじゃないか。それを、今頃になってのこのこ出てきてさ、もうどうしようもないだろうが」

北見がゆっくりとカップを置き、低い声で言った。

「僕はあいつに借りがある」

その言葉の意味は、島尾にもすぐに分かった。自分でも驚くほど乱暴な口調で吐き捨てる。

「いったいいつの話だよ。もう二十五年も前のことなんだぜ。あれはお前の責任でも何でもない。いつまでぐずぐず言ってりゃ気が済むんだ。それに、お前はあいつに奈津を取られたんだぞ。忘れたわけじゃないだろう。貸し借りで言ったらゼロじゃないか」

「僕はあいつに借りがある」平板な口調で北見が繰り返す。目が据わっていた。ひどく集中しているようにも、心がどこか別の場所に飛んで行ってしまったようにも見える。島尾は、こんな北見の表情を見たことがなかった。

「好きにするんだな」溜息《ためいき》をついて、島尾はズボンの尻《しり》ポケットから財布を抜き出した。五百円玉を一枚テーブルに転がしてから、立ち上がる。そのまま立ち去りかけて足を止め、引き返して北見に覆い被《かぶ》さるようにしながら告げた。「俺はやっぱり、自殺だと思う。だから、放っておくべきなんだ。何か分かって、奈津が傷ついたらどうする。それは、お前の本意じゃないだろう」

店を出る時、島尾は一度だけ振り返って北見を見た。北見は胸に顎を埋《うず》めたまま、じっとテーブルを見つめている。そこに書かれた答えを何とか読み取ろうとでもしているようだった。

土曜の夜は静かに過ぎていった。所員たちがいなければ、この事務所も悪い場所ではない。自分のペースで酒を呑《の》み、窓越しにネオンの輝きを見ているうちに、いつの間にか時間が流れていく。

やっとバーボンの瓶に蓋《ふた》をした時には、とうに十時を回っていた。かれこれ四時間近くもここに座っていたことになる。今日も何もできなかった。あれだけ前のめりになっていたのに。何かしようと思っても、どこから手をつけていいのか分からず、気持ちが空回りするだけだった。結局は、あいつが日本に帰ってきてからの足跡をたどるしかないだろう。どこかでトラブルに巻きこまれていなかったか、誰かの恨みを買うようなことはなかったかを調べる。今川ならいかにもありそうなことだった。あいつは、あちこちにぶつかりながら生きている。中学の頃は、街の不良たちに喧嘩《けんか》を吹っかけては生傷を作っていたものである。自分がなくしたのは腕だけで、気持ちはへし折れていないということを証明したかったのではないだろうか。

僕は何も証明できなかったが。証明するための努力もしなかったが。

ようやく腰を上げ、事務所を出る。家までの十分を歩くのが面倒だった。いっそのこと、帰らないで事務所に泊まってしまうか。どうせ机は空いているのだ。二つくっつければ、何とかベッドができる。しばしば泊まりこんでいた弁護士たちのために、毛布も用意してあった。階段の途中で足が止まる。

いや、よそう。これ以上香織や明日菜を心配させるわけにはいかない。今夜だって、本当は家で明日菜と一緒に食事を取るべきだったのだ。不在の二か月を埋めるためにも、食事ぐらいはつき合うべきだったのだ。だが夕方になると、家ではなく事務所の方に自然に足が向いてしまった。

今日は風が強い。低い位置にある月が雲に隠れたかと思うと、またすぐに姿を現す。少し遠回りをしてアルコールを抜こうと、矢萩川沿いに歩いて帰ることにした。できたら、思居橋に寄って行きたい。いや、行かなければならない。あいつが死んだ場所なのだから。

　商店街を抜け、矢萩川まで出て、車一台がやっと通れる幅の堤防沿いの道を歩く。川から吹き上がる湿った風が頰を打った。思居橋までは五百メートルほどだろうか。月が完全に隠れてしまったので、橋はぼんやりとしか見えない。足元が覚束ないのは、自分でも意識していた。頭の中では、不協和音がずっと低い音で鳴り続けている。

　子どもの頃から、何度もこの道を歩いた。その記憶は今川や島尾、それに死んだ藤山の顔と結びついている。記憶の中では、彼らは常に小学生だ。僕たちはこの場所を奪われ、本当は温かく柔らかいはずの想い出を悪夢に変えられた。

　これ以上、暗いところを歩きたくない。いや、思居橋に近づきたくなかった。ずっとあの辺りを避けていたのだ。近づくと、絶対に嫌なことが起きる。駅前通りまで引き返し、最短距離で家を目指した。それでも、ふだん十分のところが二十分近くかかった。音を立てないように鍵《かぎ》を開け、家に忍びこむ。風呂《ふろ》に入っているのか、香織の姿も見当たらなかった。そのままリビングを通り抜け、自分の城である書斎に入る。ドアを固く閉ざし、椅子に体を埋めて天井を仰いだ。薄い頭痛が消えず、鼓動と同じリズムで痛みを送りこんでくる。震えが襲ってきて、北見は自分の体をきつく抱きしめた。

　立ち上がり、『極北』を手に取る。ぱらぱらとページをめくり、目についた一節に目を通した。

「ここではいつでも風が吹いている。はるか氷河の上を渡り、海の冷たさと混じり合い、心を挫《くじ》けさせようと狙う冷たい風だ。しかも常に一方向に吹き続けるので、木は横へ傾き、この世のものとは思えない奇妙な捩《よじ》れ方をしている。だがここには、そんな風に負ける人間は一人もいない。人は必ず、環境に慣れる。克服することができる。少なくとも、俺がパタゴニアで出会った人の中で、背筋を丸めて風に吹き飛ばされそうになっている人はいない。ここで生きていくと運命づけられれば、風ごときに負けてはいられないのだ」

あいつらしい。吹きすさぶ風に立ち向かい、傲然《ごうぜん》と胸をそらしながら歩いていく。あいつにはあって、僕にはなかったものがそれだ。堂々と、人の視線を気にせずに歩いていく勇気。僕はとうとう、それを手に入れることができなかった。

第三章

あの春、俺はヒーローになった。片腕と引き換えに。

黒焦げになって肩の先から切り落とした腕の治療で、四年生の三学期は丸々休まざるを得なかった。学校に戻った時、横断幕やブラスバンドが出迎えてくれたわけではなかった。一時間目が始まる前に五年生の新しい担任が、俺の怪我のことで遠慮がちに何か言い、それを聞いて教室中がしんと静まり返ったことを覚えている。腫《は》れ物に触る——みんなそんな感じで俺に接するようになった。無傷で生き残った二人も同じで、積極的には俺に話しかけようとしない。目が合いそうになると慌てて顔を背ける。そのせいか、午前中はずっと尻が落ち着かなかった。座っていても授業の内容が頭に入ってこない。時々なくなった腕が痒《かゆ》くなり、おかしくなりそうになった。

一番困ったのは給食だった。左腕だけで食事をする練習は病院でずっとしていたが、十年も右腕中心で生きてきたのだから、そう簡単に慣れることはできない。おずおずと「手伝おうか」と言ってくれた奴もいたが、俺は特大の笑顔で「大丈夫だよ」と答え、結果、一人教室に取り残されてしまった。同級生はとっくに食べ終わり、外へ飛び出していた。その頃クラスで流行《はや》っていたのはソフトボールだったが、もちろん俺は見ているしかできなかった。痛むわけではなかったが、何となく腕が疼《うず》いたし、とにかく片手ではどうやっていいのか分からなかったから。

腕をなくす前の俺は、野球やソフトボールはかなりの腕前だった。あの事件がなかったら、野球でいいところまでいっていたのではないかと思う。外野の間を抜く鋭い打球を飛ばし、三遊間の当たりを出足良くさばいて一塁で刺す。数か月前までは当たり前のようにこなしていたことが、早くも記憶の底で凍りつき始めている。

あの春、五年生になった時には、そういう夢も曖昧《あいまい》な希望も全てが吹っ飛んでしまい、新しい生活に慣れていくだけで精一杯だった。飯を食う時は、茶碗《ちゃわん》に顔を近づけなければならない。ノートに字を書く時には重い文鎮が必要になった。顔を洗うだけだって二倍の時間がかかる。それでいじけたり、全てを放り出したくなったわけではないが、とにかく俺は、赤ん坊に戻ったように、生活を新しく作り直さなければならなかった。

下手くそな奴らがボールを追いかけるのを、木陰に座ってぼんやりと眺めた。内野手はすぐにお手玉するし、外野手は落下地点を見間違って派手にバンザイする。そういう連中に自分の姿を重ねてみた。俺ならあんな風にはしない。もっと上手《うま》くやれる。

「おーい、打てよ」

顔を上げると、肩にバットを担いだタクが俺を呼んでいた。気に食わない奴だ。人より体が大きいというだけでガキ大将を気取っていたのだが、俺はもう、そういう下らないことからは卒業していた。もっとも向こうはそう思っていなかったようで、四年生の頃は、何かとちょっかいを出してきたものである。腕一本なくなったぐらいでは、俺をからかうのをやめる理由にはならないと思ったようだ。

「ワンアウト満塁だぜ。打たせてやるよ」挑みかかるように、タクが俺に向けてバットを突き出す。ふざけやがって。俺がヘマをするのを楽しみにしているのだ。いいだろう。バットもろくに振れないで、無様に尻餅《しりもち》をつくのを見せてやる。そうしたらお前は、自分がどれだけ残酷なことをしているのか、理解するだろう。子どもだからって、何をやっても許されるものではないのだ。

バットを受け取り、馴染《なじ》みのない右打席に入る。埃《ほこり》っぽい校庭に、にわかに緊張感が高まるのを感じた。俺はもともと左打ちだった。しかし左腕一本しか使えないなら、テニスで言えばフォアハンドよりバックハンドの方が打ちやすいのではないかと本能的に判断したのだ。もちろん、しっくりこない。バットは、腕をなくす前の二倍の重さに感じられた。とても打てそうになかったが、一度打席に入ってしまった以上、逃げ出すわけにはいかない。わざと空振りして尻餅をついてやろうという考えも頭から消えていた。腕がないから勘弁してくれ、という言い訳だけはしたくなかったのだ。

高めに入ってきたボールを、思い切り打ちに行った。波打つようなスウィングになったが、ボールは芯《しん》に当たってくれた。ハーフライナーになった打球が、辛うじて二塁手の横を抜けてセンター前に達する。

おお、というどよめきが起こり、誰かが指笛を鳴らす。

それがきっかけになって、それまでとは違った日常が戻ってきた。腕を焼かれた時の熱さと苦しさ、友だちを助け出した時の信じられない馬鹿力、そういう話を、俺は繰り返し求められるようになった。時に子どもらしい残虐性を交え、時にしんみりとした調子であの数分間のドラマを語ってやることで、俺は自らの英雄神話を大きく膨らませた。

誰も俺を馬鹿にしなかった。無視することもなかった。誰もが俺の話に耳を傾け、その気になればいつでも輪の中心に入っていくことができた。俺は誰にでもチャンスを与えてやった。俺と話をしたい奴、遊びたい奴は拒絶しない。

世界は俺を中心に回り始めた。だが俺は気づいていた。近寄ってくる連中がみな、何がしかの責任を感じたような表情を浮かべていることに。俺はそんなことを望んでいたわけではない。あれはとっさにやったことだし、誰かの同情を買おうとか、ましてや英雄になろうなどとは微塵《みじん》も考えていなかったのだから。

だが、あの数分間が俺に与えてくれたものを利用しない手はないのだ、とすぐに気づいた。利用していいだけの価値が、権利が俺にはある。あの業火を共に潜り抜けてきた二人にしても、例外ではない。しかし、いつの間にか俺たちの関係は微妙にずれ始めていた。助けた者と助けられた者、その差はいつまで経っても縮まらず、開いていくだけだった。

秋から冬にかけてはしばしば干上がる矢萩川だが、北見が入院している間に雨が続いたらしく、今はたっぷりと水を湛《たた》え、晩秋の弱い陽射しを受けて、波頭が白く輝いていた。川面《かわも》を風が渡る度に、河原を覆い尽くすススキが銀色に輝きながら揺れる。

川の向こうの高台にはゴルフ場が広がっており、そこはもう多摩市だ。橋を渡るだけなのに、子どもの頃の北見は、遥《はる》かに遠い街だと思っていた。単なる思いこみに過ぎないのだが、その印象は今も変わらず、新宿《しんじゅく》や渋谷《しぶや》に出るよりもよほど遠く感じられる。多摩市はあまりにも人工的で、人気《ひとけ》がない。それは街というよりも、街のショールームのようだった。

コートのポケットに手を突っこみ、思居橋の下に立って水面《みなも》を見詰める。知らぬうちに肩に力が入り、息を殺していた。ここへ来るのは、二十五年前の事件の時以来である。今川が退院してからも矢萩川には来ていたが、事件現場を避けるように、遊び場はもっと下流に移っていた。

ふっと溜息《ためいき》をついて力を抜き、目線を上に転じる。何でもないんだ、場所そのものに悪意が残っているわけではないんだと自分に言い聞かせた。陽射しは案外強く、目の奥まで一直線に突き刺さってくる。大きめの石を見つけて腰を下ろした。誰かが腰かけ代わりに使っていたのだろう、目の前に焚《た》き火をした跡があった。傍らに落ちていた木の枝を拾い上げ、黒くなった木片を突き崩す。そういえば小学生の頃、よくここでバーベキューの真似事をしたものだ。串《くし》に刺したソーセージやトウモロコシを直接焚き火で炙《あぶ》る。焦げ臭くて食べられたものではなかったが、当時はこれがバーベキューなのだと思いこんでいた。

何の因果でこんな場所で。一度殺されかけた場所で本当に死んでしまうとは。北見は音をたてて溜息をついた。そう、ここから二十メートルほど離れたところに、あの車は置いてあった。

雲が流れて日が陰ると、途端に寒さが身に染みこむ。コートのボタンを首までかけ、背中を丸めた。入院する前は、ちょっと歩くとすぐに汗をかくような陽気だったのに。ここ数年、やたらと夏が長くなったように感じていたが、今年に限っては、北見は長い残暑を経験していない。治療のための二か月は、季節にぽっかり空いた空白になってしまった。

再び川に目を転じる。今川は泳げなかった――いや、四年生の夏までは泳げたし、仲間うちで一番最初に二十五メートル泳げるようになったのも彼だったが、腕をなくして以来、水に入るのを避けるようになった。矢萩川は流れが穏やかで、ところどころ水が流れない淀《よど》みになっている。子どもの頃の北見たちにとっては格好のプール代わりだったが、あの事件以来、今川はにやにや笑いながら北見たちが泳ぐのを見ているだけになった。

泳げない、仲間に入れないなら、川になど来なければよかったのだ。なのに今川は、いつも北見たちに付いてきた。北見たちが泳ぐ姿に自分を重ね合わせ、失ったものを取り返そうとしたのだろうか。それとも純粋に、時間と空間を仲間と共有したかったのか。いや、おそらくそうではない。今川はいつも、薄皮一枚余計に身にまとうようになり、どんなにじゃれあっていても、目に屈託のない笑みが浮かぶことはなくなっていた。

足元の小石を拾い上げ、横手から投げる。石は水面を二回跳ねただけで、すぐに水中に消えた。しばらく使わないで凝り固まっていた肩の筋肉が、引き攣《つ》るように痛む。ぐるりと肩を回して痛みを拡散させ、もう一つ石を拾って投げた。今度は一度も水を切らず、小さな波紋を残して沈む。そう言えば、今川はこれが得意だった——特に、右腕を失ってからだ。飽くことなく繰り返し、いつの間にか川の半ばまで届くぐらい、石を投げることができるようになった。泳いでいる自分たちの横を石が跳ねていくのを何度も見たことがある。巧みに避《よ》けて投げていたようだが、本当はぶつけたかったのかもしれない。どうして俺の腕はなくて、お前らは無傷なんだ。口には出さなかったが、今川がそう思っていたとしても不思議ではない。

再び石に腰を下ろし、背中を丸めて寒風をやり過ごした。

夜が過ぎ、朝を迎えたが、何一つ変わっていなかった。調べてやる、奈津にも島尾にもそう宣言したが、どこから手をつけていいのか分からない。それに加え、藤代が事務所を訪ねてきたことで、頭を押さえつけられたような気分にもなっていた。

何を信じればいいのか。

腕時計をちらりと見た。いつまでもこうやって川を眺めているわけにはいかないのだ。日曜の午前十一時。アメリカは土曜の夜だ。とりあえず前に進むために、まずは電話を一本いれなくてはならない。

財布からメモを取り出し、電話番号を確認した。慎重に番号をプッシュし、電話を耳に押し当てる。

国際電話に特有の、長い呼び出し音が流れる。三回鳴った後で相手が受話器を取った。反射的に腕時計を見て時差を計算しようとしたが、一瞬脳裏に浮かんだ数字はすぐに乱れて消えた。

聞き覚えのある声が、背後のテレビの音にかき消されそうになる。北見は無意識のうちに声を張り上げた。

「彩乃か？」

「はい？」最初「ハロー」と言った彩乃が、すぐに日本語に切り替えた。

「ああ、北見です」

「北見さん？」彩乃が悲鳴のような声を上げる。急に電話から遠ざかり、くぐもった声で何か言うのが聞こえてきた。たぶん「テレビの音を下げろ」だ。子どもがいる家は世界中どこでも同じなのだと思い、北見は少し頬を緩めた。もっとも明日菜は、電話がかかってくると自分からすぐにリモコンに手を伸ばすのだが。

「ごめんなさい。うるさかったでしょう」

「今、忙しいかな」

「大丈夫よ。子どもがなかなか寝てくれなくてね。テレビばっかり見てるから」

「そういうのって、日本でもアメリカでも同じだね」

「北見さんのところ、女の子だったわね。今、何歳？」

「小学校一年生だ。君は？」

「五歳と三歳。男の子二人だから、元気があり余って困っちゃうわ」

「そうだろうね」

一瞬会話が途切れる。互いの近況報告をするために電話したのではない、それは彼女もよく分かっているはずだ。

「兄のことね」

「すまなかった。肝心な時にいなくて」北見は誰もいない空間に向けて頭を下げた。

「どうしたの、いったい」

「入院してたんだ」この説明も何度目になるだろう。今では、世界中の人が自分が入院していたことを知っているかもしれない。

「そうなんだ。じゃあ、仕方ないわね」彩乃はあまりしつこく突っこんでこなかった。

子どもの頃から変わらない。人が少しでも嫌がる気配を察すると、気を遣ってすっと引いてしまうのだ。こういう性格は、今川にではなく北見に似ている。一度道で譲り合って、一分ほども二人で奇妙なダンスを踊ってしまったことがあった。

「もう大丈夫なの」

「ああ、何とかね。ありがとう」口で言うだけなら簡単だ。顔を合わせていないのだから、急激に白くなった北見の前髪を見て、言葉に詰まることもない。「それより、いったい何が起きたんだ」

「私に聞かれても困るわ」彩乃が言いよどむ。「私は慌てて日本へ行って、お葬式をしてきただけだから」

「君も自殺だと思ってるのか」

「私に聞かれても」

「あいつ、最近何か変わった様子はなかったかな」

「最近って言われても、私はもう三年も会ってなかったのよ」

「じゃあ、あれ以来か」

「そう。とにかく、糸の切れた凧《たこ》みたいな人だったから」

いつか、今川の足跡を地図に記してみよう。七年前に日本を出てから、北欧、アフリカでそれぞれ一年。北米に二年。それから南米に渡って三年だ。アメリカにいる時は、一時彩乃のところに転がりこんでいたのだが、北見はその頃一度遊びに行ったことがある。その時は、ニューヨークのクイーンズにある彩乃の家で、夜っぴて今川と話しこんだものだ。アメリカで弁護士として活躍している彩乃は、積極的に会話に加わろうとはせず、実の兄の今川を避けている気配を隠そうともしなかった。独立独歩の人である彼女にとって、今川はずっと厄介な存在だったのだろう。その時だって今川は、放浪の途中で金がなくなって身を寄せていたわけで、彼女はずっと、迷惑そうな表情を引っこめようとしなかった。今川が、「外交力」とでも言うべき持ち前の人懐っこさで彩乃の夫と子どもを籠絡《ろうらく》していなければ、彼女もさっさと蹴《け》り出していたはずである。

「あの後、あいつはパタゴニアに行ったんだよね。あの時も、ずっとそのことばかり話してたし」

「らしいわね」

「らしいって、はっきりしないな」

「だって、便り一つ寄越すわけでもなかったし。ある日急に出て行って、それっきりよ。小説を書いてることも、日本に戻ったことも全然知らなかったの。本を出したことだって、日本にいる友だちに聞かされてびっくりしたぐらいだから」

「それもあいつらしいじゃないか」

「そうね。でも、最後の最後まで人に迷惑かけて」彩乃が小さく溜息《ためいき》をついた。

「そんなことないだろう」否定しながら、本当のところを自分は知らないのだ、と北見は強く意識した。島尾や奈津がどれほど慌てたか、悲しんだか。身寄りがいない中での葬式の準備も大変だっただろう。

「私はすぐにはそっちに行けなかったからよく知らないけど、いろいろな人に迷惑をかけたみたいね」

「君、奈津に何か言われたのか」

「別に」急に彩乃の声が素っ気なくなり、それで北見にも、険悪な状況が想像できた。

「あの人、兄と婚約してたんですって？」

「僕もこの前初めて聞いたんだよ」

彩乃が鼻で笑った。

「何か変よね。笑っちゃうわ」

「よせよ」

「だって、あの二人がねえ。私、二人が喧嘩《けんか》しているところしか記憶にないわよ」

「仲がいい時期もあったんだ」

「あのね、北見さん」遠慮がちに彩乃が切り出す。

「何だい」

「そういうこと話してると、辛《つら》くない？」彩乃は、北見と奈津の一件を知っている。

「案外意地が悪いんだね、君は」

「そういうつもりじゃないけど、そろそろ本音を話してもいいんじゃないですか」

「僕は何とも思ってないよ」

「北見さん、気を遣い過ぎなのよ。あの時だって、もっと怒っても良かったのに」奈津を巡る大喧嘩についても彩乃は知っている。北見は耳が熱くなるのを感じた。

「あの時は、あれでいいと思ったんだ」

彩乃が深く溜息をついた。

「何だか、奈津さんと結婚しようとしたからこんなことになったんじゃないかっていう気もするの」

「そういうことは言うべきじゃないと思うな。妹だからって、言っていいことと悪いことがあるよ」

「だけど、あの二人がうまくいくわけないでしょう。それなのに結婚しようって考えるのが、そもそも変なのよ。まあ、今さらそんなこと言っても仕方ないけどね」また深い溜息。「話を戻すけど、兄が変だったって言えば、それが一番変よね」

「ちょっと待てよ。真面目にそう思ってるのか？」

「冗談よ」彩乃が乱暴に北見の言葉を遮った。「自殺なんでしょう？　警察もそう言ってたし」

「殺された可能性もあると思うんだ」

「まさか」硬い口調で彩乃が否定した。「何か根拠でもあるの」

「そういうわけじゃないけど、自殺なんて信じたくない」

「……そうね。でも、兄のことは誰にも分からない。違う？」

「今からだって知ることはできるだろう。あいつが何を考えて、何をやっていたか分かれば——」

「北見さん、もしかしたら警察を出し抜くつもりなの？」割って入った彩乃の声が、心配そうに震える。

「そんな気はないけど、警察は今さら動いてくれないと思うんだ。連中が中途半端に投げ出すぐらいなら、僕が調べようと思ってる。曖昧《あいまい》なままにはしないよ」

「何か手がかりでもあるの」

「いや。今分かってるのは、死ぬ前のあいつが妙に口数が少なかったことぐらいかな。ふだんのあいつらしくなかったらしい」

「そうねえ。黙れって言っても黙らなくて、周りの雰囲気を悪くしちゃうような人だったものね。それでずいぶん、喧嘩もしたし」

同じような話の繰り返しになってきたので、北見は話題を変えた。

「あいつ、こっちではどこに住んでたか、知ってるかい」

「昔の家よ」

「あのマンションか」

「そう」

今川の実家は、このあたりでも古い部類に入るマンションである。小学生の頃は、北見も何度も遊びに行ったことがある。入り浸っていた、と言ってもいい。

「まだ処分してなかったんだ」

「家を処分するのって、結構大変なのよ。あんな古い家、すぐには売れないし、税金を払い続ける方がかえって楽だから、私が面倒見てたの。でも、電気も水道も止めてた部屋でどうやって生活してたのかしらね」

「君は行ってみたのか」

「うん。何もなかったけどね。古いパソコンが一台と、あとは服ぐらい。だいたい私が持って帰ったけど、処分していいのかどうか分からなくて、まだ手をつけてないわ」

「生活感がないね」

「それを言えば、兄は昔から生活感なんかなかったじゃない」

「そうか」

ある意味、今川の性格を表現するのにもっとも適当な言葉は、「浮世離れ」だったかもしれない。そうでもなければ、二十代も半ばを過ぎてから、海外放浪の旅に出ようなどと考えなかったのではないだろうか。

それにしても、彩乃は淡々とし過ぎている。唯一の肉親が死んだというのに、まるで他人事《ひとごと》のように話している。

あるいは、彼女の中では今川はとうに死んでいたのかもしれない。

今川が十八歳の時に父親が交通事故で亡くなり、その二年後に母親が心筋梗塞《こうそく》で後を追ったのだ。両親がいなくなったことで兄妹《きょうだい》の絆《きずな》も切れてしまったようで、その後の二人の人生は刃物で断ち切ったように別の方向に別れてしまった。親の残した遺産を今川は放浪の旅に遣い、彩乃は自分を磨き上げるために利用した。国立大学に現役で合格し、卒業後はアメリカの大学に留学、現地で弁護士の資格を取り、今はマンハッタンにある大手の法律事務所に籍を置いている。現地で日系三世の男性と結婚し、子どもが二人。まずは順風満帆の人生であり、あちこちでぶつかって跳ね返り、傷を作っても懲りずに同じことを繰り返した今川とは対照的な日々を送っている。

それにしても、元々あまり仲の良くない兄妹だったということを差し引いても、彩乃の態度はあまりにも素っ気ない。

「君、平気なのか」

「平気って、何が」

「たった一人の肉親が死んだんだぜ。どうしてそんなに淡々としてるんだ」

「北見さんにとって、今一番大事なことって何？」

「何だよ、いきなり」北見は電話を握り直した。時々彼女は、こちらが予想もしていないことを言い出す。

「兄のことを悔やむ気持ちは分かるけど、それより大事なことはないの？」

一瞬間を置いて、北見は「ない」と短く、はっきりと断じた。

「そう……北見さんは、自分のことより他人のことなんだ」

「あいつは他人じゃない」むきになって北見は反論した。「僕は、あいつに助けられた。あいつが助けてくれなかったら、今の僕はなかったんだぜ」

「それは分かってるけど」

「君にとって、今川は一番大事な問題じゃないってことか」

「うちの家族がずっと昔にばらばらになってたの、北見さんは気づいてたでしょう」

唾《つば》を呑《の》み、一瞬間を置いてから「ああ」と短く答える。彩乃は淡々とした声で話し続けた。

「あの事件があってから、兄はやっぱりおかしくなっちゃったわよね」

「そうかもしれない」彩乃も気づいていたのだと思うと、喉《のど》が詰まるように感じた。

「親も気を遣って、かえってぎこちなくなっちゃったし。普通に話はしてたわよ。でも、そのうち爆発するんじゃないかって、怖がってるようなところもあった。それは、私も同じように感じてたけど」

「外で喧嘩して、発散してたんだよ」

「それで警察に呼び出されたこともあったでしょう？　両親は結構辛い思いをしたと思うのよ。二人が亡くなったとき、私はこれで兄からも解放されるかもしれないと思った。薄情だって言うかもしれないけど、怖かったのよ」

「そうか」

「とにかく、今の私には自分の家族がいる。そっちの方がいろいろ心配なの。下の子がねえ」一層冷えた声で彩乃が打ち明け始める。「北見さん、アンジェルマン症候群って知ってる？」

「いや」突然専門用語が出てきて、北見は面食らった。

「染色体異常の一種なのよ。うん、たぶん生きていくことはできると思うけど……」

彩乃の言葉が途切れた。どんな障害なのかは、見当もつかない。ただ「生きていくことはできる」という単純な一言が、かえって北見に厳しい現実を想像させた。

「ちゃんと喋《しゃべ》れないし、時々痙攣《けいれん》を起こしたりね。これからもいろいろと問題が出てくると思うの。特に言葉の問題は大変みたいね。満足にコミュニケーションが取れるようになるかどうか。もしかしたら、一生私たちが面倒見ていかなくちゃいけないかもしれない。自立は難しいんじゃないかな」

「それは……大変だな」北見はようやく言葉を搾り出した。

「でも、自分の子どもだもんね」彩乃が声に明るさを取り戻した。そうするのに、ひどく苦労している様子ではあったが。「普通の子どもとちょっと違うだけだって思うようにしてるの。病気だって、個性みたいなものじゃない。上の子も協力してくれてるし、何とかなるわ」

「君にとって、一番大事な問題はそれか」

「当たり前でしょう」途端に厳しい声になって、彩乃が認めた。「仕事して、家に帰れば人より手のかかる子どもの面倒を見て。毎日毎日、どれだけ神経をすり減らしてるか、北見さんには分からないでしょう。そんな時に、兄が死んだって聞かされても、何ができるっていうの？　いい大人が、他人に迷惑をかけて。それは、私は身内だけど……」

身内じゃない。北見は言外に彼女の本音を読み取った。

「悪かった」どうして謝る必要があるのだろうと思いながら、つい謝罪の言葉が口を衝《つ》いて出てくる。

「いいの」溜息《ためいき》をつきながら彩乃が言った。「とにかく、私の方はそういう状況。仕事もあるしね」

「忙しいのか、相変わらず」

「こき使われてるわ」彩乃が自嘲《じちょう》気味に言った。「北見さんもよく知ってると思うけど、アメリカじゃ弁護士稼業は肉体労働みたいなものだから。訴訟の数が多過ぎるでしょう。みんな、馬鹿みたいに訴え合って、誰を信じていいのか分からなくなるわよ。それで商売になるんだからありがたい話だけど、やっぱり異常よ。独立したいと思ったこともあるけど、今の状態じゃ、分の悪いギャンブルね。私は、賭《か》けができるような立場にいないのよ」

「それも大変だな」

「北見さんの仕事はどう？」

さりげない彩乃の質問が北見の胸に直《じか》にぶつかる。「ああ、まあ」と適当に答えを濁すしかなかった。

「管理する立場も大変よね。弁護士って、癖のある人間が多いから」

「そうでもない。肩書きだけだよ」今やその肩書きも、単なる文字の羅列になった。

彩乃が話をまとめにかかった。

「とにかくそういうわけなの。兄の遺品もまだ整理してないぐらいで」

「遺品は、奈津も持っていったのかな」

彩乃が皮肉っぽく鼻を鳴らす。

「さあ、どうかしら。もしかしたら、兄はあの人に騙《だま》されてたのかもしれない」

「よせよ」

「北見さん、彼女を庇《かば》いたくなる気持ちは分からないでもないけど、距離を置いた方がいいんじゃないですか」

「彼女は関係ない」自分が発した言葉の力強さに、北見は驚いた。「僕は自分のために、出流のために動いてるんだ」

「本当にそれだけかしら。友だちの妹として忠告しておくけど、北見さん、火傷《やけど》するには年を取り過ぎてるわ」

「奈津に対してそういう感情はない」

「なら、いいけど……兄のことなんか忘れちゃいなさいよ。もっと大事なものがあるでしょう。仕事とか、家族とか」

それ以上議論を発展させることができず、北見は慌ただしく別れの言葉を搾り出して電話を切った。彩乃の事情は分からないではないが、やはり冷淡過ぎる。彼女だけではない。一人の人間が死んだというのに、皆、あまりにも無関心過ぎる。

立ち上がり、すり減ったコンクリート製の階段をゆっくりと登った。欄干の手すりを撫《な》でながら思居橋を渡る。行き交う車も少なく、冷たく高い空に千切れた雲が薄く広がるだけだった。橋の中ほどに来て立ち止まる。茶色い塗装が施された鉄製の欄干をじっと見つめたが、薄《うっす》らと積もった埃《ほこり》以外には何も見えなかった。必死に目を凝らしても、今川が手をついた跡は見つからない。

欄干に両肘《りょうひじ》をつく。百八十二センチの北見がそうしても、欄干は胸の高い位置にあった。百六十ちょっとの身長だった今川なら、ほぼ首の辺りだろう。鉄格子のように縦に鉄棒が入っているが、その間隔は二十センチほどしかない。子どもなら偶然隙間から落ちることがあるかもしれないが、大人だったら、よほど小柄な人が無理に体を捻《ひね》らないと隙間には入れない。それにそもそも、藤代は「欄干の上から落ちたらしい」と言っていた。

川面《かわも》を見下ろした。真下——たぶん今川が溺《おぼ》れた辺り——は、深みになっているようで水の色が濃い。そうだ、あそこはいつも淀《よど》みになっていた。今川は流されたわけではなく、橋のすぐ下で死んでいたというが、あの深みにはまったのかもしれない。

上流に向かって右手には中洲《なかす》があり、ススキが盛んに風に揺れていた。その辺りは浅瀬で、所々で大きな石が顔を覗《のぞ》かせている。

もしかしたら、歩道ではなく車道を歩いていて、車にはねられたのかもしれない。そしてそのまま欄干を飛び越え、川に落ちる。いや、それはあり得ない。交通事故だったら、様々な物証が残るだろう。ヘッドライトの破片とか、剝《は》げ落ちたバンパーの塗装とか。警察がそういうものを見逃すとは考えられない。

風が髪を荒々しく乱すのに任せながら、北見は両腕を組んで欄干に載せた。ひんやりとした鉄の感触が染み入る。彩乃も、島尾も、奈津でさえ、すでに今川の死を過去の出来事として清算してしまっているようだった。その死からわずか二か月、どうして死んだのかさえはっきりしていない状況で、なぜ振り切れるのだろう。今川の存在を、その程度のものだと考えているのだろうか。

「そんな奴ばかりじゃないよな」声に出して言いながら、北見は会うべき人間のリストを頭の中で整理し始めた。

「おう、今帰った」わざとらしく間延びした調子で藤代は言った。ソールを二回張り替えて五年持たせている革靴を脱ぎながら、スーパーの袋を玄関先の廊下に置く。あちこちがごつごつと突き出し、ネギが飛び出た買い物袋を持つのは、最初は抵抗があったが、今ではすっかり慣れてしまった。今日もクリーニング屋に寄り、一週間分の食糧を買い溜《だ》めしてきた。

妻の美保子《みほこ》は出てこない。やはり横になっているのだろう。買い物に出た時は起きていたのだが、寝ているとしたら、起こすのは忍びない。何事もないように振舞うのが一番だ。足音を忍ばせて廊下を歩く。

リビングルームは真っ暗だったが、ごく低い音でクラシック音楽が流れていた。ラジオだ。好きな音楽を聴いているということは、今日は調子がいいのだろう。それにしても真っ暗とは。手探りでスウィッチの場所を探しながら、藤代は闇に目を凝らした。ソファに横座りになった美保子の姿が目に入る。ぼんやりと頬杖《ほおづえ》をつき、目に生気がない。藤代は照明を点《つ》けるのをやめ、テーブルに買い物袋をそっと置いた。

「お帰りなさい」低い声で言って、美保子が姿勢を正す。だが、立ち上がるまでの元気はないようだ。

「今夜は鍋《なべ》にしようと思ってな」藤代は買い物袋に手を突っこみ、食料品を順番に取り出した。豆腐、エノキ、鰯《いわし》のすり身に白菜。残り少なくなっていたカンズリも買ってきた。新潟生まれの美保子にとっては故郷の味であり、結婚した時から、冷蔵庫に切らしたことがない。トウガラシのチャツネのようなものだが、藤代もいつの間にか、味噌汁《みそしる》にまで入れるようになっていた。

「今日はずいぶん冷えたな」言いながら、まだ外出着のままだと気づき、コートを脱いで椅子の背にかけた。昨日脱いだ背広が隣の椅子にかかっている。面倒くさいのはこういうことだ。食事の用意はようやく慣れてきたが、掃除や洗濯をてきぱきとこなすまでには至らない。

脱いだ服を寝室に持って行くと、敷きっぱなしの布団が嫌でも目に入る。もうずいぶん干していない。陽をたっぷり吸って柔らかく、軽くなった布団の感触とはすっかりご無沙汰《ぶさた》だった。鴨居にかけておいた背広を箪笥《たんす》にしまうと、美保子の布団の上にどっかりと座りこんだ。体温の名残は感じられない。ずいぶん長いこと、寒いリビングに一人でいたのだ。

最近、美保子が調子を崩した原因に見当がついてきた。子どもたちのことだ。長男の一樹《かずき》が警察官になって家を出たのは六年前。その時は「面倒な男の子がいなくなって楽になった」とさばさばしていたぐらいだったが、問題は、去年結婚した娘の紘子《ひろこ》である。大学を出たばかりで、しかもこの就職難の時代にせっかく就職した会社を半年で退社して、さっさと結婚してしまうとは。あれは、まるで駆け落ちだった。「結婚するから」と宣言すると、こちらには何か言い返す暇も与えず、さっさと家を出てしまったのだから。まったく、最近の若い者はちゃんとした手順というものを知らない。別に、結婚そのものに反対していたわけではないのだ。娘の相手というのは大学時代の先輩で、世間では名の通った商社に勤める男である。ちゃんと双方の親に挨拶《あいさつ》して、結納を交わして、きちんと式を挙げるのが常識というものである。そのための金ぐらい、ちゃんと用意していたのに。

美保子は藤代以上のショックを感じていたようで、紘子が出て行ってから一月ほどはろくに口もきかなかった。藤代が何か話しかけても適当な返事をするだけで、魂まで吐き出してしまおうかという深い溜息をつき続けた。その落ちこみようは藤代にも理解できる。一番肝心の結婚という時に、娘が何の相談もしてくれなかったのだから。美保子

は美保子なりに、紘子の結婚に際して、心配したり世話を焼いたりという場面を想定し

ていたはずである。

それが全て吹っ飛んだ。

鬱《うつ》の原因が紘子の不在だと感づいたのは、つい最近である。ちょっと旅行に出るよう

な気楽な調子で出て行ってしまったせいか、結婚して一年が経つのに、紘子は今でもよ

く家に帰ってくる。平均すると二週間に一度というところだろうか。今は浦安《うらやす》にマンシ

ョンを借りているから、東京を横切ってここへ来るだけでずいぶん時間がかかるはずな

のに、面倒臭がる様子もない。どうやら、商社に勤める亭主が出張するタイミングを見

計らっているようなのだ。家に帰ってくれば、我が物顔で振舞う。好き勝手に冷蔵庫を

漁《あさ》り、一時間も長風呂《ながぶろ》して、洗濯物も美保子に押しつける。美保子は口ではぶつぶつと

文句を言いながらも、ふだん寝てばかりいるのが嘘のように、溌剌《はつらつ》と動き回る。

要するに、美保子はまだ子離れできていないのだ。普通なら、「結婚する」と宣言し

てから実際に家を出て行くまでに、半年なり一年なりの猶予があるものだろう。それだ

けの時間があれば、気持ちを落ち着かせ、夫婦二人だけの生活に戻るための心の準備が

できる。美保子には、そういう時間が与えられなかった。

電話が鳴り出した。素早く立ち上がり、寝室に置いてある子機を手に取る。

「はい」

「あ、お父さん？」紘子だった。いつまでも甘ったれた舌足らずな口調で、語尾を伸ば

す癖があるのでそれがさらに強調される。

「何だよ、お前」

「今から行くから」

「今からって、お前、日曜に何してるんだ」藤代は腕時計を覗きこんだ。もう八時を回っている。これから浦安の家を出たら、こちらに着くのは十時近くになるだろう。

「彼、今日から台湾に出張だから。もう駅に着いたのよ」そういえば紘子の声の背後で、駅らしい雑音が聞こえる。

「飯は食ったのか」

「まだ。家で一緒に食べていい？」

「二人分も三人分も一緒だけど、嫁に行った娘が、ちょくちょく飯を食いに帰って来るんじゃないよ」

「ご飯ぐらい、いいじゃない。お母さんは？」

「ちょっと待て」

送話口を手で押さえて子機をぶら下げ、藤代はリビングルームに戻った。今度は遠慮せずに照明をつける。美保子が迷惑そうに額に手をかざしたが、藤代が電話を差し出して「紘子だ」と言うと、途端にソファから跳ね起きた。奪い取るように子機を手にする。

「どうしたの？　あら、もう駅？　うん、いいわよ。今日はお鍋。寒いもんね。お土産はいいから、早く帰ってきなさい。うん、大丈夫だから」

電話を切って、美保子が輝くような笑みを浮かべた。

「今からご飯炊いてたんじゃ、間に合わないわね」

「最後はうどんにしようと思って買ってきたよ」

「じゃあ、ちょうどいいわ」

キッチンの灯《あか》りが点く。美保子がいそいそとエプロンをつけた。藤代は冷蔵庫を開けて缶ビールを取り出すと、邪魔にならないように、まだ妻の体温が残るソファに浅く腰を下ろした。

美保子のことは、紘子にも一樹にも一言も話していない。二人が家にいる時は元気なのだから、向こうも気づいていないだろう。そのままにしておくつもりだった。親にしてみれば、これは恥なのだ。わざわざ自分の子どもに晒《さら》すことはない。

「これ、お父さんが作ったの？」紘子の箸《はし》が宙で止まり、目が大きく開いた。

「何だよ」むっとして、藤代は空になった缶ビールを握り潰《つぶ》した。「俺が料理作ったら、変か。ちゃんと手伝ったんだよ」

「変じゃないけど」紘子が恐る恐るつみれに箸を伸ばす。ごつごつと不細工で、一口では食べきれないサイズだ。受け皿の上で二つに割ってカンズリをまぶし、疑わしげに目を細めながら口に運ぶ。口の中でほろほろと崩しながら「美味《おい》しいじゃない」と驚いたようにつぶやいた。

「馬鹿にしたもんじゃないだろうが。生姜《しょうが》と味噌を利かせるのがコツだ。生臭さが取れる。お前もそれぐらいは覚えておけよ」

「でも、ねえ」紘子が助けを求めるように美保子の方を向く。「お父さん、何で料理なんか始めたの」

「娘が来るんで張り切ったのよ」箸を持った手を口に当て、美保子がくすりと笑う。

「やだ」紘子が口を尖《とが》らせる。「何年ぶりに会うわけじゃないでしょう」

「俺だってな、いろいろ考えてるんだよ」藤代は席を立ち、キッチンに新しいビールを取りに行った。

「いろいろって、何よ」箸をくわえたまま、紘子が振り返る。キッチンから戻ってきた藤代は顔をしかめた。

「お前、そういう癖はやめろよ。子どもが真似したらどうする」

「子ども、いませんから」紘子がふいと顔をそむけた。藤代は紘子の斜め向かいの席に座りこんで、両肘《りょうひじ》をテーブルについた。

「子どもは早いうちに産んでおいた方がいいぞ」

「そんなことないよねえ、お母さん」紘子が美保子に助けを求めた。美保子が小さく肩をすぼめたのを賛同の印と受け取ったのか、威勢のいい声でまくし立てる。

「お父さん、そういうのはセクハラになるのよ。子どもを産めとか何とか、そういうこと言っちゃいけないの」

「自分の娘に向かってセクハラもクソもあるかね」藤代は憤然と鼻を鳴らした。

「お父さんが料理してくれるのはありがたいことなのよ」美保子が助け舟を出した。

「だけど、本当にどうしちゃったの」紘子がからかうように訊《たず》ねる。

「俺はもうすぐ定年なんだぞ。仕事がなくなった途端に家事もできなくて邪魔者扱いされちゃ、泣くに泣けないだろうが。なあ、母さん」

美保子が口に手を当てて小さく笑う。紘子がいる時だけ戻ってくる笑顔だ。

「仕事の鬼のお父さんも、いよいよそういうことを考える年になったわけね」笑いながら紘子がからかった。

「男なんてのはな、一生懸命仕事してるほど、辞めた時の反動が大きいんだよ。賢い男は、辞めた後のことまでちゃんと考えて、いろいろ調整するんだ」

「もしかしたら、仕事、暇なの？」

こいつはどうして、時々妙に鋭くなるのだろう。むきになって否定しようとしたが、事実は事実として認めるしかなかった。

「確かに今の署は暇だ。あの街は事件なんかほとんどないからな。だからって、俺たちは自分で事件を起こすわけにはいかない。いつだって受身なんだよ。今は暇過ぎて、事件になるかどうか分からないようなことばかり引っ掻《か》き回してる」

「例えば？」紘子が箸を置き、身を乗り出した。この娘は昔から、好奇心が強過ぎる。家には仕事の話を持ちこまないようにしてきたが、今気になっている件は、話しても差し支えないだろうと思った。

「何だかはっきりしない一件があってな。二月ほど前に、作家の先生が川で溺《おぼ》れて死んだの、覚えてないか？」

「ああ、覚えてるわよ」紘子が即座に反応した。

「お前、相変わらず好きだな」昔から変わった娘だった。テレビのワイドショーを見るのは事件ネタの時だけだし、新聞の社会面は隅から隅まで目を通す。

「何よ、いいじゃない」紘子が頰を膨らませる。それを見ながら、息子の一樹より紘子の方が警察官に向いているかもしれない、と藤代は思った。飽きっぽいという欠点さえなければ、案外いい刑事になったのではないだろうか。好奇心のない刑事というのは、文章の書けない作家のようなものだ。

「新聞にも結構大きく出てたわよね」

「ああ」

「あの件、解決してないの？」

「何だかはっきりしなくてな。俺が赴任する前の事件だけど、初動の段階で滑らせてるような気がする」

「最初からお父さんがいれば、解決できてたんじゃないの」

「まあ、そうかもしれんが」難しいところだ。これから先、殺しだという明確な証拠が出てこない限り、自殺という結論のまま終わってしまっても仕方のない一件である。死んだのがもう少し有名な人間だったら、警察も力を入れざるを得なかっただろうが、今川出流というのは、まだ本好きの人の間でしか話題にならない存在だったのだ。ある程度本は売れたかもしれないが、ブームを巻き起こすまでには至っていなかった。

「お父さんはどう思ってるの」

「正直、分からんな」藤代は頭をがりがりと掻いた。「何かきっかけがあれば、もう少し前へ進めるんだが。今のところは、おっかなびっくり手探りしてるみたいなものだ。長引く事件には、必ずそういう段階があるもんだよ」

「難しいね」紘子が両手で顎《あご》を支える。

「そりゃ、難しいさ。簡単な事件なんか一つもないんだからな」

「はいはい」

食べ終えた食器を持って、紘子がキッチンに立った。美保子も後に続く。ほどなく、キッチンから母娘《おやこ》の明るい笑い声が聞こえてきた。藤代はちびちびとビールを呑《の》みながら、椅子の上に左膝《ひだりひざ》を引き上げた。下品だからやめて下さい、と美保子が何度も顔をしかめたものだが、とうとうこの癖は直らなかった。今では開き直っている。なに、この年でもまだ体が柔らかい証拠じゃないか。

紘子が戻ってきたので、椅子に座るよう促す。

「今、片づけてるのよ」

「お前、この家に戻ってくる気はないか」

「急に何言い出すのよ」紘子が大きな目をさらに大きく見開く。「まだ新婚なんですからね」

「喧嘩《けんか》とかしてないのか」

「うちは仲いいの」

「じゃあ、夫婦揃って越してきたらどうだ。部屋は余ってるし、家賃の心配がなくなるぞ。無駄遣いしなければ金も貯められるだろう。旦那《だんな》も、会社へ通うにはこっちの方が近いんじゃないか」

「うーん、ちょっと難しいかな」顎に指を当て、紘子が首を傾げる。

「何だ、やっぱり同居は嫌か」

「そうじゃなくて、向こうのお父さん、最近体調が良くないの」紘子が眉《まゆ》をひそめる。

「そうなのか」知らなかった。向こうの親とのつき合いはほとんどないのだ。二人が結婚した経緯からか、最初からギクシャクした雰囲気が漂っている。それも美保子を落ちこませる原因になっているのではないかと、藤代は疑っていた。

「だから、近くにいてあげないと。ほら、浦安なら、向こうの実家の蘇我《そが》にも近いでしょう」

「まあ、そうだな」

紘子が急に藤代に顔を近づけ、声を潜めた。

「もしかしたら、お母さんと二人で息詰まっちゃってるとか」

「馬鹿、そんなわけないだろうが」

「ああ、良かった」紘子が大袈裟《おおげさ》に胸を撫《な》で下ろす。「二人きりになったら、話すこともなくなっちゃったんじゃないかと思ってたのよ。そういうのが熟年離婚につながるんだからね」

「知ったようなこと言うんじゃない。お前に心配してもらうほど耄碌《もうろく》してないよ」

「仲がいいのが一番だからね」

「親をからかうな」

帰って来い、か。我ながら馬鹿なことを言ったものだ。忘れろ。家を出たら、家族を心配する以外に気を遣うことは幾らでもあるのだから。

明日からもう一度歩き回ってみよう。見るべきところはいくらでもある。今川が住んでいたマンションにも行ってみよう。鍵《かぎ》は署で預かっている。中には何もないはずだが、それでも何かの気配を感じるぐらいはできるかもしれない。


月曜日、北見が『極北』の版元の出版社に電話を入れると、今川の担当編集者、溝口《みぞぐち》はすぐにつかまった。忙しいのではないかと想像していたのだが、今川の名前を出すと、案外気軽に会うことを承知してくれた。

向こうが待ち合わせ場所に指定してきた表参道《おもてさんどう》の喫茶店に、北見は約束の時間の十分前に着いた。ふと思いついて、レジで煙草を買ってみる。封を開けて口にしたが、いざマッチを擦ってみると、急に吸う気が失《う》せてしまった。フィルターを外し、紙を破ってほぐす。一本、二本。灰皿の上に山型に積み上げ、山頂を指で押して崩した。少しだけ湿った、柔らかい感触が指に心地好《よ》い。改めて煙草をくわえ、火を点《つ》ける。ずいぶん軽い煙草だったが、体の中に煙が染みこむと軽い眩暈《めまい》を覚えた。明日菜が生まれたのをきっかけに禁煙したので、七年ぶりである。最初の眩暈と吐き気が去った後で、目を閉じて深く一服吸う。少しだけ落ち着いた気分になって窓の外に目を転じると、前屈《まえかが》みになって急ぎ足でドアの方に向かってくる男の姿が目に入った。何だかずいぶん元気そうだ。仕事を山ほど抱えているが、それを活力というベクトルに上手《うま》く変換している感じである。これが溝口ではないかと見当をつけると、案の定、店に入ってきた男は真っ直ぐ北見の方に向かってきた。目印代わりに北見がテーブルに置いた『極北』を目ざとく見つけると、軽く頭を下げて「どうも」と挨拶《あいさつ》する。

「遅れちゃいましたね。すいません」言いながら椅子を引く。北見は店の時計をちらりと見上げた。

「まだ約束の時間前ですよ」

「いやいや。お待たせしちゃったから」

「僕も来たばかりです」

灰皿から立ち上る煙草の煙を見て、溝口も煙草をくわえた。大きめの眼鏡が合わないようで、盛んに人差し指で持ち上げる。濃紺のセーターに黒のざっくりしたジャケットという格好だった。ズボンのサイズが合っていないのか、座っているのに盛んにベルトの辺りを引っ張り上げる。一口吸って目を擦《こす》ると、煙草を灰皿に置いた。

「急にすいませんでした」北見は小さく頭を下げる。

「いやいや」溝口が顔の前で大袈裟に手を振った。

「お忙しかったんじゃないですか」

「いや、僕は単行本の担当なんで、時間の融通は利くんですよ」

「編集者の方は、みんな忙しいんだと思ってました」

「確かに、週刊誌や月刊誌の担当は締め切りに追われてますけど、僕は自分のペースで仕事ができますからね」

「そうですか」

会話が途切れ、二人は申し合わせたようにコーヒーに手を伸ばした。溝口は黙って煙草を吹かしながら、北見の言葉を待っている様子だった。突然、この会見がひどく馬鹿馬鹿しいものに思えてくる。相手は、今川とは仕事上のつき合いしかない男なのだ。一冊一緒に本を作ったからといって、今川のことをどれほど知っているというのだろう。

「今川さんのお友だち、ですよね」先に溝口が口を開いた。

「小学生の頃からです」

「じゃあ、もう三十年近いつき合いになるわけですか」

「腐れ縁ってやつですかね。ただ、最近はほとんど会ってませんでしたけど」

「今川さん、ずっと海外にいましたからね。あ、そうそう、遅れましてすいません」溝口がジャケットの内ポケットから名刺入れを取り出す。さっと名刺を差し出した。北見は一瞬躊躇《ためら》った後、「南多摩法律事務所　所長」の肩書きがある名刺を渡した。溝口は北見の名刺を、次いで顔をちらりと見た。

「弁護士さんですか」

「弁護士なら弁護士って書いてありますよ。自己顕示欲の強い人種ですからね。僕は事務をやってます」やってました、という正確な台詞《せりふ》を喉《のど》の奥で潰《つぶ》した。

「ああ、なるほど」うなずき、溝口が北見の名刺をそっとテーブルに置いた。指先で動かして、パズルのピースをはめるようにテーブルの角に合わせる。それを見届けて、北見は再び口を開いた。

「あいつ、様子はどうでした」

「様子？」溝口が顎に手を当て、天井を向いた。「様子、ですか」

「担当の編集者だったら、結構頻繁に会ってたんでしょう」

「五回……六回ぐらいかな」溝口が丁寧に指を折って数える。

「そんなものですか」失望を隠すためにテーブルに視線を這《は》わせながら、北見は言った。

「そんなものですよ」うなずいて溝口が認めた。「そもそも僕らは、四六時中作家の方に張りついて原稿を催促してるわけじゃありませんからね。そんなことされたら、向こうも迷惑でしょう」

「それはそうですね」

「最初から説明しましょうか？」

「お願いします。僕は、あいつが何で小説を書いてたのかも知らないんです」

溝口が椅子に座り直した。浅く腰かけ、背筋をぴんと伸ばす。

「今川さん、『極北』の原稿もアルゼンチンから送ってきたんですよ」

「ええ」

「うちの会社でやってる『新日本文学新人賞』、海外からの応募も珍しくはないんですけど、受賞したのは今川さんが初めてでした。普通、受賞が決まると担当の編集者が何度も会って、いろいろと相談するんですけど、彼の場合は通常のパターンが通用しませんでしたからね」

「地球の裏側は遠過ぎますよね」

「でも、僕は行きましたよ」

「アルゼンチンまで？」

「ええ。今までで一番マイレッジが溜《た》まった出張だったんじゃないかな。なにせ、二回乗り継いで三十時間ですからね」溝口がくすりと笑う。その笑いは、なぜか顔に張りついたまま取れなかった。

「今川さん、どうしても授賞式までには帰国できないっていうことでしてね。それならせめて、ヴィデオメッセージぐらいは流したかったし、授賞式の後には本も出さなくちゃいけないしで、てんてこ舞いでした。一週間ばかりアルゼンチンにいて、本にするためにどこをどう直すか、徹底的にやり合ってきたんです。その結果が」溝口が『極北』の表紙を人差し指で軽く叩《たた》いた。「この本というわけです」

「あいつ、向こうではガイドをやってたんですよね」パタゴニアでのガイド生活は、『極北』の中核を成す部分だ。

「結構忙しかったみたいですよ。秘境っていっても、今は観光地みたいになってますからね」

「でも結局あいつは、日本に帰ってくることにしたんですよね。溝口さんが勧めたんですか」

「まさか」北見が予想もしていなかった激しさで溝口が首を振った。「僕は、そんなことは一言も言ってません」

「でも、アルゼンチンなんかにいたら、何かと不便でしょう。ちょっと打ち合わせと言っても、電話代を考えただけで気が遠くなりますよね」

「まあ、それはそうなんですが」溝口が親指と人差し指で丸を作って見せた。「結局は金の問題なんですよ。アルゼンチンでガイドをするのは、そんなに安定した仕事じゃないんでしょうけど、少なくともある程度の収入は期待できる。編集者としてはね、ちょっと売れたからって『仕事を辞めて執筆に専念して下さい』とは言えないんですよ。正直言って、生活の面倒までは見られませんから」

率直な物言いに、北見はこの男に対する信頼が増すのを感じた。

「そんなものですか？　『極北』、ずいぶん売れたんでしょう」

「新人賞の受賞作品としては健闘した方でしょうね。でも、まだ大ブームを巻きおこすまでは行かなかった。映像化でもされれば別でしょうけど、何しろメインの舞台がパタゴニアですからねえ。ロケするにしても、そう簡単にはいかないでしょう。それに、今川さん本人についての情報が少なかったから、今一つ盛り上がりに欠けたんですよ」

「あいつ、表に出たがらなかったんじゃないですか？　腕のこともあるし」

「そうですねえ」溝口が煙草を揉《も》み消した。「なかなかインタビューにも応じてもらえなくてね。そもそも、つかまえにくい人だったんですよ。一度山に入ると、なかなか戻ってこられないでしょう。直接本人に話を聞けないと、記事にもしにくいんですよ」

「書評はずいぶん出てましたよね。僕も読みましたけど、結構好意的なものが多かったと思うけど」

溝口がゆっくりと首を振る。

「書評だけじゃ駄目なんです。本当の本好きは、書評を見て買うでしょう。でも、そういうコアな本好き以外の人は、著者がどんな人間かということにも興味を持つものでしてね。僕は、作者自身の個性で売るっていうやり方にはあまり感心しないけど、話題性のある作者なら読者も自然とついてくるんです」

「どうして日本に戻ってくる気になったんでしょうね。小説なんて、どこにいても書けるでしょう。それこそあなたの言うように、ガイドをしながらでも書けたはずだ。あいつだって馬鹿じゃないんだから、小説だけで食べていくのがどれほど大変なことかぐらいは、分かってたんじゃないかな」

「そうかもしれないけど、その辺りは僕には分からないなあ」溝口が頭を掻《か》いた。「一作目が四刷にかかった時だから、半年前かな。電話で報告した時に、『そろそろ二作目の準備を』ってお願いしたんですよ。それからしばらくして、珍しく今川さんの方から電話がかかってきましてね。日本に戻ることにしたからって。その時は、第二作を日本で書くっていう話を一方的にまくしたててました。僕は、考え直すように言ったんですよ。二作目も必ず売れるっていう保証はないけど、大丈夫ですかって。ずいぶんしつこく念押ししたんですけど、今川さん、思いこむと一直線だから」

北見は思わず笑みをこぼした。相手が誰であっても態度を変えないのは、いかにも今川らしい。

「あいつは昔からそういう奴でしたよ。それで、日本に戻ってきてからは会ったんですか」

「ええ、何度かね」うつむいて、溝口が指先を見つめた。「いろいろお話しさせてもらいました。次にも期待してたんですけどね」

「プロの目から見て、今川の小説はどうだったんですか」

「あなた、『極北』はお読みになりましたか？」溝口が両手を組み合わせ、テーブルの上に置いた。

「何度もね」

「面白かったでしょう」

「ええ。あいつが小説なんか書くとは考えてもいなかったから、それだけですごいことだと思ったけど」

「とにかく題材が面白いですよね。ユニークだし、実際に経験している人にしか書けない部分がたくさんあります。初めて書いた小説にしては、文章もしっかりしてましたよ。それに、二作目以降も書けそうでしたからね。期待してたんです」

「二作目の話は、具体的にどこまで進んでたんですか」

「書いてたはずですよ」それまでまくし立てるように喋《しゃべ》っていた溝口の口調から、急に勢いが消えた。

「実際には見てないんですか」

「見てません、残念ながら」小さく溜息《ためいき》をついて、溝口が新しい煙草に火を点《つ》ける。

「二作目っていうのは、ある意味デビュー作より大事ですからね。急いで出すよりも、中身をきっちり練り上げた方がいいんです。だから、とにかく慎重に行きましょうって説得しました。時間がかかるのは僕も覚悟してたんですよ。だいたいの構想は聞いてましたけどね」

「どんな話ですか」

らね」

「それは、ちょっと」溝口が言い淀《よど》んだ。「ネタを話しちゃうのは、ルール違反ですか

「その小説は、永遠に書かれることはなくなったんですよ」北見も新しい煙草を口元に持っていった。「もしかしたら、どうしてあいつが死んだのか、何かヒントになるかもしれないじゃないですか」

「僕は読んでませんからね、何とも言えません」

「内容について、話はしていたんでしょう」北見はなおも食い下がった。

「話をしていても、実際に書き上がってみると全然別の話になってるってのも、よくあることなんですよ」

「書きあがってなかったんですかね」

「最初の百枚を書いたら見せて欲しいってお願いしてたんですけどね、それを見る前でしたから」

「百枚か」北見はゆっくりと顎《あご》を撫《な》でた。「全然書いてなかったのかな」

「ご本人は、書いてるとは言ってました。でも、それが本当かどうかは分からない。それこそ、本人しか知らないことですからね。僕らは、実際に原稿を貰《もら》うまでは、じっと我慢というわけです」

「じゃあ——」

「そうです。結論を言えば、今川さんが本当に書いていたかどうかは分からない」溝口

が言葉を引き取った。コーヒーで喉《のど》を湿らせ、言葉を継ぐ。「でも、自伝的な作品になるっていう話はしてました」

「自伝的、ですか」ある意味『極北』も自伝的な作品である。今川から直《じか》に話を聞く機会はなかったが、世界各地での出来事はほぼ実話ではないかと思われた。

「今川さんの腕なんですけどね」言いにくそうに溝口が切り出す。

「ええ」

「あの腕、どうしたんですか」

「知らないんですか」

「ええ」溝口が口を捻《ね》じ曲げる。「訊《き》きにくいでしょう、そういうことは」

「そうですか」北見は煙草の灰を灰皿の縁で叩き落とした。「確かに、話しにくいことではあるんですよ」

「教えてもらえませんか」

覚悟を決め、北見は深く息を吸ってから話し始めた。

「子どもの頃の事故ですよ。いや、事件って言うべきだな。友だちが一人死にました。僕も死ぬところだったんです。あいつに助けられました。その時に、あいつは腕をなくしたんです」

「ほう」溝口が眉《まゆ》を吊《つ》り上げる。「何だか凄《すご》そうな話ですね」

「本当に何も聞いてなかったんですか」

「聞いてはいませんでしたけど、それも小説に書くつもりだったんだと思いますよ。『腕のことも、読んでもらえば分かる』って言ってましたから。僕はてっきり、ガイドで事故か何かに遭ったのかと思ってたけど。今川さん、僕には自分のことをあまり喋らなかったから」

「そうですか」今川は、あの事件のことを世間に明かす気になったのだ。もちろん、仲間内では秘密でも何でもなかったが、あれだけ話題になった事件について当事者が語るということになれば、衝撃度は相当なものになる。

自分はあの事件を引きずってはいないと思う。少なくともトラウマになり、それで精神が崩壊するようなことはなかった――と思っている。今川は違うはずだ。口では何も言わなかったが、やはりあの事件を背負い続けていたのだろう。清算したいと思っていたのだろうし、そのためには小説という新しい玩具《おもちゃ》が格好の手段だと考えたのかもしれない。

「もうちょっと教えてもらってもいいですかね。どういう事件だったんですか」溝口はすっかり遠慮をなくしていた。北見も、今さら隠すつもりはなかった。

「小学校四年生の時だったんですけどね、僕たちは、河原に放置してあったスクラップの車でよく遊んでたんですよ。そこにいきなり火を点けられて」

「ああ」突然記憶が蘇《よみがえ》ったのか、溝口が甲高い声を上げ、すぐに口元を引き締めた。

「覚えてますよ。僕は中学一年生だったけど。北見さん、あの事件の被害者だったんですか」眉をひそめたまま、溝口が訊《たず》ねる。

「ええ」北見は肩をすくめ、短い言葉を返すだけにした。

「あれはひどい事件でしたね」

「そうですね」

目を細め、溝口が腕組みをした。

「実は僕、あの近くに住んでましてね。友だちと現場を見に行ったこともありますよ。自分には関係ないのに、怖かったな」

あんたも結局は野次馬か、と北見は腹の底でつぶやいた。それには気づかない様子で溝口が続ける。

「今川さんにとっては大事件だったんでしょうね」

「だと思います」

「それは、読みたかったなあ」

北見は鋭い視線を飛ばした。それに気づいた溝口が真顔でうなずく。

「そういうことを、興味本位で見て欲しくないって思ってるんでしょう」

「当たり前じゃないですか。僕らにとっては生死を分けた事件だったんですから」

「申し訳ないけど、興味本位です」あっさりと溝口が言い切ったので、北見はかえって毒気を抜かれた。ぼんやりと溝口の顔を眺めながら、唇の端に垂らした煙草から煙が立ち上るのに任せる。

「人はどうして本を読むか、ですよ。北見さんはどうですか」

「いや、僕は……」急に質問を振られて、北見は気の利いた答えを出せなかった。「最近はあまり本も読まないですから」

「いろいろな理由があると思うけど、僕は、知らない世界に出会えるからというのが大きいと思うんですよね。もちろん、主人公に感情移入して『俺と同じことを考えてる』って共感できる小説もあるでしょう。でも逆に、『こんなことがあるのか』とか『こんな風に考える人がいるのか』とか、自分が知らない世界を知る楽しみもあるんじゃないですか。今川さんの場合、強烈ですよ。強烈過ぎます。子どもの頃、そういう通り魔みたいな犯罪に遭って生き残った経験なんて、簡単には読めないでしょう」

「でも、小説ですよ。ノンフィクションじゃない」

「それだけの題材なら、小説だろうがノンフィクションだろうが関係ないんですよ。『あの事件をモチーフに』っていうだけでも、衝撃を与えられます。ある程度以上の年齢の人なら、あの事件は覚えてるでしょう」いかにも残念そうに溝口が溜息を漏らす。

「読みたかったなあ」

「売れるから、ですか」北見は思わず皮肉を漏らしたが、溝口には通じなかった。

「売れないよりは売れた方がいいけど、とにかく一読者として読みたかったですね。だけど、無理なんでしょうね。たぶん、本にできるような形では原稿になってなかったと思いますよ。仮にご遺族の許可があっても、遺品を漁《あさ》るような真似はしたくないし。そもそも遺品はどうしたんでしょう」

「警察には訊かなかったんですか」

「事情聴取はされましたけど、こっちが質問できるような雰囲気じゃなかったですからね」

うなずき、北見は続けた。

「遺品はほとんど、アメリカに住んでる妹さんが持っていったそうです」

「アメリカか」溝口が盛大に溜息《ためいき》をつく。「やっぱり無理かな」

「仮に出てきたとして、途中までじゃ駄目ですかね。『未完の大作』ってあるじゃないですか」

溝口が、パッケージから引き抜いた煙草を顔の前で振った。

「今川さんは、ちょっと変わった書き方をしてたみたいですよ。普通の作家さんで一番多いのは、一直線に書いていくやり方です。序盤のつかみがあって、中盤で変化をつけて、最後の盛り上がりに向けていく。そういう流れを作るのが、一番書きやすいし、読者だってそれを期待するわけですからね。でも今川さんは、場面場面のメモみたいなことから始めるって言ってましたね。必要な場面が全部揃ったところで、何とかつなぎ合わせていくんだって。まあ、そういうやり方もあるんでしょうけど、時間はかかるでしょうね。『極北』だって、原稿用紙で三百枚ぐらいの短いものだけど、書き上げるのに二年かかったって言ってましたからね」

「三百枚も書くんだったら、それぐらいの時間は必要でしょう」

「今の作家さんは、皆さん早いですよ。パソコンが普及してから、直しや編集も楽になりましたからね。それでも、今川さんみたいに非効率的なやり方をしてると、どうしても時間はかかります。僕はゆっくり待つつもりだったけど、それにしてもなあ。惜しい」溝口が、すっかり冷めてしまったコーヒーを一口飲んだ。「本当に読みたかったですよ、一読者として」

「悩んでませんでしたか、あいつ」ずいぶん遠回りしたが、やっと本当に訊きたかった質問に辿《たど》り着いた。

「うーん」溝口が天井を仰いだ。「どうだろう。さっきも言いましたけどね、僕は今川さんとは五、六回しか会ってませんから。ふだんの彼がどんな人だったか、よく知ってるとは言えないんじゃないかな。それが分からないと、悩んでいたのかどうかも判断できないでしょう」

「妙に静かじゃなかったですか」

「そうですねえ……確かに、僕が最初にイメージしていたタイプとは違ったかな。世界各地を放浪している人っていったら、何となく豪放磊落《らいらく》なイメージがあるじゃないですか。実際、パタゴニアで会った時はそうでした。まあ、あの時は興奮してたってこともあるんだろうけど、日本に戻ってきて会ったら、案外冷静でしたね」

「そう、ですか」島尾の証言とも一致する。黙れと言っても黙らなかった男が静かになる。大したことではないように思えても、こと今川に関しては、これは明らかに異常事態なのだ。

「警察にも散々訊《き》かれましたけど、僕ではあまり役にたたなかったようですね。ところで北見さん、ご自分で調べてるんですか」

「そういう風にお話ししたはずですが」

「警察にも分からないことをねえ。で、今のところ、感触はどうなんですか」

「死ぬ前、あいつがあいつらしくなかったのは確かです」

「そうですか。でも、ずいぶん長い間会ってなかったんでしょう？　何年も外国で暮らしてれば、生き方も性格も変わるんじゃないですかね。少なくとも僕には、今川さんが自殺するような人だとは思えない」

自殺じゃない。そう言う人間に初めて出会って、北見はざわざわとした胸騒ぎを感じた。

「どうしてそう思うんですか」

「作家が本当に苦しくなるのは、どうやって書いていいか分からなくなった時じゃないんです。書くことがなくなった時なんですよ。書く内容さえ決まっていれば、どんなに書くのが難しくても、それで自殺する作家なんかいません」

「明日菜は？」

「もう寝たわ」

北見は壁の時計にちらりと目をやった。もう九時を回っている。都心からの帰りの電車は混み合い、ずっと立ちっ放しで膝《ひざ》に鈍い疲れが溜《た》まっている。音をたててソファに腰を下ろすと、首を傾げて天井を仰いだ。

「遅かったわね」香織が隣に腰を下ろす。

「ちょっと人と会ってた」

「今川さんの件？」

「そういうこと」

「無理してない？　大丈夫？」

「さあ、どうかな」

「無理しちゃ駄目よ」

香織の言葉を振り切るように立ち上がる。香織はソファに右手をついて体をわずかに斜めに傾げ、じっと北見を見つめていた。北見はわざとらしく、体操のように両腕をぐるぐると回してみせる。

「ほら、何でもないだろう」

「それならいいけど。ご飯、どうする？」

「食べてきた」嘘だった。食欲はほとんどない。香織の作った朝食を無理してたっぷり食べたのだが、それがまだ胃に残っている感じだった。昼食を取ったのも二時過ぎ、事務所の近くで何とかザル蕎麦を流しこんだだけである。寝る前に牛乳でも飲めば、それで十分だ。

二階に上がり、明日菜の部屋を覗《のぞ》く。相変わらず寝相が悪い。寝ついたばかりのはずなのに、もうかけ布団を蹴飛《けと》ばしてしまっていた。布団を直してやり、ベッドの脇に跪《ひざまず》く。汗で少し湿った額をそっと撫《な》でてやると、明日菜が猫のように喉《のど》を鳴らした。明日菜の発する幼いエネルギィが、部屋の温度を押し上げているようだ。目にかかった黒髪を、指先でそっとかき上げる。艶々《つやつや》とした髪が指に絡みついた。頬をそっと手で覆ってやると、柔らかい肌が吸いついてくる。

突然、明日菜が目を開ける。

「パパ」

「ただいま」

明日菜が両手を伸ばし、北見の首にかじりついた。

「どうした」

「待ってたの」

「ごめんな。パパは友だちと会ってたんだ」溝口を友だちと呼べれば、の話だが。

「明日、お散歩行こうよ」

「そうだな」明日は明日でやることがある。適当な約束で誤魔化すことはできないだろう。明日菜もそういう嘘が分かる年頃になったし、それでなくても香織に似て、妙に鋭いところがあるのだ。

明日菜をベッドに寝かしつけ、首まで布団をかけてやる。辛うじて開いている明日菜の目は、涙を湛《たた》えたように輝いていた。

「パパな、明日もやることがあるんだ。それが早く終わったら、夕方にでも散歩に行こうか」

「約束する？」明日菜が左手を布団から突き出した。

「うーん」北見は明日菜の手を自分の手の中に包みこみながら言った。「パパね、嘘つきになりたくないんだ。約束してできなかったら、嘘つきになっちゃうだろう？　だから、明日になってからな」

「うん……」唇を捻《ね》じ曲げ、明日菜がそっぽを向く。が、すぐに丸い顔に笑顔を浮かべて北見の方を向いた。「じゃあ、明日ね」

北見は明日菜の頭を平手で軽く叩《たた》いて立ち上がった。脚の疲れが重い痺《しび》れに変わり始めている。明日菜は目を閉じ、早くも軽い寝息をたて始めた。

だが北見は、その目が糸のように細く開き、自分を見つめていることに気づいた。

書斎に入る。ひんやりとした空気が淀《よど》み、まだそこかしこに父親の気配が感じられた。高い背もたれがついた、古い革の椅子に腰を下ろす。音を立てないように気をつけながら、体重をかけて左右に動かしてみる。父親はよくこうやっていた。考え事をしている時には、椅子を振り子のように規則正しく動かしていたのだ。

もう十五年近く前になる。都心の大学に通っていた北見が、司法試験を受けることを告げるために帰宅した時も、父はこの椅子に座っていた。四畳半ほどの狭い書斎は、両側の壁に本棚が置かれているため、窓に向かって細長い廊下のようになっている。机は左側の壁に押しつけられ、二つの本棚に挟まれる格好で窮屈に収まっていた。父はいつも、そこに巨体を押しこむように座っていたものだ。特に肥満が目立ち始めた晩年――結果的にそれが、心筋梗塞《こうそく》による死を招くことになった――は、まるで家具の一つであるかのようにすっぽり椅子に納まり、部屋の風景に馴《な》染《じ》んでいた。

本棚は何か月に一度か、雷のような音を立てて雪崩を起こした。父は別に驚く様子もなく、平然と、時間をかけて本棚を整理し直したものである。タイトルを確認しては並び順を入れ替え、ふと開いたページに没頭しては時の経つのを忘れる。遅々として進まないのが常だったから、その作業はいつも、日曜の午後と決まっていた。前の週の月曜日に雪崩が起きても、一週間は手つかずのままである。北見が自分の決心を話すために書斎に足を踏み入れた時も、父は本棚の整理をしていた。

司法試験を受ける、弁護士になるということを、五分もかけてもごもごと説明し終えると、父はいきなり厳しい言葉を投げかけてきた。

「今の説明、十秒で済むな」

どういうことか分からず、書斎の入り口でむっとしたまま立っていると、父が追い討ちをかけてきた。

「司法試験に受かったらそれで終わりってわけじゃない。研修を受けて、それからさらにテクニックを磨かなくちゃいけない。弁護士も検事も喋《しゃべ》るのが仕事みたいなものだ。理路整然と、最短コースで結論にたどり着かないと、裁判には勝てないぞ。お前はちゃんと喋れるのか。自分の言葉で相手を屈服させたり、泣かせたり、喜ばせたりすることができるのか」

　自分は弁護士には向いていないと言いたいのかと説明を迫ると、父はゆっくりと首を振った。

「そういうのは、訓練である程度何とかなる。ただ、お前が無理に弁護士になる必要はないんだぞ」

　意を決して全力で突っかけたら、いきなり肩透かしをくらったようなものだった。父は、長年かけて多摩地区でも一番と評判を取る法律事務所を作り上げた。誰かがそれを引き継がなければならないし、それは息子である自分の仕事だろう。あの頃はバブルの絶頂期で、仕事は幾らでも見つかった。ただ金を稼ぐだけなら簡単だっただろう。だが、特にやりたい仕事もなかった北見にとって、父と同じように法律の道へ進むのはごく自然な選択だった——本音を言えば、他に向いている職業もないように思われたのである。

誰かに物を売る、消費者の顔色を読んで、売れそうな商品の企画を立てる、右から左へ金を転がす。どんな仕事を想定しても、その現場に自分を置くことには違和感があった。

法曹界なら、違うのではないか。人を裁く仕事には抵抗があったが、弁護士なら、自分は他人を断罪できるような人間ではないという暗い思いに悩まされずに済む。それに何より、自分の跡を継ぐと言われて喜ばない親はいないはずだと思っていた。

父は違った。

「この仕事は、世襲制でも何でもないんだ。自分の人生ぐらい自分で決めたって、俺は何も言わない。まっとうな仕事だったら何でもいいんだぞ。もしも、お前が本気で弁護士になりたいって言うんだったら、もちろん止めないがな」

僕が跡を継ぐんだ。嬉《うれ》しくないのかと突っかかっても、父は簡単にかわした。

「お前には、好きに生きる権利がある。俺に気を遣ってるつもりかもしれんが、そういうのは馬鹿らしいぞ。それに俺は、自分の子どもから何かを返してもらおうとは思っていない。お前の人生はお前のものだ。とにかく、俺に報告することも相談することもない」

弁護士を目指すのは自分の意思なのだと繰り返し説明すると、ようやく父は口をつぐんだ。が、デスクの天板に何度も拳《こぶし》を打ちつけ、北見の顔から視線を外そうとしなかった。気詰まりな沈黙が北見の胸を詰まらせ、重苦しい空気が背中にのしかかった。

父は、とうに自分の限界を見抜いていたに違いない。そもそも司法試験に合格できる保証などないし、こいつに曲者《くせもの》揃いの事務所を運営していくことなどできるわけがない、と。もっと地味な、重大な決断の要らない仕事が身の丈に合っていると思ったのではないだろうか。

だったら、あの時にそう言ってくれればよかったのに。お前には無理だと、あの時きっぱり決めつけてくれれば、回り道しないで済んだはずである。

言えなかったのだろう。我が物顔で法廷を支配し、抜群のリーダーシップを発揮して事務所を率いた父にも弱点があった。それは、一見強面《こわもて》の仮面の下に隠れていた。

家族には優し過ぎたのだ。

第四章

あの事件以来、俺たちは矢萩川での遊び場をずっと下流に移した。そして急に熱中しだしたのが水切りである。

今考えるとくだらないが、子どもというのは、くだらないことだからこそ夢中になるものだ。五年生の春からほぼ一年間、俺たちは矢萩川の河原に通って毎日のように石を投げ続けた。まずはなるべく平べったい、すべすべした石を探す。凪《な》いだ水面《みなも》に向かってサイドスローで放ると、石は水を弾《はじ》きながら対岸目指して飛んでいく。もちろん、子どもの肩だからそんなに遠くへは投げられないし、そもそも石は途中で沈んでしまう。だいたい俺は、本来の利き腕でない左手で投げていたのだから不利だった。でも、それを言い訳にはしたくなかった。毎朝学校へ行く前の三十分、河原に通って練習を続けていると、夏休みになるころには、あいつらと互角に勝負できるようになった。

夏休みに入ると、俺たちはちゃんと記録を取り始めた。一人が投げ、残る二人が水を切った回数を数える。これが案外難しい。沈む直前は、きちんと数えることができないのだ。食い違った時には間の数字を取ることにした。一人十回投げて、跳ねた回数の合計が一番多かった者が勝ちになる。さらに、その十回の中で一番多く跳ねた回数を、「公認記録」として認定した。夏休みの間中ずっと水切りを続け、俺は勝った回数の合計でも、記録でも一位になった。拳が地面に擦《こす》れそうな位置まで腕を下げ、スナップを利かせて水面と平行に投げる。少しでも角度がついてしまうと、左右に逸《そ》れてあっという間に沈んでしまう。それ以上に大事なのは石選びだ。ここで勝負の八割が決まると言ってもいい。

あの夏は、今までで一番暑い夏だった。あいつが泳いでいる時も、俺はひたすら石を投げ続けた。泳いでいるすぐ近くを狙ったこともある。コントロールもついてきて、当たるか当たらないか、ぎりぎりのポイントに投げることができるようになった。息継ぎで顔を上げた時の、あいつの驚く表情が見たかったのだ。大きく息を継いだ途端、目の前を石が滑るように飛んでいく。慌ててバランスを崩し、水を飲みこむのを見て、俺はあいつに気づかれないように顔を伏せて笑った。

それにしても本当に、あの夏は暑かった。八月になると、あいつは毎日飲み物を持ってくるようになった。コーラだったりジュースだったり、その時によっていろいろだったが、そのサービスを始めると、一度も中断することはなかった。親父から借りたというクーラーボックスに氷を一杯に詰め、半分凍った缶ジュースを飲むのは、太陽が中空に居座り続ける午後の楽しみだった。

全身ずぶ濡《ぬ》れになって大きな石に腰かけ、ちびちびとジュースを飲むあいつの姿を、俺はいつも横目で見ていた。

ようやくお前も分かってきたじゃないか。俺は一生、喉《のど》の渇きを覚えることはない。困った時には、必ずお前が気を利かせてくれるのだから。

――「業火」第四章

携帯電話を切って、島尾は頭の後ろで両手を組んだ。思い切り体重を預けると、折り畳み椅子がぎしぎしと悲鳴を上げる。大欠伸《おおあくび》をして、目の端から涙を拭《ぬぐ》った。思いついてデスクの引き出しから電気剃刀《かみそり》を取り出し、顔に当てる。二日分伸びた髭《ひげ》が、じりじりと刈り取られていった。髭を剃《そ》ったからといって目が覚めるわけではないが、少なくとも気分転換にはなる。

妻の秋穂は二階で休んでいる。急に「体調が悪い」と言い出したのだ。どうせ仮病に決まっているが、そのせいで夕飯もまだ食べていない。バイトが来てやっと店番から解放されると、今度は逆に食欲が失《う》せてしまった。どうでもいいか。最近、食べることに対する熱意が急速に失われている。時折小骨が刺さったように胃が痛むし、軽い吐き気を覚えることもあった。胃潰瘍《いかいよう》ではないかと心配していたが、病院に行く暇もなく、検査を受けるのが怖くもあった。

頬がひりひりしてくるまで髭を剃ると、アフターシェーブローションを顔に叩《たた》きつける。痛みときつい香りが染みこみ、それで少しばかり頭がすっきりした。

自分用のパソコンの電源を入れ、立ち上がるのを待つ間に煙草に火を点《つ》ける。生ぬくなったペットボトルの水を一口飲んで喉を湿らせた。煙草を横ぐわえしたまま、無意識のうちにエディタを開き、キーボードに指を乗せる。

指が凍りつく。何でこんなことをしているのだと自問したが、よく分からなかった。腕を引っこめて組み合わせ、真っ白なエディタのウインドウを見つめる。ここから言葉が溢《あふ》れ出してくるはずなのに、今は頭の中が空っぽだ。もう一口水を飲んで、髭剃り跡の肌に指を這《は》わせる。じりじりと時が流れ、何度も生欠伸が出てきた。もう二階に引き上げてもいいのだが、なぜかその気になれない。

二階で物音がする。秋穂が起き出したようだ。立ち上がり、事務所の隅にある階段を上る。ひどく急で、ハシゴを上るのと変わらない。あちこちで老朽化が目立つ家の象徴が、この階段である。死んだ父親が家を新築したのが三十年前で、その後建て増しする度に、構造に矛盾が生じてきた。酒屋からコンビニエンスストアに変えた時に、一階だけは改装したのだが、住居用に使っている二階は手つかずのままで、甚だ使い勝手が悪い。まるでエッシャーの騙《だま》し絵のような家だ。初めて来た人は、自分がどこにいるかも分からなくなってしまうだろう。一気に建て替えてしまえばいいのだが、先立つものがない。

二階は真っ暗だった。秋穂が苦しそうに嘔吐《おうと》する音が聞こえる。溜息《ためいき》を一つついてから洗面所に足を運ぶと、パジャマ姿の秋穂が顔を上げたところだった。目は真っ赤に充血し、血の気の抜けた唇が小刻みに震えている。涎《よだれ》が垂れるように、顎《あご》から水が滴り落ちた。洗面台を打つ水の音が耳障りに響く。

「どうした」

「何でもない」秋穂がタオルで口を拭いながら、顔の前で手を振った。

「何でもないってことはないだろう。今、吐いてたじゃないか」

「平気だから」苛《いら》ついた口調で秋穂が言い張る。

「何か悪いものでも食ったのか」

「違うわ」振り返り、秋穂が洗面台の水を止める。蛇口がきゅっと鳴る音に重ねるように「妊娠したかも」と言った。

「え?」辛うじてそれだけ言って、島尾はぽかりと口を開けた。そこから風が吹きこみ、体内が乾ききったように感じる。

「しばらく生理なかったのよ」

「そんなこと言ったって」島尾の視線が、おどおどと床の上を彷徨《さまよ》った。焦る心に追い討ちをかけるように、秋穂が低い声で事実を突きつけた。

「仕方ないでしょう。私だけのせいじゃないんだから」

「私だけのせいじゃない」? まるで事故に遭ったかのような無責任な言い方ではない

か。島尾は掌《てのひら》で口を押さえ、秋穂の顔を見つめた。すぐに目を逸らし、彼女の背後にある鏡に目をやる。寝乱れた後頭部が映っていた。

「だけど、困ったわね」秋穂が唇をきゅっと結ぶ。

「何で」島尾はぶっきらぼうに訊《たず》ねた。

「この年になって子どもって言われても、ねえ」彼女の唇が皮肉に歪《ゆが》む。

「まだ高齢出産ってほどじゃないだろう」

「そうじゃなくて。あなた、本当に子ども、欲しい？　子どもなんかできたら困るんじゃないの」

「そういう問題じゃないだろう。できちまったんだから」

秋穂が小さく溜息をつき、洗面台に向き直った。激しく水を流し、乱暴に手を洗う。

「まだ分からないわよ。ちゃんと病院に行って検査を受けないと。でも、たぶん間違いないわね」

彼女は一度妊娠したことがある。出会ってすぐの頃だ。二人ともまだ結婚など考えていなかったせいもあり、その時は話し合って堕《お》ろした。秋穂もどうしても子どもが欲しいというタイプではなかったので、二人の間でその出来事が尾を引くことはなかった。不思議なもので、結婚してからは意図的に避妊していたわけではないのに、秋穂は妊娠しなかった。それも仕方ないな、と島尾は思い始めていた。子どもがいないならいないで、将来の設計図を描いておけばいい。それが、まさかこんな時にこんなことになるとは。少し丸みが増したように見える背中を眺めながら、島尾は気取られないようにゆっくりと息を吐いた。

「どうしようか」

流れる水に、秋穂の声がかき消されそうになる。島尾は思わず声を荒げた。

「どうするもこうするもないだろう」

「産んだ方がいいの」

「堕ろす理由がないじゃないか。あの時とは違うんだから」

「消極的ね」水を止め、秋穂が振り返る。両手でタオルをきつく絞り上げた。「でも、考えてよ。今だって店は大変なのに、子どもなんかいて大丈夫なの？　私、しばらくは子どもにかかりきりになるわよ」

「バイトを増やすさ」

「その分お金もかかるでしょう。それに、産まれてくる子が成人する頃には、私たち五十五……五十六になるのよ。いろいろ大変じゃない」

「産みたくないのかよ」島尾は吐き捨てた。いい加減にしろ、という捨て台詞《ぜりふ》が喉元《のどもと》に上がってくる。

「自分でも分からないけど」秋穂が力を抜くと、タオルが手先からだらりと垂れ下がった。「産まない理由もないのよね。今は、うんと若い時に産むか、三十過ぎてから産むかの両極端になってるみたいだし」

「とにかく病院に行ってこいよ。もしかしたら、何かの間違いかもしれないだろう」

秋穂が肩をすぼめる。

「間違いないと思うけど」

「いいから、今日はもう寝ろ」

「そうね。何だかだるくて」

秋穂がのろのろと寝室に入っていく。声をかけることもできず、島尾はその後姿をじっと見送った。

やたらと喉が渇く。事務所に下りると、島尾は残ったペットボトルの水を、立ったまま一気に飲み干した。子ども抜きの人生。そういう将来の予定が一気に変わってしまった。足の力が抜ける。椅子にへたりこむと、空になったボトルを両手で握ったまま、両《りょう》肘《ひじ》をデスクに預けた。

良《い》いとか悪いとかの問題ではない。守るべきものが増えてしまったのだ。もう絶対に、過ちは許されない。足元のゴミ箱にペットボトルを投げ捨てると、ノートパソコンを引き寄せる。これは魔法の箱だ。きっと何か、上手《うま》いアイディアをもたらしてくれるに違いない。全てを覆い隠し、都合の悪いことを葬ってくれるようなアイディアを。

そうか。

最初は、遠くで揺れる蠟燭《ろうそく》の炎のように頼りない思いつきだった。その考えを頭の中で転がす。何とかなるかもしれない。断片が次々に頭の中をよぎり、つながっていく。

悪くない。いや、これならきっとうまくいくはずだ。もう一つ、決定打があれば……思い出せ。何があったのか、どんな様子だったのか、思い出すんだ。それが分かれば突破口が開ける。

もう一度あいつと話してみよう。一人で悶々《もんもん》と考えていても埒《らち》が明かない。話せば、あいつもきっと何かを思い出す。そうすれば糸は一本につながり、打つ手ができるはずだ。真っ白なエディタの画面を見つめたまま、手探りで携帯電話を取り上げる。リダイヤルボタンを押して相手を呼び出した。

「ああ、こんな時間にごめん。今、大丈夫かな？」

用件を告げる。長い沈黙があった。ようやく出てきた相手の言葉を聞いた時、島尾は思わずデスクを拳《こぶし》で叩《たた》いて「それだ」と叫んだ。腰を浮かしかけて椅子をひっくり返す。一瞬で全てがつながり、点の状態で散らばっていたシナリオが完成した。礼を言うのももどかしく、電話を切る。よし、三日もあれば何とかできる——いや、今夜一晩で目処《めど》をつけてやる。上手くやる必要はない。ただ事実を連ねるだけで、十分な効果を上げられるはずだ。傍らの小型冷蔵庫を開け、新しいペットボトルを取り出す。体にたっぷり水をくれてやると、背中を丸めてキーボードに向かった。猛烈な勢いで指を走らせる。ほどなくリズムが生まれ、周囲の雑音が消えた。

初めてワープロを手にいれた頃のことを思い出す。あれは高校二年生の秋で、毎日夢中になってキーボードを叩いたものだった。一月後には、ほぼブラインドタッチができるようになった。原稿用紙の升目を手書きで一つ一つ埋める、指先が痺《しび》れるような作業から解放され、羽を得たように言葉が勝手に飛び始めたのを覚えている。ピアノを弾くのはこんなものではないか、とも思った。指先がメロディを、リズムを、和音を生み出すように、言葉が紡ぎ出される。ワープロ。ようやく出会えた魔法の道具。これさえあれば、何でもできそうな気がしていた。自分の天職をやっと見つけたと確信した。

小説で飯が食えるのか。魔法の道具を手に入れた島尾は、確信を持って「可能だ」と答えることができた。

ワープロを使って初めて書いた小説が、ある新人賞の最終候補に残った。受賞は逃したが、選考委員の選評も概《おおむ》ね好意的なもので、その時の島尾は、いつか自分の小説が一冊の本にまとまることを微塵《みじん》も疑っていなかった。編集者も励ましてくれた。「あなたは書ける人だ」というその言葉は、今でも耳の奥に残っている。そう、俺は書ける。書いて書いて、目か手が潰《つぶ》れるまで書き続ける。まだ高校生だった島尾は、自分の前に広がる成功を信じて疑わなかった。ただ、そのことを誰かに話したことはない。友人も両親も知らない秘密だった。話せば魔法が効力を失ってしまいそうな気がしていたから。

高三の秋、両親が同時に交通事故で死ななければ——何の因果か、あの事故はやはり今川と関係があった。島尾の両親と今川の父親が、町内会の旅行に参加して伊豆《いず》へ出かけた時のことである。台風で豪雨に見舞われ、バスが土砂に押し流されて崖下《がけした》に転落したのだ。三十人の客が乗っていて、死んだのは三人だけだった。

あの時、一番慌てていたのは北見だったかもしれない。今川家と島尾家、両方の葬式を行ったり来たりして、汗だくになっていた姿が今でも時折目に浮かぶ。急に生活基盤を失ってしまった二人の友人に対して、自分は何がしてやれるか。そう考えただけでパニックになってしまったのではないだろうか。あいつはそういうやつだ。自分の手には負えないことまで背負いこもうとして、器以上のものを呑《の》みこもうとして、我を失ってしまう。

その一件をきっかけに、小説からは自然に遠ざかってしまった。保険は下りたが、父親が知り合いの借金の連帯保証人になっていたことが分かってほとんどがその返済で消え、島尾は大学進学を諦《あきら》めて、まだ中学生だった妹の面倒を見るために、両親が残した酒屋を切り盛りしていかなければならなくなった。父親の下で長く働いていた、村上《むらかみ》という五十絡みの男が商売の基本を教えてくれたのだが、彼も一年後には脳溢血《のういっけつ》でこの世を去った。村上が死んだ日のことは、今でも鮮明に覚えている。ビールのケースを持ち上げた途端に倒れ、店の前の道路に広がったアルコールの水溜《みずたま》りの中に突っ伏して死んでいったのだ。酒屋らしいといえば酒屋らしい最期である。

生きていくためだけの日々が始まった。小説は、生活の苦しみが終わったところから始まるものであり、余裕のない人間には決して書けない。

だが、一度でも小説を書き上げたことのある人間は、その方法を決して忘れないものだ。小説は頭で書くものではない。自転車やスキーと同じで、一度覚えると体から離れることはないのだ。

三十分後、島尾は深く息を吐いて顔を上げた。原稿用紙に換算して一気に十枚。両の親指で目頭を押さえて目をマッサージし、首を回す。ばりばりと枯れ木が折れるような音がした。左手を右肩に乗せてゆっくりと揉《も》む。こんな肩凝りは、実に久しぶりだった。肩が冷たくなり、筋肉がゆっくりと壊死《えし》していくような感触。もちろん心地良いものではないが、この痛みと引き換えに、確実に文章は残っていく。

ざっと読み返した。悪くない。まとまった文章を書くのは久しぶりだったが、頭より体が覚えているものだ、と改めて実感する。

同じように文章を書いていても、高校生の頃とは意味合いが違うということは分かっている。これは夢を叶《かな》えるため、新しい道を開くための努力ではない。だが、目的など何でもいいではないか。こうやって文字を打ち出すこと。文章を紡ぐこと。その行為自体が、島尾にとっては何物にも替えがたい快感なのだ。こういうことなら、金をもらわなくてもいつまでも続けていける。

もう一度先頭に戻って読み返す。これなら問題なくいけるだろう。徹夜を覚悟して、シャツの袖《そで》を肘《ひじ》まで捲《まく》り上げた。最初に一気に進んでしまうと後がぐっと楽になるのは、経験で分かっている。書き出しが一番大事で気を遣うのだが、今回は上手くいったと思う。夕方二時間ほど仮眠しただけで、先ほどまでは今にも倒れそうなほど疲れていたのに、今は目が冴《さ》え、いくらでも書き進むことができそうだった。精神の充実は、時に肉体の疲労を駆逐する。

立ち上がり、濃い茶を入れる。同じ徹夜でもえらい違いだ。一晩中店に立ち続けた後の疲労と、順調に原稿を書き進めた後の疲労は、まったく別のものである。いや、文章を綴《つづ》る場合、疲労を感じている暇もない。魂が希望にふるえ、喜びの歌が指先からほとばしるのを止めることができない。

そうだ。喜びの歌を歌おう。この原稿は、満足いくまで磨き上げる必要もないし、仮に完成しても、島尾が好むハッピーエンドになりえないことは分かっている。それでもこれは、間違いなく歓喜の歌だ。俺を縛《いまし》めから解き放ち、自由への切符を約束してくれるものであるのは間違いないのだから。

今川の家の玄関に入ると、北見の足は凍りついた。何十回、何百回と遊びに来て見慣れていたはずの家には、当時の面影がまったく残っていない。玄関から見渡す限り全ての部屋が空っぽで、弱い陽射しが室内を薄《うっす》らと暖めているだけだった。

「返してもらうものがある」と嘘をつき、管理人から借りてきたマスターキーを手の中で回す。二人はここで抱き合ったことがあるのだろうか。何もないこの家で。身じろぎもせず立ち尽くしたまま、その時の熱気が、湿気がこもっていないか感じとろうとした。まるで覗《のぞ》きだな、と自嘲《じちょう》気味につぶやく。

馬鹿らしい。あのことには縛られていない、何も感じないと、いろいろな人に言ったではないか。

帰国してきた今川はここで暮らしていたというのだが、その名残は少しも感じられない。彼にとっては、雨露がしのげればそれで良かったのかもしれない。『極北』を読むと、今川がどれほど野宿に慣れていたかがよく分かる。氷点下のストックホルムの駅で。ケニアの街中で。チリの公園で。横になれるスペースさえあれば、そこが彼にとってのベッドになった。それに比べれば、この家は最高級のホテルにも等しい場所だったのではないだろうか。

それにしても、これではどうしようもない。何か残っていれば調べようがあるのだが、彼がここにいた痕跡《こんせき》すらないのだから。今さらどうしようもないことだが、彩乃が遺品をほとんど持っていってしまったのが痛い。ほとんど整理していないという遺品の中には、何かが残されているかもしれないのだ。秘密のメモ、何年もつけ続けていた日記、急速に膨れ上がった借金の督促状。

急に背中の後ろでドアが開き、北見はびくりと身を震わせた。北見が戻って来ないのを気にして、管理人が見に来たのかもしれない。愛想だ。笑顔を浮かべて「もう出ます」と言ってやろう。それで何も問題はない。

振り向くと、管理人ではなく藤代がいた。寒風に凍りついたような硬い表情を浮かべ、玄関に突っ立ったまま北見をじっと見ている。本当にこの事件を調べ直しているのかもしれない。あるいは、今川の件ではなく、自分のことだろうか。もしも尿検査でも求められたら、どうする。ドラッグの痕跡は体内に長く残ると聞いたことがある。現代科学は、空気一立方メートル中に存在する異質な分子一つでも検出するはずだ。急に喉《のど》が渇き、掌《てのひら》に汗が滲《にじ》み出る。

「何してる」ぶっきらぼうに藤代が訊《たず》ねる。ぐるりと首を回して、玄関に続くダイニングキッチンを見回した。「こんなところに何の用だ」

「いや」うつむいたまま北見は首を振った。変なことを言って言質《げんち》を取られたくない。意を決して顔を上げると、辛うじて笑みを浮かべてみせた。「藤代さんこそ、どうしたんですか」

「ちょっと現場を見にな」

「ここは現場じゃないでしょう」

「広い意味で、被害者の家は現場だよ」

「被害者？」藤代の言葉尻《ことばじり》を捉《とら》え、北見はかすかに眉《まゆ》を吊《つ》り上げた。「今川はいつの間に被害者になったんですか」

「言葉のアヤってやつじゃないか」藤代が面倒くさそうに言って、首を振った。「屁理《へり》屈《くつ》ばかり言ってるんじゃない。お前は昔からそうだ。オヤジさんの悪いところばかり受け継いでる」

ひどい皮肉だと思いながら、北見は反論できなかった。相手の言葉尻を捉え、矛盾点を拡大してやりこめるのは法廷での基本的な戦術である。傍聴席にしかいられなくても、何百回も見ていればそういうことは身に染みつくものだ。

「よいしょ」とわざとらしく声をかけながら屈《かが》み、藤代が靴を脱ぐ。この男もずいぶん年を取ったものだと思う。最初に会ったのは、確か北見が小学校に上がったばかりの時だ。入学祝いにと野球のグローブを持って来てくれたのだが、ずいぶんがっしりした男だという印象を持ったのを覚えている。それが今は、大袈裟《おおげさ》に言えば半分ぐらいに縮んでしまった感じだ。太い、ごわごわとした髪もすっかり白くなり、皺《しわ》が年輪のように深く確実に顔に刻みこまれている。

「それにしても、何にもない部屋だな」玄関に続くキッチンに上がりこみ、藤代が部屋の中を見渡す。ようやく北見も靴を脱いで、部屋に入った。藤代と一メートルほどの距離を置いて立つ。「そもそも誰も住んでなかったそうじゃないか」

「両親も亡くなってるし、二人ともこの家を出ましたからね。ここを守る人はいなかったんですよ」

「遺品は残ってないのか」

「彩乃がほとんど持っていったそうです」

「彩乃……アメリカにいる妹さんだな」

「ええ」

「お前さん、彼女とも知り合いなのか」

「こんな小さな頃から知ってますよ」

「友だちの妹ですからね」北見は、掌を横にして、自分の臍《へそ》の辺りを指し示した。「こんな小さな頃から知ってますよ」

「彼女も弁護士さんらしいじゃないか」

彼女も、という一言が引っかかったが、何も言わないことにした。藤代は挑発しているのだ。何のためかは分からないが、ここで簡単に怒りを撒《ま》き散らして、彼のペースに巻きこまれるつもりはなかった。

「そうですね。忙しいみたいですよ」この話題をさっさと片づけようと、北見は素っ気なく答えた。期待通りに、藤代がすぐに話題を変えてくる。

「何もないなりに、楽しい我が家だったのかね」

「どうでしょう。電気もガスもなくて、本当に寝るだけだったはずですけどね」

「お前、ここへはよく遊びに来たのか」

「小学生の頃は毎日のようにね」

「彼が腕をなくしてからもか」

「何でそんなこと訊《き》くんですか」

「うん？」

「腕があろうがなかろうが、友だちであることに変わりはないでしょう」

「そうか」藤代が首を振る。「俺には分からん。腕のない友だちはいないからな」

藤代がリビングルームに足を踏み入れる。カーテンを開け、窓の外に視線を投げる。

北見も横に立ってそれに倣った。目の前は公園で、冬枯れした桜の木が、ベランダのすぐ近くまで枝を伸ばしている。そういえばここは、花見の特等席だった。桜の季節に遊びに行くと、亡くなった今川の母親が、手作りの桜餅《さくらもち》を振舞ってくれたものである。かすかな塩気とさっぱりした甘みが、唐突に口中に蘇《よみがえ》った。その母親は、あの事件以来、今川を見るときにはいつも悲しそうな表情を浮かべるようになった。やがてそれが染みつき、分厚い仮面のようにはがれなくなってしまった。父親が旅行中の事故で死んで以来、病気がちでずっと臥《ふ》せっていたのだが、見舞いに来た北見は、さらに厚くなった哀しみの仮面に挨拶《あいさつ》するのが辛《つら》かった。今川は平静を装っていたのだが、本音はどうだったのだろうか。母親が死んでから、足枷《あしかせ》が外れたように放浪生活に入ってしまったのはなぜだろう。親がいなくなって、自分をこの家につなぎとめておくものがなくなったと喜んだのか、あるいは単に、親のいない哀しみから逃れるためだったのか。

「ところで、何か分かりましたか」北見はそっと探りを入れた。

「いや、さっぱりだな」藤代が頭をがりがりと掻《か》く。「お前さんの方はどうだい」

「やっぱり自殺じゃないかって気がしてきました——そうじゃないと思いたいけど」

「ほう、どうしてだい」藤代が目を細くする。

「いや、はっきりした理由があるわけじゃないけど」

「勘ってやつか」からかうように藤代が言った。「勘も馬鹿にしたものじゃないけど、お前の勘はどこまであてになるんだ」

藤代の皮肉を無視して北見は続けた。

「日本に帰ってきてから、あいつの様子がちょっとおかしかったのは間違いないと思います。落ちこんでるっていうわけじゃないけど、あいつにしては、深く考えてるような感じだった」

「悩んでたってわけか」

「そうかもしれません。でも、それで思い詰めて自殺までするとは考えにくいけど――考えたくないけど」

「だろうな」藤代がゆっくりと顎《あご》を撫《な》でた。「ところで彼は、プライドの高い人間だったか？　お前の目から見てどうだった」

「どうでしょう」北見は首を捻《ひね》った。横に立つ藤代の顔をちらりと見やって様子をうかがう。「何でそんなこと訊くんですか」

「プライドの高い人間ほど、挫《ざ》折《せつ》すると一気にへし折れるものだからさ。挫折に耐える力っていうか、粘りがないって言うのかな。小説が上手《うま》くいってなかったんじゃないか。それで突発的に橋から飛び降りた」

「それこそ、本人にしか分からないでしょうね」

「昨日、編集者と会ったそうじゃないか。何か聞き出せたのか」

「どうしてそんなことまで知ってるんですか」言ってしまってから、馬鹿な質問だと後悔する。こっちの動きなど、藤代には筒抜けだろう。

「そんなことはどうでもいい」藤代がぴしゃりと決めつけた。「どうだったんだ」

「警察が僕にそんなことを訊いてどうするんですか」だいたい警察は、北見が知っているようなことはすでに摑《つか》んでいるはずだ。溝口は事情聴取を受けたと言っていたし、その時に、北見に語ったのと同じようなことを話したはずである。

「どうなんだ」北見の皮肉を無視して、藤代が繰り返した。しつこいが、口調はまだ柔らかい。昔からの知り合いでなかったら、もっと厳しく責めたてるのだろう。

「分かりません」北見は首を振った。「書いていたようだとは言ってましたけど、それが本当かどうかは誰も知らない。担当の編集者も、まだ一ページも読んでなかったらしいですから」

「結局全ては闇の中ってわけだ。それよりお前、体調はどうなんだ」

いきなり話題が変わり、北見は一瞬眩暈《めまい》を覚えた。急に切り替わる話についていこうとしたり、深く考えたりしようとすると、頭の奥深くでごりごりと嫌な音がする。クラッチを踏んでも、ギアがすっと入らない感じなのだ。

「もちろん、元気ですよ」自問してみた。本当に大丈夫なのか？ もう病院とは――ドラッグとは縁が切れたと断言していいのか。依然としてふわふわと足元が覚束ない感覚は消えないし、今のように眩暈に悩まされることもあるが、とりあえず日常生活に支障をきたしてはいない。酒は吞《の》んでいるが、薬には手を出していないのだから、何の問題もないのだ。

「まあ、座ろうぜ」藤代が、フローリングの床にどっかと胡坐《あぐら》をかく。反発の意味をこめてしばらく立っていた北見も、結局彼に倣った。再び自分のことが話題になる前に、逆に質問をぶつける。

「奥さん、どうですか」

「ああ、鬱病《うつびょう》だと思うんだ」藤代の口の両側に深い窪《くぼ》みができる。

「いろいろと大変ですね」

「ただ、あくまで『たぶん』だよ。俺の素人判断だ。ちゃんと医者に診てもらってないからな。今時珍しい病気でもあるまいに。日本人の十人に一人は鬱の傾向があるっていう説もあるんだぜ」

「それにしても大変なのは間違いないでしょう」

藤代が素早くうなずいた。

「女房の気持ちは分からんでもないんだよ。みっともないと思ってるんじゃないかな。でも、そんなことを考えるとまた悪化するに決まってる。とにかく今は、まともな生活ができない。最近は俺が飯を作ってるよ。そのために、自宅に近い署に転勤してきたぐらいでな」

「藤代さん、優しいんですね」

「ん？　ああ」とぼけて藤代が煙草をくわえる。素早く火を点《つ》けると、背広のポケットから携帯灰皿を取り出した。北見は眉《まゆ》を吊《つ》り上げてやった。

「こんなところで吸っていいんですか」

「構わねえよ。証拠があるわけでもないし、今さら不謹慎だって怒る奴もいないだろう。ここはもう、徹底的に調べた。お前が想像してるようなものはなかったよ」

「僕の想像？」

「血痕《けっこん》とか、そういうものさ」

北見は軽い吐き気を覚えた。そんなことは考えてもいなかったのに、誰かに指摘されると、今自分が座っている場所で今川が死んでいたかもしれないと思えてくる。ありえない話だが、空想が頭の中で固い現実に変わってしまうのだ。そう、僕は暗示にかかりやすくなった。ヤク中には二通りのタイプがあるらしい。猜疑心《さいぎしん》の塊になるのと、誰かが言ったことをそのまま信じてしまうのと。どうやら僕は後者のようだ。操り人形のように、誰かが垂らす糸の先で踊るだけの人生。いや、それは僕が今でもヤク中だとしての話だ。

「あんたら、仲良くやってたのか」

「何ですか、急に」警戒して、北見は小声で訊《たず》ねた。

「なにね」藤代が煙草の灰を慎重に落とす。「あの一件さ。小学生の時の事件。それが妙に気になるんだよな」

話がどこへ転がっていくか分からず、北見は沈黙を守った。藤代が話し続ける。

「とんでもない事件だったな。そういう事件の被害者同士っていうのは、物凄《ものすご》く結びつきが強くなるか、お互いの顔を見るのも嫌になるか、どっちかなんだよ。少なくとも俺の経験だとそうだ」

「どうしてですか」

「同じ体験をしても、人それぞれ感じ方が違うからさ。被害者同士として慰め合うこともできるけど、一人が大怪我をして、もう一人が無傷だったりすると、人間関係が微妙に変わるもんだぜ」

「僕たちは――」北見は、左手を胸にしっかり当てて言った。

「お前らは、何だ？」すかさず、藤代が突っこむ。

「うまくやってましたよ、もちろん」北見は強張《こわば》った笑みを浮かべた。

「関係者が何人かいるわけだろう。特に仲の悪い奴はいなかったのか」

「いませんよ。前にも言ったでしょう。それより藤代さん、あいつが誰かに殺されたとでも思ってるんですか」

「今の段階では何も言えんな」藤代が、まだ長い煙草を携帯灰皿に突っこむ。右手でぎゅっと握り潰《つぶ》すと、隙間から煙が立ち昇った。それで話は終わりとばかりに、急にのんびりした声を出す。「会ってみたかったなあ」

「出流にですか？」

「さすがに俺も、作家の知り合いはいなくてね。ああいう連中が何を考えてるのか、興味がある。俺は小説のことは全然知らないからな」

「僕もですよ」

「彼は、昔から作家志望だったのかね」

「いや」少なくとも北見は、今川が本を読んでいるところを見たことがない。本が好きだったのは、むしろ島尾だ。あの事件の時も、彼は丸焼けになりそうになりながら、読んでいた『十五少年漂流記』を手放そうとしなかったぐらいなのだから。中学生になると、無理矢理読書ノートをつけさせられたのだが、仲間内で嬉々《きき》としてそれを書いていたのは島尾ぐらいだった。確か中学二年生の時には、一年間で三百冊読んだ、と豪語していた。高校生の頃は、休み時間にいつも原稿用紙を広げ、顔を机にくっつけるようにしながら升目を埋めていた。からかえるような雰囲気ではなかったのを覚えている。

「じゃあ、お前にとっても、今川さんが作家になったのは意外だったわけだな」

「そうですね。腕がなくなっても、あいつは外で遊ぶのが好きなタイプだったから。野球やサッカーはずいぶんやりましたよ」

「片腕で野球なんかできるのかね」

「右打席に入って、テニスのバックハンドみたいな格好で打つんですよ。守備の時はファーストに入ってました。それなら、左手一本でも何とか守れますからね」

「なるほどね」藤代が右手で不格好にバックハンドの真似をしてみせた。「こんな感じかね」

「ええ。さすがに遠くには飛ばなかったけど、結構ちゃんと当たってました。もともと運動神経は良かったんです」

「そういえば、大リーグに片腕のピッチャーがいたな。ノーヒットノーランとかやらなかったっけ」

「あいつは、そこまではいきませんでしたけどね」

再び藤代が話題を変える。いつの間にかすっかり、彼のペースにはまっていた。

「彼と最後に会ったのはいつだ」

「三年前、かな」

「ずいぶん前だな」

うなずき、北見は続けた。

「あいつが、アメリカに住んでる彩乃の家に押しかけてた時です」

「わざわざアメリカまで訪ねて行ったのかい」

「ヨーロッパやアフリカよりは行きやすいですからね。それに、居所が分かる時に捕まえておかないと、次にいつ会えるか分からない男だったから」

「そういう放浪の暮らしってのは、どんな感じだったのかねえ」藤代が遠い目をした。

次の瞬間、現実を取り戻そうとするようにいきなり立ち上がり、窓辺に歩み寄る。

「どうですかね」北見は、髭《ひげ》で汚れ始めた頬にそっと掌《てのひら》を這《は》わせた。「僕には想像もできないな」

「俺もそうだよ。ところで、三年前に会った時には、彼はもう書いてたのか」

「いや、書いてないでしょう。書いてれば、あいつは何か言ったはずですよ。でも、あいつが小説を書いてるなんて、本が出て初めて知ったぐらいですからね。僕にとっては不意打ちみたいなものでした」

「彼は、昔から放浪癖があったのかね」藤代がゆっくり腰を下ろし、胡坐《あぐら》をかき直す。背中を丸め、晩秋の陽射しのわずかな温《ぬく》もりを楽しんでいるようにも見えた。

「そうですね」うなずきながら、北見は高校三年生の夏を思い出していた。夏休みが始まる直前、今川がふらりと姿を消した。まだ元気だった両親が警察に捜索願を出し、いなくなってから五日後には、北見たちも駅前でビラでも配ろうかと相談を始めた。ところが、島尾の家でその話し合いをしているまさにその時、突然今川が顔を見せたのだ。その場にいた人間が一斉に非難する中、顔を真っ黒にした今川は「夏の北海道はいいねえ」と破顔一笑したものである。聞けば、北海道の南の方を、野宿しながら自転車でずっと回ってきたという。本格的に怒りが爆発する前に、全員が呆《あき》れかえり、次いで笑い出してしまった。すぐに、島尾の店から酒瓶を持ち出しての酒盛りになった。

「成人してからは、この街にいる時間の方が短かったぐらいですね」

「ということは、母親が亡くなってからだな」

「遺産とか保険金で、少しまとまった金が手に入ったんですよ。それで、さっさと逃げ出したんじゃないですかね。金がなくなると戻ってきて、バイトしてまた出かけていくっていう繰り返しでした。でも、今回は長かったな。ビザの関係でたまには帰ってきてたみたいだけど、そういう時はいつも大慌てだから、僕たちには会おうともしなかった」

「それにしても、脈絡がない旅だったみたいだな。あの本を読んだ限りじゃ、ヨーロッパ、アフリカ、アメリカ……本当に、気の向くままって感じだ」藤代が指を折る。「目的もなしにそういうことができるのは、羨《うらや》ましい限りだがね」

「僕だってそうですよ。縛りつけられてなければ、いろいろなところを見てみたかったな」

「今からだって無理じゃないだろう。まだ若いんだから」

「無理ですよ」北見は深く溜息《ためいき》をついた。「家族がいますからね。娘だってまだ小さいし、これでも一応責任がありますから」

「そうだな。何十年も生きていると、いろいろしがらみが出てくるよな。特に家族ってのは難しい。いつもは空気みたいなものだけど、いざとなると引きずるような錨《いかり》になるんだよ。俺だって、この年になって女房の面倒を見るようなことになるとは思わなかった」

「大事にしないと駄目ですよ。今まで散々面倒かけてきたんでしょう」

「お前もだぞ」藤代が北見の胸の真ん中に指を突きつける。「病気が大変だったのは分かるけど、二か月も入院して、家族に迷惑をかけたのは間違いないんだからな。娘さんも嫁さんも、これからうんと可愛がってやらなくちゃ駄目だぜ。二人とも、お前にはもったいないぐらいなんだからな」

「分かってますよ」どうしてこんなところで説教されなければならないのか。しかし議論をするのも面倒臭く、北見は藤代の小言を黙って受け止めた。

「ところでお前、本当は何の病気だったんだ」ごくさりげない調子で藤代が訊《き》いた。

「いや、それはちょっと」

「俺に隠し事はしなくていいんだぜ。俺だって、女房のことがあるから、心の病気のことはいろいろと勉強した。身近にそういう人間がいるんだから、少しは理解できる」

「そのことについては、後で話しますよ。何も、ここでそんな話をしなくてもいいでしょう」

「そうだな」あっさりと質問を打ち切り、藤代が膝《ひざ》を叩《たた》いて立ち上がった。「ま、俺も何でここに来たのか、よく分からん」

「現場百回ってやつじゃないんですか」

「だから、ここは現場じゃないだろうが」

「さっきは違うことを言ってましたよね」

「うるさい」

藤代も手詰まりなのだ、と北見は悟った。それは僕も変わらない。どこかに、今川のことをもっとよく知っている人間がいるはずだ。彼の内面に踏みこんで、僕には見えない傷の存在を知った人間がいたはずだ。

やはり、もう一度奈津に会わないといけない。考えると気が重くなったが、死ぬ直前の今川の様子を知るのに、彼女の存在を避けて通ることはできない。

街で知り合いに出くわすと、「やあ」と気楽に声をかける代わりに、ふいと目を逸《そ》らし、気づかないふりをして通り過ぎる。いつ頃からだろう、北見は反射的にそうするのが習慣になった。相手が今川や島尾であってさえ、知らん振りを決めこんだことがある。面倒なのだ。愛想笑いを交換し、適当に世間話をして、あっさり「じゃあ」と別れることができない。

そんなことばかりしていると、どんなに混んだ街中でも、気づかれるより先に相手を見つけることができるようになる。これは一種の特殊能力であり、それができれば、素早く道の反対側に移動したり、探し物をするふりをしてバッグを覗《のぞ》きこんだりして相手をやり過ごすことができる。

しかし、いつも成功するとは限らない。

「北見さん」呼びかける声が、街のざわめきを突き抜けてはっきりと耳に刺さった。

脚を止める。振り向く。一番会いたくない人間がいた。

お久しぶり、と言おうとしたが、簡単な言葉が喉《のど》に引っかかる。「どうも」でも「こんにちは」でもいい。が、言葉は出てこなかった。辛うじてうなずくと、相手も表情を引き締めてうなずく。

いして、見逃してくれるかもしれない。

「ちょっといいかしら」

「ええ」わざとらしく腕時計を見る。約束があるわけではないのだが、その仕草で勘違いして、見逃してくれるかもしれない。

甘かった。

高沢久美子《たかざわくみこ》は、南多摩法律事務所で一番古手だった弁護士である。そろそろ六十に手が届こうかという年齢だが、いつも有り余るエネルギィをまき散らしていた。法廷では、北見の父親譲りの芝居がかった振舞いと大袈裟《おおげさ》な弁舌で、相手を圧倒する。押しの強さをさらに補強するように、いつも黄色や赤の派手な服を着ていた。今日は、その二色の太いストライプのブラウスで、巨大なキャンディーのように見えた。

久美子が顎《あご》をしゃくってから歩き出す。その動作に引きずられるように、北見はふらふらと後をついていった。久美子がさっさと、「ベラドンナ」という喫茶店に入る。南多摩法律事務所の所員行きつけの店だ。コーヒーが美味《うま》く、ソファの座り心地がいいので何時間でも時間を潰《つぶ》せる。北見もよく息抜きしたものだ。

一番奥、トイレに近い席に久美子が座った。この店での彼女の指定席であり、そこに誰かが座っていると帰ってしまうこともあるぐらいだった。あまり良い席ではないのだが、目立たないその場所でないと、くつろげなかったのかもしれない。

「あら、北見先生、久しぶりですね」顔馴染《なじ》みのウェイトレスが声をかけてくる。先生はやめてくれ。何度もそう言ったのに、人の話をまったく聞いていない。しかし今は訂正する気にもなれず、北見は黙ってうなずくだけで、久美子が待つ席に向かった。

「これ」北見が座るなり、久美子が名刺を差し出した。「高沢法律事務所　弁護士」の肩書きがある。北見は名刺を手にしたまま、上目遣いに久美子の顔を見た。

「ご自分の事務所ですか」

「そう」久美子が皮肉に唇を歪《ゆが》める。「独立するのは昔からの夢だったけど、こんな形で実現するとは思わなかったわ」

「すいません」北見は言葉を発すると同時に頭を下げた。

「今さら謝ってもらってもね。それより、いつ戻ってきたの」

「先週の金曜日です」

久美子が脚を組み、ベージュのパンツの皺《しわ》を伸ばした。煙草に火を点《つ》ける。口を歪めて窓の方に煙を吐き出しながら、いきなり核心を突いてきた。

「で、どこに行ってたの」

「入院してました」

「そう」軽く言って、久美子が組んでいた脚を解《ほど》いた。身を乗り出し、いきなりテーブルを平手で叩く。コップが飛び上がり、水が散って北見のズボンの膝を濡《ぬ》らした。

「冗談じゃないわ。無責任じゃない」

「分かってます」北見は、全てを焼き尽くすような久美子の視線から目を逸らし、肩をすぼめた。

「病気って、そんな様子、全然なかったじゃない」

なるほど。彼女はまったく気づいていなかったというわけだ。奇声を上げる。事務所の中をやたらと歩き回る。自分でもそういうことを覚えているというのに、僕は彼女の目に映っていなかったらしい。これではまるで透明人間だ。

「でも病気だったんですよ」

「持病なの？　そんな話、全然知らなかったけど」

「まあ、いろいろと」

「はっきりしないわね、相変わらず」久美子が憤然と鼻を鳴らした。

「言えないこともあるんですよ」辛うじて北見は反駁《はんばく》した。

「何があったのか、言う言わないは自由だけどね。あなたの勝手な行動で、みんながどれだけ迷惑したか、分かってるの」

「分かってます」北見は両手をきつく握り締めた。かすかに震えている。もう全快した。その自信は、ちょっと突かれただけで揺らぎ始めている。せめて「R」――リタリンでもあれば。ほのかに温かい霞《かすみ》に包まれ、どんなに文句を言われても、とろけるような笑顔を浮かべて切り抜けることができるだろう。そのうち向こうが攻め疲れて、刃《やいば》を突きつけるような質問は引っこめてくれるかもしれない。

余計なことは喋《しゃべ》るな、と自分を戒める。久美子だって、永遠にきつい質問や皮肉を浴びせ続けることはできないのだ。打たせるだけ打たせておけばいい。僕は、ちょっとやそっとではノックアウトされない。

「言えないようなことなの？」

「今さらどうしろって言うんですか」

開き直って北見が言うと、久美子が戸惑ったように首を傾げた。

「え？」

「僕がいなくて困ってたなら、捜せば良かったでしょう」

攻める時は強いが、逆襲されると弱いのが彼女の弱点だ。久美子が言葉に詰まり、目を細めて北見の顔を見つめる。細い目がほとんど糸のようになり、心の奥底に潜んだ冷たい塊が、その表情に滲《にじ》み出た。

「奥さんには訊《き》いたわよ」

「それ以上のことはしなかったでしょう。あなたたちなら、幾らでも伝《つて》があったはずですよね」

「それは――」

北見はさらに強い言葉を叩きつけて、久美子の言葉をへし折った。

「よく分かってます。僕は、あの事務所には必要ない人間だったんですよね」

「そんなこと、言ってないでしょう」

「はっきり言ってくれた方がありがたかったな。お互い、ずいぶん時間を無駄にしたんじゃないですか」

「あなたのお父さんには、本当にお世話になったのよ。私に仕事をしこんでくれたのは北見先生なんだから。私だけじゃないわ。南多摩法律事務所にいた弁護士は、みんな先生に恩義を感じているのよ」

「だから僕を切れなかったわけですね。恩人の息子は大事にしなくちゃいけないってわけだ」

「そんなこと、言ってないでしょう」繰り返した久美子の言葉は、前より力がなくなっていた。

「僕も、あなたたちが考えていたほどは馬鹿じゃないんですよ」北見は握り合わせていた両手をゆっくりと解き、そっと息を吐き出した。「自分が邪魔者になってることぐらい、分かってました。僕さえいなければ、あの事務所は、今もちゃんと機能してたでしょうね。それに、僕がしゃしゃり出てなければ、あなたが所長になってたはずです」

「それとこれとは関係ないわ」

いや、ある。北見は、父親が死んだ直後、所員たちがぶつぶつと文句を言っているのを聞いたことがあった。トイレで個室に入っている時である。「高沢さんに仕切ってもらった方がやりやすいんだけどな」「何も知らない人が所長って言われてもねえ」

ドアを蹴破《けやぶ》り、相手の顔がよじれて壁まで吹き飛ぶようなパンチを見舞ってやろうかと思った——できなかった。ただ彼らの悪口に打ちのめされるままでいた。実際、「何も知らない」というのは事実だったのだから。百万時間傍聴席にいても、裁判の細かいニュアンスは分からない。自分だったらこう喋る、と思ったこともあるが、実際にその場に立ったら何もできなかった可能性の方が高い。

北見を所長に、というのは父親の遺言だった。そんなに文句があるなら、死んだ人間の意志など無視して僕を解任すればよかったのだ。思い切った手を打たずに、文句ばかりを言う奴らが許せなかった。

「僕が司法試験に合格してれば良かったんですよね。それだったら、また話も違ってたでしょう。弁護士と法律事務員の間には、絶対に越えられない溝がありますからね」

「そんなこと言ってないでしょう」久美子が繰り返す。弁護士らしくない、感情的で論理の筋道が見えない反論だった。

コーヒーが運ばれてきた。北見は無言でスプーン二杯の砂糖を加え、丁寧にかき回す。ふだんは砂糖は入れないのだが、甘いものでも摂《と》れば少しは落ち着くかもしれないと思ったのだ。通路側に置いてある鉢植えのパキラの葉をそっと指で擦《こす》る。ひんやりとした感触で、辛うじて冷静さを取り戻した。

「もう、いいじゃないですか」コーヒーを一口飲んでから、北見は静かに吐き捨てた。「皆さん、希望通りにあの事務所を出て行ったんだから。ちょっと変則的だけど、僕がクビになったみたいなものですよね。これで満足でしょう」

「あなた、全然分かってないわ」久美子が新しい煙草に火を点けようとして迷い、結局パッケージに戻した。「あなたが勝手にいじけてただけなのよ」

「それは、あなたたちが僕を馬鹿にし続けたからだ」また怒りがこみ上げてきたが、何とか噛《か》み潰す。「……まあ、仕方ないですね。僕は司法試験を滑り続けた落ちこぼれですから。五年ですよ。五年もかけたのに、全然駄目だった。オヤジの足元にも及ばない、クズみたいな男ですよ」

「あなたが本当にクズだとしたら、そういうことを考えているからよ。もっと自分に自信を持ってやれば良かったのに。私たちは、あなたが所長の肩書きを持っていることに関しては、何の文句もなかったんだから。堂々と北見先生の跡を継ぎましたって言えば良かったのよ」

「僕は弁護士じゃない」呪文《じゅもん》を唱えるように低い声で北見は言った。そう、全てはそれが始まりなのだ。確かに、司法試験は簡単に突破できる壁ではない。何度も落ち続けているうちには、自分の人間性まで否定されているような気になってくる。八年前、つき合っていた香織が妊娠したのは、諦《あきら》める格好のきっかけになったはずだった。いつまでも親がかりで司法試験の勉強をしているわけにはいかない。生まれてくる子どものためにも、これからはちゃんと働く。自分の手で金を稼ぐのだ――頭では分かっていても、その決断に心から納得したことは一度もなかった。子どもを、家族を理由にして、目の前に立ちはだかる壁に背を向けたに過ぎない。「子どものためにちゃんと仕事をするよ」と言えば、世間はだいたい納得してくれる。そうか、あいつも責任を感じる大人になったのか、と。北見は、そういう理屈の陰に身を隠していた。

「弁護士じゃない、弁護士だ、その二つに何の違いがあるの。事務所を切り盛りする仕事に必要なのは、単純に事務的な能力でしょう。北見先生だって、それが分かってたから、あなたがあそこで働きたいって言い出した時も何も言わなかったのよ」

「分かってなかったと思いますよ。オヤジはオヤジ、僕は僕です」しょせん久美子は他人である。北見と父親の間で交わされた会話の内容までは知らないはずだ。

「もうちょっと自分から打ち解けて、いろいろ話してくれれば、みんな納得したはずよ。あなたは、自分で自分の周りに壁を巡らせて、勝手に孤立してたんだから」

そうさせたのはあなたたちだ。八年前、初めて事務所に出勤した時の冷ややかな雰囲気を忘れることはできない。精一杯明るい声で朝の挨拶《あいさつ》をしたのに、せいぜいうなずきかけるぐらいだったではないか。あれで北見はかちんと来た。自分が、望まれていない人間だということに気づいた。

「あなたには絶対に分かりません」

「また同じことを繰り返すの？」

「いえ」北見は伝票を摑《つか》んで立ち上がった。「僕と皆さんは、もう完全に別の道を歩いているんですよ。もう二度とお話しすることはないと思います。道で会っても、無視することにしませんか？　そうすれば、お互いに嫌な気分にならなくて済むでしょう」

呆気《あっけ》に取られて目を大きく見開いた久美子を残して、北見はレジに向かった。いつも愛想良くしてくれるウェイトレスが、怪訝《けげん》そうな表情を浮かべている。そんなに大声で喋っていたのだろうか。彼女の表情から何かを読み取ろうとしたが、その顔は薄《うっす》らと張った涙の膜に邪魔をされ、ぼやけてしまった。

冷たい風が背中を蹴飛ばす。北見は、踏切を挟んで事務所のある商店街と反対側の住宅地に出た。奈津にはまた話を聞くつもりだったが、その前にもう一人、どうしても会っておきたい人がいた。二十五年前の事件で死んだ藤山和俊の兄、清志《きよし》である。

実家の不動産屋を継いだ清志は、ちょうど店を閉めようとしているところだった。北見の顔を認めると、大きな目――記憶の中にある和俊の目とそっくりだった――をさらに大きく見開き、手を振って店に招き入れる。「営業中」の札を裏返して戸締りし、カーテンを閉めるとようやく相好を崩した。

「どうしてた。ずいぶん久しぶりだな」

「ご無沙汰《ぶさた》してます」北見は頭を下げてから店の中を見回した。確かにご無沙汰だ。ここへ来るのは、確か五年ぶりである。その頃はなかったパソコンが、今はどのデスクにも載っている。ファクスもコピー機も新しいものに変わっていた。しかし雑然とした雰囲気は、記憶の中にあるものと変わらない。入り口は引き戸だが、賃貸物件の案内表示が所狭しと張ってあるので、カーテンなど必要ないように思えた。

「ま、座れよ」促され、北見は来客用のカウンターの内側に入った。狭い事務所の中にデスクが三つ並び、灰色のファイルキャビネットが壁をすっかり覆い隠してしまっている。辛うじて残ったスペースに一人がけのソファが二脚、それに天板が傷だらけになった古いテーブルが、ジグソーパズルのパーツをはめこむように置いてある。

多摩地区には学生が多い。毎年アパートやマンションも入れ替わるから、この商売が干上がることはないだろうが、大きく儲《もう》けることもできないだろう。ささやかな儲けを積み重ねていくだけの商売は、案外しんどいのではないだろうか。

勧められて北見がソファに座ると同時に、清志が湯呑み茶碗《ぢゃわん》をテーブルに置いた。見るからに出がらしの薄いお茶である。北見はそれには手をつけず、両膝《りょうひざ》に手を置いたまま、清志が座るのを待った。

よいしょ、と声をかけ、清志が向かいのソファに腰を下ろす。北見より五つ年上だから今年四十歳になったばかりなのだが、初対面の人なら「五十歳」と言われても信じてしまうだろう。前髪がずいぶん薄くなり、残った髪にも白髪が交じっている。野球少年だった名残を感じさせるのは、綺麗《きれい》に日に焼けた顔ぐらいのものだ。

清志は、北見や今川が小学校三年生で少年野球を始めた時のコーチだった。その頃清志は中学校の野球部に入っていたのだが、自分でプレイするだけでは飽き足らず、休みの日には少年野球チームのコーチを買って出ていたのである。中でも目をかけていたのが今川だった。小柄だが運動神経の良かった今川は、清志の指導を受けるとどんどん腕を上げ、四年生の夏には、もう上級生に負けないプレイをするようになった。あんな事件さえなければ、小回りの利くショートかセカンドとして野球を続けていたかもしれない。もっとも今川が、何かと規則で縛られる高校や大学の野球に馴染《なじ》めたとは思えないが。

ところが清志は、いつか今川が頭を丸め、野球に没頭する日が来ると確信していた節がある。そのせいだろうか、全体練習が終わった後には、いつも今川だけが居残りで特訓させられていた。それはあまりに厳しく、北見の目にはまるでいじめのように映った。それだけ清志が今川を買っていた証拠なのだろうが、全てはあの事件で終わった。

弟が死に、目をかけていた今川も二度と野球ができなくなった衝撃は、清志を完全に打ちのめしたのだ。あの事件の後で中学の野球部を辞め、ずっとぶらぶらしていた。高校に入ると暴走族と関係するようになり、警察の世話になったことも一度や二度ではなかったはずである。時折街で出会うこともあったが、そんな時、清志は寂しそうな笑みを浮かべた後、ふっと視線を逸《そ》らすのが常だった。

ようやく立ち直ったのは、二十歳を過ぎてからだった。ずっと金髪のリーゼントに派手な服で通していた清志が、突然髪を短く切り、こぎれいなスーツ姿で街を歩いているのを見た時、北見は涙が零《こぼ》れそうになった。

彼は一人で、五年以上も苦しんだのだ。自分たちと苦しみを分け合うこともできたはずなのに。その五年間に何があったか、何を考えていたのか、北見は清志と真面目に話し合ったことは一度もない。清志も、自分の中でなかったことにしてしまったのかもしれない。あるいは北見のような人間では、相談相手として物足りないと感じていたのか。

立ち直った清志は、それまでに増して今川と濃厚な関係を持つようになった。食事を奢《おご》り、時に徹夜で酒を酌み交わし、自分の事務所でアルバイトをさせた。おそらく、時給千円程度の書類整理の仕事に二千円を払って。清志はたぶん、今川に対して複雑な感情を抱いていたのだろう。あの惨事の中で、今川は和俊だけは助けられなかった。先に和俊を助けてくれてもよかったのに……いや、あいつは頑張ったんだ。死んだ弟の代わりだと思って面倒を見よう——そんなところではないだろうか。

「最近顔を見なかったな。お前、老けたんじゃないか」

「ええ」北見は、房のように生えた白髪の辺りを指先でそっと撫《な》でた。

「忙しかったのか」

「ちょっと病気してたんです」この言い訳の繰り返しにもすっかり慣れた。学校をサボるために腹痛を訴える子どもが、本当に体調が悪くなってしまうように、今ではすっかり半病人の気分である。

「そいつはいかんな」やけに年寄りじみた口調で言って、清志がうなずいた。口をすぼめ、音をたてて茶を飲む。しばらく会わない間に、本当に年をとってしまったようだ。日々の積み重ね、その疲労が顔にも態度にも滲《にじ》み出ている。何だか、死に至る坂道をゆるゆると下り続けているようだ。

北見は一つ咳払《せきばら》いをして続けた。

「実は入院してまして」

「そりゃあ大変だったな。もういいのか」

「ええ、何とか」

言葉が途切れる。どう切り出そうかと迷っているうちに、清志が先に口を開いた。

「出流のことだろう」清志はいつも、今川を名前で呼ぶ。いつまで経っても、彼が小さな弟のままでいるかのように。「お前がここに来るってことは、出流の話しかないよな」

「ええ」

「参ったよな」清志が掌《てのひら》で思い切り顔を擦《こす》る。顔に張りついた不幸を力ずくでそぎ落としてしまおうかという勢いだった。「お前、出流には会ってなかったんだろう」

「ええ。清志さんは？」

「会ったよ。あいつが日本に帰って来てるのに、会わないわけにはいかないだろう。向こうから電話してきた」

「そうですか」北見は軽く唇を噛《か》み、小さな痛みをこらえた。俺には会えなくても清志には会った。その事実が意味するものを考えると、かすかな胸の痛みを感じた。「いつですか？」

「あれはねえ……」清志が指を折って数える。「あいつが死ぬ二週間ぐらい前かな。いきなり電話がかかってきたんで、たまげたよ。帰って来てるのも知らなかったから。それまで何年も、便り一つ寄越すでもなかったのにな」

突然清志が口ごもり、拳《こぶし》を口に押しあてた。しばらくそうしていたが、やがて立ち上がり、屈《かが》みこんでデスクの引き出しを探ると、一枚の写真を取り出して北見の前にそっと置いた。

今川だ。清志と一緒に写真に収まっている。憤然と胸をそらし、世の中には何の心配もないとでも言いたそうな笑みを浮かべていた。考えてみれば、今川の顔を見るのは三年ぶりである。記憶にあるより、上半身ががっしりしていた。髭面《ひげづら》を見るのは初めてで、何だか別人のようだった。いや、三年前アメリカで会った時には、もう髭面だっただろうか――どうにも記憶がはっきりしない。入院中から、軽い記憶喪失のような症状に悩まされているのだ。大昔のコンピュータの記録テープのようなもので、所々にぽつぽつと穴が開いている。

「これ、いつ撮ったんですか」

「この前会った時だよ」

「髭が変ですね。似合わないな」笑ってやろうとしたが、北見の声は震えるばかりだった。

「剃《そ》るのが面倒だって言ってたよ。あいつ、パタゴニアでガイドをやってただろう？何日も山の中に入ってると顔を剃る暇なんかないし、髭があると温かいんだってさ。その髭のせいで、日本に戻ってくる時は空港で一悶着《ひともんちゃく》あったらしいけどね」

「これだけ髭だらけになってたら、パスポートの写真とは似ても似つかないでしょうからね」

「それもあるし、アメリカでイスラムのテロリストじゃないかって疑われたそうだ。このご時世に何を考えてたのかね、あいつは。昔から周りのことは気にしない人間だったけど、全然変わってなかったよ」

笑っていいのかどうか分からず、北見は真顔でうなずくにとどめた。

「あいつ、どんな様子でしたか」

「忙しそうだったな。いや、実際に忙しいっていうわけじゃなくて、気持ちが急《せ》いてるっていうのかな。そういうこと、あるじゃないか。何かしなくちゃいけないんだけど、どうやっていいのか分からないで、苛々《いらいら》する時ってさ」

「小説のことですかね」苛々していた。ここでもまた、今川は彼らしくない顔を見せている。昔の彼は始終怒りを撒《ま》き散らしていたが、それは「苛つき」とは別のものだった。

「俺は小説のことは全然分からないけど、そんな簡単にすらすら書けるものでもないんだろう？　原稿用紙を何百枚も埋めなくちゃいけないんだから、大変だよな。それにしても、あいつが小説を書くとはねえ。四十年生きてきて、最大の驚きだよ」

「僕もですよ」

「からかってやったんだ。お前はそんな柄じゃないって」

「あいつ、何て言ってました？」

「笑ってたよ」自分の言葉が引き金になったように、清志も笑みを浮かべた。一瞬、その顔が少年時代に戻る。「自分でも分かってたんじゃないか、そういうのが自分らしくないってことは。何だか照れてるみたいだったぜ」

「あちこち旅してるうちに、あいつも変わったんでしょう。自分の経験を誰かに読んでもらいたくなったのかもしれない」

「そうだな。喋《しゃべ》るのは昔から得意だったから、それを書く方に変えたってわけだ」

「そうなんでしょうね」

「でも、あのうるさい男にしては、妙に大人しかったな」

またただ。大人しい今川。それも明らかに彼のイメージではない。

「まあ、出流も大人になったってことなんだろう」腕組みし、視線を宙に漂わせながら清志が言った。茶化した台詞《せりふ》と裏腹に、目は赤く潤んでいる。「二十代の後半から三十代の前半ってのは、男が一番変わる時期なんだよ。最後の人格形成期っていうかな。そういう時期に海外でいろいろな経験を積んで、かえって落ち着いたんじゃないか。それにしても、本当にこれからってところだったのにな」

「大人になった」という清志の観察はピントがずれている。ある種の人間は、六十歳になっても子ども時代の影をひきずり続けるものだし、今川は間違いなくそういうタイプなのだ。

「そうですかね」

「違うのか」清志が首を捻《ひね》る。

「あいつがどうして死んだのか、ずっと考えてるんです」

「警察は自殺じゃないかって言ってるみたいだけど、俺はそうは思わないな。お前、あいつが自殺するようなタイプだと思うか」

「でも、落ちこんでたみたいじゃないですか。島尾もそう言ってました。清志さんにもそう見えたんでしょう」

「俺は落ちこんでたなんて言ってないぞ。大人しかったって言ったんだ」

「あいつに限っては同じ意味に聞こえますけどね」

「そうかなあ。小説のことも、焦ってたとは思うけど、自信たっぷりだったぜ。『書けますよ』って言い切ってたもんな」

「やっぱり書いてたんだ」北見は痛みの残る耳の上を指で触った。そのまま頰を伝って下ろし、顎《あご》に添える。不自然ではない。一応、糸は真っ直ぐつながっている。

「話は変わりますけど、奈津の件は聞いてますか」

「おお、聞いた聞いた」清志が半分噴き出しながら言ったが、それが不謹慎だと気づいたのか、すぐに口元を引き締めた。

「何であの二人が結婚することになったのか、清志さんは知ってますか？　僕は未《いま》だに信じられない」

「俺だって自分の耳を疑ったよ」清志が大袈裟《おおげさ》に自分の耳を引っ張った。「あの二人、とてもじゃないけどつき合ってるって感じじゃなかったからな。俺、一度駅前で、二人が大喧嘩《おおげんか》してるのを見たことがあるぜ」

「いつですか」

「あいつが日本を出る前だから、もう七年……八年前か。あの時は驚いたね。彼女をぶん殴りそうな勢いだったから。止めに入らなくちゃいけないって思ったぐらいだった。結局、あいつが不貞腐《ふてくさ》れてどこかへ行っちゃったんだけどね」

「それが、どうしてこんなことになったんでしょうね」

「勢いだって言ってたけどね、出流は」

「勢いですか」確かに、結婚にはそういう側面がある。北見も、香織が妊娠した勢いで結婚してしまったようなものだ。それに何かの拍子で火がついて、一気に突っ走ってしまうのも、あの二人ならいかにもありそうなことである——十七歳の夏の時のように。

「久しぶりに日本に帰ってきて、昔の恋人に会って、何か思うところがあったんじゃないか」

「そんなものですかね」

「はっきりとは分からんがね。あいつ、この件についてはあまり喋らなかったから。珍しく照れてたみたいだったよ」

「それも出流らしくないですね。ふだんのあいつなら、聞いてもいないことまでぺらぺら喋るところなのに」そうやって自慢げに喋ったから、僕と殺し合うような勢いで殴り合うはめになったのだ。北見の背中を冷や汗が流れ出す。

「自殺はないよ。あり得ない」突然清志が断言した。「人はいつ、どんなことが原因で死ぬかは分からないけど、少なくともあいつに限って、絶対に自殺はしない」

「どうしてそう言い切れるんですか」

「お前、自殺しようなんて考えたことがあるか」

「まさか」言葉を切り、北見はどんどん垂れ流される嘘を封じこめた。ドラッグは、緩やかな自殺の肯定である。

「お前らは、あの事件を生き延びたんだ」清志の声が湿る。北見は、胃の辺りに重いしこりが生じるのを感じた。清志が、北見の前であの事件について言及するのは初めてである。「だから、他の人間よりも生きることに執着する気持ちは強いんじゃないのか。そうじゃなかったら嘘だぜ」

そう、嘘だ。

僕の人生は嘘で塗り固められている。


「……じゃあ、経費の方、忘れないでね。あなた、いつも遅れるんだから。うん、原稿の方は明日入稿でお願い。そうね、二時ぐらいでどう？　夕方までには印刷に回したいから。とにかく入稿して、細かいところはゲラで直して。それでいいでしょう」

電話を切って、奈津は大きく伸びをした。まだ火曜日だというのに、もう疲れがたまっている。事務所にはもう彼女一人しかいない。いつも一人残って、後始末をしてから帰宅する日々が続いている。朝も一番早い。ここは、奈津にとって第二の家のようなものだ。毎日鍵《かぎ》を開けるのも閉めるのも自分なのだから。

自分から進んで始めた会社ではない。短大時代の友人、晴香《はるか》から「一緒に会社を始めよう」と誘われた時、奈津はてっきり経理をやってくれという話だと思った。それまで地元の信用金庫に十年も勤めていて、数字の扱いには自信があったし、晴香もそれはよく知っていたから。奈津にとっては、悪くない話だった。同じように金を扱う仕事とはいえ、編集プロダクションとなればいろいろ刺激もあるだろう。一日が一週間に、一週間が一か月に、そして一年になって――そんな代わり映えのしない毎日にうんざりしていたのも事実である。地元のタウン誌に雑報を書いたり、広告を作ったりするような地味な仕事だと聞かされたが、見知らぬ世界というだけで輝いて見えた。

実際に飛びこんでみる前までは。

仕事が始まった初日から、晴香は奈津に取材を押しつけた。当時はこの事務所も二人きりだったから、今考えると仕方ないことなのだが、いきなりカメラとメモ帳を渡された時には腰を抜かしそうになったものである。地元のタウン誌に載せるための短い記事で、カントリー調の雑貨屋に話を聞きにいくだけだったが、それまで取材などというものには縁がなかった奈津にとっては大変な衝撃だった。冗談じゃないと放り出そうかとも思ったが、取材はそれ一回では終わらなかった。仕事が切れないのはありがたい話だったが、慣れないこと――しかもそれほどやりたくないことを続けて、心底疲れたのも事実である。その上最初に予想していた通り経理の面倒まで見なければならないのだから、最初の一年は土日もまったくなしで働かざるを得なかった。それから五年経ち、ようやく少しは落ち着いたのだが、今でも夜の九時前に家に帰ることは滅多にない。親はとうに諦《あきら》めてしまっているようだ。三十歳になる直前には、ことあるごとに結婚を急かしていたのだが、それもずいぶん昔の話である。

両親は、奈津が断続的に出流とつき合っていることを知らなかった。知っていれば何かが変わっただろうか——そうは思えない。奈津の両親は、二人とも生真面目で堅い人間だ。定職を持たず、海外の放浪を繰り返していた出流を引き合わせたら、卒倒してしまったのではないだろうか。

それにしても、出流の心の底にはどんな絵が描かれていたのだろう。自分はとうとう彼を理解できなかったと思う。奈津の友人を交えて食事をした時、何を思ったのか、出流が突然ステーキを手づかみで口に運んだことがある。滴る肉汁でテーブルクロスを汚し、にやっと笑って見せた時、奈津はかすかな殺意さえ覚えた。あんな人間を両親に引き合わせていたら——奈津は首を振って、頭の中に芽生えた修羅場の想像を追い出した。

どこかにビールでもなかっただろうか。そういえば、北見はデスクの引き出しにバーボンを入れていた。同じようにやってみようか。こうやって夜一人になった時、息抜きに一杯呑《の》めれば、少しはストレス解消になるかもしれない。呑むなら一人がいい。晴香や他の若いスタッフとは呑む気になれないのだ。言いたいことは山ほどあるのに、酔っても何も言えないだろう。そうして一人自分の中へ、心の底へ下りていくことになる。

椅子の背に体を預け、天井を見上げる。両目を閉じ、親指のつけ根をぎゅっと押し当てた。瞼《まぶた》の裏で星が瞬く。

宙ぶらりんだ。自分がこれからどこへ行くのか、見当もつかない。今までもずっとそうだった。いつかは笑顔で朝を迎えたい。そうであって欲しいと願い続けてきた。十七歳の夏から今までずっと。今は金の無駄遣いだったと反省しているが、一年ほど自己啓発セミナーに通っていたこともある。誰かが自分を助けてくれるのではないかと、毎月のようにつき合う相手を変えていた時期もあった。それらがすべて無駄だと分かると、時の流れに身を委《ゆだ》ね、目の前を通り過ぎていく全ての出来事を無視しようともしてみた。結局何をしてもしなくても不満だけが残り、心に刺さった針の本数は増えるばかりだった。

手が届くところまで来ていたのに。どんな世界が開けるかは分からなかったが、この狭い、息が詰まるような街での生活から抜け出せるはずだったのに。

ゆっくりと目を開き、無意識に手を動かして、デスクの上を片づけ始めた。この仕事を始める前は、自分の身の回りはいつも綺麗《きれい》に整理していた。信用金庫の机などは、舐《な》めてもいいほど磨き上げていたものである。しかしそんな習性など、現実に簡単に侵されてしまう。

領収書の山、取材用のメモと資料を何とかより分ける。それだけでも大変な努力が必要だったので、十分やったと自分を納得させることにした。メールでもチェックして帰ろうか。左手首を裏返して時計を見ると、もう十時を回っている。まったく、どうしてこう遅くなってしまうのか。たまには六時にきっちり仕事を終えて帰りたい。理性の半分は、もう少し仕事を絞るべきだと主張している。だがもう半分は、そんなことをしたら明日から仕事が来なくなると反論してきた。どちらも正しい。こうやって、毎日心の中で二人の自分が言い争いをしながら、歳月だけが流れていく。

全てを投げ出し、どこかへ行ってしまいたい。だが、今はその道も閉ざされた。

突然携帯電話が鳴り出し、領収書の山の上を彷徨《さまよ》っていた奈津の手が止まった。胸を押さえ、落ち着きなさいと自分に言い聞かせてから電話を取り上げる。見慣れた番号が浮かんでいたので、胸を撫《な》で下ろした。

五分ほど話す。相手の言っていることは、すとんと頭の中に収まった。もちろん、本当に効果があるかどうかの保証はない。それですぐに結果が出るものでもないだろう。ただ、このまま黙って手をこまねいているわけにはいかないのだ。

相手の言う通りにしてみよう。そのシナリオに乗って、自分に課せられた役をきちんとこなしてやろう。今ならそれができる。どうしてもとなったら、何だってできるものなのだ。挫《くじ》けそうになったら、この事務所を始めた時の気持ちを思い出せばいい。

電話を切ると、ますます酒が恋しくなってきた。さっさと家に帰り、父親の目を盗んで、とっておきのブランデーでもいただいてしまうか。酒の力を借りてぐっすり眠れば、明日の朝見る太陽も、少しは輝きを増しているはずだ。

立ち上がろうとした時、誰かが遠慮がちにドアをノックした。反射的に身をすくませる。誰だろう？　この時間に事務所に戻ってくるスタッフはいないはずだし、誰かが訪ねてくる予定もない。しかし、泥棒がわざわざドアをノックするとも考えられなかった。誰だろうと訝《いぶか》っているうちに、いきなりドアが開いた。悲鳴を上げそうになり、両手を口元に押し当てる。

困惑した表情で北見が立っているのに気づき、今度は別の意味で悲鳴を上げたくなった。どうして彼がここにいるのだろう。落ち着かなきゃ、何でもないんだからと自分に言い聞かせながら、奈津は強張《こわば》った笑みを浮かべた。

「どうしたの、こんな時間に」

「いや。ちょっと訊《き》きたいことがあって」

「いきなり来ないで、電話ぐらいしてよ」頬を膨らませてみせる。そういえば昔北見は、この表情が可愛いと言ってくれたことがあった。自分ではあまり好きではない表情だったのだが。

「ごめん。でも、どうせ帰り道なんだ。君が働いているところを見るのもいいかなと思って」屈託のない笑みを浮かべ、北見がずしりと重そうなコンビニエンスストアの袋を持ち上げて見せた。ビール缶の形にごつごつと出っ張り、袋が汗をかいている。何というタイミングだろう。思わず自然に頬が緩むのを感じた。それにいい機会ではないか。ここで少し話を進めておくのがいい。計画をちょっと前倒しして、反応を見ておこう。

「悪趣味ね。こんな汚いところ見たって仕方ないでしょう」

「そんなことないよ。仕事がたくさん来てる証拠じゃないか。掃除してる暇もないのはいいことだよ」

北見がぐるりと事務所の中を見回す。奈津は、頬がかすかに赤くなるのを感じた。デスクが四つ。それだけで事務所のスペースはほとんど埋まっている。隅にある観葉植物の葉は茶色く変色し、それぞれのデスクの上では、書類が雪崩を起こしそうになっている。

「あいにくだけど、ソファもないのよ」

「打ち合わせとかは？」

「立ってやるのよ。デスク越しに」

北見が短く声を上げて笑った。昔からこんな笑い方をしていただろうかと、奈津は首を傾げた。無理して喉《のど》の奥から搾り出すような笑いは、不快に耳を突き刺す。

「立ってる方が、打ち合わせは短くて済むだろうね。いいアイディアだ」

「とにかく座って――ええと」奈津が当てもなく事務所の中を見回しているうちに、北見が勝手に隣の椅子を引いて座った。自分の家にいるかのような気軽さで書類を手早く片づけ、空いたスペースにビニール袋を置く。

「じゃあ、お待ちかねの差し入れ」と言ってビールを一本取り出し、奈津のデスクの上に置いた。自分も一本取って、プルタブを押し上げる。顔の前で缶を上げ、乾杯の仕草をしてから一口啜《すす》った。奈津もそれにならう。缶ビールは好きになれない。というよりも、グラスを使わず、平気で缶からビールを飲んでしまう自分が嫌いだった。

「気を遣ってくれなくてもいいのに」ビールの缶を手の中でゆっくり回しながら奈津は言った。

「この時間にコーヒーってわけにもいかないだろう。この前会った時に、結構呑むって分かったから、ビールにしたんだ」

奈津は目を細めて北見を睨《にら》んだ。北見が慌てて顔の前で手を振る。

「いや、別にそれが悪いって言ってるわけじゃないからね。僕も呑みたかったし」

「こういう仕事をしてると、どうしてもお酒がいるのよ」

「それは分かるような気がするな。忙しいと、手っ取り早く息抜きしないとね」

「それで？　今日は何の用？」

北見が姿勢を正した。

「出流のことなんだけど」

「ええ」

目を伏せて、北見がビールの缶をこね回す。どこまで調べたのだろう。腹の底に何を隠し持っているのだろう。それを持ち出されて動揺させられるよりはと、奈津は自分から先に切り出した。

「私も話があるの」

「あいつのことで？」

「もちろん」奈津は口の端に薄い笑みを浮かべてうなずいた。「今の私たちには、それ以外に共通の話題はないでしょう」

「ああ、まあ、そうだね」北見がまた床を見つめる。女の子のように長いまつげが瞬《まばた》いた。この人は、今でもあのことを気にしているのだろうか。もう十八年も前のことなのに。全ての男がそんなものなのだろうか——例えば今川も。いや、彼は何も考えていなかったに違いない。その日だけ。その時だけ。彼の頭の中にあったのは「今」だけだ。

北見が顔を上げる。ちろりと舌を舐め、奈津に先を促した。

「君の話を先に聞きたいな」

「フロッピーがあるの」

「出流の？」

うなずき、奈津は北見の次の言葉を待った。食いついてくるだろうか。期待していた通り、北見の顔つきが急に引き締まった。ビールの缶を慎重にデスクに置き、膝《ひざ》に手をついて身を乗り出す。

「出流が君にフロッピーを預けてたんだな」

「そう」

「この前は、そんなこと言ってなかったじゃないか」

「言い忘れたの」強引に言い切ってから、奈津は北見の表情をうかがった。疑っている様子はない。

「原稿かな」

「そうかもしれない」

「見てないのか？」

「見てないわよ」ビールの缶を両手で握り、奈津は目を伏せた。消え入りそうな声でつぶやく。「見られるわけないじゃない」

「でも、二か月近く経ってるんだぜ」

「二か月が二年でも同じよ」

「そうか。そうだよな」奈津に調子を合わせるように、北見が慌てて言った。自分を納得させるつもりなのか、深くうなずいて「すぐには忘れられないこともあるよな」と言い添える。そういうことは簡単に言わないで欲しい、と奈津は叫びたくなった。

「でも、見てみるつもりよ」

「辛《つら》くないか？　何だったら僕が見てやろうか」

「でも、小説じゃなかったら――」

「ああ、そうか」北見が辛うじて笑みを浮かべた。「プライベートな内容かもしれないよな。だったら、僕が見るべきじゃない」

「だから、私が中身を確認してから、あなたに見てもらいたいの」

「そのフロッピー、いつもらったんだ」

「え？」奈津は視線を下に落とし、左手の甲に右手の人差し指を這《は》わせた。「だから、あの日よ。彼が死ぬ前の日」

「前の日？」北見が首を傾げ、指先で顎《あご》を撫でた。彼が考えていることは分かっている——今川は遺書を託したのではないか。機先を制して奈津は否定した。

「遺書じゃないと思うわ」

「どうして」

「私は、彼が自殺したなんて考えてないから」

「ああ——うん」北見が両手を組み合わせ、リズムを刻むように人差し指の先を叩《たた》き合わせた。

「あなたは自殺だって思ってるの？」

北見が小さく溜息《ためいき》をつき、自分の膝を見下ろした。躊躇《ためら》いがちに顔を上げると、低い声で切り出す。

「死ぬ前、出流はずいぶん大人しかったらしいんだよ。君は感じなかったか？」

「誰がそんなこと言ってるのか知らないけど、私はそうは思わなかったわ。昔と同じだったわよ」

「僕は別の印象を持ったけどね」

「例えば？」

「何か悩んでたんじゃないかな。死ぬ前は、あいつらしくない感じだった」

奈津は小さく首を振った。

「もしも自殺だとしたら、私にも責任があるわね」

「いや、それは……」北見が口ごもった。

「何か悩んでたなら、私が気づくべきだったのよ。彼の一番近くにいたのは私だったんだから。打ち明けてもくれなかったとしたら、悲しいわよね。もしかしたら、私のことで悩んでたのかもしれない」

「そんなことないだろう」北見が軽く拳《こぶし》を握る。

「どうしてそう言い切れるの」

「それは……」北見が唇の端をきゅっと持ち上げて笑った。「勘、かな。それとも長年の経験からかもしれない」

「もしも自殺だったら、私、ひきずるわね。何もしてあげられなかったんだから」

「ちょっと待ってくれ。僕も、あいつが自殺したとは言ってない。いつものあいつらしくなかったのは確かだけど、自殺とは言い切れないんだ」

「どうして」

「君と同じだよ。あいつが自分で死ぬとは思えない」

「根拠はそれだけ？」

「僕以上にあいつのことを知っている人間はいない。まかり間違っても、あいつは自殺なんかしない人間だ。本当にやばいところに追いこまれても、左腕一本で反撃するよ。

噛《か》みついてでも相手を倒そうとするよ。あいつはそういう人間だろう」

「やめて」

「ああ……そうだね」北見が一転して柔らかい声で言った。「こんな話をしてても、何も分からないからね」

いつの間にか、奈津の頰を涙が伝っていた。北見がハンカチを差し出す。奈津は、全ての現実を残像に変えてしまおうと、ハンカチをきつく目に押し当てた。柔らかい石鹼《せっけん》の香りがふわっと広がる。彼の奥さんは、こういう香りの洗剤を使っているのか。北見には家庭がある。自分にはない。奈津は鼻を啜《すす》り上げ、ハンカチを丁寧に畳んで北見に返した。北見がハンカチを畳み直してズボンのポケットにしまい、咳払《せきばら》いをしてから話を巻き戻した。

「そのフロッピー、小説なのかな」

「そうかもしれないわね。何も言ってなかったけど、書いた分を先に私に読んで欲しかったんじゃないかしら」

「婚約者の特権ってやつかな。やっぱり、君のことを頼りにしてたんだよ」

「そうかな」奈津は拳に顎を乗せた。

「いつ、読ませてもらえるかな」

奈津は硬い笑みを浮かべてうなずいた。

「明日……明後日《あさって》でどうかしら。思い切って、今夜見てみるから。それでいい？」

「もちろん」真顔で北見がうなずき返す。「それで何か分かるといいんだけど」

「あまり期待しないでね」

「分かってる。ほんのちょっとでも手がかりがあれば、それでいいんだ。僕が納得できれば、出流を成仏させることができる」

「ずいぶん古めかしい言い方ね」

北見が肩をすぼめる。

「性分なんだ」

「じゃあ、とにかく連絡するわ」

「でも、そんなものがあるなら早く教えて欲しかったな」

「忘れてたの。たぶん、無意識のうちに忘れようとしてたんじゃないかな。彼の持ち物、ほとんど妹さんが持っていくか処分するかしちゃったんだけど、私の手元に残ってるものもあって……そういうのって、見られないから」

言い訳すると、北見は納得したように「そうだね」と認めた。

「少しだけ落ち着いたのかもしれない。たぶん、あなたのおかげね」

「だといいんだけど」

「何か分かるといいわね」

小さな笑みを浮かべてみせると、北見がうなずいて新しいビールの缶を傾ける。その視線が自分から外れている時、奈津はふっと安堵《あんど》の溜息を漏らした。

まずは上手《うま》くいった。後は、間に合うかどうかだ。きっと間に合うだろう。才能のある人間にとって、時間はさほど大きな壁にはならない。

第五章

　あいつが結婚するという知らせを聞いた時、俺はカナダ国境に近いメイン州にある釣り客向けのロッジで働いていた。七年前、長い旅に出る直前のことで、日本を出て一年、そこに流れ着いて八か月ほど経っていただろうか。毎朝五時にベッドから這い出てベーコンと卵を焼き、コーヒーを淹《い》れ、釣り人のほら話に愛想良く耳を傾けるだけの単調な日々が続いていた。唯一笑ったのは、俺の腕がないのはグリズリーに襲われたからだという噂が一人歩きしていたことである。謎めいた笑みを浮かべることで、釣り客の間に噂が広がる手伝いをしてやった。あとは、時々森の中で連中を一時間ばかり置き去りにしたり、わざと釣れそうもないポイントに連れて行ってからかうことぐらいしか、楽しみはなかった。

　くだらない毎日だった。メインの自然は人の手ではっきりとコントロールされている。飛行機を使えば入れない場所はなく、アメリカ人の考える「アウトドアライフ」とはこの程度のものかと、がっかりしたものである。もっと僻地《へきち》に行きたい。最終目的地、パタゴニアはまだはるか向こうにあった。一度日本に戻って態勢を立て直そうか、と考えるようになった。

そんな時に届いた一通の便りが、俺の脳天を吹き飛ばした。一度だけ聞いたことのある名前が、特大の活字で印刷されてでもいるようにぱっと目に飛びこんでくる。香織。あいつが大学時代に出会ったとかいう娘だ。

招待状に、あいつは短く近況を書いていた。香織が妊娠してしまったので思い切って結婚を決意したこと。司法試験は諦《あきら》めて、父親の事務所で法律事務員として働き始めたことなどが、淡々とした調子で綴《つづ》られていた。しかし行間に悔しさが、絶望感が薄《うっす》らと滲《にじ》み出ていたのは間違いない。

馬鹿言うな。欲望に限りはないというが、そんなのは贅沢《ぜいたく》だ。一生を共に過ごす相手と巡り合い、すぐに赤ん坊も生まれる。司法試験なんかクソ食らえじゃないか。お前は今、世界で一番幸せな男なんだ。俺が祝ってやる。命を懸けても祝ってやる。

ところが、メインの片田舎にその招待状が届いたのは、結婚式のわずか五日前だった。俺はすぐにロッジの仕事を辞め、それまでに貯まったわずかな金をかき集めてニューヨークまでヒッチハイクし、そこから日本へ飛んだ。やっと日本に着いたのは結婚式の前日。密《ひそ》かに街へ帰り、翌日のために花屋に手配をした。誰もいない実家で息を押し殺して一晩過ごし、翌日、結婚式が終わるタイミングを見計らって、千本の赤いバラを載せた花屋の軽トラックで教会に乗りつけた。祝福の拍手に迎えられて二人が明るい陽射しの中に出て来た時、俺はトラックの荷台に仁王立ちになってバラの花を撒《ま》き散らしてやった。その時のあいつの顔は忘れられない。何千キロも離れた場所にいて、招待状の返事も出さなかった男がここに現れるはずがない。そのはずだったのに、目の前に姿を見せた男は、ぼろぼろと涙を流しながらバラを撒いている——驚くのも当たり前だ。喜びも感慨も吹き飛び、ただ驚愕《きょうがく》が魂を揺さぶるのに任せるしかできなかっただろう。

新婦が、戸惑ったような笑みを浮かべながら涙を拭《ぬぐ》っていた。バラの花を踏みしだきながら、二人が背筋を伸ばして歩いてくる。やがて俺の前で立ち止まると、あいつは花嫁の腕をそっと放した。階段の前に並んでいた参列者が沈黙する。

「式に出てくれれば良かったのに」少し震えた声であいつが言った。

「神様の前に出せるような顔じゃないんでね。それに俺は、神様に会ったら殺そうと思ってるんだ」

「馬鹿野郎」

パンチが飛んでくるのではないかと思って俺は身構えた。が、あいつは一歩踏み出すと、俺を力強く抱きしめた。「お前に会いたかったんだ」と腹の底から搾り出すように言いながら。俺はまたぼろぼろと涙を流しながら、背骨をへし折らんばかりのあいつの力を全身で受け止めた。

そして後悔した。あいつは、俺が持っていないもの、たぶんこれからも持つことができないものを手に入れてしまったのだから。そう思うと、胸を焦がす焔《ほのお》がいっそう高く立ち上った。

――「業火」第五章

宵闇が事務所に満ちる中、ちびちびとバーボンを啜った。目の前にはコカインの袋がある。さて、どうするか。ほんの少し試すだけなら、何ということはないだろう。ワインのテイスティングのようなものだ。一回だけだったら、すぐにやめられる。ちょっと気持ちよくなって、「これはコロンビア産の上物だ」などと、もっともらしい感想を述べればそれで終わりだ。僕はそれほど意志の弱い人間ではない。今だけ、ほんのちょっとだけ気分を持ち直したいだけなのだ。

酒と一緒にコカインをやると、バランスが取れる。コカインでハイになった気分をアルコールが宥《なだ》めてくれるから。だから、何の問題もない。プラスマイナスはゼロ、そうやって肉体と精神のバランスは保たれる。

そもそも僕は、入院なんかする必要はなかったのだ。ドラッグを抜くために別の薬を飲まされる。シンナーのやり過ぎで歯の溶けたような若い連中と、「ミーティング」と称して下らない話をしなければならないのは死ぬほど苦痛だった。僕はお前らとは違う。クズみたいな人生を生きてきたお前らとは。僕はドラッグを完全にコントロールできている。誰かが余計な世話を焼かなければ、今もきちんとこの事務所を切り盛りしていただろう。どこの誰だか知らないが、まったく余計なことをしてくれたものだ。そいつは僕の人生をぶち壊そうとしたに違いない。もしかしたら、事務所の連中にも余計なことを吹きこんだのではないだろうか。

まあ、いい。終わってしまったことをあれこれ言っても始まらないのだ。今はちょっとだけコカインを使って前向きになろう。本当に、人間の脳というのはデリケートかつ単純なものだと思う。ほんの少しの薬が入っただけで、簡単に気分が変わってしまうのだから。人生なんて、一グラムのコカインですぐに方向を変えることができるのだ。

袋に手を伸ばしかけたところで、きな臭さに気づいた。事務所の中ではない。臭いはどうやら廊下から忍びこんで来るようだ。何だろう……何か、物が焼ける臭いであるのは間違いない。もしかしたら、商店街のどこかで火事が起きたのかもしれない。慌てて窓に駆け寄り、ガラスに額を押しつける。少なくとも目に見える範囲では、火事が起こっている様子はなかった。とすると、このビル自体が火事なのだろうか。

慌てて机の間を横切り、ドアに手をかける。金属製のノブは、すでに熱く焼けていた。掌《てのひら》の肉が焼ける異臭に吐き気を覚えながら、引きちぎるようにドアを開ける。

煙が噴き出す。黒に近い灰色の煙の中から、炎が舌を突き出した。顔を焼かれる。助けを求めて声を上げようとした途端、開いた口に熱気が入り込み、喉《のど》の粘膜が焼けた。呼吸ができない。喉が腫《は》れ上がり、気道を塞《ふさ》いでいるのだ。煙に視界を奪われる。滅多やたらに手を振り回してみるが、どうにもならなかった。体当たりするようにドアを閉め、事務所の奥に逃げ帰る。事務所の中も薄らと煙で満たされていたが、何とか呼吸はできた。二の腕で目を擦《こす》り、視界を確保する。窓は？　窓ははめ殺しだ。ぶち破らなくては。そうすれば煙も逃げるし、助けを求めることもできる。椅子を窓に投げつけると、ひびは入るが割れない。誰か気づけよ。気づいて一一九番通報してくれ。これだけ激しい煙が上がっているのだから、気づかないはずはないのに。椅子を拾い上げ、今度は両手に持ったまま窓に叩《たた》きつける。やっと割れた。もう一度。それで顔が出せるぐらいの隙間ができる。

顔を突き出し、助けを求めようとして口を開けた。声が出ない。先ほどの炎で喉をやられてしまったのか。腕を振り回す。気づいてくれ——変だ。背後には炎と煙が忍び寄ってくる。こんな状態に誰も気づかないはずがない。いくら裏道とはいえ、夕方のこの時間に人がいないのはおかしいではないか。何が起きたのだろう。まるでこの街が滅び、気づかなかった僕一人が取り残されてしまったようではないか。

人影が見えた。手を振る。気づいてくれ。助けてくれ。

若い男のようだった。地面に着くほど長い、黒いコートを着て、片足を引きずっている。不思議な胸騒ぎがしたが、気力を振り絞って声を上げた。男が上を向く。目が——合わない。

その顔は、底なしの暗い穴だった。お前なのか、という自分の叫び声が、炎の中で燃え尽きる。

「大丈夫？」

香織の声で我に返る。いつの間にか、ベッドの上で上体を起こしていた。体がひんやりとして、寒気が背筋を這《は》い上る。湿ったパジャマが重く体にまとわりついた。

「大丈夫なの？」繰り返し言って、香織が背中に手を添えてくれた。温かいその感触が、破裂しそうな心臓の高鳴りをすうっと落ち着かせる。

「ああ」かすれた声で言って、北見は掌で顔を拭った。じっとりと濡《ぬ》れている。「ちょっと変な夢を見た」

「どんな夢？」香織が腕を伸ばし、北見の肩を抱くようにした。

「よく覚えてない」

「でも、悲鳴上げてたわよ」

「本当に？」

「ずいぶん怖い夢だったみたいね」

彼女はもちろん、あの事件のことを知っている。その夢だということも気づいていたはずだが、触れようとはしなかった。

ふだんは意識の外に押し出しているのだが、あの事件は、時折悪夢の形で蘇《よみがえ》ってくることがある。結婚したばかりの頃、何度か悲鳴を上げて、夜中に香織を起こしてしまったことがあった。そういう時、彼女は決して慰めの言葉を口にしなかった。言ってもどうしようもないことが分かっていたのだろう。いつも優しく髪を撫《な》で、もう一度寝つくまでずっとそうしてくれた。

「天罰かもしれないな」

「天罰？」香織が屈託のない笑い声を上げた。「やだ、なんでそんなこと言うの」

「今日、明日菜を散歩に連れて行けなかったから」

「約束してたの？」

「行けるかどうかは分からないって言っておいたよ。あいつ、がっかりしてたよな。散歩ぐらい、連れて行けばよかった」

「でも、帰ってきた時、ずいぶん疲れてたじゃない」

その疲れは、まだ体の芯《しん》に居座っている。そんなことをしても拭い去ることはできないと分かっているのに、北見はまた顔をこすった。

「明日は、ちゃんと連れて行ってやらないとな」

「無理しちゃ駄目よ」

「散歩ぐらい、大丈夫だ」北見は言い張った。絶対に連れて行く。どんなことをしても時間を作り、明日菜を喜ばせてやらなくては。今、自分と一緒にいて喜んでくれるのは明日菜ぐらいのものなのだから。

「ねえ、こんな時に言うのもなんだけど……」しっかりと組み合わせた手を、香織が小刻みに揺らす。

「仕事のことだろう」

「急がないでいいんだけど」香織が慌てて首を振り、硬い笑みを浮かべる。

「金がないのか？」

「それは大丈夫。心配しないで。でも今、ずっと今川さんのことでいろいろ調べてるんでしょう？　そういうことができるんだったら、仕事もできるんじゃないかしら。きちんと働いた方が、体にもいいかもしれないわよ。今川さんのことは、警察に任せておいたらいいじゃない」

「放っておけないんだ」わずかに口調を荒げ、北見はベッドから抜け出した。「君だって、あいつと僕の関係は知ってるだろう」

慌てて香織がうなずく。

「分かってるわよ、もちろん」

「分かってないんだよ、君は」北見はドアの方を向いたまま言葉を吐き捨てた。「昔のことをきちんと清算しないと、未来は始まらないんだ」

「それはそうかもしれないけど……もしも何か事件だったらどうするの？　あなたが危ない目に遭うのは嫌よ」

「まさか。そんなことにはならないよ」否定しながら北見は、そっと視線を外した。

「約束できる？」

約束は――しない。できない約束は。急に震えが来て、北見は両腕で自分の体を抱きしめた。

「ちょっと顔を洗ってくる」

「顔を洗ったらちゃんと寝てね。書斎に行っちゃ駄目よ。あそこは寒いから」

「ああ」

振り返り、淡い光の中で身を起こした香織の顔を一瞬見た。広いダブルベッドの中で、ひどく頼りなげに、寂しげに見える。二か月も、彼女をこのベッドで一人きりにしてしまったのだ。いつも脚を絡ませ、時には手をつないだまま寝ていたのに、それができない不安や寂しさはどんなものだっただろう。

北見は寝室を出た。後ろ手にドアを閉め、廊下の天井を見上げる。答えが書いてあるわけではなかったが、どこかに、何かに救いを求めざるを得なかった。

一瞬、途方もない考えが脳裏に走る。妄想だ。悪夢だ。だがそれはたちまち北見の頭を支配し、体を痺《しび》れさせた。

あの男が今川を殺したのではないか。

あの男——北見たちを焼き殺そうとした城戸《きど》弘道《ひろみち》は、無期懲役の判決を受けている。北見が十八歳になった時、父が裁判の内容を詳しく教えてくれた。精神鑑定なども含めて裁判は長引き、一審は死刑、高裁で無期懲役になり、それが最高裁で確定したのが十五年前である。無期懲役とは言っても仮釈放はある。もしかしたら出てきたのではないだろうか。逆恨みで今川を襲ったとしたら。そう、城戸は今川に対して激しい恨みを持っていたのではないだろうか。今川がナイフで脚を刺したからこそ、城戸はすぐに逮捕されたのだ。血を流し、脚を引きずっている男が街をうろついていたら、警察は目をつける。二重の意味で、今川は街のヒーローになった。友だち二人を業火の中から救い出したうえ、危険な殺人犯の早期逮捕に手を貸したのだから。

裁判の記録を調べてみると、事件当時二十二歳だった城戸という男の執念深さと異常性が目についた。「やらなければやられる」「子どもはいつか、自分より大きくなる。そうなったら俺を殺しに来る」「火は全てを浄化する」。公判で繰り広げた自説は、とうていまともに取り合えるものではなかった。そういう男が、歳月の流れを経験しただけで変わるものだろうか。より捻《ね》じ曲がった思想に絡めとられる可能性もあるし、自分をこんな目に遭わせた人間に復讐《ふくしゅう》しなければならないという信念で凝り固まってしまうかもしれない。生き残った僕たち三人の中で誰かを襲うとしたら、まず今川を考えるだろう。奴のせいで、俺は長い間臭い飯を食う羽目になった。今度はお前が苦しむ番だ——城戸がそういう妄想に取りつかれたとしても不思議ではない。

あいつは今、どこにいるのだろう。単なる想像に過ぎないのに、それは妙に強く、北見の首を締めつけ始めた。気になったら確認せずにはいられない。誰に聞いてみようか——結局藤代の名前しか思い浮かばない。今のところ、敵なのか味方なのかも分からない男を頼るしかないのだ。

島尾は結局、徹夜してしまった。目がかすみ、頭が朦朧《もうろう》とする。もう一度頭から読み直し、推敲《すいこう》したいという気持ちを何とか抑えつけ、パソコンの電源を落とした。こんなもの、推敲する必要はない。深夜の電話でのやり取りを思い出す。どうやらあいつはうまく食いついてきたようだし、それだったら推敲にかかる時間を省略して、早く勝負をかけた方がいい。

今から電話をかけてみるか。腕時計を見て、まだ朝の六時だということに気づいた。いくら何でも早過ぎる。出がらしの茶を淹《い》れ、音を立てて啜《すす》った。乾いた喉《のど》に染みこみ、徹夜の疲れがすうっと引いていく。

店に顔を出した。早出の仕事だろうか、しきりに腕時計を気にしながらレジに並ぶサラリーマンや、徹夜明けの空元気で笑い声を上げている学生などで、結構賑《にぎ》わっている。店番をしているアルバイトに一声かけてから、二階に上がった。真っ暗な寝室に入り、服も脱がずにベッドにもぐりこむ。軋《きし》む音に、隣のベッドで寝ている秋穂が吐息を漏らして寝返りを打った。昨夜はずいぶん苦しそうに吐いていたが、今は落ち着いている様子だ。心配事が消えて、すっと意識が薄れる。

「どうしたの」急に声をかけられ、島尾はあっという間に眠りから引き戻された。

「起きてたのか」

「あなたが入ってきたから目が覚めちゃったのよ。何、今何時?」首だけ起こして、弱々しい朝の光の中で壁の時計を見る。途端に非難の声を上げた。「まだ六時じゃない。

どうしたの」

「ちょっと徹夜したんだ」

「何で」

「こっちもいろいろあるんだよ」説明するわけにもいかず、島尾は面倒臭そうに言い返した。

「どうでもいいけど、無理しないでよ。子どもができるんだからね。今倒れたりしたら、大変よ」

「大丈夫だ」何だ、これは。昨夜はあまり産む気もないような素振りを見せていたのに、いきなり母親気取りではないか。しかし、こうやって心配してもらえるのはありがたいことでもある。優しい言葉をかけてもらったのは、ずいぶん久しぶりだった。問題ない。全然疲れていないし、今は気持ちが張って目が冴《さ》えているぐらいだ。

守るべきものができた時、人は本当に強くなれる。

しかしほどなく、島尾はうつらうつらし始めた。眠りに引きこまれそうになった瞬間、秋穂がベッドから抜け出す気配で目が覚める。固く目を閉じたまま、「どうした」と訊《たず》ねる。

「ちょっと気持ち悪くて」

「大丈夫かよ」

「朝が一番辛《つら》いのよね」

そう言いながら、秋穂が足早に寝室を出て行った。できるだけ気を遣ってやらないと。もうすぐ俺は落ち着く。落ち着けるはずだ。そうしたら、子どもを軸にして暮らしを立て直そう。平穏無事な日々を手に入れるためには、今が頑張り時なのだ。落ち着いたら、何とか休みを取って温泉にでも行こう。今の俺たちに必要なのは、ちょっとした気分転換なのだ。それができるようになれば、もう大丈夫。久しぶりに——生まれて初めてかもしれない——明るい未来が見えてくるのだ。

「奈津、ご飯は？」遠慮がちなノックの音と、それに合わない苛立《いらだ》たしげな母親の声で、奈津は眠りから引きずり出された。いや、目は開いたのだが、体が動かない。母親が乱暴にドアを開ける。

「遅刻するわよ」

「大丈夫」

「重役出勤なんて、いいご身分ね」

実際重役ではあるのだ。登記上は、奈津は取締役になっているのだから。枕もとの時計に目をやる。九時を回っていた。奈津が事務所に顔を出す頃には、全員が揃っているだろう。構うものか。こっちは昨夜も遅くまで雑用をこなしていたのだ。少しぐらい寝過ごしたって、文句を言われる筋合いはない。

そうは思っても、罪悪感は消えない。あの事務所を立ち上げたのは自分なのに、なぜか、いつまで経っても下働きのような気がしている。

昨夜はずっと、夢と現実の間を彷徨《さまよ》っていたような気がする。確か、向こうから電話がかかってきたのが午前一時。その時に三十分近く話しこんだ。その後も向こうから確認の電話がかかってきたり、こちらも思い出して電話を入れ直したりで、結局ベッドに潜りこんだのは四時過ぎだった。しかし目が冴えて寝つけず、ようやく意識が消えたのは朝日が射しこみ始める頃だった。その後も何度も目を覚まし、浅い眠りの中を漂っているだけだったように思う。

ベッドの横で腰に両手を当てている母親を見上げながら、奈津は訊ねた。

「お父さんは？」

「とっくに出かけたわよ。サラリーマンって、いつまで経っても昔の習慣が抜けないのね。辞めたら毎日昼まで寝たいって言ってたくせに」

「でも、お母さんは楽してるでしょう」

そうだと認める代わりに、母親は大袈裟《おおげさ》に肩をすくめてみせた。

半年前に製薬会社を定年退職した奈津の父親は、突然スポーツジム通いを始めた。一日おきに、九時前に家を出て、二駅離れた街にあるジムに通っている。確かに体は引き締まって血色も良くなってきたが、それまで体を動かすことを嫌っていた父の変わりように、奈津も母も首を傾げていた。

ジムに行かない日は、四十年近く勤めていた製薬会社に出勤する。まだ技術顧問という肩書きを持っており、「口も手も出す」という状況らしい。そんな毎日なので、平日は家で昼食を取ることはない。「サラリーマンの楽しみは昼飯だけだ」というのが口癖で、定年になっても一人で、あるいは会社の仲間と食べる昼食を心待ちにしているようだ。ジムの近くに美味《うま》い蕎麦屋《そばや》を見つけたらしいのだが、家族を連れて行ったことはない。どうやら父親にとって、昼食は聖域であるらしい。家族ごときに汚されるわけにはいかない、ということなのだろう。母親は何かと文句を言うのだが、父親はいつも軽く受け流している。こういうやり取りも、現役時代と変わらない。定年ぐらいでは、夫婦の関係に変化は生じないものなのだろうか。

自分には関係ない話だが。

永遠に関係のない話だが。

子は親を真似る。しかし中には、意識するしないにかかわらず、親とまったく違う人生を送る子どももいる。三十五にもなって自分を「子どもだ」などと考えるのも馬鹿馬鹿しかったが、とにかく自分は、両親が歩んできたのとはかけ離れた人生を送ることになりそうだ。

「ご飯、どうするの」

母親の声で現実に引き戻される。

「食欲、ないな」

「食べないと駄目よ」

「ちょっと入りそうもないのよ」

昨夜北見とビールを呑《の》んで、調子が狂ってしまったのだろうか。十八年前に北見とつき合っていたことは、今では単なる記憶でしかない。感情抜きで淡々と思い出せるものでしかない。それでも心の深い部分では、やはり彼の存在が微妙な影響を与えるのかもしれない、と思った。幸せそうな彼の結婚生活を思った時に感じるかすかな嫉妬《しっと》を否定することは、ひどく難しい。

奈津は北見の妻、香織のことをほとんど知らない。どこかのラジオ局の重役の娘で、北見とは学生時代に知り合ったということを噂で聞いただけである。つまり、ほんの数年の違いだったわけだ。もしかしたら自分が北見と結婚していたかもしれないと、昨夜は軽く酔った頭で何度も考えた。あのままつき合っていれば。しかし高校時代には、優しいだけでどこか優柔不断だった北見よりも、乱暴で自分勝手な今川に、雄の素の匂いを感じていたのも事実である。二人の男を天秤《てんびん》にかけた結果北見を見限り、今川の許《もと》へ走った。それが正しかったかどうか、真面目に判断しようとしたことはない。突き詰めた末に出てくる答えを正視するのが怖くもあった。

のろのろとベッドから抜け出す。体が重い。胃の底で、酸っぱいしこりが自己主張していた。何だろう。元々胃は丈夫ではないのだが、今まで経験したことのない気分の悪さだった。胃潰瘍《いかいよう》かもしれない。吐き気を伴う症状もあると、誰かに聞いたことがあった。

「ちょっと……ごめんね」母親を押しのけるようにして部屋を出る。

「調子悪いの？」

母親の声が追いかけてきたが、答えられない。口を押さえて洗面所に向かいかけ、奈津はふっと立ち止まった。

もしかしたら。

冗談じゃないわ、と毒づく。こんなことがあっていいわけがない。これでは胃潰瘍の方がましだ。血を吐き、胃に穴が開くことになっても、まだ我慢できる。何とかしなくちゃ。様々な考えが頭をよぎったが、吐き気が全てを押し流した。洗面所に駆けこみ、洗面台の上に顔を突き出した途端に胃がひっくり返り、脚から力が抜ける。両手で洗面台を摑《つか》んで、辛うじて体を支えた。脂汗が背筋を伝い、軽い眩暈《めまい》が襲う。やっぱりそうだ。思い当たる節もある。

どうしよう。どうすればいい。問題は、時間に限りがあることだ。それでもこれからしばらくは、決断するために考え抜かなければならない。あれやこれやと面倒なことばかりが降りかかってくる。いや、面倒などという程度の話ではない。こんな時に、よりにもよって。亡霊に犯されたような気分だった。

逃げて通るわけにはいかないが、できれば誰かに判断を代わって欲しかった。「お前はこうすればいい」と教えて欲しかった。今なら喜んでその指示に従うだろう。ちゃんと調べなくては。薬局で妊娠検査キットを買う自分の姿を想像すると、また吐き気がこみ上げてきた。

昼のテレビのニュースが、木枯らし一号が吹いたと伝えた。

学校から帰ってきた明日菜を連れ出して散歩に出かけたのは、四時過ぎ。ちょっと寒いかもしれないと思って厚着をさせたのだが、自分の服装については頭から抜け落ちてしまっていた。薄手のコート一枚では、震えを抑えきれない。つないだ明日菜の手の温《ぬく》もりだけが頼りだった。

明日菜が学校の話をするのに適当に相槌《あいづち》を打ちながら、北見は矢萩川の方に向かって歩いた。別に見るべきものがあるわけではなかったが、自然と足がそちらに向いてしまう。思居橋まで、北見の家から一キロほど。明日菜の歩くスピードに合わせると、往復で丁度一時間の散歩になる。

思居橋まで来ると、北見は自動販売機で缶入りのココアとコーヒーを買った。火傷《やけど》しそうに熱い。明日菜はコートの袖《そで》を伸ばして手袋代わりにし、ココアを受け取った。きょとんとして北見を見上げる。

「こういうの飲んじゃ駄目って、ママが言ってたよ」

「いいんだ」北見は唇に人差し指を押し当てた。「缶のココアも美味いんだぞ。でも、ママには内緒にしておこうな」

明日菜が、にいっと口を開けて笑う。前歯が二本、生えかけていた。家にいる時は、決して口を開けて笑わない。どうやら、歯が抜けた自分の顔を間抜けに思っているらしい。学校でもこうなのだろうか。間もなく全ての永久歯が生え揃う。まだ先のことだが、香織はきっと歯列矯正をさせるだろう。香織も経験者であり、標本にできそうなほど綺《き》麗《れい》な歯並びを自慢している。

「じゃ、秘密ね」

「そうしよう」

明日菜の手を引き、河原へ続く階段を下りる。コンクリートがすっかり磨耗して、端の方は雑草に覆われていた。明日菜が物珍しそうに周囲を見回す。

「ここ、どこ？」

「パパが昔よく遊んだ場所だ」

「何して遊んだの」

「泳いだりね」

「川で泳いでいいの？」明日菜が疑わしそうに首を傾げる。「おじいちゃんに怒られなかった？」

「おじいちゃんも子どもの頃はここで泳いでたんだってさ。今は泳げないけどね」あれは、北見が高校生になったばかりの頃だっただろうか。水が汚くなったせいもあるが、小学生が溺死《できし》する事故が直接のきっかけになって、この川で泳ぐのは禁止された。それで、北見たちとこの川の縁は完全に切れた。その時の、妙にほっとしたような気分を今でも覚えている。たとえあの現場から数百メートル離れたところにいても、事件の臭いがふんぷんと漂ってくるような気がしていたから。行かなくて済むと思うと、誰かが肩の荷を下ろしてくれたように感じた。

思えば、意地になっていただけなのだ。あんな事件がきっかけで、この川から離れてしまうことが悔しかっただけなのだ。

「ふうん」水の臭いを嗅《か》ごうとでもいうように、明日菜が鼻をひくひくさせる。

「明日菜も泳げるもんな」

「うん」明日菜が思い切りうなずいた。四歳から水泳教室に通っているのだ。

「今年は二十五メートル泳いだんだっけ」

「まだ二十メートルだよ。パパも来てたでしょう」

いや、二十メートルでギブアップしたのは去年の夏だったはずだ。明日菜が勘違いしているのか──違う、そんなはずはない。明日菜は妙に物覚えがいい。考え出すと、頭の中に白い靄《もや》が広がりだす。首を振り、北見は橋の真下に明日菜を誘った。手ごろな大きさの石を二つ見つけ出し、並んで腰を下ろす。明日菜がココアを一口飲み、口を大きく開いて笑った。

「美味《おい》しいね」

「こんな美味しいもの飲んでるの、ママにばれたら怒られるな」香織は基本的に、家ではインスタントのものは出さない。ジュースは果物を搾った生のもの、コーヒーも一回一回豆を挽《ひ》いて淹《い》れる。コーヒー好きの父親は喜んでいたものだが、北見は香織に隠れるようにして、安っぽい缶コーヒーを飲み続けていた。

「秘密ね」

「そう、秘密だ」

娘と二人だけの秘密をいつまで持つことができるだろう。あと数年もすれば、明日菜はよそよそしい態度を取るようになるはずだ。仕方ない。どんな父親だってそういう目に遭うのだ。だいたい、僕自身が明日菜に対して秘密を持っている。

時間をかけてココアを飲み干すと、明日菜が水辺に駆けて行った。

「水に入っちゃ駄目だぞ」

頬を膨らませた明日菜が振り返る。

「明日菜、泳げるんだよ」

「川は冷たいし、水が流れてるんだぞ。プールとは違う」

驚いたように明日菜が眼を見開く。そう、水泳教室では、プールの水はいつも温かい。彼女は、突き刺すような冷たい水で、唇を紫色にしながら泳いだ経験はほとんどないのだ。北見は両膝《りょうひざ》に肘《ひじ》を乗せて、明日菜をじっと見守った。石をひっくり返し、葦《あし》を根っこから引き抜こうとして転び、それでもめげずに走り回る。北見は少しぬるくなった缶コーヒーのプルタブを引き上げ、ちびちびと飲んだ。甘ったるいコーヒーが、喉《のど》を優しく滑り落ちる。

携帯が鳴り出した。明日菜の姿を目の端で押さえながら電話に出る。奈津だった。

「今、いい？」

「ああ、娘と散歩してたんだ」

「あら」

短い一言に非難がましい調子を嗅ぎ取って、北見は言葉を呑《の》みこんだ。まるで、僕は何もしてはいけないとでも言いたそうな口ぶりではないか。楽しむことも、心落ち着くようなことも、僕には許されないというのか。すっと息を呑み、怒りを封じこめる。

「フロッピーの件か？」

「ええ」

「どうだった」

「やっぱり原稿だったわ。でも、あれをちゃんとした原稿って言っていいのかしら……断片、そう、断片ね」

「そうか」思い当たる節がある。溝口も確かそう言っていた。今川は、場面場面のスケッチをつなぎ合わせて一本の小説にする、と。「メモみたいなものだろう」

「そうね。メモ、断片、確かにそんな感じだわ。私は小説のことはよく分からないけど、少なくとも一本の小説にはなってないみたいよ」

「読んでどう思った」

「どうって言われても。ただ……」

「ただ？」

奈津が口ごもる。「どうした」と声をかけようとした瞬間に、彼女は細い声を押し出した。

「あなたなら、よく分かると思うわ」


明日菜を家に送り届けてから、北見は駅前に出た。待ち合わせ場所は、駅前の「ベラドンナ」。今日は、彼を「先生」と呼ぶウェイトレスがいないので助かった。

奈津は先に来ていて、落ち着きなく周囲を見回していた。北見の姿を見つけると、ほっと息を吐いて笑みを浮かべる。何だかひどく疲れているように見えた。北見は彼女の前の席に滑りこみ、小さくうなずいた。

「持ってきてくれた？」

無言で奈津が封筒を差し出す。すぐに開け、中のフロッピーディスクを指先でつまんで取り出した。何の変哲もない黒いディスクで、タイトルさえ貼っていない。

「私にはよく分からなかった」

「どんな話だったんだ」

「うーん」奈津が首を傾げる。妙に疲れた表情で、そのまま寝入ってしまいそうに見えた。「要するに思い出話ね」

「思い出話？」

「昔のこと。日記みたいな感じかしら」

「ああ、そうだろうね」

奈津がついと眉《まゆ》を吊《つ》り上げた。

「内容、知ってるの？」

「担当の編集者と話をしたんだ。自伝的な作品になるって言ってたから、まさにこれが二作目だと思うよ」

「自伝的、ね」言って、奈津が唇を噛《か》んだ。「本人はいいかもしれないけど、書かれた人がどう思うかなんて、あの人は全然考えてなかったでしょうね」

「そんなにまずいことが書いてあるのか」

奈津が耳を赤く染めた。

「そういうわけじゃないけど。私が知ってる話も……あったし」

「そうか」

無言で奈津がうなずく。北見は目の奥にかすかな痛みを感じた。自伝的作品というなら、当然三人の関係についても触れられているはずだ。あのことを、今川はどんな風に考えていたのだろう。想像しようとしたが、途端に頭が凍りついてしまった。読まなければならないのは分かっているが、自分がそれに耐えられるかどうか、自信がない。家では駄目だ。事務所に戻って読むことにしよう。

「でも昔のことよ、昔のこと」自分を納得させようとするように奈津が言った。「ちゃんと読んでね」

　すっと奈津が立ち上がる。

「何だ、急いでるのか？　お茶も飲んでないじゃないか」

「ちょっと体調が悪くて」

「風邪でも引いたのか」

「だといいんだけど」

　北見に質問する暇を与えずに、奈津が足早に店から出て行く。北見は彼女を見送りもせず、そこから直《じか》に何かが読めるかのように、じっとフロッピーディスクを見つめていた。

「ベラドンナ」から事務所までは、歩いて五分ほどかかる。その五分を三分に短縮しようと、北見はほとんど走るように急いだ。すぐに息が上がり、額に汗が滲《にじ》み出てくる。階段を上がりきった時には、準備運動抜きで百メートルを全力疾走した後のように、膝《ひざ》が震えていた。急いで自分の席に滑りこみ、家から持ちこんでおいたノートパソコンの電源を入れる。立ち上がるのももどかしくフロッピーディスクを挿入し、中身を確認する。テキストファイルが九個。いずれもサイズは小さい。それぞれ、原稿用紙にすれば数枚というところだろう。ファイル名は素っ気ない数字であり、中身を連想させるものではない。とりあえず、一番上のファイルを開いた。

途端に頭を一撃される。呼吸が荒くなり、涙が滲んで文字が揺れた。指はキーボードの上で凍りついたまま、画面から腐臭が発せられているかのように、顔を背けてしまう。今まで信じていたものが全て崩壊する。自分がいったいどこにいるのか、何をやっていたのか、まったく分からなくなった。

指先が激しく震え始める。酒で収まるとも思えなかったが、今は、心を落ち着かせてくれるようなものは他にない。引き出しを開けてバーボンを取り出し、瓶から直に一口呑む。最初の衝撃が喉を麻痺《まひ》させた後、瓶を高々と掲げて酒を流しこんだ。アルコールが鼻から抜け、涙がどっと溢《あふ》れてくる。やめてくれ、と胃が悲鳴を上げた。

叩《たた》きつけるように酒瓶をデスクに置く。しばらくじっとしていたが、目線はパソコンの画面から逸《そ》らしたままだった。いっそこのまま電源を落として、何も見なかったことにしてしまおうか。奈津には、フロッピーディスクはなくしたとでも言っておけばいい。

いや、彼女はもうこれを読んでしまっているのだ。そう考えると、逃げるように「ベラドンナ」を出て行ったのも理解できる。いたたまれなくなったに違いない。顔が火照りだす。まるで車に火を点《つ》けられた時のように。彼女が——いや、今川が知っていたことが問題だ。あいつにだけは知られたくなかったのに。

これは全て嘘かもしれない。今川は作家だ。嘘をつくことで金を稼ぐ人生を選んだ。そういう人間なら、これぐらいのことを書いてもおかしくはない。今さら怒っても仕方がないことだ。怒りをぶつけるべき相手は、もうこの世にいないのだから。

それにしても、まったくの嘘ということはないだろう。自伝的作品、という溝口の言葉が脳裏に蘇《よみがえ》ってぐるぐると回る。自伝と言うからには、実際に自分が経験したことをベースに書いているに違いない。もちろんこれはあくまでもスケッチであり、実際に小説の形に整った時にはまったく別の姿になったはずだが、それでも今川が知っていたという事実を消すことはできない。

順番にファイルを開けていく。知っている。全てが記憶にあることばかりだった。一度全部のファイルを閉じ、もう一度一番最初に開けたファイルを読み返す。

急に眩暈《めまい》が襲ってきた。ふらふらと立ち上がると洗面所に足を運ぶ。突き上げられるような吐き気に襲われ、途中から早足になった。黄金色の輝きを保ったままのバーボンを吐き戻す。内臓が全て裏返しになり、目玉が飛び出しそうなほどの嘔吐《おうと》だった。何度も口をゆすいで水を流しながら、すべてをどこかに流してしまえれば、と真剣に願う。

漂う甘ったるい酒の匂いに、藤代は思わず顔をしかめた。自分も酒は嫌いではない、いや、毎晩の晩酌は欠かせないのだが、他人の酒の匂いは気にかかる。

「おい、起きろ」

北見の肩を摑《つか》み、乱暴に揺り動かしてから、ぎょっとして手を引っこめる。北見の体はひどく弱々しく、ちょっと揺さぶっただけでばらばらになってしまいそうだったのだ。

デスクに突っ伏していた北見が顔を上げる。右目はきつく閉じたまま、辛うじて左目だけを開けているが、周囲の状況はまったく頭に入っていないようだった。

「居眠りとはいいご身分だな」藤代は椅子を引いて、前後を反対にした。背もたれに両腕を預けて腰かける。顔をしかめ、顔の前で手を振った。「酒臭いな。入り口のところから臭ってるぞ」

「すいませんね、どうも」北見が口をもごもごと動かした。

「しっかりせんか」立ち上がり、藤代は洗面所でコップに水を汲《く》んできた。叩きつけるようにデスクに置いた時に、水が零《こぼ》れてパソコンのキーボードを濡《ぬ》らす。途端に北見が、跳ね上がるように上体を起こした。

「気をつけて下さいよ。ノートパソコンは水に弱いんだから」北見が、トレイナーの手首の辺りで、キーボードについた水滴を慎重に拭《ぬぐ》った。「これ、水道の水ですよね？飲めるかどうか分かりませんよ」

「人がせっかくもってきてやったのに、その言い草は何だ」

「下痢でもしたらたまりませんからね」北見がコップを持ってふらふらと立ち上がる。ほどなく、コップを二つにミネラルウォーターのボトルを持って戻ってきた。大儀そうに腰を下ろすと、藤代の前にコップを置き、ボトルの蓋《ふた》を開ける。

「申し訳ないけど、お茶もないんで。水で我慢して下さい」

「けち臭いこと言うな。酒があるだろう」

「勤務中に酒を呑《の》んでいいんですか」

「今何時だか分かってるのか」

藤代は、北見の顔の前に腕時計を突き出してやった。「もう六時か」と北見がぼんやりとつぶやく。

「勤務時間は終わってるんだ。ケチケチしないで酒を出せよ」

「家に帰らなくていいんですか。奥さん、待ってるんでしょう」

「娘が来てるんでな。今頃は二人で楽しくやってるよ」夫が一週間の出張ということで、紘子はあれからずっと家に居ついている。向こうの父親の体調が悪いから千葉の家を離れることはできないと言っていたのに、いつまで実家でのんびりしているつもりなのか。結局あいつはまだ親離れできていないのだ——妻の美保子が子離れできていないのと同じように。もっとも、それで家の中のことはきちんと回っているから、藤代にすればありがたい話だった。

北見がそっと酒瓶を傾けて、指一本分だけコップに注いだ。さらにミネラルウォーターのボトルを掲げ、「割りますか？」と訊《たず》ねる。

「少し入れてくれ」

バーボンよりわずかに多い量の水が入った。藤代は右手の人差し指をコップに突っこんで乱暴にかき混ぜると、半分ほどを一気に呑んだ。北見は、自分の前に置いた空のコップにもボトルにも手を伸ばそうとしない。

「お前は呑まないのか」

「僕はいいです」

もう入らないぐらい呑んだわけか。最初ここへ来た時コップが見当たらなかったのは、ボトルから直に呑んでいたからだろう。いい呑み方ではない。そういえば、今にも吐きそうに見える。目が虚《うつ》ろで、唇もかすかに震えているし、先ほどから生欠伸《なまあくび》を連発している。まったく、親父はいくら呑んでもペースを崩さなかったのに。大人《たいじん》という言葉はあの人のためにあったようなものだ。いい酒の呑み方だったな、と懐かしく思い出す。悠然と、自分のペースを決して崩さず、一緒に呑んでいる相手を不快にさせるようなことも一切なかった。

「体はどうだ」

「ええ、まあ」

「呑み過ぎじゃないのか」

「何しろ失業中ですからね。他にやることがなくて」

「ふざけるな」藤代はぴしゃりと決めつけた。北見が恨めしそうに下唇を突き出す。藤代は、喉《のど》に苦いものがこみ上げてくるのを感じながら続けた。「そうやっていじけてるのもいいが、いつまでもぶらぶらしてるわけにはいかないんだぞ。それぐらいは分かってるんだろうな」

「分かってますよ」目を逸らし、面倒くさそうに北見が答えた。

「他に言う人がいないだろうから、俺が言ってやる。しゃんとして、早く仕事を見つけるんだ」

「まだ無理ですね」いじけたような台詞《せりふ》を、やけに強い口調で北見が言い放つ。「今川の件がはっきりするまでは、仕事なんてやる気になれませんよ」

「いい加減にしろ。そういうことは警察に任せておけ」

「任せておけって、藤代さん、調べてくれてるんですか。ここで時間を潰《つぶ》してるぐらいだから、何の手がかりもないんでしょう」

舌打ちして、藤代は「口の減らん男だな」と吐き捨てた。手がかりは――確かにない。少なくとも今川の一件に関することは。今日ここへ足を運んだのは、別の気になる情報が入ってきたからだ。

藤代は元々、タレコミというものをあまり重要視していない。正義感から情報を提供しようと考える人など、今はほとんどいないのだ。警察に何か教えようとする人間は、誰かを貶《おとし》めよう、あるいは自分の利益にしてやろうと狙っている場合がほとんどである。情報は確かに貴重だが、邪心が交じったものをすぐさま信用することはできない。

ただ、今回の情報は藤代の気持ちを動かした。信憑性《しんぴょうせい》の問題ではない。話題が北見に関することだったからだ。今日の午後署にかかってきた電話の主は、「北見の周辺を洗え」と露骨に命令するような口調で話した。たまたま電話を受けた藤代が、そのまま叩き切ってやろうかと思うほど生意気な口のきき方だったが、続く「ヤクだ」という一言で、相手の話に真面目に耳を傾けざるをえなくなった。もっとも相手は、それ以上のことは頑として話そうとせず、話の周辺をぐるぐる回るように曖昧《あいまい》な言葉を繰り返しただけだった。

最初に疑ってかかったので失敗した。今は、藤代もそう認めざるをえない。臍《へそ》を曲げたのだろう、相手は名乗りもせず、「連絡先を教えてくれ」という藤代の懇願を無視して電話を切ってしまった。

まさか。電話が切れた後も、藤代は必死に否定しようとした。確かに、北見には弱い部分がある。それでも、ドラッグに頼るほど困っているとは思えなかった。もちろん、人は簡単に何かに依存する。頼るべきものはいくらでもあるご時世なのだ。しかし、ちゃんと妻も子もいる北見がそんなものに手を出すとは考えにくい。少なくとも、家族をないがしろにする男ではないはずだ。

考えたくもなかった。

だが、そう思った次の瞬間には、刑事としての本能が目を覚ます。今時、どんな人間だって、ドラッグに手を出す可能性はある。然《しか》るべき場所へ行けば、簡単に手に入るのだ。終戦直後の一時期、ヒロポンが街に溢《あふ》れていた時代は本当にひどかったらしいが、あれから五十年も経ってまた同じような時代が巡ってきたと、防犯の刑事たちはいつも言っている。それに今は、一口にヤクと言っても、いわゆる合法ドラッグと呼ばれるものから、あっという間に脳天を吹っ飛ばしてしまうクラックまで幅が広い。もしかしたら、ちょっとした睡眠薬程度の話かもしれないではないか。いや、そんなことはないだろう。それをわざわざ警察に電話して教える人間がいるわけがない。

とりあえず署内の人間には知らせず、一人で北見の様子を見ることにした。そもそも薬物関係は、刑事課の仕事ではないのだ。

北見は酔っている。少なくとも、午後呑んだ酒の尻尾《しっぽ》を長く引きずっている。ただ、藤代の目には、それだけに見えた。ドラッグを使っているなら、もっと辻褄《つじつま》が合わないことを言い出したり、奇矯な行動を取ったりしそうなものである。今は愚痴をこぼし続けるだけで、基本的に話の筋は通っていた。

最初の一口が落ち着き、軽く酔いが回ってくる。藤代は舐《な》めるように二口目を呑むと、コップをテーブルに置いた。ボトルに手を伸ばし、傾けてみせる。

「ずいぶん呑んだみたいだな」

「大したことありませんよ」言っているそばから、北見の体がぐらつく。「うちの家系は酒が強いんです。藤代さんもよくご存知でしょう」

「親父さんにはよく潰されたよ」藤代は唇の端を持ち上げて笑った。「学生時代から、何回痛い目に遭ったかね。あの人は本当にザルだったから。人が潰れるのを見て楽しんでたんじゃないか。でも、いつも最後は面倒を見てくれたけどな」

「それより、何の用なんですか。オヤジの想い出話をしに来たわけじゃないでしょう。それとも、ご機嫌伺いですか」

「そのご機嫌伺いだ」

「いい加減にして下さい」北見がミネラルウォーターのボトルを握り締める。ボトルが真ん中で潰れ、口から水が溢れ出た。「警察は、そんなに暇じゃないでしょう。僕を監視でもしてるんですか」

「お前が何か無茶しでかすんじゃないかと思ってな。心配してるんだよ」

「大きなお世話です」北見がそっぽを向く。藤代はペットボトルに手を伸ばしたが、反射的に北見が握り締めた。一瞬奪い合うような形になり、水が零《こぼ》れて北見のトレイナーの袖《そで》から肘《ひじ》までが濡《ぬ》れた。

「クソ」北見が小声で悪態をつく。

「脱いでおけよ。濡れたのを着てると冷えるぞ」

言われるままに、北見がトレイナーを脱いだ。Tシャツに包まれた貧相な上半身があらわになる。藤代は素早く、両肘の内側に目をやった。注射痕《こん》はない。足の指の股《また》に打つ人間もいるそうだが、それは腕に注射するところがなくなった後である。少なくともハードなドラッグはやっていないようだと、藤代は胸《むね》を撫《な》で下ろした。

北見が両腕で自分の体を抱いた。

「寒いですね」

「当たり前だ。十一月なんだから。俺のコートでも着るか」

「結構です」

情けは受けないということか。まあ、今日のところはこれでいい。どうやらあのタレコミは単なる悪戯《いたずら》だったようだ。後は適当にお茶を濁して帰ろう。

「藤代さん」北見が急に背筋を伸ばした。

「ああ？」

「あいつ、今どうしてるか分かりますか」

「あいつって、誰だ」

「城戸弘道。知ってますよね」

その名前が意味を結ぶまで、ほんの一瞬間が空いた。忌々しそうに口を捻《ね》じ曲げて、北見が繰り返す。

「城戸弘道ですよ」

「分かってるよ。例の放火事件の犯人だろう。そいつがどうした」

「まさか」

「逆恨みってことは考えられませんか」

「判決は無期懲役だったんです。もしかしたら、出てきてるかもしれない。判決が確定してから、ずいぶん経ってますからね」

「いや、それは……」

異常者の復讐《ふくしゅう》劇か。小説や映画の中ならともかく、現実にはそんなことは滅多に起こらない。長年の刑事としての経験の中でも、そんな事件にお目にかかったことは一度もなかった。

「ありえんだろう」

「本当にありえませんか」

どうやら北見は、その考えに取りつかれてしまったようだ。体を乗り出して、熱に浮かされたような調子で続ける。

「今川に恨みを持っている人間なんて、あいつ以外に考えられません。もしも今川がナイフを突き刺さなかったら、あいつは捕まらなかったかもしれないんだから。そもそもあの男は、完全におかしいんですよ。何十年も経ってから復讐しようって考えても不思議じゃないでしょう。調べられませんか」

「そりゃあ、分からんこともないが」

「少しでも可能性のあることは潰しておきたいんです」

「可能性って、それはお前の頭の中にしかない可能性だろうが」

「ちょっと考えれば、誰でも思いつくことですよ」

「分かった。調べておくよ」酒を半分ほど残したまま、藤代は立ち上がった。体が重い。偏執的な北見の考えが体に染みこんでしまったようである。城戸弘道の復讐？　あり得ないことだ――いや、本当にそう言い切れるだろうか。

この街には、ＪＲと私鉄の駅が十三もある。市名をそのまま冠した私鉄の駅の周辺が街の中心で、駅の南口から少し歩くと市役所や都の合同庁舎など行政施設が集中している。十年ほど前にできたデパートが街の新しいシンボルで、その周囲には新しい繁華街が広がり始めていた。街全体が淡いパステルカラーで塗りこめられ、清潔で昼間の顔しか持たない。

昔からの繁華街は、デパートの陰に隠れるような形で生き残っている。北見がこの夜足を踏み入れたのはそちらだった。駅から真っ直ぐ神社へ続く参道の両側に開けた場所で、元々の門前町が、戦後になって多摩地区でも一、二を争う規模の飲み屋街に発展した。新しい繁華街が家族向けの清潔なものだとすれば、こちらは饐《す》えた臭いの漂う、疲れた中年男性向けの街である。一時、新宿辺りにいられなくなった風俗関係者が次々と店を開き、外国人が流入して「ミニ歌舞伎町《かぶきちよう》」の異名を取った時期もあった。参道は滑走路に使えそうなほど広いが、両脇の小路《こみち》に迷いこむと、途端に方向感覚を失う。

その小路を、北見はあてもなく歩き回った。会うべき人間は分かっているが、どこへ行けば会えるのか分からない。ふらふらと歩いているうちに偶然にぶつかるのを待つしかないが、その可能性は低くはない、と当てにしている。

小路から小路へ。すれ違うのに体を斜めにしなければならないほどの狭い道をすり抜けながら、北見は路地に染みこんだアルコールの臭いをたっぷり嗅《か》いだ。先ほど浴びるように呑《の》んだバーボンがまだ体の底に残り、熾火《おきび》のようにとろとろと燃え続けている。闇に溶けこんだ悪意のようなものを感じながら、北見はあてどもなく歩き続けた。

ふと、誰かに見られているのを感じる。まさか、あいつでは。城戸の次のターゲットは僕かもしれない。北見は歩調を速め、急に路地に入りこんでは別の路地に抜けた。それでもしつこく背中に視線が張りついている。クソ、やはりあいつなのか。広い道に出て、思い切って振り返る。誰もいない。酔客が数人、大声で話しながら歩いているだけで、北見の記憶にこびりついた黒いコートは見えなかった。

記憶を覆い隠していた分厚いヴェールの端が、少しだけめくれた。今は認めざるを得ない。僕は間違いなく、ある時期の記憶をなくしているのだ。入院する直前、二か月前の一時期に何があったか、ほとんど思い出すことができない。脳裏に浮かぶのは記憶の断片だけで、それもほとんど意味を成すものではなかった。

今蘇《よみがえ》ってきた記憶は、その空白の時期よりも、もう少し前のものだった。

今から半年ほど前から、北見はある店に頻繁に通うようになった。思い出したのはその店の名前——ではない。あれは確か、浮き輪だ。店の窓に浮き輪がかかっていた。白と赤に塗り分けられた浮き輪。いや、違う。浮き輪ではない。確か、船の舷窓《げんそう》をイメージして作った窓だった。マスターが昔船乗りでもしていたのだろうか。その窓を探せばいい。

思い出すと、探す方法も自然に決まった。参道に面した小路はうねうねと曲がりくねっているが、基本的には格子状になっている。一度駅の方に引き返して最初から探していけば、いつか必ず見つかるはずだ。

十分も歩いただろうか。見覚えのある窓が目に入った。全体に古い、みすぼらしい店が多いこの繁華街の中ではまだ新しく、木の香りが漂ってきそうな店だった。舷窓をデザインした窓は、記憶にあるものと同じだった。ドアの上にかかった看板の名前は「夢船」。「むせん」とでも読むのだろうか。ドアに手をかける。一瞬躊躇《ためら》った後、思い切って押し開けた。

低く押し殺した「いらっしゃい」の声が迎える。寄木造りの明るいインテリア、落ち着いてはいるが暗くない照明。低い音でクラシック音楽が流れていた。喫茶店のような雰囲気だが、奥の壁に酒の棚がしつらえられているので、アルコールを飲ませる店だということはすぐに分かる。左手にカウンター、右側がテーブル席になっていた。客は一人もいない。北見は一番奥のテーブルに腰を下ろし、バーボンのオンザロックを注文した。

「久しぶりですね」酒を持ってきた太鼓腹のマスターが、にこやかに笑う。北見は小さく頭を下げるだけにとどめた。愛想のない態度に、何か話題を継ごうとしたマスターの口が、中途半端に開いたまま凍りつく。

「すいません、煙草はありますか」

北見が遠慮がちに訊《たず》ねると、マスターがうなずき、カウンターの向こうに姿を消した。すぐに煙草を持って戻ってくる。よほど暇なのだろう、さあ、何でも訊《き》いてくれと言いたげな笑みを浮かべ、北見のテーブルの前に張りつく。

「確かに久しぶりですね。ここ、どれぐらい来てませんでしたか？」北見は上目遣いにマスターを見ながら探りを入れた。

「そうねえ、かれこれ二か月ぐらいになりますかね」

「間違いありませんか」

「いや、そう言われるとちょっと」マスターが頬を掻《か》いた。「お客さんの出席簿をつけてるわけじゃないから」

気の利いた冗談だと思ったのだろうか、マスターが頬を緩める。北見は硬い表情のまま煙草のパッケージを開け、マッチを擦った。煙が目に染み、涙が零《こぼ》れ落ちる。指を曲げ、関節のところで涙を拭《ぬぐ》い去って、「二か月か」とぽつりとつぶやいた。

「だいたいいつも、金曜日に来てましたよね。友だちとご一緒に」

「友だち?」立ち上る煙を透かして、北見はマスターの顔を見た。嘘や冗談を言っている気配はない。

「そうですよ」忘れたのか、と言いたげにマスターが薄《うつす》らと笑みを浮かべる。

北見は煙を深く吸いこみ、返事を避けた。諦《あきら》めたのか、マスターがカウンターの向こうへ去っていく。その瞬間、ドアにかかったベルが軽やかな音を立てた。振り向いたマスターがにやりと笑って、「おや、噂をすれば」と言った。

マスターの視線が向いた方に目をやる。若い男が、何かを探すように店内を見回していた。ほどなく北見に気づくと、薄い笑みを浮かべ、顔の横で小さく手を振る。滑るように近づいてくると、北見の向かいの椅子に腰を下ろした。

「ずいぶん久しぶりですね、君塚《きみづか》さん」

君塚？　こいつは何を言っているのだ。僕を誰かと勘違いしているのか。

「どうかしたの」男が目を細める。女性のようにほっそりとした手を伸ばして、北見の煙草を一本引き抜くと、マッチを擦った。北見は改めて男の容貌《ようぼう》を観察し、途切れ途切れの記憶と照らし合わせた。

短く刈り上げた髪に、長く伸ばした揉《も》み上げがつながっていた。細い顎《あご》には薄らと無《ぶ》精髭《しょうひげ》が浮かんでいる。外は息が白くなるほどの寒さだというのに、薄い畝織りのコットンセーターを一枚着ているだけだった。柑橘《かんきつ》系のコロンの香りがかすかに漂う。

この香りが嫌いだった。そうだ、こいつは売人だ。いつもこの店で落ち合い、薬を分けてもらっていた。この男を捜し出すことが今夜の目的だったのに、いざ会ってみると、強い吐き気以外には何も感じない。

「大丈夫？」

「いや、何でもない」

名前は何だったか。こいつに会うのが今夜の目的だったのに、名前が出てこない。

「ずいぶんご無沙汰《ぶさた》だったけど、何してたの」男が、顔を背けて煙草の煙を吹き出しながら訊ねた。

「そうだね。二か月ぐらいかな」北見は適当に調子を合わせた。

君塚。思い出した。この男に対しては偽名を使っていたのだ。互いの電話番号も知らず、薬が必要になった時は、毎週金曜日にこの店に来る約束だけをしていた。時間までは決めていなかったから、来るあてもない男を待って何時間もぽつねんと座っていたものである。

「二か月か。じゃあ、その間、ずっとクリーンだったんじゃないの。それとも、別の人から買ってたとか」

「いや」

「だったら、もうすっかり抜けちゃったでしょう」

「入院してたんだ」

「ありゃりゃ」男が大袈裟《おおげさ》に両手を広げて見せた。「とうとうぶっ倒れちまったわけだ。で、今は抜けてるの」

「何とかね。よく覚えてないけど」

「案外いってたんだね」

「いってた？」北見は首を傾げた。

「そういうのって、よく出る症状らしいよ。記憶が飛んじゃったり、まだらになったりするの。それじゃないかな」

やはりそうだ。入院する前後の空白の時間に、何かあったに違いない。北見は、煙草を小刻みに灰皿に叩《たた》きつけた。指先が震え、灰がテーブルに零れる。男の目は、じっと北見の顔を見据えていた。その目は闇を湛《たた》えて暗く、北見を頭から呑《の》みこんでしまいそうだった。

「まあ、そうかもしれない」北見は言葉を濁し、男の視線から逃れようと首を捻《ひね》った。カウンターの向こうで、マスターがじっとこちらを観察している。

「あれやったんでしょう、グループセラピーとか」

「ああ」

「馬鹿馬鹿しいよね。高校生のガキなんかと一緒に、自分の経験とか話すんでしょう？　僕はどうしてドラッグを使うようになったのか。軽い気持ちだったのに、そのうちそれなしでは生きていけなくなりました――とか。そんなこと話しても仕方ないよね。何言ったって、使う奴は使うし、そういうところに入院してる人間なんて、もうまともなことを考えられなくなってるんだから」

「そうだね」歯の溶けた十五歳のガキが、涙を零しながら親から虐待を受けていたことを打ち明けたことを思い出す。その少年は、ミーティングが終わって部屋を出ると、涙を憎しみに変えるように廊下に唾《つば》を吐いた。ドラッグに支配された人間は嘘をつく。そのうち嘘と真実がまだらになり、何が何だか分からなくなってしまう。

「で？」男がまだ長い煙草を揉み消し、口を閉じたまま笑った。「娑婆《しゃば》に戻ってきたから、久しぶりに一発やりたくなったとか。あんた、合法でも非合法でもいろいろ手を出してたからね。急にやめるのは無理じゃないの」

「ああ――いや」

「今は手持ちがないけど、一時間かそこらで調達できるよ。『ミックス』が手に入るかもしれない」

「何だっけ、『ミックス』って」

「あれだよ、MDMAと覚醒剤《かくせいざい》を混ぜたやつ。あんた、好きでずいぶん使ってたじゃない」

ああ、あれか、と思い当たった。こういうことになるとすぐに思い出せる。見た目は単なる白い錠剤で、とにかく効き目が早いのが良かった。頭がかっと燃えるように熱くなり、五感が研ぎ澄まされる。興奮したまま寝つけず、夜の街を何時間も歩き回ったこともある。翌朝、薬が切れる頃になると、足に痛みを覚えるほどだった。

「酒でも呑んで待ってたらいいよ」

「僕は、ずいぶん危ない橋を渡ってたんだね」

「どういうことよ」男の目が糸のように細くなる。北見は、マスターに向けて顎をしゃくってみせた。

「こんな普通の店で……」ヤク、という言葉を慌てて呑みこむ。「もらえるわけないじゃないか」

男が人差し指を立て、顔の前で左右に振った。

「本当にすっかり忘れちゃったの？」

「何を」

「あの人もお仲間でしょうが」カウンターの向こうにいるマスターに向けて、顎をしゃくって見せる。

「まさか」

「あのねえ、いかにもな場所でやり取りしてたら、すぐにばれちゃうでしょう。サツだって、まずはやばそうな場所に目をつけるわけだからさ。こういうところは、かえって疑われないの」

北見は突然立ち上がった。

「どうしたの」男が眩《まぶ》しそうに目を細めて、北見を見上げる。

立ち上がった理由をまったく思い出せず、北見は椅子にへたりこんだ。胸に深く顎を沈め、男をじっと睨《にら》む。そうだ、涌井《わくい》だ。下の名前は知らないが、この男の名前は確かに涌井だった。

「涌井……さん」

「俺の名前、忘れてたんでしょう」愉快そうに言って、涌井が身を乗り出す。答えを待っているようだったが、北見が無言を押し通していると、体を捻ってカウンターの方を向き、ビールを注文した。

「偶然っていうのはあるんだね」ビールをテーブルの上に置くと、マスターが言った。

「丁度今、あんたの噂話をしてたんだよ」

涌井が唇を嚙《か》み、刺すような視線をマスターに突き立てた。

「マスター、俺の話なんかしちゃ駄目だよ。噂になったらまずいじゃない」

一瞬、マスターが息を呑み、言葉を探す。すぐにかすれた声で「了解」と言うと、安全で居心地の良さそうなカウンターの向こうへ、そそくさと消えていった。

涌井がビールをコップに注ぐ。すうっと半分ほど呑み干し、音もなくコップをテーブルに置いた。手品でも見せるようにぱっとコップから手を離し、顔を上げて北見を見た。急に、それまで以上に馴《な》れ馴《な》れしい口調で話しかける。

「つまり、あんたはこっちへ戻って来ちゃったわけだ。やっぱり、忘れられないよね」

「違う」北見は激しく首を振った。

「じゃあ、何でこんなところへ来たの」

「それは、たまたま……」

「まあまあ」馬鹿にしたような笑いを浮かべ、涌井が自分の煙草をくわえた。火を点《つ》けないまま唇の端にぶら下げ、口を開けずに続ける。「無理しなさんなって。俺は別にどっちでもいいんだから。あんたが警察にタレこむとか、そういう馬鹿なことを考えない限りはね。客が一人いなくなったって、こっちは干上がるわけでもないし」

「僕はもうやめたんだ」

「ああ、なるほど。慰めて欲しいわけ?」涌井がわずかに声のトーンを高くする。「そりゃあ、大変なのは分かってるよ。そういう話は、俺もたくさん聞いてるから。薬の副作用もあるし、阿呆《あほ》なセラピーにつき合ってると、自分が馬鹿じゃないかって思えてくるらしいよね。何か、ソフトボールとかもやるそうじゃない。あれは何？　体を動かしてヤクを抜くわけ？　酒じゃないんだからさ、本当に、馬鹿馬鹿しいよね。慰めはしないけど、同情するよ」

涌井の言う通りである。規則正しい生活と軽い運動、それに定期的な薬物治療とグループセラピー。たぶん刑務所での生活も、それと似たり寄ったりだろう。

「どうでもいいよ」顔を背けながら北見は吐き捨てた。心が求めていたこととは正反対の台詞《せりふ》が口を衝《つ》いて出てくる。「とにかく僕はやめたんだ」

「俺は、別にいいですよ。あんたがどうしようが、こっちには関係ないし。欲しけりゃ手配するし、そうじゃないなら、ここでサヨナラだ」

「そうだね」

「あのさ」涌井が、組んだ両腕をテーブルに乗せる。「本気でやめたんなら、もうこの辺りには近づかない方がいいよ」

「どうして」

「物欲しそうな顔してるから。俺はあんたを初めて見た時、すぐに分かったからね。俺みたいに良心的な人間ばかりとは限らないでしょうが。質の悪いヤクを簡単に売りつけられて、後は……」涌井が首のところで掌《てのひら》を水平に動かす。北見は唾を呑み、慌てて煙草を揉《も》み消した。煙草はいつの間にか、指先を焦がすほど短くなっていた。

「確かにあんたは良心的だね。だけど、良心的な売人なんて、商売としてやっていけるのか」

「あっちで少し、こっちで少し」涌井が唇を歪《ゆが》めてにやりと笑う。「まあ、俺も自分が真っ当な人間じゃないってことは分かってる。法律には違反してるんだから、大手を振って歩くわけにはいかないよね」

「いつまでこんなことを続けるつもりなんだ」

「自分がやめると、今度は他人に説教したくなるわけ？」

「そういうわけじゃないけど」

涌井が肩をすぼめる。

「買ってくれる人がいる限りは続けるよ。それよりあんたも、他人のことを気にしてる余裕はないんじゃないの」

記憶が徐々に蘇《よみがえ》ってくる。涌井が扱っているドラッグは、どれもカプセルや錠剤で手軽に飲めるものばかりだった。一見した限りでは、病院で処方される薬と見分けがつかない。

「あんたも使ってるのか」よく日に焼けた涌井の顔を見ながら、北見は訊《たず》ねた。

「まさか」急に大きな笑い声を上げ、涌井が即座に否定した。「酒屋が必ずアルコール依存症になるってわけでもないし、煙草を吸わない煙草屋もいるでしょうが。体に悪いのは分かってるしね。だいたい、あんなものに手を出してる奴は……おっと、失礼。とにかく、あんたにはずいぶん稼がせてもらったから、無料で忠告しておきますよ。この辺には近づかないこと。興味があるっていうなら、止めはしないけどね」

　涌井が立ち上がる。

「マスター、ビール、つけといてね」

「あんた、ずいぶん溜《た》まってるよ」

「帳消しでもいいけど」

「まあ、それは……」マスターがもごもごと言葉を呑《の》みこんだ。

「そうだ」涌井が立ったまま、紙ナプキンに何か書きつける。北見の方に滑らせた。

「何だ」

「俺の携帯の番号。何かご用命の際は、遠慮なくどうぞ」

「今までは教えてくれなかったじゃないか」北見は目を細める。

「気が変わった。今のあんたは前よりも薬が必要なんだよ。そういう人には俺も積極的に手を貸すんだ」涌井が真顔でうなずいた。

「関係ない」北見は紙ナプキンをくしゃくしゃに丸めた。涌井はそれをじっと見ていたが、ふっと体の力を抜いて肩をすくめ、小さくうなずいて店を出て行った。永久《とわ》の別れを告げたようには見えなかった。

　北見は長いこと、丸めた紙ナプキンを見つめていた。やがてそれを固く握り締めたまま、叩《たた》きつけるように金を置いて店を出た。

きっかけはまったくの偶然だった。半年ほど前、例によって事務所で小さな棘《とげ》のような皮肉を投げかけられ、くさくさした気分でこの辺りを飲み歩いている時に、涌井に出会ったのだ。ちゃらちゃらした格好には似つかわしくない丁寧な口調で、「お疲れじゃないですか」と近づいてきたのを覚えている。

確かに疲れていた。気持ちが折れて、体も崩れかけている。何をしているわけでもないのに、毎日事務所に座っているだけで、夕方にはげっそり疲れていた。一時は、家に帰って明日菜と遊ぶことでずいぶん癒《いや》されていたが、いつの間にか、そうすることでさらに疲れてしまうのに気づいた。

涌井が「お試しだから」と譲ってくれたのは、アッパー系の薬だった。やばい薬だということはすぐに分かった。どうしたものかと迷い、二日ほどそのままにしておいたのだが、次第にその薬が、気持ちの中で大きく膨れ上がってきた。

土曜の夜、寝る前に思い切って飲んでみた。ほどなく体の芯《しん》が熱くなり、百メートルを全力疾走した後のように、心臓が早鐘を打ち始める。舌がひりひりし、喉《のど》がひび割れるほど乾く。ただそれは、まさにスポーツで予想以上の動きができた時の爽快感《そうかいかん》を北見にもたらした。フェンス際を走りに走って、左中間のライナーをダイビングキャッチする。百五十キロを超える速球をバックスクリーンに叩きこむ。経験したことのない快感が、体中を駆け巡った。

その晩は、香織が悲鳴を上げるまで抱いた。

その快感は、夜が明けた時には完全に消えてなくなっていた。ああ、こういう快感もあるのかと思ったぐらいで、体にも心にも異常な痕跡《こんせき》は残らなかった。たぶん二度と使うことはないだろうと簡単に考えたのを覚えている。偶然手に入れたようなものだし、二回目があるとは思えなかった。だが、次第に薬を使っていた時の記憶が北見の心を黒々と覆い始める。気づいた時にはまた繁華街をうろつき、涌井の姿を探していた。

ほどなく北見は、アッパー系の薬とバルビツレートを交互に使うようになった。テンションが上がり切り、それが切れそうだと思ったところでバルビツレートを吞む。そうすると、頂点まで駆け上がった直後に襲ってくる焦りや苛立《いらだ》ちがすうっと腹の底に沈みこみ、穏やかな気持ちになれるのだった。長い間、短い、断続的な睡眠に悩んでいたのだが、それも解消され、子どもの頃——あの事件に遭う前——と同じように深い眠りを楽しむことができるようになった。悪いことなど、何一つなかった。入院する直前にはコカインにも手を出すようになった。何しろ効きが速い。錠剤の効果が出る十分、二十分の時間さえ惜しくなっていた。ミックスを使って、心の中をまだら模様のように過去の光景が流れていくのを何時間も感じていることもあった。

それでも、悪い状態に入りこんでいるとは思っていなかった。

時折、思い出す。事務所で、みんなが奇異なものを見るような目を向けていたことを。確かに、事務所の中を延々と歩き回ったり、一人で何かぶつぶつとつぶやいていたら、誰でも変に思うだろう。何も気づかなかったという高沢久美子の言葉は、絶対に嘘だ。

要は、みんな気味悪く思いながらも面白がっていたのではないか。本当に心配していたなら、警察なり病院なりに相談するはずだ。

だが、自分ではコントロールできていると思っていたし、やめなくてはいけないと悩んだり焦ったりしたことは一度もない。入院も自分の意思によるものではなかったし、言葉の端々に説教臭い台詞を滲《にじ》ませる医者たちに対しても頭から馬鹿にしていた。

しかし今になって、北見の心は不安に染め上げられている。

薬に手を出したことに対して、ではない。記憶が消えている時期が問題なのだ。今川の残した原稿を読んだ後、その不安は急速に広がり始めている。

僕が今川を殺したのではないか。

自分でも認めたくない気持ち——ずっと封印してきた思い。僕たちは本当に親友だったのか。腕をなくした者と、無傷で生還した者の間には、絶対に越えられない壁があったのではないだろうか。劣等感がある。今川が北見にとってヒーローであり恩人であった。だから、奈津との一件も仕方のないことだと自分を納得させてきた。たぶん、結婚して、明日菜という可愛い娘を授かった後でも、軋《きし》むような思いは消えていなかったと思う。

それがまったく思いもかけず、二人が結婚することになった。その話を聞いた時、自分は何を考えたか。何を感じたか。

それすら覚えていない。記憶にない日々に、僕はその事実を今川の口から聞かされていたのかもしれない。

僕はこの手で今川の体を押し、あの橋から突き落としたのだろうか。死にかけた場所、辛うじて生へと生還した場所を、今川の墓場にしたのだろうか。

第六章

「本当に行くのか」

「ここまで来て何言ってるんだ」

「今ならまだやめられるぞ。だいたい、この前日本に帰ってきたばかりじゃないか。少しは落ち着けよ」

この前とは、あいつの結婚式の時である。あれから半年ほどが経っていたが、俺は足がむずむずし、腰を落ち着けていることができなくなった。さっさと行こうぜ、淀《よど》んで湿った日本の空気はお前には似合わないと、もう一人の自分が尻《しり》を蹴飛《けと》ばす。

あいつは違う。結婚してから、以前にも増して腰が重くなったようだ。そういう生活こそが素晴らしいとでも信じきっているのか、会う度に、「お前もちゃんと仕事を見つけて結婚しろ」と忠告してくる。この時も、せっかくの旅立ちの日だというのに、それまで以上の熱心さで説得を始めた。

「お前だってもう、海外をぶらぶらするような年じゃないんだぜ」

「年は関係ない」

「今まで散々、いろんなところへ行ったじゃないか。いい加減、目を覚ませって。こんな生活、いつまでも続けられるわけないだろう」

成田《なりた》空港の第二ターミナル。あいつの手から俺の手へ荷物が渡る――渡らない。あいつは俺を日本につなぎとめておこうとでもいうように、ぼろぼろのスーツケースを体の脇にぴたりとつけ、取っ手を握り締めていた。

「寄越せよ」

「駄目だ。思い直せ」

「やだよ。どうしてお前にそんなこと言われなくちゃいけないんだ」

「心配だからだ」あいつが眼鏡の奥の目を細め、俺を睨《にら》みつける。

「何で」俺は左手の掌《てのひら》を上に向け、顔の高さまで上げて見せた。「今までだって、何もなかっただろう。俺はいつでも運がいいし、危ない時はちゃんと勘で分かるんだよ。お前に心配してもらう必要はない。大きなお世話だ」

「帰ってこないつもりじゃないのか」

俺は言葉を失い、ゆっくりと唾《つば》を呑《の》んだ。見透かされている。だが旅立ちの時に、おそらく永遠の旅立ちの時に、あいつに何を言えばいいのだろう。言い訳か？　否定の言葉か？　それとも露骨な嘘か。何を言っても、即座に見抜かれてしまうだろう。はっきりとした別れの言葉こそが相応《ふさわ》しいが、それは俺の語彙《ごい》にはなかった――そう、人生の道は全て別れにつながる。あまりにも当たり前のことを一々言葉にすることはできない。

「お前の故郷はここなんだからな」あいつがしっかりと俺の目を見据えたまま言った。

「故郷なんて、もうないよ」妹も、アメリカに渡ってしまった。弁護士になるなどと言っている。何でわざわざアメリカに行くんだと問い詰めたが、あいつははっきりと説明せず、「どうしても」と言い張るだけだった。もしかしたらこれは、俺たち一族に流れる共通の血なのかもしれない。一か所にじっとしていられない。ここより良い場所が必ずあるはずだという根拠のない妄想を、どうしても消し去ることができない。だからどこにいても、常に旅立ちの準備をしている。いつかは「ここが楽園だ」と言い切れる場所を見つけられるのか、それとも永遠に放浪が続くのか。どうなろうと構わなかった。少なくとも、湿っぽい日本の空気から逃れている時だけは、生きている実感を持てたのだから。

「故郷はないけど、お前がいるからな」

「だから？」あいつが疑わしそうに目を細める。

「お前さえ元気でいてくれればいい。お前が、俺の故郷みたいなものだ」

あいつの顔が曇り、目線が宙を彷徨《さまよ》う。その隙に俺はスーツケースを奪い取り、ぽっかりと口を開けたあいつに笑いかけてやった。スーツケースの持ち手を杖《つえ》代わりにして体を斜めに倒す。あいつは俺の左手を、次いで顔をじっと見て、高価そうな麻のジャケットの内ポケットから封筒を取り出した。手から手へ封筒が渡る。どっしりとした厚さを感じさせるほどではないが、心づけという程度の薄さでもない。中身を確認しないまま、ジーンズの尻ポケットに突っこむ。分厚い札がねじれる感触が心地良かった。

「いつも悪いね。いくら？」

「十万。クローネに換えておいた」

「さすが、気がきくな」

あいつは無言で、腹のところで組んだ手を見つめていた。

あいつから金を貰《もら》うようになったのは、いつ頃からだっただろう。貰う、ではないか。あいつが勝手に渡してくれるのだ。もう覚えていないが、最初は俺がそれとなく要求したのかもしれない。だがいつの間にか、あいつのポケットから俺のポケットに金が移るのは、当たり前のことになった。そう、毎日ジュースを奢《おご》ってもらったあの夏のように。あいつが何か持ってくる。俺は黙って受け取る。二人の間の日常の光景だった。

その頃の俺は、生活に困っていたわけではなかった。両親が死んだ後、たっぷり保険金が入ってきたから。それこそ、何年も遊んで暮らせそうな額が。それに手をつけなくとも、適当にアルバイトをすれば旅費ぐらいは稼げた。

だが、それとこれとは別の話だ。

腕一本の価値を金に換算することはできただろう。例えばこれが仕事中の事故だったら、労災として嫌でも金額を算出しなくてはならないのだから。しかしこの場合、金額は問題ではないのだ。払い続けることで、あいつは自分の良心と折り合いをつけようとしている。だったらどうして、断る必要があるのだろう。考えてみれば俺は、傷ついたあいつの良心を癒《いや》す手助けをしているようなものではないか。

たかりでも何でもない。これは善行なのだ。

「今日は、彼女は来ないのか」いきなりあいつが話題を変えてきた。しかも結構痛い話題である。俺は思わず顔を背けた。

「来るわけないだろう。もう別れたんだから」

その頃俺は、彼女と百三十八回目の大喧嘩《おおげんか》の最中だった。原因はもちろん、俺がしばらく——たぶん金と体力の続く限り永遠に——海外へ行くと宣言したことである。地元の信用金庫で地味に働いている彼女は、俺の考えを絶対に理解しようとしなかった。俺は俺で、彼女の心の内が読めなかった。ぐずぐずと文句を言うだけで、自分から歩き出そうとしない女の心の面倒までは見ていられない。だからこそ俺たちは罵《のの》り合い、互いの心を傷つけようと言葉を尖《とが》らせ、痛みに涙を流し合ったのだ。まあ、彼女のことはもういい。初めて寝た時から十年ほどで、別れる別れないの喧嘩を百三十八回もしている関係を、恋人同士とは言えないだろう。

「金はありがたく貰っていくよ。それと、こいつもな」俺は、サファリジャケットの襟をすっと指先で撫《な》でた。これもあいつの餞別《せんべつ》である。ハンティングに行くんじゃないんだぜ、と二人で笑い合ったものだが、今回の旅ではアフリカにも足を踏み入れるつもりだったから、役に立つ時が来るかもしれない。

あいつが真顔になった。俺も笑みを引っこめたが、できるだけ気楽な調子で声をかけることにした。

「じゃあ、行ってくるわ」

「いつ戻ってくるんだ」

「分からない」俺は左腕を後頭部に回して頭を掻《か》いた。「スウェーデンも、春から夏にかけての季節はいいらしいから、しばらくはストックホルム辺りをうろついてる。寒くなったらアフリカに行くと思う。このサファリジャケットもあるし、ちょうどいいよな……そうだ、もしも帰ってきたらさ」

「もしも、じゃないよ。帰ってくるんだろう？」

「先のことは分からない。とにかく、今度帰ってきたら、あそこで会おうぜ」

あいつはすぐにぴんと来たようだ。顔を真っ直ぐ上げ、戸惑うような表情を浮かべて訊《たず》ねる。

「あの川で？」

「そう」

あいつの目がふっと遠くを見た。あの河原で。俺たちが死にかけたあの場所で。高校生の頃、「遊泳禁止」になって以来、ずいぶん長いことご無沙汰《ぶさた》していたが、結局あそこが俺たちの場所であることに変わりはないのだ。俺はあそこに何かを残したままだし、あいつも同じかもしれない。いつかはそれを取り戻しに行かなければならないのだ。

「あそこで、ずいぶん遊んだよな」

「ああ」目をそらしたまま、あいつが小さくうなずく。そろそろいいんじゃないかな。

「あの事件の後、俺はいつも目を背けてたんだ。でも、そろそろいいんじゃないかな。もしも今度日本に帰ってきたら……」

「絶対帰って来いよ」あいつが力強く言った。「ああ、お前が言いたいことは分かってる。僕だってあそこは怖い。事件の後は、近づけなかった。また同じようなことが起きるんじゃないかとか、今度は死ぬのは自分だとか、変なことばかり考えてたんだよ。でも、いつかは乗り越えなくちゃいけない」

——「業火」第六章

悪戯《いたずら》か嫌がらせ。一度はそう結論づけたタレコミだが、それで済ませることはできなくなりそうだった。

藤代は、「夢船」という店を見張れる路地で、三十分前から張り込みを続けていた。全体に古びて、崩れ落ちる寸前といった感じのこの繁華街の中ではまだ新しく、清潔と言ってもいい店である。まず北見が店に入り、その後で若い男がドアを開けた。若い男は五分ほどで出てきた——それも妙だ。酒を呑みに来たのではなく、御用聞きのような行動ではないか。藤代は、北見が出てくるまでさらに粘った。

店を出てきた北見が、不必要に思えるほど用心深く周囲を見渡すと、肩をすぼめてコートのボタンを首のところまでかけた。長身を折り畳むように背中を丸め、とぼとぼと駅の方に向かって歩いていく。藤代は十分な距離を保って跡をつけ始めた。

店では当然酒を呑《の》んできたのだろうが、ひどく寒そうで、背中を丸めることで体の熱を逃さないように努めているようだった。酒以外のものを体に入れているかどうかは分からない。ベテランの防犯の刑事なら、顔色を見ただけでそいつがヤクを使っているかどうか分かるかもしれないが、藤代はそちらの経験がほとんどないのだ。

引っかかっていることがあった。二か月の入院。体に染みこんだヤクを抜くのに、丁度いい長さではないだろうか。薬物治療を専門に行っている病院もあるらしい。そこで時間をかけてゆっくりヤクを抜いてきたとすれば、注射痕《こん》も消えるだろう。いや、仮に今使っていても、目立たなくすることはできる。女性用のファウンデーションが一番いいと、誰かに聞いたことがあった。

俺はいったい何をしたいのだろう、と藤代は自問した。ここ数日は抜きにして、最後に北見とじっくり話をしたのは、彼の父親が死んだ時だ。意外に気丈に振舞っていたのを覚えている。それを見て、これでこいつも一本立ちできるのではないかと安心した。何かにつけ父親と比較される、それがしんどいことだというのは藤代にもよく理解できた。智雄は数々の大きな裁判の弁護団に加わって名前を売ってきた。特に医療過誤事件には強く、係わった裁判ではほとんど勝っているはずである。新聞やテレビでもしばしば名前を売ってきた。そういう弁護士を親に持ち、その事務所で働いていると、どんな気分になるのか。頭を押さえつけられたような感じが、いつまでも消えないはずである。その点、俺の息子の一樹は楽なものだ。万年係長の息子なら、簡単に親を乗り越えることができる。さっさと出世して、親父を馬鹿にするがいい。それが親孝行というものだ。

いきなり胸ポケットの中で携帯電話が振動し始め、藤代は脚を止めた。マナーモードにしてあるのだが、北見に気づかれるかもしれないと慌て、取り落としそうになる。

「ああ、オヤジさんですか」五十嵐の間延びした声が聞こえてくる。

「オヤジじゃないって言っただろうが」口元を手で覆い隠し、低い声で叱りつける。

「ああ、すんません。あの、例の件なんですが」

「おお」北見の背中を視線の隅に捉《とら》えながら、藤代は五十嵐の声に耳を傾けた。「分かったのか」

「城戸弘道は死んでます」

「何だと」思わず大声を上げてしまい、北見が振り返るのではないかと恐れて電柱の陰に身を隠す。北見が気づいていないことを確認してから、また跡をつけ始める。声を低くして話を続けた。「どういうことだ」

「病気だったみたいですね。もともと体が弱かったらしいんですけど、三年前に、八王子の医療刑務所で死んでます。間違いなく病死ですよ」

「そうか」藤代は細く息を吐き出した。

「何か問題でも？」

「いや、何でもない。悪かったな、変な用事を押しつけて」

「大したことないですよ。それより、何か事件なんですか」

「それはないいな。何しろ城戸弘道は死んでるんだから」

「何言ってるんですか」

「お前は分からなくていいんだ」藤代はつい声を荒げた。「何でもかんでも首を突っこまなくていいんだよ」

「ひでえなあ。せっかく調べたのに」

五十嵐の文句を無視して、藤代は電話を切った。

可能性が一つ消えた。

北見は真面目にこの可能性を考えていたのだろうか。もしかしたら、目くらましだったのかもしれない。別の可能性に目を向けさせることで、俺の関心を自分から逸《そ》らし——いやいや、これはまるで刑事の発想ではないか。もちろん、藤代は刑事だ。だが北見は、大事な友人の息子でもある。時に尻《しり》を蹴飛《けと》ばし、時に温かく見守ってやることこそが自分の役目であり、職務としての関係を持ちたくはなかった。

その原則が、どんな時でも通用するものではないと分かってはいても。

「大丈夫？　遅かったわね」

コートを脱がせようと、香織が手を伸ばす。北見は「いい」と短くつぶやいて、自分でさっさとコートを脱いだ。ソファの上に放り投げ、その横に腰を下ろすと、親指のつけ根を両目に強く押し当てる。瞼《まぶた》の裏で星が煌《きらめ》き、頭がくらくらしてきた。

「調子悪いの？」香織が肩に手をかける。北見は反射的に前屈《まえかが》みになって、その手から離れた。首を捻《ひね》って見上げると、彼女の優雅な細い手が宙ぶらりんになっている。

「大丈夫だ」微笑もうとして、顔が強張《こわば》る。心の底から笑えなくなったのはいつからだろう。もしかしたら、あの事件からずっとそうだったかもしれない。笑顔をなくしたまま、二十五年。今や、この強張った表情が自分の素顔になってしまっている。

「明日菜は？」

「とっくに寝てるわ」

腕時計に目を落とす。確かに。もう十一時近かった。

「ねえ」香織が跪《ひざまず》き、北見の腕に手を置く。北見は体の芯《しん》が強張るのをはっきりと感じた。香織の喉《のど》が小さく上下する。

「あなた、いったい何してるの」

「だから言ってるじゃないか、出流のことを調べてるんだ」

「お願いだから、もうやめて」

「今さらやめるわけにはいかない」

香織の細い指先に力が入り、北見は腕に鈍い痛みを感じた。

「あなた、病み上がりなのよ。調子も良くないみたいだし」

「僕は病気じゃない」

「そうは言うけど、無理したら体に良くないでしょう」

「放っておいてくれ」北見は香織の手を乱暴に振り払って立ち上がった。「出流の件がはっきりしないと、僕は一歩も前に進めないんだよ」

一歩前に進む。そうすることにどんな意味があるというのだろう。その先に何があるというのだろう。今北見は、恐ろしい可能性を頭の中で弄《もてあそ》んでいる。もしも自分が今川を殺していたら。真実の先にあるのは明確な破滅だ。息が荒くなり、指先が凍える。膝《ひざ》の力が抜け、立っているのも億劫《おっくう》になった。全ての出来事、その直接の原因になっているのはドラッグである。様々なことが明るみに出れば、香織と明日菜の生活は滅茶苦茶《めちゃ》になるだろう。記憶がないくらいだから、逮捕されて裁判になっても心神耗弱で実刑は免れるかもしれない。それでも生活が崩壊するのは目に見えていた。

どちらに転んでも逃げ場はない。

凍りついたようにソファに座ったままの香織を残して、北見は明日菜の部屋へ入った。温かい、甘い香りが鼻先に漂う。ベッドの脇に腰を下ろし、布団から突き出た明日菜の手を握った。ひどく脆《もろ》く、少し力を入れたら壊れてしまいそうだ。この手に入りきれないほどの幸せを摑《つか》む権利があるはずなのに、馬鹿な父親がぶち壊しにしている。

どうしてドラッグなんかを使うようになってしまったのだろう。何かに助けを求めたかったのは間違いない。本当は、家族が助けになるはずだった。惚《ほ》れ合って結婚した妻と、可愛い一人娘。自分を癒《いや》し、勇気づけ、時には尻を蹴飛ばしてくれる存在だ。

だが北見は、別の何かを求めた。もっと手っ取り早く自分を楽にしてくれるものを。コントロールできるという自信はあったが、その一方で、いつかは破滅につながるものだということを、心の奥底で意識していたはずである。それなのに手を出したのは、香織のことも明日菜のこともさほど大事に思っていなかったという証明ではないか。愛している、その感情が上っ面だけのものだったことを、北見は初めて認めた。

僕は何をしてるんだ。何がしたいんだ。気づくと、北見の涙が明日菜の頬を濡《ぬ》らしていた。気づかれぬようそっと立ち上がり、慌てて拳《こぶし》で目を拭《ぬぐ》う。

僕はどこへ行くのだろう。この子はどこへ行くのだろう。


島尾の妹、千春の命日は四月二十日だ。毎月二十日の月命日になると、島尾は墓を訪れる。花を手向けるでもなく、線香を上げるでもなく、ただ墓石の前にじっと佇《たたず》み、静かな時を過ごす。仕事がどんなに忙しくても、この習慣だけは欠かしたことがなかった。いつも口やかましい秋穂も、この墓参りで半日店を空けることについては、絶対に文句を言わない。

今日は秋穂も一緒だった。雨が降っているからやめた方がいいと言ったのに、頑として譲らない。仕方なしに、家にある一番大きな傘を持って出かけてきた。大粒の雨が横殴りに叩《たた》きつけ、二人の足元を濡らす。千春の墓に向かう途中が長い坂道になっており、島尾は気が気でなかった。

「おい」手を差し出すと、秋穂が指を絡めてきた。この前手を握ったのはいつだっただろうか。幾分ふっくらしたようで、いつもより温かみを感じる。

秋穂は午前中病院に行き、正式に検査を受けてきたばかりだった。三か月。安定している。過去の堕胎のこともあるので心配はいくらでも出てくるだろうが、医者が信頼できそうなベテランの女医だったので、島尾も一安心していた。

墓の前で手を合わせる。千春も生きていれば今年三十になったのだ、とぼんやりと考えた。あの子が三十歳。にわかには信じがたい。高校生になっても、時々中学生と間違えられるぐらい、外見は幼かったのに。永遠に訪れることのなかった千春の三十歳を思って、島尾は唇を嚙《か》んだ。雨が墓石を打つ音だけが耳障りに響く。

秋穂も静かに頭を垂れていたが、やがて顔を上げると、雨音にかき消されそうな声で言った。

「千春ちゃんにも赤ん坊、見せてあげたかったね」

「そうだな」肩の辺りに雨が染みこみ、寒さが容赦なく体に入ってくる。体内の熱を閉じこめようとするように、島尾はぎゅっと肩をすぼめた。

「私たち、本当に二人きりね」秋穂は小学生の時に父親を病気で失い、女手一つで育てられた。働くだけ働いて、体も心も萎《しぼ》んでしまった母親も、秋穂が結婚するのを見届け、五年前に亡くなっている。親戚《しんせき》とのつき合いもない。友人とは、会おうにもなかなか時間が合わなかった。時折島尾は、自分たちがあの狭いコンビニエンスストアに押しこめられたまま、化石になってしまうのではないかと思うことがある。しかし、これからは違う。生まれてくる子どもが、二人の世界を広げてくれるだろう。

「千春ちゃんがいてくれたら、うちももう少し賑《にぎ》やかだったかもしれないね」

島尾は黙ってうなずいた。秋穂は、千春を直接は知らない。千春が死んだのはもう七年も前だし、その頃島尾は、まだ秋穂と出会っていなかった。秋穂は、写真と、時折島尾が語る想い出話で千春を知るだけである。どこかはかなげで、今にも折れてしまいそうな妹の姿は、彼女の頭の中にどんな風に根づいているのだろう。

折れそうな——千春は、本当に折れてしまった。車に排ガスを引きこみ、その中で睡眠薬を飲んで命を絶った。それにしても、思居橋のたもとに停めた車の中を死に場所に選ばなくてもいいものを。人通りの少ない場所で、誰にも邪魔されずに死にたかったのかもしれないが、ひど過ぎるじゃないか。あの場所が島尾たちにとってどんな意味を持っているか、知らなかったわけではないだろう。しかし、あそこで死んだことには、千春なりの意味がある。それが分かっているからこそ、思い出す度に、首筋をぎりぎりとえぐられるような痛みが心を侵すのだ。

全てを知ったのは、つい三か月ほど前である。馬鹿野郎、と何百回つぶやいたことか。何も相談せず、あいつは一人で逝《い》ってしまった。二人で考えれば、何か解答が出てきたかもしれないのに。千春の死の直後は、呆然《ぼうぜん》とし、二か月ばかりは仕事も手につかずに、吞《の》めない酒を無理に吞み続けた。気づくとぼんやりと壁を眺め、千春の弱々しい笑顔を思い出していた。今考えてみると、千春は明日の希望が持てないから自殺したのだ。あの頃は、俺だって明日の希望などまったくなかったのに。今は違う。希望に満ちているかどうかは分からないが、少なくとも明日はある。数か月後に生まれてくる自分の子どもという明日が。考えてみれば、誰かの面倒を見るときだけは気持ちが上向く。両親が死に、まだ中学生だった千春の面倒を見るために懸命に働いていた時も、ある意味充実した毎日だった。今はもっと前向きになれる。子どもが可愛いと思ったことなど、今まで一度もないが、島尾は自分の中で何かが変わり始めたのを感じていた。

「帰ろうか」

「もういいの？」秋穂が首を傾げて島尾を見上げる。

「冷えると良くないからな」

「温かくしてるから大丈夫よ」

「無理しちゃ駄目だ。先生も言ってただろう」

「そうね」秋穂が素直に引っこむ。

二人は千春の墓に小さく一礼してから、来た道を引き返した。下り坂になるので、来た時よりも足元が危なっかしい。とにかく、ゆっくりだ。苛々《いらいら》するが、こういうことにもいずれは慣れるだろう。子どもが生まれれば、自分のペースなど気にしていられなくなってしまうはずだ。つまらないことで一々苛つかないようにしないと、すぐに胃に穴が開いてしまう。

島尾の携帯電話が鳴り出した。一瞬立ち止まり、電話に出る。北見だった。秋穂を先に行かせるかどうか迷ったが、結局一緒に戻ることにした。雨が心配だったし、とりあえず言葉を選んで話しておけば、彼女に聞かれても大丈夫だろう。

「大変なものが見つかったんだ」これ以上ないほど深刻な北見の声が耳に飛びこむ。

「大袈裟《おおげさ》だな。何だよ」

「出流の原稿だ」

「原稿？　遺書じゃないのか」島尾は声を張り上げ、電話を握り締めた。ちらりと秋穂の顔をうかがう。秋穂は怪訝《けげん》そうに島尾を見たが、すぐに目を逸《そ》らした。

「いや、原稿だった。間違いなく、あいつの二作目だよ」

「それが何で大変なんだ」島尾は平板な声を装って訊《たず》ねた。

「内容がね……とりあえず、お前にも読んでもらいたいんだ」

「俺が読んでどうするんだよ」

北見が口ごもる。島尾は降りしきる雨と競うように、冷たい声で続けた。

「そういうの、勝手に読んでいいものかね。死んでるって言っても、回し読みするのはあいつに対して失礼じゃないか」

「そうかもしれないけど……」北見の口調から勢いと自信が消えた。

「で？　その原稿は今までどこに隠れてたんだ。担当の編集者が持ってたのか」

「いや、奈津だ」

「奈津？　あいつ、そんなこと全然言ってなかったぞ」

「今まで見る気になれなかったらしい」

「そういうことか。それなら分かるよ」煙草を口にくわえようとして躊躇《ためら》い、パッケージに戻す。そろそろ本気で禁煙すべきかもしれない。健康のためにも、金を節約するためにも。どっちにしても自分のためではなく、生まれてくる子どものためだが。「あいつは、これからも見ない方がいいんじゃないか」

「いや、もう読んだ」

島尾は盛大な溜息《ためいき》をついてみせた。

「何もわざわざほじくり返すことはないだろう。お前は読んだのか」

「ああ。読んだから、お前に相談しようと思ったんだ」

「俺は係《かか》わり合いになりたくないな」島尾は鼻を鳴らした。「もう終わったことなんだ。今さら何をしても、あいつが生き返るわけでもないし」

「それは分かってる。どっちかというと、僕の問題なんだ」

「お前の問題？　何だよ、それ」

「それは、会って話したい」

「大袈裟だな。この電話、盗聴されてるとでも言うのかよ」

「何があるか分からないじゃないか。頼む、ちょっと時間を作ってくれ」

「まあ、いいよ」島尾は腕時計を見た。午後二時。今日は店には出ないと決めているから、時間はある。「今、千春の墓参りに来てるんだ。これからそっちに戻るから、一時間後ぐらいでどうだ」

「じゃあ、お前の店の前の喫茶店で」

「いいよ」

電話を切ると、秋穂の心配そうな視線が刺さってきた。

「どうかしたの？　何か深刻な話？」

「いや、大したことじゃない。北見だ。何か相談があるらしい。お前が心配することはないよ」

「北見さんが相談？」秋穂が首を傾げた。彼女は北見のことを、自分たちとは縁遠い世界に住むエリートだと勘違いしている。何度も司法試験に失敗し、単なる事務屋になったということを理解していない。もっとも島尾も、ちゃんと説明したことはなかった。勘違いするなら勝手にすればいい。それに、会う度に「大変なお仕事で」と秋穂に言われ、北見が戸惑うのを見るのも面白かった。

「あいつ、今失業中なんだよ」

「嘘」秋穂が両手を口元に持っていく。「そうなの？　だって、自分の事務所があるでしょう。ああいう仕事には不況も関係ないはずよね」

「事務所は解散したんだってさ。何があったのか、俺は知らないけど。たぶん、仕事の相談か何かじゃないかな」

「仕事の相談って……あなたで力になれるの」

俺は、あいつより何段も下の人間だと言いたいのか。今ではこっちの方が上等な人間なんだがな、島尾は鼻で笑った。少なくとも仕事はあるのだから。

「力になれるかどうかは分からないけど、友だちだからさ。そうだ、本当に困ってるなら、うちでバイトでもしてもらおうか。こっちは人手が足りなくて困ってるし、丁度いいだろう」

「北見さんがコンビニのバイトなんかできるわけないじゃない」

「とにかく、ちょっと会ってくるよ。何だか落ちこんでるみたいだったから、とりあえず慰めてみるさ」

「北見さんが失業ね……」秋穂の言葉が宙に溶ける。同情している？　違う。面白がっているのだ。何と性格の悪い女だろう。だが、島尾も同じ思いだった。生まれ。育ち。そういうものは、どんなに共通の体験を経ても、乗り越えることができない壁として残る。同じ惨劇から一緒に生還したのに、島尾はいつも自分ばかりが損をしているような気持ちを消せなかった。いつもいつも、あいつばかりがうまく行くのは納得できない。たまには、こちらが優位に立つことがあってもいいではないか。

島尾は、肩から雨の雫《しずく》を払い落としながら席に滑りこんだ。北見の前の灰皿には吸殻が四本溜《た》まっている。

「悪い、遅れた」

「いや、いいんだ」

「雨が降ってたから、道が混んでね」

「そうか」

北見の顔は、いつにも増して蒼白《あおじろ》い。

「顔色悪いぞ。大丈夫か」

「ああ」北見が慌てて掌《てのひら》で顔を拭《ぬぐ》った。そうするのも難儀そうだったが、何とか笑みを浮かべ、A5判の封筒を差し出す。島尾は腕を組んだまま、北見の手の中で揺れる封筒を見下ろした。

「これが今川の原稿か」

「元々はフロッピーに入ってたんだ。僕がプリントアウトしてきた」

「まさか、こいつを読んだから蒼い顔してるんじゃないだろうな。そんなに凄《すご》いことが書いてあるのか」

「とにかく読んでくれ」北見が封筒をテーブルに置いた。途端に顔に赤みが差す。劇薬をずっと抱えていたようなものかもしれない。島尾は封筒を引き寄せ、中の紙を引っ張り出した。さほどの分量はない。小さな文字で印字してあるせいもあるが、全部で十枚といったところだ。一度紙をまとめてテーブルの上に置き、顔を上げる。

「本当に読んでいいのか」

「そのために持ってきたんだ。読んで、感想を聞かせて欲しい」

「まあ、いいけど」島尾は煙草に火を点《つ》け、ノンブルの順番に原稿に目を通し始めた。

北見は時折コーヒーを啜《すす》りながら、間断なく煙草を吸い続けている。二人の周囲に白い煙幕ができ、窓ガラスが曇った。

　二十分かけて読むと、島尾は顔を上げ、拳《こぶし》を固めて原稿を叩《たた》きながら北見にそう指摘した。

「読みにくいね。滅茶苦茶《めちゃくちゃ》だよ。後でじっくり直すつもりで、とりあえず書き殴っただけじゃないかな」

「たぶんそうだと思う」

「心理描写がぎくしゃくしてあっちこっちに飛んでるし、言葉の使い方もあまり上手《うま》くないね。読んでて文章が引っかかる」

「それはスタイルの問題だろう」

「まあね。それにしても、これがあいつの二作目ってわけか」島尾は丁寧に原稿を重ね、テーブルの上で叩いて尻《しり》を揃えてから、封筒に戻した。

「そういうことらしい。でも、本当にそうなのかどうかは分からないよ。奈津が預かってただけだから」

「今川に関しては、確かなことなんて一つもないな……で、奈津も読んだわけだ」

「ああ」

「何て言ってた」

「何も」北見がふいと顔を逸《そ》らす。

「確かにこの内容だったら、あいつは何も言えないだろうな」ぽつりとつぶやき、島尾は新しい煙草に火を点けた。喉《のど》がいがいがし、苦いものがこみ上げてくる。二人の間にある灰皿は、もう吸殻で埋まっていた。

島尾は顔を上げ、北見の顔を正面から見据えた。北見も見返してきたが、その視線には力がなく、すぐに目を逸らしてしまう。島尾は、忙《せわ》しなく煙草を灰皿に叩きつけながら訊《たず》ねた。

「これ、全部実話なのか？」

「そうだと思う。編集者も自伝的作品になるって言ってたし」

「確かにこの中には、俺も覚えてることがあるよ。だけどこんなもの、本当に小説になるのかね」

「腕が一本なければ、小説は十本書けるんじゃないか」

「そうかもしれない」煙草をくわえたまま、島尾は腕組みをした。一瞬間を置いて、ずばりと本題に入る。「こんなこと言いたくないけど、お前、ヤク中なのか」

北見の目が一瞬大きく見開かれたが、すぐに色を失ってしまった。

「それは――」

島尾はすぐに助け舟を出した。

「責めてるわけじゃないんだぜ。だけど、この原稿を読めばそう思わざるを得ないじゃないか」

「今は違う」切りこむように鋭い口調で北見が言い訳した。

「二か月入院してたってのは、そういうことだったわけだ」

辛うじてそれと分かる程度に、北見が素早くうなずく。

「この原稿によると、お前も今川に会ってるみたいだな」

「そうらしい」

「会ってないって言ってたじゃないか」

「覚えてないんだ」北見の唇が震える。「まったく記憶にない。入院する前後のことが、頭からすっぽり抜けてるんだよ。会ったって言われればそんな気もするんだけど、自信はない」

「それは大変だったな。でも、だから何だって言うんだ。あいつの原稿が出てきたからって、何にもならないだろう。このままじゃ、本にするわけにもいかないだろうし」

北見が口を開き、大きく息を吸いこむ。まるで、この店の空気を全て吸い尽くしてしまおうとでもいうようだった。ようやく落ち着いたのか、目を瞬かせ、かすれた声で言葉を吐き出す。

「僕が今川を殺したのかもしれない」

ついに言ってしまった。

重圧から逃れるために、誰かに話してしまいたい。しかし話せば、どこから情報が漏れるか分かったものではない。北見は「相談がある」と言って島尾を呼び出した後も、ずっと悩み続けていた。会った後も、「何でもなかったんだ」と言って誤魔化してしまった方が良かったのではないかと躊躇《ためら》い続けた。

「僕が今川を殺したのかもしれない」

搾り出すような言葉に、島尾が凍りつく。煙草の煙幕を通して見える目はガラス玉のようで、生気がまったく感じられない。ちょっと待て、そんなに簡単に僕の言うことを信じないでくれという言葉が、喉元《のどもと》までこみ上げてくる。だいたいこんな時は、真っ先に否定の台詞《せりふ》が出てくるものではないか。「馬鹿言うな」と言って欲しかった。「冗談もいい加減にしろ」と怒って欲しかった。なのに島尾は、北見の言葉をそのまま信じこんで、その意味をとっくりと吟味している様子である。

しわがれた声で島尾が話し出す。

「ちょっと待て」

「どうして」

「その前に、大事なことがある。ヤクの件、奥さんは知ってるのか」

「ああ」

「後は誰が知ってるんだ？　今川は計算に入れなくていいから、こいつを読んだ奈津と俺だけか？」

「ああ」

「これ以上誰にも言うなよ」島尾が唇に人差し指を当てて警告した。

「言わないよ。とにかくお前に相談したかったんだ」

「こんなこと、俺に話してもどうにもならないぞ」島尾が煙草を灰皿に押しつける。完全には消えずに、細い煙が二人の間に立ち上った。

「僕はどうしたらいいんだろう」

「そんなこと、俺に分かるわけないだろう」島尾が乱暴に吐き捨てる。「いきなりこんな話を聞かされて、俺が上手いアドヴァイスでもできると思ってるのか？　ちょっと待ってくれ……パニックだ」

島尾が両手で頭を抱える。両手でこめかみを上に引っ張り上げると、細い目がさらに細くなった。

「すまん」北見は、上から殴りつけられたようにがくんと頭を垂れた。「お前を困らせるつもりはないんだけど、一人じゃどうしようもなかった」

島尾が顔を上げ、コーヒーをスプーンでかき回す。手が震え、零《こぼ》れたコーヒーがテーブルクロスに染みを作った。

「だから、今川のことなんか放っておけって言ったんだよ。そもそもあいつのことに首を突っこむから、こんな原稿に行き当たったんじゃないか」

「そんなことはない」北見は、涙で潤んだ目を島尾に向けた。「どっちにしても、奈津は原稿を読んだんだから、気づいてるよ」

「あいつは何も言わないさ」

「僕は出流を——彼女の婚約者を殺したかもしれないんだぞ」北見は声を張り上げた。島尾が慌てて唇に指を当てる。北見は一気に体の力が抜け、自分が小さくなってしまったように感じた。

「滅多なこと、言うもんじゃない。いいか、このことは黙ってろよ。誰にも言うな」島尾が繰り返し忠告した。

「だけど警察は嗅《か》ぎつけるかもしれない」

「俺と奈津が黙ってれば、絶対にばれないよ。それに今読んだ限りじゃ、お前が直接今川に手をかけたっていう証拠は何もない」

「読めば、動機は分かるだろう」

「これは小説なんだぜ」島尾が、折り曲げた指で封筒をこつこつと叩いた。「自伝的なんて言っても、あくまで小説なんだ。幾らでも言い訳できるよ。とにかく書いた本人がいないんだから、何も証明しようがないだろうが」

「俺は、出流が憎かった」北見は認めた。握り締めた拳が震え、唇が蒼《あお》くなる。

「分かってるよ」島尾が手を伸ばし、北見の二の腕を軽く叩く。「俺には分かる。お前は、あいつに散々引っかき回されたんだからな。だけどそれだけじゃ、殺す動機にはならない」

「自分でも分からないんだ」

「それは要するに……」島尾が目を細める。「ヤクのせいなんだな」

北見は力なくうなずいた。

「たぶん、そうだ。よくある症状らしいけど、二か月前に入院する前後のことは何も覚えてないんだ」

免罪符を高々と掲げるように、この説明を何回繰り返したことか。それでも事実は消えず、疑問だけが大きく膨らんでいく。

「確かに不安になるよな。分かるよ」島尾が大きくうなずく。「だけど、覚えていないことは証明もできないんじゃないのか」

「だから困ってるんだよ」北見は手探りで煙草を取り上げた。手が震え、火が上手《うま》く移らない。右手で左手を押さえ、ようやくライターの炎を安定させた。溝口と会って七年ぶりに吸ってから、ずっと吸い続けているような気がする。煙草なんか、何の慰めにもならないのに。今必要なのは、真実だ。破滅に向かうことになろうと、全てを知らないことには納得できない。もしも今、警察に引き立てられたらどうなるだろう。覚えていないことの説明を求められ、見たこともない証拠を突きつけられる。それでも何も喋《しゃべ》ることができないのだ――知っていれば逃れる術《すべ》もあるかもしれないが、僕は何も知らない。

自分のことが分からない。

「それにしてもお前、何でヤクなんかに手を出したんだよ」呆《あき》れたような表情を浮かべて島尾が訊《たず》ねる。「俺たちの仲間うちで、お前みたいに恵まれてる奴はいないんだぜ。ああいうのは、大抵不安で仕方のない奴がやるもんだろうが」

「僕だって不安だったんだ」北見は両手をテーブルに叩《たた》きつけた。島尾が素早くその手を押さえこむ。目を細め、忠告してきた。

「騒ぐなって。こんなところで騒いだら、変に思われるぞ」

「分かってる。だけど……」

「落ち着けよ。まあ、落ち着けって言っても無理かもしれないけど、とにかくゆっくり話せ」諭すように島尾が言う。

北見は小さくうなずき、コーヒーを口に含んだ。こんなものじゃ駄目だ。今ここに、何かダウナー系の薬があれば。以前涌井から買った、小さな赤いカプセルを頭に思い描く。あれは、素晴らしかった。呑《の》んで一分もすると目の前に大平原が広がり、頭の中を涼やかな風が吹き抜けていく。ぎざぎざに尖《とが》った神経が癒《いや》され、ゆっくりと呼吸すると、高原の澄んだ空気の香りさえ味わうことができたものだ。今、この場にあの小さなカプセルがあれば。

しかし今は、せいぜいコーヒーと煙草に頼るしかない。北見は慌てて煙草を吸い、汚れた空気で肺を満たした。

「僕だって、いろいろ悩んでたんだ」

「そうか？　俺から見れば順風満帆の人生だったけどな」

「何度も司法試験に落ちた」

「おいおい」島尾が顔の左半分を歪《ゆが》めるようにして笑った。「こんなこと言ったら怒るかもしれないけど、たかが試験だろうが。時の運もあるだろう。お前はついてなかった、それだけだ」

溜息《ためいき》をついて北見は続けた。

「ついてるとかついてないとか、関係ない。どんなことだって、上手く行ったためしがない」試験の前の日に風邪をひいて四十度近い熱を出したり、自転車で転んで利き腕を骨折したこともあった。あの時は……答えが分かっているのに、左手では満足に鉛筆も握れなかった。それはもはや「運が悪い」とか「ついていない」というレベルではなく、自分には司法試験を受験する資格さえないのではないかと溜息をついたものである。

「いい加減にしろよ」強い口調で、島尾が北見の愚痴を封じこめた。「何が問題なんだ。ちゃんとオヤジさんの跡を継いで法律事務所を切り盛りして、可愛い奥さんももらったじゃないか。世間的に見れば、お前は十分成功してるんだぜ。それで文句を言うなんて、贅沢《ぜいたく》だよ」

「そういうのは、人それぞれで感じ方が違うんだ。僕は……とうとうオヤジを超えることができなかった」

「その年になって、まだそんなこと考えてるのか。いつまでもオヤジのことを考えてるなんて、変だよ」

「いつまでも続くんだよ」北見はむきになって反論した。「僕は、オヤジと同じ土俵に立つことさえできなかったんだからな。事務所の所長？　冗談じゃない。ただのお飾りだよ。僕がいなくても、仕事には何の支障もなかったんだぜ。そういうところで何年も我慢してるとどうなるか、分かるか？　お前には分からないだろうな。一国一城の主《あるじ》なんだから。自分の手でしっかり稼いでるんだから」

島尾が鋭い視線で北見を射貫《いぬ》いた。

「お前だって、俺のことなんか分からないだろうが。疲れるんだ。本当に疲れる。毎日自転車操業なんだぜ。百円、二百円のものばかり売ってて、うんざりなんだよ」

言い返す言葉を失い、北見は口を閉じた。どっちが幸せか、充実した人生を送っているか、こんなところで言い合いをしていても結論は出ない。いや、島尾の方が、張りのある毎日を過ごしているのは間違いないだろう。だからドラッグなんかに手を出すはずもない。そこまで考えて、北見は、これは単に自分が弱い人間であることの証明に過ぎないのだと気づいた。仮に島尾と立場が入れ替わっても、自分はドラッグを使うかもしれない。島尾は使わないだろう。この男の中心に、案外がっしりした固い軸があるのを、北見はよく知っている。

「僕らの――僕の人生は、あの事件で変わってしまった」煙草を揉《も》み消して、北見は弱々しい口調で言った。

「そんなこと、今さら言われなくても分かってるよ」

「僕はずっと、出流に頭を押さえつけられてたんだと思う。そりゃあ、あいつは友だちだよ。それに命の恩人だ。だけど……」

「何があったんだよ」島尾が首を傾げる。「お前ら、親友だろうが。気に入らないことがあるのも分かるけど、殺すほどのことじゃないだろう。それとも、まだ奈津のことを気にしてるのか」

「それは違う」言ってはみたものの、本当にそうなのか、北見には自信がなかった。そうであったかもしれない人生のことを思うと、心がふらふらと揺れる。「僕はずっと、あいつに金を渡してたんだ」

「原稿にも書いてあったけど」島尾が身を乗り出す。「本当なのか？　いつの話だよ」

「出流が日本にいる時はずっとだ」

「脅されてたのか」

「それは違う」北見は激しく首を振った。「あいつから金をくれなんて言われたことは、一度もない。ただ、何かしてやらなくちゃいけないと思って……金ぐらいしか思い浮かばなかった」

「幾ら渡したんだ」

「何だかんだで百万近く」

島尾が音を立てずに口笛を吹き、力なく首を振った。

「そういうことするから、あいつは余計に増長したんだよ。自分にはそうしてもらう権利があるとでも思ってたんじゃないか。昔のことは昔のことだ。いつまでも引きずってたって仕方ないだろう」

「それはそうなんだけど……お前は全然引きずってないのか」

「俺はお前ほど、今川とは仲が良くなかったからな。お前ら、くっつき過ぎてたんだよ。奈津の一件みたいなことがあれば、普通は喧嘩《けんか》別れしてるだろう。俺だったら、間違いなく絶交だったな。いくら命の恩人だからって、あれは許せない。しかもあいつ、それを小説に書こうとしてたんだぜ」

「僕は仕方ないと思う。自分の命より重いものはないだろう？　それを助けてもらったんだから、どんなに頑張っても恩を返しきれないんだよ」そうやって今川を庇《かば》うことで、また自分の憎しみを覆い隠す。そんなことをして何になるのか、自分でも分からなくなっていた。

「奈津を譲って、それも恩返しのつもりだったのか」

「譲る？　奈津は物じゃないよ」

「物じゃないから余計に問題なんじゃないか。それに、これが本当に小説になって出版されたらどうなったと思う？　見ず知らずの人に古傷を晒《さら》すようなものだぜ。それでもお前は我慢したか？　できるわけないよな。それこそ、あいつとの関係は滅茶苦茶《めちゃ》になったはずだ」

　北見は黙りこんだ。目の前にいる男の言うことは、百パーセント正しい。島尾が、声を低くして続ける。

「とにかく、あいつはもう死んじまったんだから。昔のことはもういいじゃないか」

「僕が殺したんだろうか」北見が自分の爪をじっと見つめた。島尾の顔を真っ直ぐ見ることができない。

「よせよ」

「やっぱり、あいつは自殺するような男じゃない」

「そんなこと、分からないだろうが。いいか、この原稿、小説としてはクソだぞ」島尾が急に語気を強める。

「そうなのか？」北見は身を乗り出した。

「ああ。スケッチって言うのかな。これをまともな形に仕上げるには、物凄《ものすご》く時間がかかると思う。あいつには、やっぱり作家としての才能はなかったんだよ」

「そんなこと言うなよ」

「時々いるんだよな。たまたま物凄いものが書けちゃって、それで道を踏み外しちまう奴が。あいつはやっぱり、あちこちをふらついてるような、いい加減な人生がお似合いだったんだ」

　気づくと北見は立ち上がり、島尾の胸倉を摑《つか》んでいた。コップが倒れて床に落ち、派手な音を立てて割れる。コーヒーが零《こぼ》れて、原稿の入っていた封筒を黒く濡《ぬ》らした。

「出流を悪く言うな」

「よせよ」島尾が両手で北見の右の手首を摑む。じわじわと引き離しにかかったが、北見はそれに抗《あらが》い、右手を伸ばして島尾の体を椅子に押しこんだ。

「お前、そういうのはガラじゃないんだよ」胸を押さえつけられたまま、島尾が言った。「まあ、あの時だけは例外か。奈津の一件は」

「それ以上言うな」抑えつけるように言ったが、島尾はまったくこたえていない様子だった。シャツからゆっくりと手を離す。島尾が冷たい視線を北見に据えたまま、冷酷な声で忠告した。

「もうやめておけよ。お前だって、奥さんも子どもも可愛いだろう。ヤク中になって病院に担ぎこまれただけで、二人とも十分心配してるだろうが。その上、今川のことなんかが……」島尾が言葉を吞《の》みこみ、息を継いだ。よじれたシャツの胸元を直す。「いろいろあるけど、俺はお前の友だちだ。友だちが破滅するのは見たくない。これ以上死体を増やしたって、何にもならないよ。いいか、あいつのことは忘れろ」

　返す言葉も見つからず、北見は椅子にへたりこんだ。島尾が伝票を取り上げ、腰を上げる。

「ここは俺の奢《おご》りだ」

それに反応することすらできない。北見はぼんやりと窓の外を見た。雨の雫《しずく》がガラスを伝う。その中を、島尾が小走りに駆けて行った。両手を頭に乗せ、どこか弾むような足取りで。水溜《みずたま》りを避《よ》けるその走り方は、さながらサッカー選手の巧みなステップのようだった。

もしも僕が今川を殺したとしたら、これからどうしたらいいのだろう。罪を認め、警察に行くべきだろうか。藤代に相談すれば、ひどい扱いを受けることはないだろう。だが晒し者にされ、香織と明日菜が肩身の狭い思いをするのは目に見えている。肩身が狭いぐらいならまだしも、この街にいられなくなり、年取った両親を頼って実家に帰るしかなくなるだろう。それでも悪意の噂は二人を追いかけてくるはずだ。しかも永遠に。

何かを決める前に、今川の死の真相を摑まなくてはいけないのだ。自分だけが何も知らず、ある日突然、警察にドアをノックされたのではたまったものではない。心構えが、災厄を避けるための準備が必要だ。藤代以外の刑事がこの事件に取り組んでいる様子はないが、警察が本気になったら、隠されていた事実など、すぐに明るみに引き出されてしまうだろう。

僕がやったんだ。

疑念が、強い確信に変わりつつある。今や、今川を橋から突き落とした時の感触さえ掌《てのひら》に蘇《よみがえ》ってくるようだった。両手で胸を押したのか、それとも頭を殴りつけてその勢いで落としたのか――。

まさか。そんなことはありえない。ヤク中は、妄想を芸術の域にまで高めることがあるのだ。やはり、ドラッグが抜けていないのだろう。体内にわずかに残存した化学物質が、未《いま》だに僕の脳神経をちくちくと刺激し続け、別の生き物に変容させようとしている。急に、全ての出来事が自分の頭の中だけで展開しているのではないかと思えてきた。今川が死んだことも空想に過ぎず、今度目を開けたら、僕が横たわる病院のベッドの脇に、あいつが座っているのではないだろうか。あるいは入院したのも夢の中の出来事で、実際は路地裏でへたりこみ、冷たい雨に濡れながら死を待っているのかもしれない。

濡れた窓ガラスに額を押しつけた。凍るような冷たさが、かすかな頭痛を呼び起こす。このまま世界が凍りついてしまえばいいのに、と本気で願った。


「奈津さん、顔色悪いけど大丈夫ですか」

「ちょっと寝不足なだけよ。昨夜、あなたの経費の処理に手間取ったから。お願いだから、経費の請求はもう少し早めに、ちゃんとしてね」

伊沢翠《いざわみどり》がひょいと肩をすくめる。今にも舌を出すのではないかと奈津は思った。取材先でも、こうやって愛想を振りまいているのかもしれない。まだそういうことをしても許される年齢であるが、それも長くは続かないということが分かっているのだろうか。

「でも、本当に調子悪そうですよ」

「大丈夫よ、ありがとう」奈津はペットボトルからお茶を一口飲んだ。朝から何も食べないまま一時を回ってしまったが、依然として空腹は感じない。

無意識のうちに下腹部に手を伸ばす。包みこむように掌を丸くして、そっと置いた。昨日からずっと、冗談じゃない、何とかしようと心に決めていたのに、今は決心が揺らいでいる。

「今日は暇だし、早退した方がいいんじゃないですか」翠が眉《まゆ》をひそめる。今にも手を伸ばし、奈津の腕に掌を乗せそうだった。そういうことを、男女問わず誰にでもしそうなタイプの娘である。特に男に、だ。これまでに何人もの男を勘違いさせてきたのではないだろうか。この娘には微妙な危うさがある。いつか何かで大きな失敗をするのではないかという心配を、奈津は拭《ぬぐ》い去れずにいた。

「そうも言っていられないのよ。今日、取材の約束があるから」

「あのケーキ屋さんでしょう？　私、代わりますよ」

「いいの。私が行くことになってるから」

奈津は机に両手をついて立ち上がった。軽い眩暈《めまい》が襲う。吐き気は朝だけだったのだが、午後になっても何となく体が重く、熱っぽい。

デスクで書類の間に埋もれた携帯電話が鳴り出す。慌てて取り上げると、書類が床に崩れ落ちた。放っておいて、と翠に声をかけ、電話を持って廊下に出る。

相手は心持ち興奮していた。それを無理に押さえつけようとしているのだが、声の端々から喜びが滲《にじ》み出ている。こういうのを喜びと言っていいのだろうかと奈津は訝《いぶか》った。

「私はどうすればいいの」

様子を見てくれ、と相手は言った。明日にでも動きがあるはずだ。

「それだけ？」

あまり無理する必要はない、と相手は断じた。あいつはもう、坂道を転がり落ち始めている。俺たちは背中を押したのだ。これ以上手を汚す必要もないだろう。

「でも、中途半端なままにしない方がいいんじゃないかしら」

だったら、俺がもう一押ししてみる。精神的に脆《もろ》くなっているのだから、ほんの小さな刺激で全てが悪い方へ転がり出すだろう。そう言う相手の声は、ひどく嬉《うれ》しそうだった。自分は完全に袋小路《ふくろこうじ》を脱した、あとは高みの見物だとでも言いたそうな口調である。

「少し安心し過ぎてるんじゃないの？　本気で調べ始めたら、彼、どこまで行くか分からないわよ」

それは買いかぶり過ぎだ、と相手は声を出して笑った。あいつは昔から脆い。人が良過ぎるんだ。だから――。

呑みこまれた言葉。だから女を寝取られるんだ。その言葉が奈津のこめかみにきりきりと突き刺さり、脳の奥深くに埋めこまれた記憶に食いこんだ。どうでもいいと思っていたのに。今川を巡る物語は、本人が死んだ後も永遠に自分たちを縛り続けるのだ。

　電話を切り、踊り場まで歩いて行って窓から外を覗《のぞ》く。雨脚は一向に弱まる気配がない。こんな日は外へ出たくない。取材の約束が何だというのだ。もしも足でも滑らせたら。気づくと、また腹に手を当てていた。自分の手から発せられるエネルギィが、今ここで育ちつつある生命に何か良い影響を与えるかもしれない。

　曇った窓ガラスを人差し指で擦《こす》る。細い蛇のような模様が浮かび上がった。名前を書いてみようか。男の子だったら——女の子だったら。一人の人間の名前を決める行為は、人に与えられた最高の特権、栄誉ではないかと思えてくる。自分が親になる日が来るとは思わなかった。しかしこれは、奈津以外の人間には絶対に望まれない出産である。父親はもう、この世にいないのだ。

　それでも。この子だけは誰にも取り上げさせない。忌まわしい未来を抱いて生まれてくるにしても、私が必ず幸せにしてみせる。

　ドアが音を立てて軋《きし》む。北見はさっと身構えようとしたが、体が崩れ落ち、胸に深く顎《あご》を埋める格好になった。長い足は床に投げ出され、腰の一点が何とか体をソファにつなぎとめているだけになった。

「何だ、こんな暗くして」

　藤代だった。ささくれ立った声に続き、照明のスウィッチを弾《はじ》く音がぱちんと響く。

「ここ、雨が降ってるとずいぶん暗くなるんだな」

こっちへ来るなよ。今はあんたと話す気分じゃない。北見は口の中でもごもごと舌を転がしたが、言葉が実を結ばない。藤代がずかずかと近づいてくる。向かいのソファに腰を下ろすと、途端に顔をしかめた。北見の顔と自分の腕時計を交互に見る。

「酒にはちょっと早いんじゃないか？　まだ五時だぞ」

「放っておいて下さい。僕は失業者なんです。昼間から酒を呑《の》めるのは、失業者の特権ですよ」

「それでも、水割りにするだけの良識はあるわけだ」

「五時までは水割りの時間ですよ」

北見はソファに右手をついて、何とか体を立て直した。ぐらりと揺れるのに任せ、そのまま横になってしまいたい。が、辛うじて腕に力を入れて、倒れるのを防いだ。背もたれに頭を乗せ、天井を仰ぐ。あちこちにある茶色い染みが目に入った。そういえば事務所で働くようになった時、最初に気になったのがこの天井の染みだった。古いのは仕方ないにしても、どうにも貧乏臭い。普通は天井など見ないものだが、もしも依頼人が馬鹿高い料金に驚いて天を仰ぎ、この染みに気づいたら――さっさと逃げ出す口実を考え出したくなるではないか。

思っただけだった。結局北見は何もしなかった。この事務所に貢献することも、足を引っ張ることも、なに一つ。最初から最後まで、結婚式場に喪服で飛びこんでしまったような、場違いな感覚が消えなかった。

「何か、気に食わないことでもあったみたいじゃないか」

藤代が煙草に火を点《つ》ける。灰皿に目をやり、小さく舌打ちをした。小さなガラス製の灰皿は吸殻で一杯になっている。立ち上がると、ゴミ箱に中身を空けた。

「気に食わないことばかりですよ」

「ずいぶん後ろ向きだな」

「前を向いても、楽しいことなんか何もありませんからね」

「若いくせに何言ってる」

北見は大きく溜息《ためいき》をついた。酒臭い自分の息に、軽い吐き気をもよおす。

「もう若くないですよ」

「そうやっていつまでもいじけてろ」

「もちろん、好きなだけいじけさせてもらいますよ。ここは僕の事務所なんだし、誰かに説教される筋合いはない」

「じゃあ、帰るとするか」

「どうぞ、ご自由に」

「せっかく情報を持ってきてやったんだがね」

北見は、頭の中に残っていた理性を何とかかき集め、座り直した。

「何ですか」

「聞きたいのか？　どうでもいいんじゃないのか」

「ねえ、藤代さん、ここへ何しに来たんですか。僕をからかいに来たわけじゃないですよね」

「聞きたいなら、少しはしゃきっとしろ。顔でも洗ってきたらどうだ」

言われるままに、北見は立ち上がった。覚束ない足取りで洗面所に向かい、水を流す。突き刺さるように冷たい水を手に溜《た》め、少し温まるのを待って顔を洗った。それでもまだ、身震いするほど冷たい。少しだけ意識がはっきりしてきた。香織が丁寧にアイロンをかけて畳んでくれたハンカチを取り出す。一枚の紙片がポケットから零《こぼ》れ落ちた。吐き気と眩暈をこらえながら身を屈《かが》め、紙片を拾い上げる。ウサギのイラストが入ったピンク色のメモ用紙だった——見覚えがある。入院する前に、駅前の文房具屋で明日菜に買ってやったものだ。

震える手で、二つ折りになったメモを開く。幼いなりに丁寧な字が、目に飛びこんできた。

「パパへ。明日菜がアイロンかけました。つかってください」

とっさにメモを握り潰《つぶ》し、しばらくその感触を掌に押しつけていた。手を広げると、紙がゆっくりと開いていく。洗面台の上に広げ、親指のつけ根で丁寧に皺《しわ》を伸ばしていった。明日菜。パパは、お前に優しくしてもらう資格なんかないんだ。メモが水で濡《ぬ》れ、破れそうになる。慌てて四つに畳み、財布にしまった。

「遅かったな」戻ると、藤代が咎《とが》めるように鋭い視線を投げつけてきた。

「なかなか目が覚めなかったんですよ」ソファに腰を下ろしながら、前髪を引っ張って水滴を擦《こす》り落とした。濡れた指先をズボンの腿《もも》に擦りつけ、顔を上げる。「それで、何の話ですか」

「城戸弘道は獄中で死んでた」

「ああ」自分の声がどんよりと頭の中に広がる。そうか、死んでいたか。だいたい、あの男がやったなどと考える方がおかしいのだ。そう思っても、声から力が抜ける。「そうですか」

「病死だそうだ」

「ええ」

「だから、あの男は今川さんを殺していない。そんなことをしてもおかしくない男だったんだろうけどな」

「親兄弟とか親戚《しんせき》が、城戸の代わりにやったとは考えられませんか」

藤代が首を振る。

「それは考え過ぎだろう。家族が今どこにいるか、どうしてるかを調べることはできるだろうけど、それは時間の無駄だ。たぶん、外に出てこられないで、ひっそり暮らしてるんじゃないかな。お前にこんなことは言いたくないんだが、あれだけの事件になると、加害者の家族も被害者みたいなものだからな」

「だけど――」反論しかけ、北見は両手を固く組み合わせた。細く長い指が血の気を失い、指先だけが赤くなる。「いや、確かに無駄ですね」

「これで振り出しに戻ったわけだ」藤代が、手首を軸に手をくるりと一回転させる。

「そうですね」

そうではない。絞りこまれたのだ。北見は震える両手を広げ、そこに視線を落とした。この手が今川を突き落としたのか。永遠の友情だと信じていたものは、びっしりと心を覆い尽くしていた憎しみに、いとも簡単に負けてしまったのか。


藤代が帰ってから――たっぷり三十分もぐだぐだと説教していった――一時間ほど、北見は灯《あか》りを消した事務所でソファに座りこんでいた。雨がますます激しくなり、音をたてて窓を叩《たた》く。隣のビルのネオンサインが、大粒の雨を闇に浮かび上がらせた。

記憶にない自分の行為を明らかにする。馬鹿げた話だし、そもそもそんなことができるとは思えない。それに事実が明らかになったら、隠して逃げおおせるものでもないだろう。今、本当にしなければならないのは、破滅に対する覚悟を決めることではないのか。煙草に手を伸ばす。とうに空になっていたのだ、と思い出した。そう、もう何十回もくしゃくしゃになったパッケージに手を伸ばしては、同じことを考えている。事務所から十メートルも歩けば自動販売機があるが、わずかでも雨に濡れることを考えると足が動かない。

思いついて携帯電話を取り上げる。指がボタンの上を彷徨《さまよ》う。やっとかけた涌井の電話番号は留守番電話になっていた。が、そうなると逆にむきになってしまい、何度もかけ直す。五回目で涌井が出てきた。

「おやおや」笑いを含んだ声で涌井が応じる。クソ、その余裕たっぷりの態度は何なんだ。「俺に何か用？」

「僕が最後に買ったのはいつだった」

「何でそんなこと気にするの」

「教えてくれ」

「俺が一々記録つけてるとでも思ってるわけ？」

「覚えてないのか」

しばらく声が途切れた。

「九月だね」

「九月のいつ」

「十五日」単なる日付なのに、それは北見の胸に深く突き刺さった——今川が死ぬ十日前である。

「間違いないか」

「ああ」

「どうしてそう言い切れる」

「あの時は、大量にお買い上げいただきましたんで」自分の財布を膨らませた北見の金のことを思い出したのか、今にも笑い出しそうな口調で涌井が答えた。「あれを全部一度に使ったら、あんた、間違いなく死んでたね」

北見は深く溜息をつき、固めた拳《こぶし》で頭を支えた。

「その時、僕はどんな様子だった」

「どんなって、いつも通りだったけど」

「何か言ってなかったか？　誰か、君の知らない人間のことを話題にしてなかったか」

「あんたとはあんまり話はしなかったからね。今の方が話してるぐらいだよ。確かあの時も、『夢船』でビールを一杯ずつ呑《の》んで別れただけだし」

「その時、他に誰かいなかったか」

「あのね」涌井がふん、と鼻を鳴らした。「俺は、人がいそうもない時間にあの店に行くの。それぐらい、考えればすぐに分かるでしょうが。ねえ、あんた、入院してる間に脳細胞が減っちゃったんじゃないの」

「そうかもしれない」半分自棄《やけ》になって北見は認めた。

「何でそんなことが気になるわけ」

「それは……」こんな男に言えるわけがない。一度弱みを握ったら、その後はこっちが骨になるまで食いついてくるだろう。

「そう言えば、あんたがよくつるんでた人がいたよね。オッサンで、そうだね……俺には四十歳ぐらいに見えたな。でも、何だか疲れたような顔をしてたから、実際はもっと若いかもしれない」

「誰だ」北見は、自分の声が鋭く尖《とが》るのを意識した。つるむ？　ヤク中仲間がいたとでもいうのか。

「いや、俺はよく知らないんだけどね。俺のお客さんでもなかったし。ただ、その人も間違いなく使ってたね」

「どこで見たんだ」

「一度俺が『夢船』に行った時に、あんたらが一緒に呑んでるのを見た。あと、街でも何度か、一緒に歩いてるのを見かけたな。仲良さそうに話してたよ」

「最近は見てないのか」

「ええと、そういえば、見たかな。二、三日前に『夢船』の近くで見かけたような気がする」

「その男が誰か、分からないかな」

「さあ、どうだろう」涌井が、薄い髭《ひげ》の浮いた顎《あご》を撫《な》でる様子が目に浮かんだ。間違いない、計算しているのだ。こういう男の価値観は一つしかない。金になるか、ならないかである。北見は機先を制して提案した。

「金なら出す。見つけてくれないか」

「探偵の真似なんかしたくないんだけどね……いくら出す？」

「見つかったら十万」

「見つからなかったら無駄足になるじゃない。そういうの、やだな」

「見つからなくても五万出すよ」言いながら、北見は銀行預金の残高を心配した。香織はきちんと金の管理をしてくれているが、収入がなかった二か月の間にどうなってしまったか。そうだ、事務所の金庫がある。緊急用に、いつも五十万円ぐらいは現金が入っていたはずだ。北見は何とか立ち上がると、自分の机の横に置いた金庫の前にしゃがみこみ、鍵《かぎ》を開けた。あった。金庫の中にはさらに手提げ金庫が入っているのだが、そちらに、使い古した一万円札の束が入っているのが見える。

「二十万でもいい。できるだけ早く見つけて欲しいんだ」札束を取り出す。ざっと数えると四十二枚あった。本当なら生活費に充てなければいけないのだが、そっちは香織に任せるしかない。

「ずいぶん気前がいいんだね」

「急いでるんだ」

「まあ、この辺の人だと思うし、何とか見つかるでしょう」

「どうしてそんなことが分かる」金欲しさに適当に調子を合わせているのではないかと、北見は警戒した。

「一度見たら忘れられないよ。とにかくやたらと背が高いんだ。あんた、何センチあるの」

「百八十二」

「それより十センチは高い。俺は、あれだけ大きい人を生で見たことはないね」

「それは確かに目立つな」

「引退したバレーかバスケットの選手って感じで。それでひどい猫背だから、見ればすぐに分かる」

「この辺の人間だって言ってたな。どうしてそう言い切れる」

「いつも紙袋を持ってるんだ。紙袋って言うか、会社の名前が書いてある封筒があるじゃない。俺が見た時は、いつもその封筒を大事そうに抱えてたから」

「それが、近くの会社だったわけだ」

「会社っていうか、『多摩中央法律事務所』って書いてあった」

北見は唾《つば》を呑み、金を手提げ金庫に戻した。外の金庫の扉をゆっくりと閉める。金は黒い空間の中に消えた。

「悪いけど、今の話はなかったことにしてくれないか」

「二十万が惜しくなったの」

「いや、その男は僕の知り合いみたいなんだ」

「お仲間の名前はちゃんと覚えてるわけだ。何だ、期待して損したね。じゃあ、また何か必要になったら声をかけてよ」急に声を潜める。「忠告しておくけど、久しぶりにやるんだったら、軽いやつにした方がいいよ。頭が吹っ飛んじゃうからね」

大きなお世話だ。放っておいてくれ。そう言うべきだったし、難しい台詞《せりふ》でもない。

なのになぜか、ぴしゃりと言ってやれない。それどころか、「その時はよろしく」などという言葉が頭に浮かんでしまった。

そうか。あの男か。まさかあいつが。しかし事情が分かった時は、向こうも同じように思っただろう。お互い、法律の世界に身を置く者同士である。それぞれ相手がドラッグを使っていると気づいた時の気まずさは、どんなものだっただろう。あるいは、同好の士を見つけたと思って、さらに拍車がかかったのか。酒も同じようなものだ。一人よりも二人の方がピッチが上がる。

美浦保《みうらたもつ》だ。多摩中央法律事務所の弁護士で、涌井が想像した通り、高校時代はバスケットボールの選手だった。ただし、彼の観察が正しかったのはそこまでである。美浦はまだ三十五歳だ。大学で一緒だった自分が言うのだから間違いない。もともとは童顔だったのだが、ドラッグは人の外観も内面も変えてしまう。とすると、自分も実際よりもずっと老けて見られているのか。そんなことはどうでもいいが、簡単に様子が変だということを見抜かれていたと考えると、やりきれない。

翌日、北見が九時前に事務所に行くと、待ち受けている人間がいた。目つきの悪い二人組で、四十絡みの小太りの男が、すかさず「北見貴秋さんですね」と切り出してきた。

北見は返事をせず、ドアまであと二段という位置で足を止めて二人を見上げる。二人組のもう一人は二十代後半から三十代前半といったところで、すらりとした長身だった。

どこから来た人間かはすぐに想像がつく。

「生活安全課の古澤《ふるさわ》と言います。こっちは」小太りの男が相棒の胸を親指で突く。「同じ課の中川《なかがわ》です」

「何のご用でしょうか」北見は階段に立ち尽くしたまま、ポケットに入れた両手を握り締めた。生活安全課の仕事が何なのかぐらいは分かっている。ドラッグだ。奴らはついに突き止めたのだ。ポケットの中で拳《こぶし》が小刻みに震える。吐き気がこみ上げ、かすかな頭痛が頭の芯《しん》で目覚めた。

「ちょっと署までご同行願えませんか」表情を変えず、涼しい声で古澤が言う。

「何のご用でしょうか」平板な声で北見は繰り返した。声は震えていない。が、その事実に驚きはしなかった。ヤク中は嘘をつく。驚くほどの嘘を、内容とまったく関係のない表情を浮かべたまま喋《しゃべ》りまくる。

「それは、署の方でお話しします」

「いいですよ」北見は言って、二人の間をすり抜け、事務所の鍵を開けた。振り返り「ちょっと待ってもらえますか。一件用事を済ませたいんで」

「どうぞどうぞ」古澤が軽い調子で言った。一方の中川はぶっきらぼうに唇を噛《か》み締め、目を細めて北見を睨《にら》みつけている。

「裏口はありませんよね」さりげない口調で古澤が確認する。落ち着け、と自分に言い聞かせながら、北見は笑みを浮かべた。

「ありません」

「じゃあ、ここでお待ちしますよ」

すっと息を吸い、笑顔を保ったままで北見は言った。

「僕が逃げ出しても、あなたたちにはどうしようもありませんよね」

「何だと」若い中川が突っかかってくる。古澤が右手をさっと中川の胸の高さに上げて、動きを制した。

「これは任意ですよね」北見がゆっくりと念を押した。

「もちろん」愛想がいいとさえ言ってもいいような口調で古澤が応じる。

「じゃあ、あなたたちは、僕を縛りつけることはできない。何の用事か知りませんけど、署で話をするというのも、あまり感心しませんね。任意だったら、ここで話してもいいんじゃないですか。僕しかいませんから、誰かに聞かれる心配はありませんよ」一気に喋ってから笑みを浮かべる。「まあ、いいです。警察の仕事については、よく分かってますから、できるだけ協力させてもらいます。でも、ちょっと待って下さいね」

言い返すのも忘れて突っ立っている二人を残して、北見はドアを閉めた。美浦を捕まえるのは後回しだ。今は、少しだけ時間が欲しい。任意ならば何とでも言い逃れることができるが、この連中と対決する前に、少しでも気持ちを落ち着かせておきたかった。

第七章

ストックホルムに腰を落ち着けてから一か月。王立公園の緑が濃くなる時期になった。ユースホステルに泊まりながら毎日ぶらぶらしていた俺も、さすがに暇を持て余し始め、それまで放っておいたパソコンの電源を入れた。部屋でインターネットにつなぎ、試しにあいつにメールを送ってみた。翌日チェックすると、いつも「メールは嫌いだ」と言っていたあいつから、長々と返事が届いていた。

それもそのはずだ。子どもが生まれたという。女の子だ。予定日は頭に入っていたのだが、改めてその事実を知らされると、足元がふわふわと落ち着かなくなる。あいつが親になるとは。いよいよ落ち着いて、あの街にしっかり根を下ろして生きていくことになるのだろう。腐ったようなあの街に。

新しく生まれた命は、俺たち二人の間に生じた差を決定づけるだろう。俺たちの人生は、二度と交差することはない。子どもという存在が、俺たちの関係に楔《くさび》を打ちこんだのだ。家族。仕事。地域との関わり。全てあいつが持っていて俺にはないものである。

メールには、生まれたばかりの子どもの写真が添付されていた。丸々と太った、元気そうで可愛い赤ん坊だ。名前は明日菜。明日菜か。いい名前だ。柔らかくて、希望を感じさせる。

それきり、俺はメールを出さなくなった。海外に住むということは、その地に自分を合わせるということである。逆に言えば、日本的なもの、日本との関係を切り捨ててしまわなければ、海外に住む意味がない。

いや、それは後からつけた理由だったかもしれない。俺はあいつが羨《うらや》ましかったのだ。綺麗《きれい》な奥さんに可愛い赤ん坊。波瀾《はらん》のないつまらない人生かもしれないが、それが一番ではないか。俺だって、そういう人生を送れたかもしれない――腕さえあれば。腕をなくしたことで、俺はごく普通の人生からコースを外れてしまったのだ。

その時俺は初めて、俺たちを焼き殺そうとした男以外に、はっきりと憎むべき対象を見つけ出した。

――「業火」第七章

「さて、と」揉《も》み手をしながら古澤が席に着く。取調室はこれ以上ないほど殺風景だ。狭い部屋の真ん中にデスクが一つ。くたびれたパイプ椅子が二脚、デスクを挟んで置いてある。立ち会いの刑事用のデスクは壁に押しつけられてあり、若い中川が北見たちに背中を向けてそちらに座った。部屋には煙草の臭いが染みついている。あるいは涙も。あるいは後悔の念も。

「お茶でもどうですか。今日は冷えますから、熱いやつでも」古澤の愛想の良さは、取調室に入っても消えなかった。

「結構です」

窓に向かって座った北見は、ゆっくりと腕を組んだ。窓から射しこむ晩秋の陽射しは柔らかく、古澤を後光のように包みこんだ。

「いいんですか？　こっちはちっとも手間じゃないんですけど」

「長引きそうですからね。トイレに行くのも面倒だし。煙草はいいですか？」

言いながら北見は煙草をくわえ、あちこちが凹《へこ》んだアルミ製の灰皿を引き寄せた。一瞬古澤が厳しい視線を飛ばしたが、すぐに柔和な顔つきに戻る。刑事にしては迫力がないが、これも演技のうちかもしれない。

「どうぞどうぞ。私もいいですかね」古澤も煙草を取り出す。だが、口にくわえただけで火は点《つ》けなかった。しばらくそのまま口の端で揺らしていたが、やがてそっと引き抜いて机の上に転がす。北見は煙草が止まるまで、じっと見つめていた。顔を上げると、古澤の唇の端には、粘土に爪でつけたような鋭い皺《しわ》が浮かんでいる。北見はそっと唾《つば》を呑《の》み、無理に笑顔を作った。

「ご用件は」

「あなたに関する情報が入りましてね」

「そうですか」

「こう言われて、何か心当たりはありませんか」

「事務所の仕事の関係ですか？　だったらもう、僕には関係ありませんよ。あの事務所は畳みましたから」

「でも、今朝も出勤された」古澤が両手を組み合わせ、机の上に置いた。小柄な割に手は大きく、長年肉体労働で酷使してきたようにごつごつとしている。

「出勤ってほどじゃありません。残務処理が残ってるんです」

「ああ、そうですか。仕事を辞めると、いろいろ後始末が大変なんでしょうな。我々公務員には、なかなか想像できませんがねえ」古澤が愛想良く相槌《あいづち》を打つ。これはひたすら耐えるしかないな、と北見は覚悟を決めた。根負けしたり、怒りをぶちまけたりしたら、その時点で僕は坂を転がりだす。

「何の情報なんですか」

「あなたの方で、何か言うことはありませんか」

「ありません」素っ気なく言って、北見は腕組みをした。古澤がぐっと身を乗り出す。急に上半身が膨らんだように見えた。

「いわゆるタレコミってやつなんですけどね、あなたに関して、良くない情報があるんですよ」

北見は指先をきつく絡み合わせた。笑みを浮かべていることが次第に難しくなる。

「誰がそんな情報を流しているのか知りませんけど、暇な奴もいるんですね。僕のことなんか嗅《か》ぎまわっても仕方ないのに」

「ええ、ええ、そうですね」笑みさえ浮かべて古澤がうなずく。「おっしゃる通りですよ。でも我々は、事件を差別しませんから。どんな小さな事件でも、見逃すことはできないんですよ」

「事件」念押しするように、北見はゆっくりと言った。「それはつまり、僕が何か事件に関係しているということですか」

「やっと一歩進みましたね」古澤が、満足げに深くうなずく。「さてそれで、我々は生活安全課の人間です。どういう仕事をしているか、あなたならご存知でしょうね」

「僕は、風俗関係に縁はありません」

「そっちの方面じゃないですよ、もちろん」古澤が顔の前で手を振る。

「言いがかりですね」ここで切れたら終わりだと自分を戒めながら、北見はつい言葉を叩《たた》きつけた。「風俗関係じゃないとすると、ドラッグですか？　僕に何の関係があるって言うんですか」

「それをお聞きしたいんですよ。何しろタレコミなんていうのは、いい加減な内容が多くてね。ご本人の口から聞かないと、確認しようがない」

「僕は何もしていません」今は、だ。これなら嘘にはならない。「誰がそんなことを言ってるんですか」

「タレコミしてきた人間は、名前を名乗らなかったものでねえ」

「じゃあ、いい加減な話なんでしょう。匿名なら何でも言えますからね。そんな情報を信じて僕をここまで引っ張ってきたんだとしたら、警察も暇なんですね」

「暇じゃないですよ。これも立派な仕事なんです」北見の皮肉を聞いて、古澤の目が急にきゅっと細くなる。「それはご理解いただきたいですね」

「それにしても、わざわざ署に呼びつけて事情聴取するほどのことなんですか」

「何でも一応は調べてみないと」

「濡《ぬ》れ衣《ぎぬ》ですよ」北見は椅子を引いて腰を浮かしかけた。それまで黙っていた中川が、椅子を倒さんばかりの勢いで立ち上がる。

「おい、ふざけるなよ。惚《とぼ》けるのもいい加減にしろ」ドスの利いた低い声だった。

「まあまあ、中川」古澤が中川の方を見もせず、手を挙げて制した。困ったもんだとでも言いたそうな笑みを浮かべて北見にうなずきかける。「若い者は我慢が足りなくていけないね」

「そういうの、やめませんか」北見はそろそろと腰を下ろしながら言った。胸は激しく高鳴っていたが、自分でも驚くほど声は冷静だった。

「そういうのって」古澤がまた目を細める。わずかに凶暴な光が瞬いた。

「いい刑事と悪い刑事のお芝居ですよ。あなたが僕のことをどの程度知っているかは知りませんけど、僕も法律を齧《かじ》った人間です。刑事事件にも係《かか》わったことがある。こういうやり方は、もう古いんじゃないですか」

「いや、参ったな」いきなり古澤が笑い出した。「そうでしたよねえ。法律事務所の所長さんに向かってこれはないよね。いやいや、失礼しました」

「タレコミは……単なる悪い噂ですよ」

「そう、それに噂っていうのは一人歩きして、勝手にどんどん大きくなるものですよね。だけど警察は、そんなことでも一応調べないといけない。因果で面倒な商売でしてね」

「税金の無駄遣いですよ」

「尿検査」突然、古澤が持ち出す。

「はい？」北見は身構えた。

「尿検査、ご同意願えますか」

引くな。弱気を見せるな。北見は机の下で握り拳《こぶし》を作った。

「お断りします」

「調べられるとまずいことでもあるんですか」

「これはあくまで任意ですよね」

「もちろん」

「だったら、お断りしても法的には問題ないでしょう。僕の不利になることもないはずです」

「そうですか」案外あっさりと古澤が引き下がる。「まあ、いずれまたお話をお聞きすることになるかもしれません」

「その時は、もう少しちゃんとした証拠を用意して下さい。薬物関係の捜査は、もっと慎重になるものだと思っていました。気の短い人だったら、これだけで訴えますよ」

古澤はうなずくだけだった。まだ何か握っている。手札を全て見せていないのではないか。北見は腿《もも》の裏側で椅子を押して立ち上がったが、脚が震え、椅子ががたがたと音を立ててしまった。

「それでは、これで失礼します。もうお会いすることはないと思いますが」

「それは分かりませんよ」

手詰まりになったための捨て台詞《ぜりふ》ではなく、心底そう信じている様子だった。

中川が無言で、署の玄関まで送ってくれた。陽射しがやけに眩《まぶ》しい。ここは何とか切り抜けたが、これでは済まないだろう。単にタレコミの電話があったぐらいで、警察がこんなに早く動くはずがない。実際はもっとしっかりした証拠を握っていて、僕の反応を見るつもりで呼んだのではないだろうか。まずい。これからは、常に監視が付いていると思った方がいいだろう。

玄関先で中川が頭を下げる——顔を上げた時には、軽蔑《けいべつ》しきった表情が浮かんでいた。北見はそれを無視し、額に手をかざして陽射しを遮った。

「北見君？」

歩き出した途端に声をかけられ、北見は振り返った。

「奈津」

奈津が小走りに駆け寄ってくる。すっと手を伸ばし、北見の腕に触れた。まるで昔のように。手を握り合うことにも慣れない頃、彼女はこうやってよく北見の腕を触った。その度に、腕がペニスになったように興奮したものだ。

「どうしたの」

「どうしたって何が」

「今、警察から出てきたじゃない」

「ああ、ちょっとね」北見は両手を揉《も》み合わせ、そこに視線を落とした。

「何か事件でもあったの？　もしかして、出流のこと？」

「そういうわけじゃない」

「大丈夫なの？　顔色が良くないけど」奈津が北見の顔にすっと手を伸ばす。北見は、パンチを避《よ》けるボクサーのように身を引いた。奈津の手が宙で止まる。ゆっくりと手を握ると、腕を体の横にぱたりと落とした。北見は無理に微笑み、半歩だけ彼女に近づいた。

「何でもないよ。それより君こそ、こんなところでどうしたんだ」

奈津が、肩から提げたカメラのストラップを摑《つか》んで、顔の高さに上げて見せた。

「ちょっと、近くで取材があって」

「そうか」

肩を並べて——と言っても、一メートルほど間が空いていたが——駅の方に歩き出す。探るように奈津が切り出してきた。

「あの原稿、どうだった」

「いろいろ考えさせるな」

「いろいろって？」

「出流が何を考えてたのか、分からなくなった——昔から分かってなかったと思うけどね。あれ、全部本当のことじゃないか。後から思い出して書いた日記みたいな感じだね。僕が知らないこともあったけど」

顔を赤らめ、奈津が下を向く。

「あんなこと書かれちゃ、たまらないよな。あのまま本にでもなってたら、今頃は大騒ぎだ」島尾の言葉を思い出しながら北見は低い声で言った。

「本当に、全部実話だったの？」遠慮がちに奈津が訊《たず》ねる。

今さら隠しても仕方ないだろう。島尾ももう知っているのだ。

「ほとんど実話だ」

「あなたが入院してたのも……」

「まあ、そういうことだ」うつむき、自分の爪先を見つめながら北見は認めた。足は、己の意思とは関係なしに規則正しいリズムを刻んでいる。

「どうして」柔らかい声ではあった。が、奈津の心に浮かんだであろう疑念は、古澤のそれと大差ないはずだ、と北見は確信した。

「いろいろあってね。自分でも上手《うま》く説明できない」説明はできる。だが、全てが言い訳がましく聞こえてしまうだろう。彼女に対して言い訳したくはなかった。

「もしかしたら、今警察に行ってたのもその関係？」

「そういうこと。誰かが僕のことを警察に喋《しゃべ》ったらしい」

「そんな」奈津が口元に拳を押しつける。

「いろいろな奴がいるんだろう。そんなこと気にしてたら、何もできないよ」

「気をつけてね」奈津が立ち止まる。北見も足を止めて、彼女に向き直った。顔色が良くない。

「君こそ、大丈夫なのか」

「何が」奈津がびっくりしたように目を見開いた。

「顔色が悪いみたいだけど」

奈津がすっと頬に人差し指を這《は》わせた。

「ちょっと風邪気味なのよ。急に寒くなったし、このところ忙しくて疲れてるから」

「そういう時は、早めに休まないと。風邪も長引くと面倒だよ」

「仕方ないでしょう。小さい会社なんだから、頑張って仕事しなきゃ……じゃあ、私はここで。もう一か所、寄る所があるから。北見君は？」

「これから会わなくちゃいけない奴がいるんだ」

「もしかしたら、まだ出流のことを調べてるの」

「どうでもいいじゃないか」北見が言葉を叩《たた》きつけると、奈津が一瞬身をすくませる。

「誰が何と言っても、僕は調べるんだ。まだ、何も分かってないんだぜ」

「でも、無理しないでね」

「ああ、分かってる」

奈津が小さく手を振り、小走りに横断歩道を渡った。

その背中を見送りながら、北見は、彼女がここにいたのは本当に偶然なのだろうかと考えた。


多摩中央法律事務所は、弁護士の人数で考えれば三多摩地区最大の法律事務所である。そのためか弁護士の入れ替わりも激しく、三十五歳の美浦はすでにベテランの部類に入っていた。

優秀な男だった。在学中に司法試験に合格し、最短距離で弁護士としてのコースを歩き出した。北見は、弁護士になろうと決めたのが大学四年の時だから、そもそもスタート地点からずいぶん差がついてしまっていたことになる。それでも年賀状のやり取りは欠かさなかったし、社会に出てからも、法曹関係者の会合などで一緒になる機会も少なくなかった。

美浦は、「寺脇事件《てらわきじけん》」の弁護団に名を連ねて一気に名声を得た。三十年前に強盗殺人で死刑判決を受けた男が冤罪《えんざい》を叫び続け、ついに再審で無罪を勝ち取った事件なのだが、美浦はこの再審請求、そして再審で中心的な働きをした。北見がねじり鉢巻で司法試験の勉強をしているのと同じ時期、弁護士になったばかりの美浦は、寺脇事件に全精力を注ぎこみ、自分の足場を固めたのだ——数十年ぶりの自由を勝ち取った男が、その後強盗殺人を犯して再び逮捕されたのは余計なことだったが、それで美浦の名声が翳《かげ》ることはなかった。少なくとも法曹関係者の間では。その時点で北見は、美浦との間に絶対に越えることのできない壁ができた、と確信した。

しかし今、二人は同じ地平に立っている。もしかしたら僕の方が有利な立場にあるかもしれないと思うと、北見は自然に頰が緩むのを感じた。自分は一応、抜け出している。美浦はまだ首まで浸《つ》かっているかもしれない。今頃は脳がスイスチーズのように穴だらけになり、記憶がことごとく抜け落ちてしまっている可能性もある——いや、それではまずいのだ。そういう状態だったら、彼の証言はまったくあてにできないではないか。

事務所に戻ると昼を過ぎていた。相変わらず空腹は感じない。署から帰る途中にコンビニエンスストアで買ったペットボトル入りの緑茶をちびちびと飲みながら、多摩中央法律事務所に電話をかけた。名乗ると、向こうの女性事務員が急によそよそしい口調に変わる。どうやら北見の事務所が潰《つぶ》れた情報は、すでに法曹関係者の間に広がっているようだ。あるいは、かつて北見と一緒に働いていた弁護士たちが、悪意に満ちた噂を流しているのかもしれない。いっそのこと、「廃業案内」のはがきでも作って関係者に郵送しようか。正直に書けばいい。「北見貴秋は薬物禍のため事務所を廃業いたしました」。古澤たちが舌なめずりしながら、はがきをかざして自分に迫ってくるところが容易に想像できた。

「美浦先生をお願いします」

「美浦は外出しております」この女性事務員の声には聞き覚えがあった。何度も電話したことがあるから、向こうも北見のことは知っているはずだが、口調は極めて事務的で素っ気ない。

「裁判所ですか」

「いえ」事務員が言葉を濁す。が、一瞬後には口調を強めて、「外出中です」と繰り返した。

「じゃあ、携帯にかけてみます」

「ああ、あの――」

「はい？」

「もしかしたら、お手元にあるのは古い番号かもしれません」

「携帯、変わったんですか」

「ええ、まあ」たかが携帯電話の番号の話題にしては、妙に秘密めいた口調だった。

「新しい番号を教えてもらうわけにはいきませんか」

「お急ぎなんですか」事務員が念を押す。

ちょっと秘密主義に過ぎると思い、北見は声を荒げた。

「急いでます。ものすごく急いでます」

「それでは、こちらから電話してご連絡させます。それでよろしいでしょうか」

「僕が直接かけた方が早いと思うけど」

「すぐに連絡させます」

電話を切って、美浦もずいぶん偉くなったものだ、と北見は溜息《ためいき》をついた。フィルター一枚通さないと話もできないのか。

一分後、北見の携帯に電話がかかってきた。じっと睨《にら》みつけておいてから、通話ボタンを押す。

「いや、すまん、すまん」美浦の低い声が聞こえてきた。法廷では非常に通りの良い声なのだが、今はくすんでいる。

「携帯、変えたのか」

「ああ、まあ、その」美浦も歯切れが悪い。「なくしたんだ。それで、ついでだから買い換えた。携帯なんて、何年も同じやつを使うものじゃないしな。半年もすると古くなっちまうし。まったく、電話会社は何を考えてるのかね。こっちの金を搾り取ることしか頭にないんじゃないか」

「そうか」喋り過ぎだ。その場の空気を和ませようと、適当な台詞《せりふ》を口にしているだけだが、それは美浦らしくない。必要なこと以外は喋らない男だったのに。

美浦が二度、小さく咳払《せきばら》いをする。

「それで？　何か緊急の用件だって聞いたけど」

「ちょっと会えないか」

「そうねえ」美浦が躊躇《ためら》う。「時間のかかる話か」

「たぶん」

「しかも内密の話なんじゃないか」

「そういうことだ」

やけに察しがいい。ヤク中同士、やはり引き合うものがあるのかもしれない。

「じゃあ、ちょっと喫茶店というわけにはいかないな」

「そうだな」人に聞かれるわけにはいかない。一番安全なのは「夢船」だろうが、今はあそこに足を踏み入れる気にはなれなかった。アルコール依存症が酒のシャワーを浴びに行くようなものだから。ここに来てもらうのも危険だ。事務所は警察の監視下にあると考えた方がいいだろう。

あれこれ迷っているうちに、美浦が助け舟を出してくれた。

「じゃあ、今からうちへ来いよ」

「何だ、家にいたのか。でも、仕事はいいのかよ」

それまで調子よく喋っていた美浦の口調が急に暗くなる。

「ああ、いいよ。ここなら誰かに聞かれる心配はないからな。うちの住所、分かってるだろう」

「ああ」

「じゃあ。待ってるよ」

「分かった」このまま電話で話を続けるのはまずいと思い、北見は美浦の申し出に同意した。やはり、涌井の情報は正しかったようである。それが分かると逆に不安になった。ヤク中の話など、どこまで信用していいのだろう。


美浦のマンションは、多摩中央法律事務所から歩いて五分ほどのところにある。まだ真新しい十階建てで、地下駐車場つき、オートロックは指紋認証というやつだ。仮にここで事件がおきれば、新聞や雑誌に「高級マンション」と書かれそうな建物である。ホールから美浦の部屋を呼び出すと、かすれた声の返事が返ってきた。

「僕だ。北見だ」

「見えてる。上がれよ」

乱暴にインタフォンを置く音に続いてドアが開く。北見はエレベーターに乗りこみ、九階のボタンを押した。動き出した途端に軽い吐き気を感じる。コカインが切れ始めた時の症状そっくりだ。体がだるくなり、胃の中に硬いしこりができたような感触がある。そのしこりが胃を刺激し、喉元《のどもと》に苦しみを送りこむのだ。エレベーターの扉が開いた時には、かすかに汗が滲《にじ》み出ていた。

部屋の前に立ち、インタフォンを鳴らす。美浦が出てくるまで、たっぷり二分待たされた。

出てきたのは、北見が知っている美浦とはまるで別人だった。頬がこけ、目が血走っている。だらしなく開いた唇がふるふると震えていた。

思わず目を見張り、それを気取られまいと視線を玄関の床に落とす。綺麗《きれい》な大理石が張り詰められた玄関には靴が散乱していた。まるでパーティでも開いているような有様だが、女物の靴は一つもない。ようやく顔を上げると、困ったような笑みを浮かべた美浦と目が合った。

「まあ、どうぞ」

「靴の置き場がないよ」

「適当に蹴飛《けと》ばしてくれ。全部俺の靴だから、構わない」

奥さんはどうしたんだ、という質問が喉元まで上がってくる。辛うじてそれを呑《の》みこみ、北見は靴を脱いだ。言われた通り、ワイン色のローファーと黒のウィングチップを蹴飛ばして、自分の靴を置くスペースを作る。美浦は、潤んだ目つきでそれを眺めていた。

廊下に足を踏み入れると、すぐに饐《す》えたような臭いが鼻にまとわりついた。これは……コカインではない。北見にも馴染《なじ》みの、一人暮らしの男の部屋の臭いだ。

廊下の先は、二十畳ほどのリビングルームになっている。ソファの上には、クロゼットの中身をそのままぶちまけたのではないかと思えるほどの量の背広が撒《ま》き散らされ、座面が見えなくなっていた。ソファの前のテーブルには、読んだ形跡のない新聞が、少なくとも半月分は積み重ねてある。ダイニングテーブルには、封の開いたポテトチップスの袋、ビールの缶、弁当の空き容器が散乱し、爆撃の後のような惨状を呈している。

さすがにリビングルームではまともに話ができないと思ったのか、美浦が北見をサンルームに誘う。ベランダの一角を真四角に切り取る形で作られたサンルームには、ガラス張りの天井から暖かな陽射しがたっぷりと降り注ぎ、暑いぐらいだった。美浦がアルミ製の椅子を引いて座り、長い足を組む。座っていても、いつもの癖で背中が丸まった。北見は、丸テーブルを挟んで腰を下ろした。

「飲み物でも出したいところだけど、あいにく冷蔵庫が空っぽなんだ」

「奥さん、どうしたんだ」今まで封印してきた質問を、北見はようやく口にした。

「出てったよ」ぽつりと美浦が言う。組んだ手を膝《ひざ》の上に乗せ、そこにじっと視線を据える。

「いつ」

「ええと」目を閉じ、美浦がガラス張りの屋根を仰いだ。がくりと首を倒すと「もう一月になるかな」と言った。

何で、と質問を突き刺し続けるのは簡単だったが、北見は彼の口から答えが漏れ出てくるのを黙って待った。美浦が震える手で煙草を口元に持っていき、両手でライターを包みこんで火を点《つ》ける。目を細めて深く一服吸うと、両手で目を押さえる。長いことそうしていた。

「お前、やめたのか」美浦が逆に質問してくる。目は閉じたまま、煙草が指先で短くなるのに任せている。

「やめた」

「よくやめられたな」呆《ほう》けたような口調で美浦が言った。

「入院してたんだ」

「強制的にやめたか。いや、やめさせられたわけだ。それにしても、よく決心したよ」

「決心したわけじゃない。誰かが僕を病院にぶちこんだんだ」

美浦が潤んだ目を一杯に見開く。

「誰かって、知らないのか」

「分からない」北見はゆっくり首を振った。記憶は時折断片的に蘇《よみがえ》るのだが、肝心のことはまるで思い出せない。苛立《いらだ》たしくもあったが、思い出せない方がいいのではと考えることもある。

「まあ、無理だろうな」

「君も記憶が飛んでるんじゃないか」

「お前ほどじゃない」強張《こわば》った声で美浦が反論した。「俺は何でも覚えてるよ。嫌なこともな。もっとも、嫌なことしかなかったけど」

「今はやってないんだろうな」

「少なくとも、ここ十二時間ぐらいはな。俺は夜しかやらないんだ」

「それが君の自制心ってわけだ」

「説教臭いこと、言うなよ」

「今は君に説教できる立場だと思うけど」

「この前までは同じ立場だったけどな」

北見はゆっくりと美浦の方に体を捻《ねじ》った。改めて見ると、彼が急な坂道を転げ落ちている最中だということがよく分かる。目は落ち窪《くぼ》み、周囲の皮膚が弛《たる》んで一気に皺《しわ》が増えてしまった。昔から「箸《はし》のようだ」と陰口を叩《たた》かれるほど痩《や》せていたのだが、今は「針」と言ってもおかしくない。胸は薄く、ズボンの裾《すそ》から覗《のぞ》く足首は、北見の手首ほどしか太さがないように見えた。長い間髪の手入れをしていないようで、耳が半分隠れるほどの中途半端な長さに伸び、あちこちで寝癖が突き出ている。

「僕らは、何回か会ってるんじゃないか」

「それはまた、何とも答えにくい質問だな」ようやく美浦が笑みを浮かべた。「いったいいつの話だよ」

「二か月ぐらい前。僕は二か月前に入院したんだけど、その頃の話だ」

「その頃なら何度か会ってると思うよ」

「何の話をしたんだろう」

「大した話はしてなかった。一度お前が、刑法の条文をいきなりまくしたて始めたことがあって、びっくりしたけど。『本法ハ、何人ヲ問ハス日本国内ニ於テ罪ヲ犯シタル者ニ之ヲ適用ス』ってやつ」

「何だよ、それ」北見は顔をしかめた。

「知らんよ、俺は。ヤク中のやることなんて、筋道たてて説明できるわけないだろう」

「その時僕は、『今川』っていう名前を口にしなかったかな」

「誰だい、それ」

説明せず、北見は同じ質問を重ねた。

「今川。僕はその男のことを話題にしなかったか」

「なるほど。そいつは男なんだ。で、他のヒントは？」

からかっているわけではないようだと判断し、北見は説明を続けた。

「僕の友だちで、作家なんだ」

「ああ、ああ」美浦が大袈裟《おおげさ》に膝を打つ。煙草の灰が零《こぼ》れて床に落ちた。「分かったよ。名前は覚えてないけど、そういう友だちの話は確かにしてた。何年ぶりかで日本に帰ってきたとか、そういう話だろう。お前の古い友だちなんだよな」

「そうだ」認めながら、北見は煙草に火を点けた。唇の先で煙草が震え、煙が細かく揺れる。「で、僕は何を喋《しゃべ》ってた」

「悪口、かな」

「どんなことを？」

「ぶっ殺してやりたいってね。俺は真面目に聞いてなかったけど」

北見は、かさかさに乾いた唇を舐《な》めた。サンルームは暑過ぎ、いつの間にか背中を汗が伝い始めている。美浦は平然とした様子で、逆に寒さから身を守るように両腕で自分の体を抱きしめた。北見にも覚えがある。体の熱が全て失われ、その場で凍りついてしまうのではないかという恐怖だ。

「その友だちがどうしたって？」

「死んだ」

美浦の顔がすっと蒼《あお》くなる。慌てて煙草を揉《も》み消し、目を瞬かせた。

「お前が殺したんじゃないだろうな」

先に言われてしまった。薬物は時に、特定の感覚だけを研ぎ澄ませることがある。美浦の場合は勘が鋭くなったのだろうか。

「馬鹿言うな」

「動機は十分ってやつじゃないか」

「どうして」

「お前、その今川とかいう人に女を寝取られたんだろう？　今度その二人が結婚するっていう話を聞いたらしいな。それで怒ってたんだよ。怒ってたって言うか、爆発寸前だった。その時だよ、刑法の条文をぶつぶつ言い始めたのは。呪文《じゅもん》みたいだったな」

「そうか」体の力が抜け、胸の中を冷たい風が吹き抜ける。

「おいおい、何だよ」美浦が北見の腕を叩いた。次の瞬間には、誰かに聞かれるのを恐れるように声を潜める。「まさか本当に、お前がやったんじゃないだろうな」

「分からない」

「ということは、記憶がない時期のことなんだな」

「彼は、二か月前に死んだ」

「なあ、こんなこと言っていいのか分からないけど、仮にお前が殺したとしても、逃げられるよ。心神耗弱を主張すればいい。何だったら、俺が弁護してやる」

「それは、僕がヤク中だということが前提だろう」

「実際、その時はそうだったんだから仕方ないだろう。マイナスをプラスに変えるように発想の転換をしないとな」

「それは駄目だ。家族に迷惑がかかる」

「奥さん、知らないのか」美浦が目を細める。

「知ってる」

「知ってて許してくれたわけだ」

許したかどうかは分からない。香織は目を背けているだけではないだろうか。何もなかったことにして、嵐が過ぎ去るのを待っているのかもしれない。

「ありがたい奥さんだな。その点、うちの女房はねえ」美浦が盛大な溜息《ためいき》を吐いた。

「それが原因で出て行ったのか」

「警察に言わなかっただけでも感謝すべきなんだろうな。いずれ離婚することになると思うけど、たぶん慰謝料も要求してこないだろう。要するに、俺とは完全に縁を切りたいんだよ。愛想を尽かされたんだ」

「やめればいいじゃないか。そうしたら奥さんだって戻ってくるかもしれない」

「やめられるわけないだろう」美浦が力なく椅子に背を預ける。体中から空気が抜け、一気に萎《しぼ》んでしまったようだった。「一度ヤク中になった奴は、絶対に元には戻れないんだよ。お前も覚悟を決めておいた方がいいぞ。今は落ち着いてるかもしれないけど、そのうちまた嵐が来る」

「僕はもう使ってない」

「別に使ったっていいんだよ。法律にはひっかからないやつだってあるんだから」美浦が鼻で笑う。

「法律は関係ないんだ。それに、そのうちそんなことは気にしないようになって、何でもかんでも使って腐っちまうんだ」

「下品なこと言うなよ。俺は平気だし、いざとなったら自分で自分の弁護を……」

急に美浦の顎《あご》が胸にくっついた。心臓発作でも起こしたのではないかと北見は慌てて立ち上がったが、実際には彼は幸福そうな笑みを浮かべ、軽い寝息をたてていた。ゆるゆると顔を上げると、自分の膝《ひざ》を両手できつく摑《つか》む。

「幸せだな」

「ええ？」

「俺は、今が一番幸せだよ」くすくす笑いながら、美浦は下唇の下を指でそっとこすった。「人生って、こんなに楽なものだったんだな」

笑いが次第に大きくなる。一方で、目に溜《た》まった涙がこぼれ、頰を伝い始めた。北見は軽く彼の肩を叩くと、部屋を出て行った。再びこの男に会うことはないだろうという不幸な確信を心に抱いて。


藤代は生活安全課の部屋に入ると、大股《おおまた》で古澤のデスクに向かった。顔を上げて目を見開く古澤に覆いかぶさるようにして、脅しをかける。

「おい、何のつもりだ」

「何ですか、いきなり」古澤の声は引き攣《つ》っていた。

「お前、北見って男から事情聴取したそうだな」

「しましたけど、それが何か」古澤の目が大きく見開かれる。

「タレコミだけで動いたのか」

「かなり具体的な内容でしたからね」

「どんな」

「まあ、まあ」古澤が椅子を勧める。藤代はその顔に厳しい視線を突き刺したまま、椅子を引いて座った。目線が同じ高さになったせいか、古澤が落ち着きを取り戻す。

「何を怒ってるんですか」

「怒ってない」

「そもそもうちの課の話ですよ。藤代さんには関係ないことでしょう」

「だから、これは雑談だ」藤代は拳《こぶし》を固めてデスクに叩きつけた。古澤が身をすくませ、ざわついていた室内が一気に静かになる。「いいな、雑談だ。それ以上でもそれ以下でもない」

「入院してたそうですよ」咳払《せきばら》いを一つしてから古澤が白状した。

「そうらしいな」

「知ってるんですか」古澤が目を見開く。「何か、彼とは特別な関係でも？」

「俺のことはどうでもいい。で、その先はどうした」

「たぶん、薬物治療ですよ。そういうことを専門にやってる病院もあるでしょう」

「ああ」

「今はどうか分かりませんけど、二か月前までは確実に使ってたっていう情報ですからね。病院で抜いてきたんじゃないですか」

「ちょっと待て。それだけで署まで引っ張ってきたのか」藤代はもう一度デスクを殴りつけた。今度は古澤も動じない。藤代は細い目を一杯に見開いて、古澤を睨《にら》みつけてやった。「こういう時はちゃんと尾行をつけて、行動パターンを把握してから呼ぶのが筋なんじゃないか？　それとも直接現場を押さえるとかな。あんたも、ずいぶんいい加減なやり方をするもんだね」

古澤が目を細め、口を尖《とが》らせた。唇が細かく震える。

「藤代さん、他の課のやることに口出しは無用ですよ」

「そうかい」藤代は椅子を蹴《け》って立ち上がった。「いいか、これでちゃんとした証拠を摑めなければ、どうなるか分かってるんだろうな」

「分かってます。でもそれを、藤代さんに心配してもらう必要はありませんから」

「そいつはどうも失礼したな」

振り返りもせず、藤代はドアを叩《たた》きつけた。まったく、ザルのような捜査ではないか。基本の基本から間違っている。薬物捜査の基本は「泳がせ」だ。偶然職務質問した人間がドラッグを持っていることもありうるが、それでは広がらない。広がった網をどこまでたどっていけるかが問題ではないか。それをあいつらは、わけの分からない情報源に踊らされて——。

いかん。廊下を歩きながら、藤代は首を振った。いつの間にか、北見を追いこむようなことを考えている。もちろん刑事としては、罪を犯した者を見逃すわけにはいかない。だが、自分は北見の後見人のような存在だという自負もある。何か、全てを丸く収める上手《うま》い手があるはずだ。それより何より、あのタレコミ自体が嘘であって欲しいと思う。

情報源は、俺が動かないので生活安全課の方に話を持っていったのだろうが、どうやら警察の事情にはあまり詳しくない人間のようだ。担当が分かっていれば、最初から生活安全課に情報を入れるのが筋ではないか。

まったく、厄介なことになってきた。後で北見を絞り上げなくてはいけない。事実はともかく、疑われるようなことがあるだけでも問題なのだ。

――いや、そもそもこの情報自体が北見を陥れる罠《わな》なのかもしれない。ここは慎重にいかなくては。

刑事課のドアを開けようとした途端に、携帯電話が鳴り出す。番号表示を見ると、自宅からだった。踵《きびす》を返して階段の踊り場に足を運び、背中を丸めて電話に出る。

「はい」

「何よお父さん、携帯ではいつもこんなにぶっきらぼうなの」娘の紘子だった。藤代は顔をしかめ、脂の浮いた顔を、空いた右手で激しく擦《こす》った。

「何だ。仕事中だぞ」

「仕事、仕事って。そんなことだからお母さんが体調崩すんじゃない」

「何だと」藤代の顔から血の気が引いた。

電話の向こうで、紘子がすっと息を吞《の》む音が聞こえた。

「知ってるのよ。さっき、お母さんとちゃんと話をしたわ。ずっと調子悪かったそうじゃない。何で今まで黙ってたの」

「そりゃあ、お前……」親として格好がつかないからだ。答えは簡単だが、簡単に口に出すことはできない。

「無理してでも病院に連れて行けば良かったのに。お母さんが病院嫌いなのは知ってるけど、お父さんが気を遣ってあげなくちゃ駄目じゃない」

「何を一丁前のことを言ってるんだ。夫婦のことは夫婦にしか分からん」

紘子が一歩も引かずに反論してきた。

「子どもだから気づくことだってあるの。とにかく、病院に行ってもらうことにしたから」

「お前が説得したのか」

「そうよ。鬱病《うつびょう》でも何でも、今は治療方法が進んでるからきっと治るわよ。ね、私が病院に連れて行くから」

「それなら俺も行く」慌てて言ったが、あっさりと拒絶された。

「私一人の方がいいわ。お父さんがいるとお母さんも緊張しちゃうのよ」

「馬鹿言うな」鼻で笑ってやったが、語尾は情けなく宙に溶けた。

「馬鹿じゃないでしょう。そういうことも分からないの？　ねえ、夫婦二人しかいないんだから、もっとちゃんと話をしなくちゃ駄目よ」

「どこの病院に行くつもりなんだ」

「とりあえず市民病院。そこで駄目でも、どこか専門的な病院を紹介してもらえると思うし」

「何をお前、呑気《のんき》なことを――」

「いいから、お父さんは黙ってて」紘子がぴしゃりと言った。「一刻を争うようなことじゃないし、焦らせたらまた調子悪くなっちゃうでしょう」

「そうか」藤代は憮然《ぶぜん》として唇を嚙《か》み締めた。「頼む」でも「ありがとう」でもいいのに、言葉が素直に出てこない。紘子に見えるわけでもないのに頭を下げ、電話を切った。

あの野郎、生意気言いやがって。子どもだ子どもだと思ってたのが、結婚するとこんなに変わるものか。まあ確かに、美保子も俺より紘子の方が話しやすいのかもしれない。実際、紘子がいる時だけは元気なのだから。

携帯電話を乱暴にズボンのポケットに突っこむと、藤代は刑事課の部屋に戻った。笑顔と仏頂面がない交ぜになった複雑な表情が顔に張りついて剝《は》がれない。

「何やってるんだ」

大声をあげながら、島尾はベランダに飛び出した。

「ええ?」呑気な声を出して秋穂が振り向く。「見れば分かるでしょう。布団干してるのよ」

「そんなこと、俺がやるから」島尾は乱暴に布団を取り上げ、物干しにかけた。秋穂がふう、と息をついて額の汗を拭《ぬぐ》う。

びる。

「ずっと布団干してなかったでしょう」秋穂が両手を広げて天を仰ぎ、太陽を全身に浴
「ここ、修理しないと危ないな」島尾は右足に体重をかけた。後から取りつけたベラン
ダだが、歩く度にぎしぎしと嫌な音がする。木が腐っているようだ。

「大丈夫よ。もっとお腹が大きくなってきたら考えるけど」

「布団ぐらい干さなくても死にやしない。無理するなよ」

「そうも言ってられないでしょう。別に病気じゃないんだから」

島尾はそっと手を伸ばし、秋穂の下腹に触れた。掌《てのひら》が熱を持ったようにも感じる。こ
こには間違いなく、俺が守るべき赤ん坊がいるのだ。

「あなた、何だか変わったわね」柔らかい笑みを浮かべて秋穂が言う。

「何が」島尾はふいと顔を背けた。

「ずいぶん優しくなった」

「馬鹿言うな」台詞《せりふ》を棒読みするように言って、島尾は丸めた拳《こぶし》の中に咳《せき》をした。「と
にかく無理するな」

「はいはい……あら、あなたの携帯、鳴ってるわよ」

「ああ」

部屋に駆け戻り、テーブルに置いてあった携帯を取り上げる。

「ああ、うん、俺だ」秋穂に背を向け、そそくさと階段を下りる。眉《まゆ》をひそめて、口元

を掌で覆った。「ずっと尾行してたんだろう。どうだった？　そうか、警察に呼ばれてたか」

　口元が緩む。

「で、様子はどうだった？　え？　怒ってたって？　あいつにしては珍しいな。もっと落ちこんでるかと思ったよ。そう、あいつはプレッシャーに弱いからな」

　しばらく相手の言葉に耳を傾ける。階段を下り切り、店の裏手の事務所に入った。小さくうなずきながら、パソコンの電源を入れる。

「いや、あの件はとりあえず終わりにしよう。これ以上何か出てきたら、かえって不自然だろう。十分効果はあったと思うけどね。あいつがこの件で何か言ってきたら、また連絡してくれ。え？　何だって……」煙草を引き抜き、唇の端にぶら下げる。「誰に会うのか、分かるのか？　分からない……まあ、仕方ないな。でも、諦《あきら》めてないのは間違いないわけだ」

　島尾は椅子を引いて座った。

「ああ、分かってる。ちょっと考えてることがあるんだ。そう、そっちは気にしなくていい。俺の問題だから。そっちはくれぐれも気をつけてくれよ。今は平気な顔をしてるけど、基本的にあいつは今でもヤク中なんだ。何をしでかすか分からないんだからな」

　ヤク中。汚物を放り投げるように言葉を吐き出し、島尾は電話を切った。

　頭の後ろで手を組み、椅子に背中を預ける。ぎしぎしと不快な音が、腰の下から聞こえた。彼女が勝手に何かやろうとする分には構わないし、監視できればそれに越したことはない、と自分に言い聞かせる。どのみち俺には、そんな余裕もない。

　彼女の懸念も分からないではなかった。もう一押ししなければ、安心できないのだろう。それはこっちも同じことだ。あいつには、余計なことをして欲しくない。そのためには、もう少し強い一押しが必要なのだ。


　思居橋をゆっくりと歩いて渡る。一往復し、三回目には何歩かかるか測ってみた。ちょうど百歩。引き返し、五十歩歩いて橋の真ん中に立つ。両手を広げて欄干に預け、暗い川の流れを見下ろした。昨日の雨でずいぶん増水して、水が濁っているようだ。うねるような水の流れは、胃カメラで覗《のぞ》く内臓のうごめきにも似ていた。車が、制限速度を遥《はる》かに超えるスピードで橋を走り抜ける。ヘッドライトが背中を照らし出し、かすかな熱さを感じた。

　小さなバーボンの瓶を口に当て、琥珀色《こはくいろ》の液体を流しこむ。頭が揺れ、視界がかすんだ。眼鏡をかけ直し、目を凝らすが、目の前の光景は全て幻のようにしか見えなかった。もう一口呑む。事態は改善されない。

　今のように酔っ払って朦朧《もうろう》とした自分が、今川と歩いている様子を想像する。あいつは欄干側を歩いていたのだろうか。車道側だろうか。

　あいつに何か言われたのか、それとも僕の頭の中で勝手に想像が走ったのか。今川を欄干に押しつける。腕のない右側から肩を押す。靴底が地面から離れたところで、膝《ひざ》を取って体を宙に浮かす。そんなに難しいことではないだろう。腕一本ないと、体のバランスを取ることはひどく難しくなる。ふだんの生活で困ることはなかったかもしれないが、予期せぬ力に対処する能力は低かったはずだ。両足が浮いたらすぐだ。胸を強く一押し。それであいつの体は、あっけなく欄干の上でひっくり返る。それでも左手一本でぶら下がったかもしれない。僕はその指を一本ずつ引きはがしたのだろうか。あるいは震える手の甲に拳を叩《たた》きつけ、一気に川に落としたのだろうか。

僕にそんなことができたのか。

北見は頭を抱えた。濁った水が、複雑なパターンを織り成しながら、ゆるゆると下流に向かう。自分の頭の中も同じようなものだ。断片的な思いが頼りなく揺れながら、あてどなく流れていく。その流れを整然としたものにするためには、絶対的な真実を手に入れるしかない。だがそれがどこに転がっているのか、知る術《すべ》は未《いま》だないのだ。

のろのろと駅の方に引き返す。これから家までの十分を歩くのが急に面倒になった。タクシーを探しながら歩き続ける。街はすっかり暗く、冷たくなっていた。

「ちょっと待て」

声をかけられ、一瞬立ち止まる。声の主が誰なのか分かった瞬間、北見はアスファルトを蹴《け》って再び歩き出した。

「おい、待てって」

自分の激しい息遣いを頭の中で聞きながら、北見は歩調を速めた。追いかけてくる足音のリズムが速くなり、北見の足音と重なってはまた離れる。突然肩に手をかけられ、ぐいと後ろに引っ張られた。北見は無意識に肩を捻《ねじ》ってその縛《いまし》めから逃れようとしたが、相手は思ったよりも強い力で肩を握り締めてくる。痛みに耐えかね、体を斜めに倒しながら振り向いた。

藤代の顔は赤に染まっていた。煮えたぎる鍋《なべ》から怒りが吹き零《こぼ》れそうになっているようだった。

「ちょっと話があるんだ」

「ずいぶん乱暴ですね」

藤代がゆっくりと手を離す。自分の与えた痛みが、北見にとって教訓になっているかどうかを確認するように、じろじろと顔を見回した。北見は大袈裟《おおげさ》な仕草で肩を揉《も》み、痛みを筋肉の中に拡散させた。

「どこか話ができるところはないか」

宵闇が、街を濃い紫色に染めている。事務所に行くつもりはなかった。あそこに行くと、自分を痛めつけるように呑《の》んでしまう。それは藤代がいても同じなのだ。

「酒抜きですね」

「そうだ」

「どうしても、今話さないといけないことですか」

「ああ」

北見は、藤代の顔を見下ろした。歩道の上で、二人の存在は、急流に置かれた石のように人の流れを邪魔している。

「じゃあ、喫茶店で」

「結構だね」

二人は「ベラドンナ」に入った。近くにはチェーンのコーヒーショップもあるが、そういうところでは込み入った話はできない。

店には一人も客がいなかった。手持ち無沙汰《ぶさた》にエプロンをいじっていた顔見知りのウェイトレスが、北見を認めてぱっと顔を輝かせる。

「お二人ですか」

北見は黙ってうなずくだけにした。藤代がつかつかと一番奥の席まで歩いていって、両手をズボンのポケットに突っこんだまま腰を下ろす。仕方なく向かいに座った北見は、取り調べを受けているような気分になった。視界を全て藤代に塞《ふさ》がれている。逃げ場なし、という感じだった。

「今日、署に呼ばれたな」

口をつぐむ。どうせ藤代は知っていることなのだ。北見は小さくうなずいて認め、先を促した。

藤代が、関節が白くなるほどきつく指を組み合わせる。

「尿検査を拒否したそうじゃないか」

「任意でしたからね」

「何でもないんだったら、尿検査ぐらい応じてやればよかったんだ」

「何でもないから拒否したんですよ。藤代さんは、ああいうことを言われてどれだけ屈辱に思うか、分かってないんでしょう。それより、警察はろくな証拠もないのにあんなことをするんですか。そのつもりなら、僕も法的な対抗手段を考えざるを得ませんよ」

「黙ってろ」藤代が、嚙《か》み潰《つぶ》しそうな勢いで歯を食いしばる。

「はい？」

「余計なことは言うな。本当のところはどうなんだ」

「やめて下さい。これは雑談なんですか、それとも取り調べなんですか」

ふいに藤代の体から力が抜けた。一気に体が半分ほどに萎《しぼ》む。そのまま灰になって床に崩れ落ちてしまうのではないかと北見は想像した。

「お前なあ」藤代が盛大な溜息《ためいき》をつく。「まったく、オヤジさんが草葉の陰で泣いてるぞ」

反論の言葉は百も二百もあったが、どれもこの場にはそぐわない。北見はうつむいて拳《こぶし》を握り締めた。このままでは、すぐに押し潰されてしまう。

ウェイトレスが注文を取りに来たのが、格好のインターバルになった。二人ともコーヒーを注文して一息つく。藤代が煙草に火を点《つ》けると、綺《き》麗《れい》な輪が天井に立ち上っていった。北見はぼんやりとそれを目で追う。

「女房がな、病院に行くことになった」

「そうなんですか」相槌《あいづち》を打ちながら、北見は座り直した。何の話だったか――ああ、確か藤代は、奥さんが鬱病《うつびょう》で悩んでいると言っていた。

「俺は、とうとう病院に行けって言えなかったんだよなあ。正直言って怖かったんだよ。女房は病院が嫌いでね、結婚してから、病院に行ったのは子どもが生まれる時だけだった。あいつがパニックになるのは見たくなかったんだよ。鬱病だからなんて言ったら、どうなってたことやら」

「じゃあ、どうして病院に行くことになったんですか」

「娘だよ」藤代が両手で顔を拭《ぬぐ》う。手が一往復してから現れた目は、店の照明を受けて濡《ぬ》れたように光っていた。「まあ、うちの娘ってのがとんだはねっ返りでね。ああ、お前も知ってるよな」

「紘子さん、でしたよね」すらすらと名前が出てきて、北見は自分でも驚いた。二か月前のことは忘れていても、十年以上も前に一度会ったきりの藤代の娘の名前は覚えている。記憶の不思議さを思った。

藤代がうなずき、コップの水を一口飲んで続けた。

「せっかく就職したのに、あっさり若僧と結婚して仕事を辞めちまいやがってな。この旦那《だんな》ってのが商社勤めで出張が多い男でね、娘はその度に家に帰ってくるんだ。ただ、娘がいる時だけは女房も元気でね。このところずっと娘が家にいたんだが、話してるうちに何かおかしいって気づいたんだろう。それで説得してくれたんだ。あの甘えん坊でいつまでも子どもみたいだった娘がね。驚いたよ、俺は」

「娘さんだから説得できたんでしょう」

「そんなものかね」

「本当に心配して説得したから、奥さんも言うことを聞いたんじゃないですか」

「じゃあ、俺が本気で心配してなかったみたいじゃないか」

「親子には遠慮がないけど、夫婦の間にはあるんですよ」

「知ったようなことを言うな」藤代がむっつりとした表情を浮かべ、腕組みをする。北見は、会話がどこに転がっていくのか想像もできず、テーブルの下で拳を握り締めて身構えた。

「とにかく、人を心配させるのは良くないことだ」

「僕は誰も心配させてませんよ」

「入院中、奥さんも娘さんも心細かったんじゃないか。その分、ちゃんと可愛がってやらなくちゃ駄目だろう」

「それはうちの問題です。藤代さんには関係ありません」

「そうだな。関係ない話であって欲しいな、本当に」

藤代が北見から視線を外し、無言で煙草を吹かす。

「何が言いたいんですか」

「このまま誰かに心配かけ続けるぐらいなら、一度全部清算して楽になった方がいいんじゃないのか」

「藤代さんも僕を疑ってるんですか」

「そんなことは言ってない」

「言ってるじゃないですか」北見はワイシャツの胸ポケットに手を伸ばした。煙草はない。藤代が自分の煙草を滑らせたが、北見はそれを無視した。

「これは一生の問題だぞ」

「そうですかね」

「ずっと逃げ回るか、一度きちんと決着をつけておくか――お前はまだ若いんだ。これでゼロになっても、十分やり直しがきく」

「無理ですね。今の僕には何もないんだ。ゼロなんです。そこからさらに何かを引くことはできない」

「マイナスからだって立ち直った人はたくさんいるんだぞ」

「どうしても僕を逮捕したいんですか」北見は挑むように藤代を睨《にら》みつけた。「でも、それは藤代さんの仕事じゃないでしょう。担当が違うんだから」

「だから、相談に乗るって言ってるんだ」藤代がずいと身を乗り出す。「こういうのは、刑法犯とは違う。もっと柔軟に対応できるんだよ。例えばお前が証言して売買のルートが解明できれば、お前自身の立場はぐっと有利になる」

北見は両手をテーブルについた。前屈《まえかが》みになると、藤代の息遣いが感じられるほど近くまで顔を突き出す。

「藤代さんは、僕が何かやったという前提で話してますよね。何でもないって言ったじゃないですか。僕は認めませんよ。だいたい、こんな雑談でどんな話が出ても、証拠にはならないはずだ」

「そんなことは分かってる」二人の間に立ちこめた険悪な雰囲気を振り払うように、藤代がさっと右手を振った。「分からん奴だな。とにかく、俺に話してみろ。悪いようにはしない」

「余計なことに時間を取られるわけにはいかないんです。僕には、やることがあるんだから」

「今川さんの件か？　あれは、いい加減に諦《あきら》めろよ」

「藤代さんこそ、諦めちゃったんですか」北見は、自分が追い詰められるかもしれないことを承知で藤代を挑発した。もしかしたら藤代は、自分よりずっと先に行っているかもしれない。今日だって、ドラッグの件が本題ではないかもしれないのだ。これをきっかけに、今川殺しに話を持っていく。そのうちぼろを出すのを待って、何時間でも粘るつもりかもしれない。

「今は、そのことは忘れろ」

「どうしてそうやって平然としていられるんですか」北見は拳をテーブルに打ちつけた。

「人一人死んでるんですよ」

「そんなことは、お前に言われなくても分かってる」藤代が、歯をむき出して反論した。

「とにかく、俺には嘘はつくな」

「ついてません」

「嘘はつくなよ」噛んで含めるようにゆっくりと、藤代が繰り返す。

「話にならないな」語気荒く言い放って、北見は席を立った。「全部言いがかりです。嫌がらせじゃないですか。法的な措置を考えさせてもらいますよ。相手が藤代さんだからって関係ない。いいですか、あなたは警察官なんですよ。ただの人間がいい加減なことを言うのとは重みが違うんだ」

「突っ張るのもいい加減にしろ」藤代がそっぽをむいて吐き捨てる。目線が切れた瞬間を狙って、北見は踵《きびす》を返した。コーヒーを持ってきたウェイトレスと鉢合わせになる。コーヒーが零《こぼ》れて北見のワイシャツの胸を濡らし、床の上でカップが砕けた。

「ごめんなさい」

ウェイトレスが慌てて手を伸ばす。北見はその体を押しのけて脇を通り過ぎた。バランスを崩したウェイトレスが転んで、床に膝《ひざ》をつく。転んだだけでは起こりえない悲鳴が聞こえてきた。カップの破片でどこかを切ったのだろう。

北見は振り返らず、大股《おおまた》で店を出た。知ったことか。何もかも藤代が悪いのだ。治療代も彼が払うべきである。どうせ自分たちが納める税金から出るものなのだから。肩を怒らせ、寒風が吹き抜ける街を歩く。ほどなく、体を内側から弾《はじ》き飛ばしてしまいそうだった熱は消え去り、北見は頼りない足取りで駅の方に向かって行った。家へは帰れない。帰りたくない。今の自分に必要なのは何かを考えた時、行く場所は一つしかなかった。

「夢船」のマスターが、カウンターの向こうから伏し目がちにこちらを窺《うかが》う。北見は視線が合う度に睨みつけてやった。こっちは金を払って酒を呑《の》んでいるのだ。あんたにとやかく言われる筋合いはない。このヤク中が。

一時間ほど、背中を丸めたまままちびちびとバーボンを呑み続けたが、一向に酔いは回ってこない。腹に収まったアルコールが凍りついて刺々《とげとげ》しい塊になり、心をちくちくと突き刺した。

何の予告もなしに、涌井が店に入ってきた。軽い足取りで近づいてくると、北見の向かいに腰を下ろした。ほっそりとした指を組み合わせてテーブルの上に置くと、愛想良く切り出す。

「例の人、誰だか分かった？」

「ああ」

「会ったの」

「会ったよ。半分腐ってた。あんた、本当はあいつにも売ってるんじゃないのか」

「この商売にも仁義ってもんがありましてね」からかうように涌井が言った。「俺から横のつながりができるのは勘弁して欲しいな。だからあんたの本当の名前も知らないわけだし。誰に売ってるとか、そういう話はやめてくれないかな。分かるでしょう」

「まあね」

「で、今日は何の用？」

北見は沈黙を守ったまま、涌井をじっと見つめた。

「あんた、ついてるよ」涌井の分厚い唇がぐっと横に広がった。腰に下げたポーチに手を突っこんでごそごそと探ると、握ったままテーブルの上に差し出す。

「今日は二万でいいよ。今は、大したものは持ってないから……ところで、どうかしたの？　顔色が悪いけど」

「いろいろうるさく言う奴がいてね」北見は藤代の顔を思い浮かべた。

「じゃあ、ますますこいつが必要だね」

北見は固まったままだった。涌井の手に握られたものが何かは、分からない。だが、このささくれ立った気持ちを癒《いや》し、窮地を抜け出す知恵を与えてくれるものであることだけは間違いない。

涌井が一度、テーブルの下に手を引っこめる。次に現れた時には、二つに折り畳んだ封筒を親指と人差し指でつまんでいた。立ち上がると、何かを耳打ちするようなふりをして屈みこみ、北見の腰と椅子の隙間に封筒を押しこむ。まったく、何という店だ。こういうものは、目立たないようにトイレかどこかでやり取りするのが常識だろう。北見は手を後ろに回して封筒を取り、目を細めて中身を覗《のぞ》きこんだ。赤いカプセルが二つ。ああ、懐かしい「R」だ。本来は鬱病《うつびょう》の治療薬だというこのリタリンは、ささやかだが確実な爽快感《そうかいかん》をもたらしてくれる。どんなに塞《ふさ》ぎこんでいても、鼻の奥をペパーミントの香気を含んだ風が吹き抜け、目の前に果てしなく広がる草原の光景が浮かび上がる。今の自分にはぴったりだ。涌井の薬物に対する知識は、賞賛に値する。

「で、どうするの」

「ああ」言われて北見は我に返った。体を斜めに倒して尻《しり》ポケットから財布を引き抜き、一万円札を二枚、テーブルに置く。何も考えない、半ば反射的な動きだった。次の瞬間には、札は涌井の手の中に消えていた。

「今、警察に踏みこまれたらアウトだね」涌井が笑いながら言う。

「あんたは、警察が来るような場所では商売しないんだろう」言いながら、北見は自分の言葉に疑念を抱いた。誰かが僕の情報を警察にタレこんだ。つまり、誰かが僕を観察しているのだ。もしかしたら、目の前の涌井か「夢船」のマスターかもしれない。いや、それはないか。この二人には、そういうことをするメリットがない。自分自身を危険な状況に追いこむことになる。

「じゃあ、長居は禁物だから」涌井がすっと立ち上がった。優雅と言っていい身のこなしである。こいつもヤク中なのだろうか。一見したところ、そうは見えない。だがそれは、僕の目が曇っているせいかもしれないな、と北見は思い直した。ヤク中の目は常にピントが狂っている。本当のものは何一つ見えず、幻がいかにも真実であるかのように眼前に迫ってくるのだ。

人の流れに逆らって、ゆるゆると繁華街を歩く。肩がぶつかり、足がもつれ、何度も罵声《ばせい》を浴びせかけられた。しかし声のした方を振り向くと、途端に静かになる。自分は今、酔っ払いを黙らせるほど気味の悪い顔をしているのだろうか。話し声、高笑い、嘔《おう》吐《と》の音。全てが混じり合って低いノイズになり、北見の頭に絶え間なく侵入し続ける。細い針で脳みそをかき回されているような気分になった。

ジャケットのポケットに手を突っこみ、封筒を指先で愛撫《あいぶ》する。こいつにはずいぶん世話になった。手軽に、できるだけ早く気分を持ち直したい時には一番である。効果は長続きしないが、その分習慣性も薄いはずだ。封筒越しに感じられるカプセルの感触が指を伝い、あの快感を思い出させる。今の自分には、前へ進んでいく力が必要だ。このもやもやした気分を振り払い、やるべきことをこなしていくには、どうしてもこいつの力を借りなくてはいけない。

帰りの電車は、長い帰宅ラッシュの名残で混み合っていた。つり革に摑《つか》まったまま封筒を取り出し、中身を覗く。カプセルは、柔らかいパステル系の赤だ。風邪薬か胃薬のようにしか見えない。かなり大きいが、水なしでも何とか呑みこめるだろうし、今ここで呑んでも、誰も不審に思わないはずだ。十分ほどで効果が出てくる。初めは、消化剤を飲んだ時のように胃がすうっとする。ほどなくそれが全身に広がり、薄いペパーミントの香りが鼻先に漂いだすのだ。

駅から真っ直ぐ事務所に向かった。照明も点《つ》けずに椅子に座り、封筒からカプセルを取り出す。二つのカプセルが転がり、デスクから落ちそうになった。こいつを落としたら僕は死んでしまう——北見は素早く手を伸ばしてカプセルを押さえた。掌《てのひら》にめりこむカプセルの柔らかさを感じる。握り締め、顔の前で手を広げた。青白い肌にカプセルの赤が映える。これは、一回一カプセルだったな。北見はいつも、律儀に分量を守っていた。ヤク中は次第に快感に慣れ、より多くの量を使いたくなるものだが、北見は特に苦労せずとも自制することができた。ドラッグだろうが普通の薬だろうが、超えてはいけない量はある。何も、死にたくてドラッグを使うわけではないのだから、ほんのわずかな快感を上乗せするためだけに、身を危険に晒《さら》すことはない。

もっと快感が欲しければ別の薬を使うべきなのだ。コカインが、妙に懐かしく思えてくる。あれは「R」よりも即効で、効果も遥《はる》かに深かった。すっと鼻から吸うだけで、五秒と経たずに脳が沸騰しだす。一度熱くなった脳は、そのまましばらく熱を全身に送り出し続けるのだ。いや、今は「R」で十分か。そんなにまいっているわけではない。

ちょっとした慰め、前向きになるためのてこ入れが必要なだけだ。だいたい、コカインでは結構痛い目に遭っている。もともと鼻や喉《のど》の粘膜が弱いのだが、吸う度にてきめんに鼻をやられたのだ。奥のほうが爛《ただ》れ、ひどい風邪をひいた時のようにひりひりし出す。効いている時は何でもないのだが、あとでティッシュペーパーが手放せなくなったものだ。実際、快感よりも鼻の痛みの方が上回っていたと思う。いつの間にか北見は、街で鼻を啜《すす》り上げている人を見るたびに、こいつもコカインを使っているのではないかと疑うようになった。ドラッグは、深く広く広がっているのだ。互いに素知らぬ顔をしているだけで、今や街で出会う見知らぬ人間の多くは、自分の仲間なのかもしれない。

テーブルにカプセルを転がした。一個一万円。普通に医者が処方している薬が、どうしてこんな風に出回ってこの値段がつくのか。流している医者がいるからに違いない。結局は、誰もが一つの大きな輪の中にいるのだ。ドラッグの輪が巨大産業と言われるゆえんである。

腕を組んだまま、じっとカプセルを見つめる。右手を伸ばしかけ、震えているのに気づいて左手で押さえつけた。右手の震えが左手に伝わり、体の奥から馴染《なじ》みの冷たい感覚が広がってくる。やがてその冷たさは北見を呑みこみ、体を凍りつかせた。そう、必ず反動は来る。それはけだるさであったり吐き気であったり、目の前を通り過ぎる極彩色の幻であったりするが、避けて通るわけにはいかない。そうなったら、すぐに別の薬を飲んで抑えつける必要がある。その繰り返しで、下向きの螺旋《らせん》階段はあっという間に勾配《こうばい》がきつくなり、手すりを摑む指先にも力が入らなくなる。

震える指先でカプセルをつまみ、封筒に戻す。捨ててしまえ。カプセルを開けて、中身をトイレに流すのだ。それで全ては終わる。二万円をむざむざ捨てることになるが、これも授業料だと思えばいい。何かを無駄にすることなしに、大事なことは学べないのだ。

大事なこと？　大事なこととはいったい何だろう。ドラッグが悪だと思い知ることか。そんなことはない。今やドラッグ抜きでは、この世界は成り立たないのだ。

しゃきっとしろ。自分に言い聞かせ、デスクの端を摑んで立ち上がる。顔を洗い、震える体を両腕で抱きしめながら考えた。今や問題はただ一つ、誰が今川を殺したかではなく、自分が手にかけたかどうかだ。それを証明するためには、犯人を捜すのが一番手っ取り早いのだが、北見はいつの間にか、自分を追いこんでしまった。

一つだけ確実な方法がある。ずっと避けていたし、今考えても気乗りはしないが、今やこれしか手はないようだった。

ただ、再び入り口まで戻ってしまう可能性もある。それで北見のアリバイが証明されるという確実な保証はないのだ。だったらこのままにして、別の方法を考えるか——しかし、今の段階で北見にわずかでも逃げ道を与えてくれるのは、今思いついたこの方法しかなさそうだった。

香織の顔は蒼白《あおじろ》かった。昔からそうだ。何か心配事があると、すぐ顔に出る。ぐっと顎《あご》を引いて言葉を呑《の》みこみ、北見が何か言い出すのを待つ。自分の言葉で全てをぶち壊しにするのが怖いのだ。いや、それは香織に限った話ではない。北見自身もそうだ。そうやって二人ともずっと遠慮を続け、互いに顔を見合わせながら、真実の周りをぐるぐると回り続けているに過ぎない。

ソファに腰を下ろす。香織はダイニングテーブルについた。三メートルほどの距離を置いて向かい合う格好になる。

「毎日遅くまで出歩いてるけど、大丈夫なの」

「ああ」今のところは、だ。北見は皮肉に唇を歪《ゆが》める。いつまで持つかは自分でも分からない。

「明日はゆっくりしたら？」

「うん……でも、明日はちょっと遠出しようと思ってるんだ」

「どこへ」香織が眉《まゆ》をひそめる。

「病院」

「病院って、あの病院？」

「一応、お礼しておこうと思ってね。ろくに挨拶《あいさつ》もしないで出てきちゃったから」挨拶も何も、黙って出て来てしまったのだ。だが、何度も「治って退院した」と言っているうちに、本当にそうだったように思えてくる。

「私も行った方がいいかしら。何かお礼でも用意した方が――」

「僕一人でいい」北見は乱暴に香織の言葉を遮った。行き先をなくした言葉が宙に浮き、香織は薄く唇を開けたままだった。

「だけど、こういうことはちゃんとしておいた方がいいでしょう」

「僕一人でできる。子どもじゃないんだ」

「でも」

「頼むから」北見は拳《こぶし》を腿《もも》に叩《たた》きつけた。香織の喉が小さく上下する。首筋をちくちくと刺されるような不快さを感じながら、北見は両手を握り合わせた。「君を巻きこみたくないんだ。これは僕の問題だから」

「どうしてそんな冷たいこと言うの」香織が溜息《ためいき》をつく。「夫婦なのよ。問題があったら、二人で乗り越えなくちゃ」

「僕はヤク中なんだ」北見は声を絞り出した。香織の目が見る間に潤む。「ヤク中の旦《だん》那《な》がいるなんて、洒落《しゃれ》にもならないだろう」

「でも、治ったんでしょう？　もう大丈夫なんでしょう」

北見は首を振った。今にもすっぽ抜けて、床に転がってしまいそうだった。

「ヤク中は絶対に治らない。薬の影響は一生残るんだ。これればかりはどうしようもない。実際、今も逃げたくて仕方ないんだ」

「辛《つら》いの？」

「たぶん――いや、よく分からない」

香織が立ち上がり、北見の横に腰を下ろす。細く長い指で、そっと北見の手に触れた。かつては、この指が触れただけで体に電流が走ったのに、今は何も感じない。ただ、生活が染みこんで、冷たく硬くなった指先を哀れに思うだけだった。君には別の道もあったはずなのに。学生時代、香織には何人もの男が言い寄っていた。その中から、君はどうして僕を選んだのだ。卒業して十数年が経ち、使い切れないほど金を儲《もう》けている人間もいるし、社会的地位を確立した人間もいる。いや、僕以外の人間は、誰もがそれなりの幸せを摑んでいると言ってもいい。僕がこういう人間になることを、君は見抜けなかったのか。

いや、僕はあの時は本当に真剣になった。命を懸けても、この女を手に入れたいと願った。その必死さが、香織の心を縛りつけたのだろう。

それにしても、どうしてあんなに必死になって香織にしがみついたのか――もしかしたら、奈津の存在を忘れるためだったのかもしれない。香織と出会ったのは、大学に入ってすぐ、十九歳になったばかりの時だった。奈津と今川の一件があってから二年。嫌な思い出は、繰り返し頭の中に現れた。高校を卒業して放浪の旅を繰り返すようになった今川とも、奈津ともまったく会っていなかったが、そんなことは何の関係もなかった。

そんな時に出会った香織は、まさに特効薬だった。穏やかに輝く笑顔。どんな時でも気を遣ってくれる優しさ。何より、何があってもぶれない軸を持っているのが気に入った。奈津は始終機嫌が変わり、一緒にいるとひどく疲れる女だったから。

香織なら自分を助けてくれるかもしれない、と本気で思った。

それにしても彼女は、よく飽きもせずについてきたものだ。卒業と同時に就職もせず、司法試験の受験準備に入った北見は、ずっと無職だった。それなのに彼女はずっと後押しし、励まし、時には尻《しり》を叩いてくれた。狭いマンションで食事を作り、「もう駄目だ」と泣き言をこぼせば優しく頭を撫《な》でてくれた。将来が見えない生活に、どうして我慢できたのだろう。僕を信じていたのか——しかしその確信も、永遠には持たなかったに違いない。志があっても、あの頃の北見の生活は間違いなく失業者のそれだったのだから。

明日菜を妊娠したのは、香織の計算だったのではないか、とも思う。「大丈夫だから」という彼女の言葉を信じ、たった一度コンドームを使わなかったあの日。香織は、子どもという存在を使い、北見をもっと安定した生活に引きずりこもうとしたのだろう。ただそれを、彼女のわがままだと責めることはできない。司法試験を諦《あきら》めて父親の事務所で働くことになれば、とにもかくにも生活は安定する。何か別の目標を立てて、人間らしく生きていくこともできるだろう。彼女の頭の中には、そういう設計図が浮かんだはずだ。そして、「いい加減にして」と言う代わりに、実力行使に出ただけなのだ。

自分のことではなく、香織は北見の生活を見かねたのだろう。その頃住んでいた古いマンションは目黒《めぐろ》にあったのだが、どうかすると一週間以上も外へ出ず、ひたすら参考書と向かい合う日々が続いた。ドラッグには手を出していなかったが、酒がその代わりだった。いつも無精髭《ぶしょうひげ》を伸ばして、半分酔っ払った状態の北見を見て、香織は何とかしなければならないと決意したのだろう。

そういう女なのだ。

僕のことなんか、見捨ててしまえばよかったのに。

「今日、坊屋先生から電話があったわよ」

「そう」

「早く会いに来いって。すぐにでも仕事をして欲しいそうよ」

「それで？」北見は頭を振った。仕事――今一番聞きたくない言葉だ。

「電話させますって言っておいたわ」

「ああ」電話させます。一々彼女の指示に従わなくてはいけないのか。「そのうち電話するよ」

「ちゃんと働くことも、リハビリになるんじゃないかしら」

「そうかもしれない。でも、僕にはやることがある」

「それは分かってるけど、一度坊屋先生と話してみて。あなたが電話しにくいんだったら、明日私が電話するから」

「自分のことは自分でやるよ」乱暴に言い放って、北見は立ち上がった。それまで北見の腕に置いてあった香織の手が、支える場所を失い、宙で揺れる。北見は書斎に入り、ぴしゃりと音を立ててドアを閉めた。香織はここへは滅多に入ってこない。北見のプライベートな場所だと決めつけて、それを尊重しているようだ。

どうしてそんなに僕に気を遣う。僕には、君に気を遣ってもらう資格なんかない。

ふと思い出し、財布に入れっ放しにしておいてくしゃくしゃになった明日菜の手紙を取り出した。デスクの上で丁寧に広げ、つたない文字を眺める。明日菜は何も知らない。が、何かを感じ取ってはいるだろう。早晩、僕は破滅する。二人をそれに巻きこむわけにはいかない。何としても、二人だけは守らなければならない。夫として、父親として失格してしまった自分にできることは、それぐらいである。

死ぬ時は一人。仕方のないことだ。

第八章

日本を離れてすでに七年。三年前から暮らし続けているパタゴニアの厳しい自然も、俺の体を、心を挫《くじ》けさせはしなかった。死ぬまでここにいてもいい。地球上で最後の秘境と呼ばれるパタゴニアのガイドで一生を送るのも悪くはない。

ずっとそう思っていたのに、俺の周辺はにわかに騒がしくなり始めた。

俺は今まで、プレッシャーとは無縁の生活を送っていた。特に日本を出てからの七年間は。当たり前だ。今夜泊まる場所がない。明日の食べ物がない。そういうことを何十回となく経験してくれば、大抵のことでは驚かなくなるし、冷静に対応できるようになる。こういうのを「モラトリアム」と呼ぶ人間がいるかもしれないが、俺はそうは思わない。これこそが俺の生き様なのだ。

ガイドの仕事はアルバイトのようなものだったが、自分には合っていたと思う。氷河のトレッキングをする観光客の荷物を背負ってやったり、歩いても三十分で見所が尽きるウスアイアの街を案内してやったり。不思議と、観光客相手に愛想良くするのは苦にならなかった。スウェーデン、アフリカ、アメリカと回って、俺はついに安住の地を見つけたのだ。

小説を書いたのは、こういう生活を続けてきたことと直接は関係がない。一方で、放浪がなければ書かなかったとも思う。日記代わりに書き殴って残しておいた文章が、いつの間にか小説の形にまとまっただけである。書いた以上、世に出してみたくなるのは自然の欲だ。インターネットで、面白半分に日本の文学賞の情報をチェックし始めた時に、右にか左にかは分からないが、俺の人生は大きくぶれ始めたのだろう。

『極北』が出版されてから、編集者からも「どうするつもりだ」と決断を迫られた。今の仕事を辞めて、日本に戻って執筆に専念するか。それとも時間に縛りつけられるガイドの仕事をしながら、仕上がる当てのない次の作品を待つか。編集者は、俺には書き続ける才能があると言った。そんなことを言われて、いつまでもガイドの仕事にしがみついている馬鹿はいない。是非、日本に戻ってきて二作目に挑戦して欲しい。その言葉が、最終的に俺の背中を後押しした。

帰ろう、日本へ。

深い考えがあったわけではない。いつも通りの行き当たりばったりだ。『極北』が売れたといっても、それはたぶん物珍しさによるものであり、本当にこれからも書き続けていける保証はない。二冊目が売れなければ、出版社にも見放されるだろう。だが、やってみて悪いことはない。いくらパタゴニアの生活に馴染《なじ》んでしまったと言っても、一生同じことをして暮らすのは、やはり俺の性分には合わない。だから日本へ帰る。簡単なことだ。また生活が変わるだろう。それを面白がってやろうと思った。

――「業火」第八章

朝、気づくと北見は事務所に向かっていた。雲は低く垂れこめ、雨の気配をはらんだ重苦しい空気が顔にまとわりつく。結局自分は一歩も進んでいないのではないかと溜息《ためいき》をつき、ドアを押し開ける。倒れこむように椅子に座り、無意識のうちに引き出しを開けた。昨夜の封筒が、そのままそこにある。二つのカプセルでわずかに膨らんでいた。音をたてて引き出しを閉め、目を閉じたが、目の奥でカプセルの残像がちらつく。激しく頭を振ったが、消えてくれなかった。

こういう時は動くべきだ。だが、腰は重く椅子に張りつき、膝《ひざ》の力が抜けて足も言うことをきかない。深く体を沈め、また目を閉じる。そうすると、橋の上での自分と今川のやり取りがくっきりと脳裏に浮かぶのだ。胸を押す。今川がぐらつく。足を取って体を持ち上げ――これは本当に「記憶」なのか。妄想と記憶の線引きもできなくなっているのではないか。

意味もなく引き出しを開け閉めする。ふと、書類に埋もれた写真の束が見つかった。古い写真ばかりである。写っているのは、子どもの頃の北見だ。今川だ。島尾も、藤山もいる。写真の束の下には小さなフォルダがあったから、整理するつもりでいたのは間違いないのだが、いつ持ってきたかは覚えていない。フォルダを開け、一枚一枚写真を挟んでいった。整理し終えて閉じてしまうと、遠い日々がさらに遠ざかる。

ドアが開く音がした。慌ててフォルダをデスクの上に放り出し、眼鏡をかけ直して目の焦点を合わせる。島尾がいじけたように下唇を噛《か》んで立っていた。

「どうした」

「ちょっといいか」島尾が事務所の中をぐるりと見渡す。「ひどいもんだな」とぼそりとつぶやいた。

反論する気にもなれず、北見は肩をすくめた。椅子の肘掛《ひじか》けを摑《つか》んでようやく立ち上がり、島尾にソファを勧める。

「座っても病気にならないだろうな」皮肉というにはきつ過ぎる。今日の島尾はいつにも増して辛辣《しんらつ》だ。

「まさか」清潔だということを証明するために、北見は先にソファに座ってみせた。島尾はなおも躊躇《ためら》っていたが、結局腰を下ろした。だが、何か起きたらすぐにでも逃げ出そうというつもりなのか、ソファの端に尻《しり》を引っかけたような座り方である。

「何だい、こんな朝早くから」

「早くないよ」島尾がわざとらしく腕時計を覗《のぞ》きこんだ。「もう十時だぞ」

「そうか」腕を上げて時計を見るのも面倒臭い。何とか顔を上げ、もう一度「今日は何だい」と訊《たず》ねる。

島尾が座り直し、指を組み合わせた。ごつごつとした太い指が、小刻みに動く。

「いい話と悪い話があるけど、どっちを先に聞きたい」

「何だよ、それ」北見は鼻で笑った。が、島尾がつき合ってくれないので、仕方なく真顔に戻る。「最近悪い話ばかりだから、たまにはいい話を聞きたいな」

「ガキができたんだ」

「本当か」北見は身を乗り出した。

「ああ。来年の六月に生まれる」

「そうか。良かったな」確かにいい話だ。北見は、頰が自然に緩むのを感じた。緊張していた島尾の顔にも小さな笑みが浮かぶ。

「今、三か月だ」

「大事にしないとな。お祝い、何がいい」

「そんなことはどうでもいいんだ」島尾が顔の前で手を振る。「一応、報告しないといけないと思ってね。少しは気分が良くなったか」

「ああ」自然に笑えた。こんなことは、本当に久しぶりである。退院してくる時も笑ったが、それは監獄から抜け出ることで浮かんだ安堵《あんど》の笑みだった。今は違う。子どもができるというのは、誰のことであっても、とりあえずは手放しで喜べる話なのだ。

「じゃあ、次は悪い方だ。覚悟はいいか」組み合わせた島尾の指が白くなる。

「それは、なしで済ませるわけにはいかないのかな」

「駄目だ。友だちとして、言わなくちゃいけない」

「仕方ないな。聞きましょう」北見は両手を広げて見せた。島尾が腕組みをし、沈黙を守る。広げた北見の腕がゆっくりと落ちた。一秒ごとに鼓動は高鳴り、しまいには心臓が喉《のど》から飛び出しそうになった。何なんだ、こいつは。こうやって座っているだけで、どうして僕をこんなに不安にさせるんだ。

「お前、警察に何の用事があったんだ」

「何のことだ」時間稼ぎに、いい加減な台詞《せりふ》が出た。

「何のこと、じゃないだろう。昨日、警察の前で奈津と会っただろうが。お前、警察に行ってたんだろう」

「ああ」唾《つば》を呑《の》みこむ。大きく上下する喉仏が、自分の体の一部ではないように感じられた。

「あれは何だったんだ」

「それより、何で奈津がお前にそんなことを話したんだ」

「あいつも心配してるんだよ」島尾が、両の掌《てのひら》で自分の腿《もも》を思い切り叩《たた》いた。「昔いろんなことがあったにしても、お前らは友だちだろうが。警察から出てくるところを見れば、心配するに決まってる」

「心配し過ぎだ。警察に行く用事なんか幾らでもあるんだぜ。交通違反したかもしれないだろう」

「お前、最近車なんか乗ってないだろう」

「今川の件で相談に行ったんだ」

「嘘つけ」島尾がぴしりと決めつけた。「俺には本当のことが言えないのか」

「お前には関係ない」北見はそっぽを向いて、絡みつく島尾の視線から逃れた。

「関係ないって、友だちだろうが」

「友だちね……今川にはずいぶん冷たかったのに、僕に対しては気を遣ってくれるんだ。それはちょっとおかしくないか」

「あいつは死んだ。お前は生きてる。状況が全然違うんだぜ」決めつけた島尾の一言が、北見の胸に突き刺さる。

「お前、ちょっと大袈裟《おおげさ》過ぎるよ。変だ」北見はわざとおどけた声で言った。「子どもができたんで、舞い上がってるんだろう」

「変なのはお前だ」島尾は一歩も引かない。「退院するのが早過ぎたんじゃないか」

北見は、口の端をひくひくと痙攣《けいれん》させながら反論した。

「それは言い過ぎだぜ」

「言い過ぎじゃない。お前、ちょっと考え方がおかしくなってるんだ」

北見は深くソファに沈みこんだ。僕は馬鹿だ。どうして今川の原稿をこいつに見せてしまったのだろう。いくら友だちだからと言っても、隠しておかなければならないことはあるのだ。

「あのな」島尾が煙草に火を点《つ》けた。まじまじと火の先を見詰めながら続ける。「煙草だってドラッグみたいなもんだ。俺だってニコチン中毒だよ。それに今の時代、ドラッグなんて珍しくも何ともない。でも、自分の知り合いがそんなものに手を出していることが分かったらどんな気持ちになるか……お前に分かるか」

北見は黙ってうつむいた。追い討ちをかけるように島尾が吐き捨てる。

「ひどい奴だな、お前は」

「訳があるんだ」

「よせよ」島尾が乱暴に煙草を振る。灰が床に零《こぼ》れた。「ヤク中ってのはすぐに言い訳をするんだろう。そんなもの、聞きたくもないよ」

「言っただろう。僕はプレッシャーに負けそうだった」床を見つめたまま、北見は言った。「聞きたくない」と言いながら、島尾は北見の言葉にじっと耳を傾けている。

「弁護士でもない僕が、事務所を維持していくのは大変なことだったんだ。周りは弁護士ばかりだし、事務の連中もオヤジの代からのベテランぞろいだった。みんな、僕を馬鹿にしてたんだ。オヤジの足元にも及ばないってね。何も言わなくても、そういうのは雰囲気で分かる……あのな、ひどい話があるんだ。いつの間にか、ここの始業時間は九時から八時に早まってたんだぜ」

「何だよ、それ」

「わざわざ早朝に集まって、僕抜きで打ち合わせをやってたんだよ。僕がそれに気づいたのは、一か月もしてからだった。最後の半年ぐらいは、金にも触れなくなったしな。嫌がらせだよ。そういうのは、お前には分からないだろう」

「分からないけど、それがヤクを使う言い訳になるのかよ」

　北見は口をつぐんだ。そう。ヤク中は死ぬまで言い訳を続けることができる。全ての知覚が、感覚が死んでいく中で、嘘をつく能力だけは研ぎ澄まされるのだ。病院で会った連中もそうだった。自分がどれだけ惨めな境遇にあったか。助けが必要だったか。そんな時、ドラッグに出会ってどれほど救われたか。そういう言い訳を馬鹿馬鹿しいと思いながら聞いていたのに、いつの間にか自分も同じことをしている。

　島尾が足を組み直した。

「俺だってきついんだ。毎日働きづめなのに、大した金になるわけじゃない。自転車操業なんだよ。そんなところに、今度はガキが生まれるんだぜ。いったい幾ら金がかかるか、考えただけでおかしくなりそうだ」

「子どもが生まれるのは、めでたい話じゃないか」

「お前には分からないんだよ」島尾が、灰皿の空いた場所を探して煙草の灰を落とした。「お前の家は、もともと金持ちだった。お前に仕事がなくても、子どもぐらい育てていくことはできただろう。だけどな、俺はそうはいかないんだ。女房が働けなくなる分、俺が仕事しなくちゃいけない。背骨が折れそうだよ。お前はそういう思いをしたことがあるか」

北見は言葉を呑みこんだ。苦しみに対する耐性は人によって違う。例えば、僕が今川のように、観光客の荷物を背負って氷河を歩いたら三十分で悲鳴を上げるだろう。今川にコンビニエンスストアの店長が務まるとも思えない。島尾は、法律論を含んで長々と続く会議には耐えられないだろう。だが、そんなことを言っても島尾が納得するとは思えなかった。

「ヤクをやってたってことは、お前は自分の行動に責任を持てないってことだよな」

「何が言いたい」北見は、ゆっくりと視線を島尾に向けた。

「お前、本当に何にも覚えてないのか？」

何だ？　まるで何か知っているような言い方ではないか、こいつは、僕も知らない事情を何か知っているのだろうか。北見は精一杯目を細めて島尾を睨《にら》みつけ、低い声で脅しをかけた。

「友だちだからって、言っていいことと悪いことがあるぞ」

「やっていいことと悪いこともある」

「ふざけるな。お前の勝手な想像だ」

「殺したかもしれないって言ったのはお前じゃないか。とにかく、俺は本当に心配してるんだぜ」島尾が煙草を灰皿に突き立てる。吸殻の林に新たな一本が加わり、細い煙が立ち上った。

「これから病院に行くんだ」自分の台詞に一縷《いちる》の望みを託しながら北見は言った。

「まだ治療してるのか」

「そうじゃない」北見は人差し指を顔の前で振った。「僕が入院した日が正確に分かれば、いろいろなことがはっきりするだろう。今川が殺された時、僕が入院していたとすれば――」

「鉄壁のアリバイになるわけだな」揶揄《やゆ》するように、島尾が唇を歪《ゆが》める。

「何とでも言え」脳の回転がどんどん遅くなる。今や、陳腐な捨て台詞《ぜりふ》を吐くにも一苦労だった。

「もしもお前が今川を殺したって分かったら……」

「どうするんだよ」

「俺は、絶対に許さないからな」握り締めた島尾の拳《こぶし》に太い血管が浮き上がる。彼の言葉はどこにもぶつからず、北見の心を素通りしていった。

「死んだ奴のことはどうでもいいようなことを言ってたじゃないか」

「殺した人間が分かれば、話は違う」島尾が立ち上がる。「さっさと病院に行ってこいよ。それからもう一度話をしようぜ。もしも警察に行く気になったら、俺がつき添ってやる。友だちとして、せめてもの情けだな」

言葉もなく、北見は島尾の後姿を見送るしかなかった。あいつは、完全に俺が殺したと確信している。今となっては、信用していいのかどうかも分からない。ソファの上でずり落ち、足を床に投げ出す。行かなければ。自分の身に何が起きたのか、調べなければ。そうは思っても、体が言うことを聞いてくれなかった。

二か月入院していた病院は、北見の家からはどうにも行きにくい場所にある。駅まで出て、何度も路線図を確認した。拝島《はいじま》まで行き、そこから八高《はちこう》線を使う。そうでなければ、北朝霞《きたあさか》まで出て東武《とうぶ》線を使うか。どちらにしろ、乗り換えの時間を含めて二時間半は見なければいけないようだ。

東武線を使うことにした。距離的には遠回りになるが、八高線は一時間に一本しかない。一本逃したら、一時間を無駄にすることになる。電車に揺られながら、明日菜を連れてくれば良かったと思った。あの辺りは景色が素晴らしいのだ。遠くに山々が連なり、紅葉が大気を赤く、黄色く染める光景を見せてやるべきだったかもしれない。

——ふっと記憶が飛ぶ。冷たい空気が漂う寄居《よりい》駅に降り立った時、どう乗り継いできたのか、駅で、電車で何をしていたのか、まったく覚えていなかった。急に周囲が暗くなり、視界が狭くなったような気がした。これは雨のせいだ、と自分に言い聞かせる。

昼過ぎ、腹はまったく減っていなかったが、なぜか食事を取らなくてはいけないという強迫観念に襲われ、駅前にある蕎麦屋《そばや》に飛びこむ。ザル蕎麦を食べているうちに体が冷えてきて、震えが止まらなくなった。温かいお茶を何杯もお代りして、何とか震えを抑えこむ。

駅まで戻り、タクシーを捕まえる。運転手の胡散臭《うさんくさ》そうな目つきが、一瞬だけバックミラーに映りこんだ。うつむいてその視線をやり過ごす。この病院は元々、アルコール依存症の治療で有名だったらしい。運転手は、北見がアルコール依存症だと判断したのだろう。プロらしくない態度だが、文句を言う気にもなれない。自分でもそんな感じがしないでもないのだから。昔から——特に司法試験の準備をしている時は、一日中アルコールが手放せなかった。最初の一年は、夕方が待ち遠しかった。そのうち、午後三時を過ぎれば呑《の》んでもいいとルールは緩和され、それが正午になるのにさほど時間はかからなかった。最後の一年は、朝起きるとすぐに呑み始めたものである。呑みたいがために、早く目を覚ますことさえあった。一時間でも二時間でも、とにかく寝さえすれば酒を呑んでもいい、というのがその頃のルールだった。酒が残っているかどうかは問題ではなかった。

「着きましたよ」と言われて顔を上げた。いつの間にか、すっかり山の中に入りこんでしまっている。料金を払ってタクシーを降りると、冷たく青臭い空気が鼻を刺激した。常緑樹が生い茂る森が道路のすぐ脇まで広がり、雨混じりの霧の中でぼんやりとした緑の壁を作っている。

病院の建物自体には見覚えがない。ゴルフ場でも作れそうな広々とした前庭。レンガ造りの建物も、病院というよりクラブハウスのようである。別の病院に連れて来られたのだろうか。いや、違う。そもそもどんな建物だったかさえ、覚えていないのだ。運びこまれてきた時のことは記憶にないし、出て行く時には、一度も振り返らなかった。入院中は病院の外へ出なかったから、結局この病院を正面から見たことは一度もなかったのだ。

入り口へ続く道を外れ、芝の上を歩く。冬も近いというのに青々とよく手入れされた芝だ。雨で濡《ぬ》れた芝がズボンの裾《すそ》から忍びこみ、足首を濡らす。吐く息は白い。北見の家の辺りよりも、二、三度は気温が低そうだ。

自動ドアがすうっと開く。陽光がたっぷり入るよう、入り口付近はガラス面積が広く取られているのだが、今日は陽射しが頼りない。どこへ行くべきか、人気のないロビーに立って左右を見回していると、背後から声をかけられた。

「北見さん」

ゆっくりとそちらに首を回す。小柄で小太りの女性看護師が、歩調を変えずにこちらに近づいてきた。顔には穏やかな笑みが浮かんでいる——妙に懐かしさを感じさせる表情だった。福田佐知子《ふくださちこ》。年を聞いたことはないが、たぶん四十五歳ぐらい。人間のクズばかり見続けているはずなのに、目は曇っていない。北見は実に無愛想な患者だったのだが、常に笑みを浮かべて話しかけてきた。やたらとお喋《しゃべ》りだった印象が強いが、人の話に耳を傾けず、言葉の弾丸を撃ち続けることで、自分の精神状態の平衡を保っていたのかもしれない。

北見は無言で頭を下げた。

「退院してからどれぐらいだっけ。退院じゃなくて、あなたが勝手に出て行ってから」佐知子が、気さくに北見の腕を叩《たた》く。少し力が入り過ぎている。北見は無意識のうちに、叩かれたところを手で押さえた。

北見は首を傾げ「一週間」という答えを弾《はじ》き出した。本当に？　この一週間、あまりにも多くのことが起こり過ぎた。一か月にも、一年にも感じられる。これは、ダウナーを使っている時に特有の時間感覚ではないか。柔らかい飴《あめ》のように時が引き伸ばされ、全ての動きがゆっくりと見える。

「今日はどうしたの？　忘れ物？」

「いや。院長先生に会いに来ました」

途端に、佐知子の四角い顔に緊張が走った。そう言えば、以前この病院で起きた傷害事件について聞いたことがある。患者が医者に切りかかる、こういう場所ではいかにもありそうな話だ。

「何のご用件でしょうか」口調まで強張《こわば》っていた。

「お礼だったら良かったんですが」

佐知子の顔つきがさらに厳しくなる。目に黒い影が射し、薄い唇が細い糸になった。

「何か困ったことでもあったの」

「いや、ちょっとした相談です」

否定の一言を聞いて、佐知子が遠慮をなくした。じろじろと北見の顔に視線を這《は》わせ、

「まあ、顔色は悪くないわね。勝手に出て行ったのはよくないけど、元気なら怒る必要もないわね」と一応の結論を出す。

「元気ですよ」北見は無理に笑みを浮かべながら答えた。

「なら、いいけど。相談はいつでも歓迎だから。今、院長の予定を聞いてあげるわ」

「あの」

受付に向かって歩き出した佐知子を呼び止める。

「何？」

「一つ、聞いていいですか」

「いいけど」佐知子が怪訝《けげん》そうな表情を浮かべた。

「院長、何でこの病院を始めたんですか。儲《もう》からないでしょう。ほとんどボランティアみたいなものじゃないんですか」

「そうやって院長のプライベートな問題を知りたがるのは、ここに入院していた時のお返しかしら」

「そういうわけじゃないけど……」そういうわけだ。治療として必要なことなのだろうが、医者の前で、患者のプライバシーは容赦なく暴かれる。北見の入院生活は、心に被《かぶ》さった硬い蓋《ふた》を無理矢理こじ開けようとする医者たちとの戦いだった。

北見はついに本音を明かさなかった。途中からは意地になった。そうやって意地になることで、少しずつ正気を取り戻せたような気もする。それも医者の計算のうちなのかもしれないが。

「院長の弟さんがね」

「ヤク中だったんですか」

同意の印に、佐知子が唇に手を当てて北見を黙らせた。

「身内をそういうことで亡くすと、殉教者みたいな気になるのかもしれないわ。こういう病院をやっていくのは難しいのよ。警察からすれば、かくまっているようにも見えるみたいだし。本当に悪質な時は、警察にも通報することがあるけど、院長は患者を治すことを最優先にしてるのよ」佐知子が、豊満な胸の上で両手を組み合わせた。

「それ以上聞かない方がいいでしょうね」警察という言葉に反応して、北見は声を低くした。

「私は喋れないわ。知りたかったら、院長から直接聞いて」

表情を消して、佐知子が足早に受付に向かった。電話で一言二言話してから、北見に向かって手を挙げ、親指と人差し指で丸を作る。受付に向かって歩き出しながら、北見は喉《のど》から心臓が飛び出しそうな思いを味わっていた。

審判の時は近い。

「よう」院長の神山《かみやま》が、北見の方を見もせずに左手を挙げた。右手に握った箸《はし》は、インスタント焼きソバを手繰っている。「ちょっと待てよ。今食い終わるから」

院長室に満ちる甘ったるいソースの香りを、北見は懐かしく嗅《か》いだ。この部屋は常に開放されているのだが、北見が覗《のぞ》くと、神山は決まってインスタント食品でそそくさと昼飯を済ませているところだった。

「いやあ、今日も忙しいわ」食べ終わった焼きソバの容器を、神山がゴミ箱に乱暴に突っこんだ。綺麗《きれい》に揃えた口髭《くちひげ》を右手の人差し指で擦《さす》り、椅子を回して北見と向き合う。さっと右手を伸ばし、空いている椅子を北見に勧めた。

「相変わらずこんなものばかり食べてるんですか」椅子に腰を下ろしながら、北見は、ゴミ箱の中で斜めに傾いた焼きソバの容器に目をやった。ふと、沈没寸前の豪華客船を思い浮かべる。

「インスタント食品は、二十世紀最大の発明だね。これがなかったら、俺はとっくに死んでるよ」

「先生も、ある意味中毒ですね」

「馬鹿者」笑いながら言い、神山が煙草を唇に挟んだ。北見にも一本勧める。断って、自分の煙草をくわえた。他の病院に比べて、ここは喫煙スペースが多い。ドラッグよりも煙草ということなのだろう。ドラッグで死ぬ人と煙草で死ぬ人とどちらが多いのだろうと、北見はふと考えた。

「で、何の用だ、逃亡犯？」

「やめて下さいよ。もう何でもないんですから。今日はお訊《き》きしたいことがあって来ました」

「ああ、いいよ。俺に答えられることならな」

　変わった医者だとつくづく思う。北見より二、三歳年上といったところだろうか。短く刈った髪を明るい茶色に脱色しているが、きちんと手入れしている暇がないのか、根元の方は黒くなっている。体を動かすことなら何でも好きで、治療の一環として行われる病院内のソフトボールには必ず参加していた。ショートを守り、打っては鋭いラインドライブを飛ばす。北見は、彼がアウトになったのを見たことがなかった。

「僕が入院したのはいつでしたか」

「何だ、そんなことか」神山が大袈裟《おおげさ》に肩をすくめて見せる。「血相変えて入ってきたから、何事かと思ったよ」

「いつでしたか」

「ちょっと待て。正確に知りたいんだろう」神山がデスクの引き出しを開け、カルテを取り出す。ページを繰ると、すぐに問題の日付を見つけ出した。「九月十五日だな」

「そうですか」息が抜けるような声になってしまった。今川が死んだのは二十五日。無意識のうちに病院を抜け出したのでない限り、僕には今川を殺すことはできなかった。アリバイとしてはほぼ完璧《かんぺき》だが、これで北見は別の壁にぶつかった。身の潔白を証明しようと思えば、自分がここに入院していたことを警察に説明する必要がある。大きな破滅か小さな破滅か、どちらかを選ばなくてはならないのだ。いや、破滅に大小など関係ないか。

「そういうことだ」カルテを引き出しにしまい、神山が北見の方に向き直った。「それが何か問題なのか？　第一、そんな話なら電話で済むだろう」

「もう一つあります。僕をここへ連れてきたのは誰なんですか」

「それは言えないことになってる」神山がきゅっと唇を引き結んだ。

「止められてるんですよね。それは僕も聞きました。それにしても、奇特な人もいるもんですね。入院費の面倒まで見てくれたわけだから。お礼ぐらいしないとバチが当たると思いませんか」

「それは確かに理屈だな」

「じゃあ――」

「駄目だ」神山が顔の前で手を振った。「教えない、という約束になっている」

押せ。もっと押してみろ。頭は命令するが、気ばかりが焦って、適切な言葉が浮かばない。結局、子どものような台詞《せりふ》しか出てこなかった。

「どうしてですか」

神山がゆっくりと足を組んだ。ズボンの膝《ひざ》をつまんで折り目を直す。

「仕方ないだろう。君をここへ連れてきた人の希望なんだ。無理言うなよ」

「先生は、その人の名前を知ってるんですよね」

「そりゃあそうだ。その人が入院費も払ったんだから」

「幾らだったんですか。五十万？　それとも百万ですか。相手が誰であっても、そんな大金を払ってもらういわれはない」

神山が拳《こぶし》の中に咳《せき》をした。

「そんなこともないだろう。君のことを、本気で心配してくれてる人もいるんだよ。金額の問題じゃないとでも思ったんじゃないかな、その人は。実際は、最初に預ったお金はほんの少し残ったよ」

北見は首を振り、院長室の中を見回した。六畳ほどの狭いスペースに、極めて事務的なスチールのデスクと、肘掛《ひじかけ》もない椅子が置いてあるだけだ。このレイアウトは他の診察室と同じである。違いは壁一面にしつらえられた本棚で、その大部分が専門書や医学雑誌で埋め尽くされていた。その中に、北見は異質な一冊を見つけた。その本が、まるで巨大な質量を持った物体であるかのように、北見を引きつける。喉に何か詰めこまれたように、息をするのも困難になった。

まさか。北見は、頭からすうっと血の気が引くのを感じた。指先が冷たくなり、小刻みに震えだす。それを抑えるために、両手を固く握り合わせた。たちまち、指先が赤く染まる。

「マルバツゲームをやりませんか」

「よせって」神山が首を振った。「そんなことしても教えるつもりはないよ。俺が言うのも変だが、この病院はいろいろ難しい場所なんだぞ。たとえ金を出して面倒を見ても、患者には自分の存在を知られたくないと思っている人がいても不思議じゃない。それぐらい、君にも分かるだろう」

「そいつは男ですね」

「だから、よせよ」神山が顔をしかめる。「いくら言っても無駄だって。案外しつこいね、君も」

「否定しない限り、先へ進みますよ。そいつは僕と同じぐらいの年齢じゃないですか」

神山がそっぽを向いたまま、盛んに煙草の煙を吹き上げる。組んだ脚を小刻みに揺らした。

「そいつは」北見は言葉を切った。切らざるを得なかった。棘《とげ》でも生えているように言葉が喉に引っかかる。もっと前、奈津が渡してくれた原稿を読んだ時に気づいているべきだったのだ。「そいつには、右腕がありませんでしたね」

神山が言葉を失う。脚を組み、上半身を左側に捻《ひね》った姿勢のまま、彫像のように固まった。やがて煙草の灰が折れ、床に落ちる。それでもなお、無言を貫いていた。

「もう、義理を通すことはないんですよ」

「どういうことだ」やっと出てきた神山の言葉はしわがれ、今にも粉々になってしまいそうだった。

「そいつは、死んだんです」

煙草を揉《も》み消した神山が、拳のつけ根で頭を挟みこみ、両のこめかみを強く揉んだ。顔が引っ張られ、目が細く尖《とが》る。

「冗談だろう」溜息《ためいき》のように吐き出した言葉も、空しく宙に消えた。

北見は立ち上がり、神山の背後にある書棚の前に立った。『極北』を手に取り、椅子に戻ってくる。本を胸に抱えたまま訊《たず》ねた。

「先生は、小説なんかあまり読まないでしょう」

「まあな」

「じゃあ、これはどうしたんですか」神山の目の前に『極北』を突き出す。神山が目を細め、きつく唇を噛《か》んだ。北見は表紙に目を落としながら続けた。

「今川出流。こいつが僕の親友の名前です。あいつが僕をここへ運びこんだんですね。それで、名刺代わりにこの本を置いていった。違いますか」

「死んだって言ったたな。どういうことなんだ」神山は北見の質問には直接答えず、盛んに煙草をふかしながら逆に訊いてきた。

「分かりません。警察は自殺だと言ってますけど、僕は、殺されたんじゃないかと思っています」

「どうして」

「自殺するような男じゃないんですよ」

「専門じゃないのにこういうことを言うのは気が引けるんだけどね」神山が口髭《くちひげ》をつま

み、水でも絞ろうとするようにきつくしごいた。「いかにも自殺しそうな人が長生きすることもある。絶対に自殺しそうもない人が、突発的に自分で命を絶つこともある。何事も断定はできないんだぜ」

「僕は……」北見は唇を舐《な》めた。乾いてひび割れた感触が、舌先を不快に刺激する。「僕が殺したんじゃないかと思ってました」

「馬鹿な」いつの間にか、神山は落ち着きを取り戻していた。白衣の裾《すそ》を揃えて体を乗り出し、北見の目を真っ直ぐ覗《のぞ》きこむ。「何でそう思う」

「僕が入院したのが九月十五日……あいつが死んだのはそれから十日後です。九月二十五日に、僕がこの病院を抜け出せた可能性はありますか」

「ない」神山が即座に断言した。「もちろんここは刑務所じゃないから、出るも入るも自由だ。ただその頃だと、君はまだ正常な判断力を取り戻していなかったと思う。体力的にも無理だったな。覚えてないと思うが、ここへ担ぎこまれてきた時の君は、かなり危ない状態だったんだぞ。一週間は点滴だけで生きてた。それから三日や四日で外へ出るのは、物理的に不可能だ」

「こんな山の中じゃ、逃げ出すのも大変ですしね」

「そりゃそうだ。この病院をこんな辺鄙《へんぴ》な場所に建てたのも、それが目的なんだから」

「要は、監禁ですね」

「人聞きの悪いことを言うな」神山が鼻を鳴らし、新しい煙草に火を点《つ》けた。「ここは環境がいいだろうが。都会の真ん中じゃ駄目なんだよ」

「東京だったら、病院のすぐ裏にまで売人が来るでしょうからね。連中にとっても、一番稼ぎやすい場所じゃないですか」

「君、ちょっと皮肉っぽくなったか？」

「いや」北見はゆっくりと首を振った。顔を上げ、何とか微笑もうとする。唇の端が痙《けい》攣《れん》したように震えるだけだった。

「要するに君は、自分が友だちを殺したんじゃないかと疑ってたわけだ。自分で自分を疑うっていうのも変だけどな。とりあえず違ったようだね」

「ええ」

「自分を追いこんでるんじゃないか」

「そうかもしれません」

「亡くなったから言うが……」神山が天井を仰いだ。「ずいぶん一本気な人だったね。ちょっと怖いぐらいに。君のことを本気で怒ってたよ。君にドラッグを売った人間に対してもね」

「まさかあいつ、仕返しでもしようとしてたんじゃないでしょうね」今川はよく、前後の見境がつかなくなった。あるいは、つかなくなったふりをしていた。自分よりずっと体が大きく喧嘩《けんか》も強い相手に無理矢理突っかけて行って、半殺しの目に遭ったことも何度もある。もちろん、ヤク中になった最大の責任は北見自身にあるのだが、供給する人間がいなければこんなことにはならなかったはずだ――そう考え、あいつが暴走して涌井を追い詰め、返り討ちに遭ったのかもしれない。しれっとした涌井の態度を見ている限り、そんなことはあり得ないようにも思えたが、ああいう人間は本当のことを言うより嘘をつく方が得意だろう。

「そうかもしれない。俺にまで突っかかってきてね。俺が何か知ってるんじゃないかと思ったんだろうな。ここで大暴れして、宥《なだ》めるのに一苦労したよ」

「すいません」北見は顔をしかめながら頭を下げた。

「まあ、いい。それだけ友だち思いってことじゃないか。それより、変なこと、考えるなよ」神山が煙草の火を北見の方に向けながら釘《くぎ》を刺した。

「変なことって何ですか」北見は神山の視線を巧みに外して腰を浮かした。

「復讐《ふくしゅう》とかさ」

「まさか。誰が彼を殺したのかも分からないんですよ。復讐なんてできるわけないじゃないですか」

「どうも君は、口先だけで物を言ってるような気がするんだけどね。入院してる時からそうだったぜ」

これではまるで騙《だま》し合いだ。本音なのか嘘なのか。悔悟の涙なのか目薬をさしただけなのか。腹の探り合いが、治療にどれほど役立ったというのだろう。

「とにかく、復讐したって彼は戻ってこないんだぞ」

やはり自分が殺したのであれば良かった。それならば、自ら命を絶つことで復讐は完結する。僕が死ねば、またどこかで彼に会えるかもしれない。あるはずのない天国や地獄の存在を、ふっと信じたくなった。

「北見貴秋君！　北見君」よく通るアルトの声で、閑散とした病院の廊下がオペラの客席に変わった。北見は苦笑いを浮かべながら立ち止まり、ゆっくりと振り返った。中江《なかえ》千里《ちさと》が腰に両手を当てて立っている。この病院のボランティアだ。入院している人間を、常にフルネームで呼ぶ。名前で呼ぶことで、当人の存在を現実につなぎとめておけるとでもいうように。まだ医学部の学生だというのだが、肝が据わっている。ヤク中の相手は医者でも難しいはずなのに、笑顔を絶やしたことがない。顔はどんな時でも艶々《つやつや》と光っており、その笑顔で、小さな町の一か月分ぐらいの電力は賄えそうだった。

今日も、いつもと同じジャージ姿である。足元もランニングシューズで固めていた。いつもこんな格好なのに、不思議とスポーツをするタイプには見えない。単に、動きやすい服装を選んでいるのだろう。

どちらからともなく歩み寄ると、千里がすかさず北見の腕を取った。誰が相手でも必ずそうする。中には体に触れられるのを嫌がる患者もいるのだが、彼女は頑としてやめようとしない。もしかしたらこういう肉体的接触も、治療として意味のある行為なのかもしれない。

「どうしたの、北見貴秋君？　ここが懐かしくなった？」

北見は唇を捻《ね》じ曲げた。

「冗談じゃない。こんなところ、二度と来るつもりはなかったよ」

「じゃあ、どうしたの」千里が小首を傾げる。これほど上手に小首を傾げる仕草をする女性に、北見は会ったことがない。

「あら。何？」

「忘れ物」

「青春」

「もう」千里が腕を解き、北見の肩を乱暴にぶった。本物の暴力になる一歩手前、親しみの極限のような力の入れ方で。この子は、何百人もの男に勘違いをさせてきたのではないかと北見は思った。

「で、本当は？」

「ちょっと院長に訊《き》きたいことがあったんだ」

「それで、用事は済んだの？」

済んだ。ある意味、最悪の形で。

「ああ」

「じゃあ、ちょっと休んでいかない？　ここへ来るだけで大変だったでしょう」

言われて北見は、巨大な岩が肩にのしかかったような疲労を感じた。背中から腰にかけてがだるくなってきた。

「まあね。こんなに遠いとは思わなかったよ」

「ロビーに行く？」

「いや」先ほどは閑散としていたが、ロビーは基本的に、入院患者の溜《た》まり場である。知った顔もいるだろうし、今は会いたくなかった。「ちょっと散歩しようか」

「今日は散歩日和じゃないわよ」

「いいんだ。傘を借りよう」

二人は裏口から抜け出し、中庭に出た。ここにも足の長い芝が張ってあり、天気のいい日はベッド代わりに昼寝ができるほどである。芝が切れたところから緑色のフェンスが始まっており、その向こうは、ソフトボールのグラウンドとテニスコートになっている。用意のいい千里は、巨大なゴルフ用の傘と缶コーヒーを二つ持ってきた。そのまま、グラウンドに入る。ダグアウトには屋根までしつらえてあり、雨をしのぐことができた。山から吹き降ろす風の冷たさがきりきりと突き刺さったが、缶コーヒーの熱さで何とか暖を取ることができた。

「その後、どう」気楽な調子で千里が訊《たず》ねてくる。

「ぼちぼちだね」

「体調は」

「あまり良くない。何だかいつもふらふらしてるんだ」

「それは仕方ないみたいよ。一気に元気になるのは無理だって、みんな言ってるわ。そのうち、自然に元に戻るんじゃないかしら」

「毎日、ヤクが恋しくて仕方がないよ」

千里が小さく声を上げて笑った。

「何がおかしいんだ」

「入院してた頃に比べると、ずいぶん素直になったわね」

「僕は前から素直だよ」

「でも、ミーティングで一言も喋《しゃべ》らない時もあったじゃない」

「喋ることなんかなかったからね」

「喋ることで、自分では気づかなかった何かを見つけることもできるのよ。ミーティングはそのためにやってるんだから。同じ境遇の仲間が集まってるんだから、喋りやすいはずだし」

「冗談じゃない」北見は火傷《やけど》しそうに熱い缶をぎゅっと握り締めた。「僕は、何も考えないでシンナーをやってるようなガキどもとは違うんだ。一緒にしないでくれ」

「そう考えるのはあなたの勝手ですけどね。もっと素直になれば、いろいろなことも見えてくるのに」

「そうですか、先生」からかうように言うと、千里がきっと睨《にら》みつけた。北見は肩をすくめ、そのきつい視線をやり過ごした。

「そもそも君は、どうしてこんなところでボランティアなんかやってるんだ」

千里の目つきが柔らかくなった。今まで何百回も同じ質問を受けてきたのだろう。

「私のカウンセリングをするつもり？」

「そうじゃないけど」

「いいわ、話してあげる」千里がぐっと背筋を伸ばし、センターの守備位置の辺りに目をやった。「兄が、昔ここに入院してたの」

北見は相槌《あいづち》を打たず、視線を遠くに投げた。ありそうな話である。

「でも、退院した後にまた薬に手を出して、結局今は刑務所に入ってるわ。刑務所を出ても、同じことを繰り返すんでしょうね。今だから言えるけど、家族にとっては厄介者だったのよ。中学生の頃からシンナーを使い始めてね。高校生になると暴走族に入って、覚醒剤《かくせいざい》にも手を出すようになって……」千里が細い肩をすぼめる。「後はお定まりってやつね」

「お兄さんのためにここで働いてるのか」

千里が肩をすぼめ、小さく溜息《ためいき》をついた。顔の周りに白い息がまとわりつく。

「父も母も、見て見ぬ振りなのよ。昔からそうだし、今は刑務所に入ってるから、厄介払いができたと思ってほっとしてるみたい。最初の頃にがつんと言っておけば、こんなことにはならなかったかもしれないのにね。でも、私も逃げてたんだと思う。体を張ってでも止めれば良かったのよ。うちの家族は、みんな現実に目を背けてたの。だからここで、いろいろなことを勉強するつもり」

「そうか」

「一応、医学部ですからね。将来、自分の仕事の役にもたつでしょう」

「患者の気持ちがよく分かる、と」

「分かるわけないでしょう」千里があっさりと言い切った。「簡単に分かるなんて言う人は傲慢《ごうまん》なのよ」

「本音だね」

「本音よ。いいか悪いかはともかく、薬を使う人にはそれぞれ事情があるでしょう。でも大抵の場合は、その理由を自分でも上手《うま》く説明できないのよ。それなのに、私たちが偉そうに『分かった』なんて言ってたら、偽善じゃない。どんな医者でも、患者の心の底までは絶対に踏みこめないの。それに、一々そこまで考えて仕事してたら、こっちがおかしくなっちゃうでしょう」

「ああ」千里の率直な物言いに、北見は呆気《あっけ》に取られた。

「でも私は、振り回された人間の気持ちが分かるから。何も知らないよりはましよね。それなりの覚悟もできてるし」

千里が毅然《きぜん》として言い放った。北見は、自分より十歳以上も若いこの女性に、香織と同じ匂いを感じ取っていた。そしてなぜか、香織には伝えられないことも、彼女になら自然に感じ取ってもらえそうな気がした。

「そうだよな。確かに周りは振り回される。僕もいろいろな人を振り回してきた」

「いろいろあったのね、北見貴秋君」

千里が北見の腕を取る。その手の温かさを感じながら、北見は自分が底なしの沼を覗《のぞ》きこんでしまったことを悟った。


二つのヒントを持って北見は東京へ戻った。今川の死に関して、自分にはほぼ完璧《かんぺき》なアリバイがあること。今川が、北見にドラッグを売りつけていた人間を憎んでいたらしいこと。

涌井。

「夢船」の店内で、照明を受けていつもてらてらと輝いていた短い髪を、浅黒く焼けた肌を思い浮かべる。今川は、どこかで涌井の存在を嗅《か》ぎつけたのかもしれない。標的が見つかれば、今川の怒りに火が点《つ》くのは時間の問題だろうし、それを消し止めることは誰にもできない。そして返り討ちに遭う——涌井は、今川と北見の関係に気づいていただろうか。気づいていたとして、久しぶりに北見に会った時に素知らぬふりを決めこめるほど、肝が据わっているだろうか。

駅から真っ直ぐ「夢船」に向かう。今夜も客は一人もいなかった。北見の姿を認めると、マスターが渋い表情を浮かべて首を捻《ひね》り、芝居がかった仕草で口髭《くちひげ》を撫《な》でつけた。

「何にしますか」一応注文は聞いたが、カウンターから出ても来ない。

「ビールを」

マスターが自分の口髭を噛《か》みながらビールを持ってくると、北見はいきなりその腕を摑《つか》んだ。背の高いグラスが大きく揺れてビールが零《こぼ》れ、テーブルに泡の塊ができる。

「何ですか」強張《こわば》った口調でマスターが言い、北見の手から逃れようともがく。

「涌井は」

「今日は来てませんよ」北見が手の力を抜くと、その勢いでマスターが転びそうになり、グラスを取り落とした。床の上で粉々になったグラスが照明を浴びて、無数の鈍い光が広がる。

「困りますね、こんなことされちゃ」マスターが、グラスの破片と北見の顔を交互に見やった。

北見は、ジャケットの内ポケットから古びた写真を取り出し、そっとテーブルに置いた。七年前、最後の旅に出る直前の今川を成田空港で写したものである。まだ春一番が吹く前だったのに、Tシャツ一枚という薄着だ。主のいない右袖《みぎそで》が頼りなげに垂れている。

「この男、ここに来ませんでしたか。来てれば絶対に覚えてるはずです」

「誰ですか」マスターが恐る恐る写真を覗きこむ。すぐに顔をしかめ、唇をぎゅっと引き結んだ。「腕が……」

「僕の命と引き換えになったんです」

「どういうことですか」

「どうでもいい。あなたに話すことじゃない」北見は写真を慎重に内ポケットにしまった。「見てないんですね」

「ええ、この店ではね」

「この店の外では？」北見は、彼の言葉尻《ことばじり》を捉《とら》えて追及した。

「見てませんよ」即座に否定の言葉が返ってきた。嘘ではないような気がした。

「分かりました」

北見は立ち上がり、尻ポケットから財布を引き抜いて、五千円札をテーブルに叩《たた》きつけた。

「これで足りますね」

「ああ、お願いがあるんですがね」マスターが左手で右腕を押さえる。北見は眉《まゆ》をくっと上げて、次の言葉を促した。

「ここには二度と来ないで下さいよ」

「そのつもりです。ここにいると、腐りそうだから。あなたみたいにね」

店を出て、路地をぶらぶらと歩きながら、電話で涌井を呼び出した。マスターが警告を入れているかもしれないと思ったが、涌井の声には用心するような調子はなかった。いきなり商売の話から切り出してくる。

「もう使っちゃった？」

「いや」口の中が乾く。口蓋《こうがい》がひりひりし、次の言葉を吐き出すまでにしばらく時間がかかった。

「どうかしたの」

「いや……今からちょっと会えないかな」

「いいけど、今どこ？　『夢船』？」

「いや。今日は別の場所にしよう」

「どうして。『夢船』でいいじゃない」

「ちょっと、マスターとやりあってね」

涌井が声を上げて笑った。

「あのマスターが？　ウサギに喧嘩《けんか》を吹っかけられても泣いちゃうような人なんだけどね。あんた、よっぽどひどいことを言ったんじゃないの」

「あのマスターも、なかなか頑固だよ」

「今晩は、やり足りないんじゃないかな。たっぷり使ってればご機嫌なんだけどね」

「とにかく『夢船』は駄目だ。あの店の近くに『珈琲屋』っていう喫茶店があるの、知ってるか」言いながら北見は、目の前にある喫茶店の小さな看板をちらりと見た。入ったことがある……かもしれない。

「知ってるよ、あの辺は庭みたいなものだから。でも、『珈琲屋』はやばいよ。あそこ、普通の店だから」

「今日は、売り買いはなしだ。話を聞きたいだけだから」

「只《ただ》で？」先日のことを思い出したのか、涌井が鼻で笑った。「あんたには、一回騙《だま》されてるからね」

「場合によっては金を出す」

「本当かな。で、幾ら出すの」

「それは話を聞いてからだ」

「まあ、いいでしょう。今夜は暇だからね。二十分ぐらいで行けるけど、いいかな」

「待ってる」

電話を切り、北見は電柱にもたれて立て続けに煙草を吸った。三本目を吸い終えると舌がざらつき、かすかな吐き気がこみ上げてきた。

「珈琲屋」は一階が店舗、二階が住居で、横が細い路地になっている。北見はその路地に身を隠し、電柱の陰から鼻先だけを突き出して涌井を待った。時折北見の姿に気づく通行人がいて、ちらちらと視線を投げてくる。その度に北見は、地面を見つめてやり過ごした。

電話を切ってから十八分後、左手の方から涌井が歩いてきた。少しうつむき、頭の中で自分だけにしか聴こえない曲が鳴っているように、リズミカルに首を振っている。待て。もう少しだ。目の前に来たタイミングを見計らって声をかけろ。

「涌井」

涌井がこちらを向く。にやりと笑いかけたところで、北見はその右腕を摑んで思い切り引っ張った。そのまま狭い路地の中で振り回し、「珈琲屋」の壁に思い切り背中を叩きつける。

「な——」涌井の言葉が押し潰《つぶ》される。体中から空気が抜け、顔から血の気が引いた。北見は左手で涌井の腕を押さえたまま、右手を喉《のど》に伸ばした。顎《あご》の下を摑んで力を入れると、涌井の足が宙に浮く。喉からしゅうしゅうと音が漏れ出た。

「今川を知ってるな」

涌井が必死に首を振った。北見の右手の中で、顎がごりごりと嫌な音を立てる。

「嘘をつくな」

「し……知らねえ」

「僕の友だちだ」

北見はわずかに右手の力を緩めた。途端に涌井の顔に血の気が戻り、口の端から涎《よだれ》が流れ出す。左手を振って、自分の顔の前にある北見の手を払いのけた。両手で喉を押さえながら、その場に崩れ落ちそうになる。北見は右腕を摑み、また涌井の体を引っ張り上げた。喉元に肘《ひじ》を押し当て、背中を壁に張りつかせる。イタチを思わせる顔がすぐ目の前にあり、ニンニクとアルコールの混じり合った臭いが鼻先に漂った。顔が真っ赤になり、ミミズのような血管が首筋に浮き上がる。

「嘘をついてもすぐに分かるぞ」

「ちょっと、ちょっと待てよ」涌井が顔を背け、足元に唾《つば》を吐いた。下を向いたまま、弁明を続ける。「何のことだか全然分かんねえよ」

北見は大きく息を吸った。本当かもしれない。僕の頭は、一つの仮説で埋め尽くされてしまったのだ。昔は——ドラッグを使うようになるまでは——こんなことはなかった。常に慎重で、どんなことでも頭から信じることなく、疑ってかかっていたのに。それが父の教えでもあった。真実は一つしかないかもしれないが、事実は幾つもある。弁護士の仕事は、一番適当だと思える事実を探し出して法廷でぶちまけることであり、真実という穴にはまりこむのは賢いやり方ではない、と。

「あんたもえらく乱暴だね」涌井がまた唾を吐く。赤い物が混じっていた。ようやく顔を上げると、北見の胸を両手で押して突き放す。北見はようやく涌井の右腕を放した。

「何の話か知らないけど、このままじゃ話なんかできないぜ。帰らせてもらってもいいかな」

「そうはいかない」

「俺が声を上げれば、すぐに誰か飛んでくるよ」涌井が、助けを求めるように、通りの方にちらちらと目をやった。馬鹿が。喧嘩にしか見えないはずだ。こんな繁華街で、一々喧嘩の仲裁に入るような人間はいない。

「警察が来るかもしれないな」

涌井が手を後ろに回して、尻に手を当てた。眉を吊《つ》り上げ、低い声で脅しをかける。

「警察が来たら、あんたも困るんじゃないの」

「じゃあ、落ち着いて話をしようか」

「俺はそのつもりで来たんだよ。あんたが先に手を出したんじゃないか。これで二度目だからな」

「二度目？」北見の腕がだらりと垂れる。

「あんたが病院に入る直前だよ。何をとち狂ったのか『夢船』でいきなり俺の頭をビール瓶で殴りやがってさ」

「そうなのか」

「やれやれだな」薄い笑みを浮かべて涌井が首を振る。「何も覚えてないんだ」

「ああ」

涌井が短い髪を掻《か》き上げた。生え際に、二センチほどの白い傷跡が残っている。

「これがその証拠だよ」

北見が黙っていると、涌井が薄い笑みを浮かべて彼の肩を軽く小突いた。

「まあ、いいって。そういうことを一々気にしてたら、この商売はやっていけないから。もっとひどい目に遭ったこともあるし。あんたはちゃんと治療代もくれたから、まだ良心的だよ」

「幾ら？」

涌井が肩をすぼめる。

「知らない方がいいんじゃないの。あの日は、タクシーで帰るほどの金も残らなかったと思うけど」

奇妙な均衡状態を保ったまま、二人は「珈琲屋」に腰を落ち着けた。メニューにホットサンドウィッチがあり、スパゲティナポリタンがあるような、昔ながらの喫茶店である。急に空腹を覚えて、北見はハムと卵のサンドウィッチを頼んだ。まだ、体中の血液が泡立っているようで、眩暈《めまい》も居座っている。

「で？　今日は本当は何の用だったの」何事もなかったかのように涌井が切り出す。煙草に火を点《つ》ける手も震えてはいなかった。こんなことは日常茶飯事なのだろう。頰の内側でしきりに舌を転がす。お絞りを口に押し当てると、赤い唾がついてきた。「今川という人の話？」

北見は黙って、今川の写真を差し出した。涌井が指先でつまむように受け取り、じっと見つめる。

「これが今川って人？」

「ああ」

「この人がどうしたのよ」

「死んだ」

「へえ」

「僕の友だちだったんだ」

「ああ、そう」関心なさそうに言って、涌井が写真をつき返した。北見は無意識に写真を撫《な》でると、丁寧に内ポケットにしまった。

「ずいぶん淡々としてるな。人が一人死んでるんだぞ」

「あのね」涌井が身を乗り出す。火のついた煙草の先端を、北見の顔の前に突き出した。「俺の友だちなんか、何人も死んでるの。まともな死に方をした奴なんか一人もいないよ。だから、あんたの友だちが死んだから同情しろって言われても、無理。俺は、そういう神経は麻痺《まひ》しちゃってるから」

「お前が殺したんじゃないのか」

一瞬、涌井の顔から表情が消える。次の瞬間には、笑いを爆発させた。

「何がおかしい」

「あんた、まだ抜けてないんじゃないの。何で俺が、見ず知らずの人を殺さなくちゃいけないの」喫茶店でかわす会話にしては、少し声が高過ぎた。それに気づいたのか、涌井がすっと声を低くする。「馬鹿も休み休み言えよ。あんた、今日は特にどうかしてるな」

「この男は、僕をヤク中にした人間をぶっ殺してやるって言ってた」北見は病院で聞いた説明を大袈裟《おおげさ》に膨らませた。

「それはそれは」涌井がゆったりとした動作で煙草の灰を灰皿に落とし、脚を組んだ。

「そもそもそういう考えが間違ってるんじゃないの」

「どうして」

「俺、あんたに強制的にヤクを呑《の》ませたような記憶はないんだけど。気を失わせて注射でもしたかな。そんなことないでしょうが。ヤクを買ったのも呑んだのも、全部あんたの意思でしょう。俺たちは、需要があるからこういう商売をやってるだけで、何も世界中をヤク浸しにしてやろうなんて考えてないよ。あんたの友だちの考えは短絡的過ぎる。逆恨みっていうんだ、そういうのは」

北見は言葉をなくした。涌井が嘘を言っているとも思えない。だったら、神山が何か勘違いをしていたのか。それとも今川は、この男にたどり着く前に、別のトラブルに巻きこまれてしまったのか。

「要するにあんたは、友だちの復讐《ふくしゅう》をしようとしてるわけね。気持ちは分かるけど、馬鹿らしいよ。やめた方がいい」

「馬鹿らしい？　冗談じゃない。彼は僕のせいで殺されたのかもしれないんだぞ」

「そうだとしても、分からないままにしておいた方がいいんじゃないの。仮にあんたの友だちを殺した人間が見つかったとして、どうするつもりなの。復讐って、どうするか考えてるの？」

「それは……」根源的な疑問を突きつけられ、北見の舌は回らなくなった。

やけに物分かりのいい表情を浮かべて涌井がうなずく。

「殺すわけにはいかないでしょうが。そんなことをしたら、今よりずっと寝つきが悪くなるし、またヤクをやらないと生きていけなくなるよ。放っておいたらいいじゃない。何も、仕返ししなくたってあんたが死ぬわけじゃないんだから」

「何も分からないまま放っておくわけにはいかないんだ」

「まったくねえ」涌井が溜息《ためいき》をつく。「それ、友だちのためじゃないね。そんなことしても、死んだ人間は生き返らないんだから。要するに自分のためなんだよ。自分が可愛いんだ。あんたは、『友だちのために』とか考えてる自分に酔ってるだけだよ」

反論の言葉が何一つ思い浮かばなかった。うつむいて自分の膝《ひざ》を見詰めていると、涌井が「もう一度写真見せてよ」と言った。写真を渡してやると、今度はじっくりと視線を注ぐ。

「この辺では見たことない人だね」

「そんな簡単に言い切っていいのか」

「俺は、人の顔はよく覚える方でね。それはこの前の一件で分かったでしょう」涌井が耳の上を指でこつこつと叩《たた》いた。「そういうのが、この商売では強みになるんだ。物欲しそうな顔をして、この辺をうろついてるのを二回見たら声をかける。そういう人は、まず買ってくれるからね」

「そんなものか」

「そう」涌井が素早くうなずく。「そういう人って、態度や顔つきで分かるんだ。神経衰弱みたいなもんでさ、ちゃんとカードを覚えておけば、後は簡単なんだよ。あんたもそうだったし。それにしてもこの人、右腕はどうしたの」

「ガキの頃、事故でなくしたんだ」

「ふうん。それにしても、何だかアメリカ人みたいだね」

「どうして」

「これ、まだ寒い頃に写した写真でしょう。成田空港かな？　周りの人がみんなコート着てるのに、この人だけ半袖《はんそで》じゃない。アメリカ人って、どんなにクソ寒くても半袖で通す人、多いよね」

北見の頭の中で、何かがかちりと音をたてた。写真を奪い取ると、椅子を倒さんばかりの勢いで立ち上がる。

「何だよ、いきなり」涌井が上目遣いに北見を睨《にら》んだ。

「今夜は悪かったな」写真が折れ曲がるのも構わず、乱暴にジャケットのポケットに突っこむ。「後で、何かでお返しするよ」

「もう勘弁してよ」苦笑を浮かべ、涌井が顔の前で手を振る。「あんたには、そのうち殺されそうな気がするな。もう、その辺で見かけても知らん振りするからね」

ウェイトレスがサンドウィッチを運んできた。突っ立ったままの北見を見て、その場に立ちすくむ。北見は、だらしなく座っている涌井に視線を落とした。

「あんたが食べてくれ。金は払っていく」

「俺、サンドウィッチは好きじゃないんだけど」

「だったら好きにしてくれ」北見は財布を抜いて、五千円札を一枚、テーブルに放り出した。今夜二回目だ。こんなことを続けていたら、近いうちに事務所の金庫も空っぽになってしまうだろう。それでも、最終的に今川の一件は金で片づけることはできない。

ドアを乱暴に叩きつけて店を出ながら、北見は破滅の足音が確実に背中に近づいてくるのを意識した。

北見と連絡が取れない。

事務所の電話には出ないし、自宅に電話するわけにもいかなかったから、携帯電話だけが命綱なのに、どうやら電源を切っているようである。苛立《いらだ》つ気持ちを静めようと、奈津はしきりにお茶を飲んだ。デスクには、すでに空のペットボトルが二本、並んでいる。

「今日はずいぶん飲むんですね」翠が目を丸くした。奈津は小さく笑って首を振った。

「何だか喉《のど》が渇くのよ」それは本当だった。気のせいではなく、体調が微妙に変わってきているのかもしれない。そう考えると、また苛立ちが泡のように溢《あふ》れてくる。今度はちょっと気分を変えて、温かいお茶にしよう。

立ち上がり、事務所の片隅に置かれたポットでお茶を淹《い》れる。お湯が腕にはね、思わず短い悲鳴を上げた。

「大丈夫ですか」翠が飛んできた。

「大丈夫よ」奈津はひらひらと手を振った。「ちょっとお湯がはねただけだから。ごめんね」

「気をつけて下さいよ。奈津さん、最近ちょっと危なっかしいんだから」

「そうかな」彼女の目から見ても、自分はおかしいのだろうか。奈津は強張《こわば》った笑みを浮かべ、二人分のお茶を注いだ。仕事が一段落した夕方、事務所には二人しかいない。椅子を回し、向かい合ってお茶を啜《すす》る。

「ねえ」

「はい？」翠が顔を上げる。

「ちょっと訊《き》いていいかな」奈津は熱い湯呑《ゆの》みを両手で包みこんだ。熱がじんわりと手に染みこみ、ようやく声が落ち着く。翠が湯呑みをデスクに置き、膝の上に両手を揃えて置いた。

「何でしょう」

「そんな、改まらなくてもいいの」奈津は苦笑を浮かべ、お茶を一口飲んだ。「あのね、今私が辞めたらどうなるかな」

「奈津さん、そんなこと考えてるんですか」翠が目を見開いた。「困りますよ、それでなくても人手が足りないんだから」

「新しいスタッフぐらい、すぐに見つかるわよ。どこかに募集の広告でも出せば、一日で決まるんじゃないの？　今は買い手市場なんだし、希望者なんていくらでも集まるわ」

「そんな」翠がうつむき、爪をいじる。のろのろと顔を上げると、鼻を啜り上げた。

「奈津さんに辞められたら困ります」

「私の代わりなんていくらでもいるわよ。だいたい私は、ここではあんまり役にたってないんだから」

「そんなことないですよ。奈津さんは、うちの会社の大黒柱なんだから。いなくなったら滅茶苦茶《めちゃ》になっちゃいます」

「やめようよ、そういうの」

奈津の冷静な言い方に、翠の表情が凍りつく。奈津は、一転して柔らかい笑みを浮かべてやった。膝に手を当て、背筋をぐっと伸ばす。

「私ね、本当はこの仕事、あまり好きじゃないのよ」

「そうなんですか？　でも、そもそもこの事務所を作ったのも奈津さんですよね」

「それは、誘われたから。私、ここに来る前は信用金庫にいてね、同じような仕事の繰り返しで飽きちゃったのよ。そんな時に誘われたから、面白いかなって思って」

「そうだったんですか」

「もともと、どうしてもやりたくて始めた仕事じゃないから。いつかは辞めることになるんじゃないかなって、ずっと思ってたの」

「でも、何で今なんですか？　何か別の仕事でも始めるんですか」

「そうじゃないけどね」奈津は両手を上げて頭上で組み合わせた。そのまま思い切り伸びをする。「ちょっと疲れちゃったかな。この辺りで一度休憩して、やり直したいのよ。お金があれば、一年ぐらい海外にでも行きたいくらいね」

「うーん」翠が顎《あご》に指を当てる。「もしかしたら、結婚とか」

「まさか」奈津は乾いた声を上げて笑った。次の瞬間には真顔に戻り、右手を腹にそっと添える。「あなたも、三十過ぎたら分かるわよ。時々ねじを巻き直したくなるの」

「そうなんですか？」翠が小首を傾げる。「私なんか毎日必死で、考えてる暇もありませんよ」

「私も二十代の頃はそうだった」奈津は両手を軽く握り合わせた。「毎日時間に追われて、立ち止まって考える余裕なんかなかったわ。三十歳を過ぎても、まだそうだったかな。ここで新しく仕事を始めて、軌道に乗せるまでが大変だったから。でも慣れてくると、少しずつだけど時間に余裕ができるのよね。そうすると、いろいろなことを考えるようになるでしょう。大したことじゃないんだけど、ちょっとした不満とかが溜《た》まって、これでいいのかなって」

「それってやっぱり、仕事の不満ですか」

「人生、かな」二人は顔を見合わせ、力なく笑った。

自分の台詞《せりふ》が口から出任せだということは、十分承知していた。思えばずっと――そう、今川とつき合い始めた十七歳の頃からずっと、あれやこれやと考え続けている。この男とずっと一緒にいて、将来の展望はあるのか。ほんの些細《ささい》なことで衝突してしまうのは、根本的に馬が合わないからではないのか。そう思う反面、粗野と紙一重の豪快さや、時折見せる優しさ、それに、放っておくと何をしでかすか分からない奔放さに、どういうわけか惹《ひ》かれてしまった。一緒に生活することを考えると不安になったが、自分をこの街ではない別のどこかへ連れて行ってくれるのではないかという、根拠のない希望を捨てることができなかった。

「このこと、みんなには黙っててよ。まだ誰にも言ってないんだから」奈津は人差し指を口にあてた。

眉《まゆ》をひそめて翠が問いかける。

「まさか、本気じゃないですよね」

「どうかなあ。自分でも分からないわ」

奈津は唇の端だけを持ち上げて小さく笑った。分かっている。一人になって考えなければならないのだ。

妊娠していることは誰にも話していない。特に両親には、絶対に秘密だ。生真面目なあの二人の性格からして、そんなことを知ったら大騒ぎになるだろう。

時間が必要だった。産むのか堕《お》ろすのか、決断するには一月ほどしか余裕がないだろう。その間、自分自身としっかり会話を交わしておきたかった。もっとも、この小さな事務所では一月も連続して休みは取れない。それを考えると、辞めるしかないのだ。収入も途絶えるし、援助してくれる人もいないが、これは自分一人だけの問題である。あるいは亡霊から逃れ、自分を確立するためのいい機会かもしれない。

そのためにも、まずは目の前に立ちはだかる壁を何とか乗り越えなくてはいけない。上手《うま》く行っているのだろうか。姿の見えない相手のことを考え、不安がいや増した。

携帯電話が鳴り出す。一瞬胸を押さえて気を静めてから、奈津は電話を手に廊下に出た。

クソ、また徹夜か。まったく、最近のアルバイトは程度が悪過ぎる。この前採用したばかりのバイトが風邪をひいたと連絡を入れてきたが、本当とは思えなかった。咳《せき》混じりの声はわざとらしかったし、背後には繁華街の賑《にぎ》わいが聞こえた。しかし説教をする気にもなれず、代わりもいなかったので、結局は自分も夜勤を引き受けることにしたのだ。

ただ、今夜は少し元気がある。久しぶりに、秋穂がちゃんと夕食を用意してくれたのだ。甘鯛《あまだい》の西京漬け、ひじきの煮物に具沢山のけんちん汁、芥子《からし》を利かせたポテトサラダ。何ということはないが、体が芯《しん》から温まるメニューだった。もともと秋穂は料理上手なのだが、ずっと仕事に追われ、最近はつい、店の残り物で済ませてしまうことが多くなっている。

「これからはちゃんと食べないとね」心なしか、笑顔も柔らかくなったようである。

「私が言うのも変だけど、コンビニのものはやっぱり体に悪いわよ」

「ずいぶん準備したたな。大変だったんじゃないか」

「これぐらい平気よ」

「けんちん汁、残るかな。明日の朝も食べたい」

「大丈夫よ、たっぷり作ったから」

「じゃあ、お代わりするか」

「はいはい」秋穂が手を伸ばして汁椀《しるわん》を受け取ろうとしたが、島尾は自分で立ち上がった。

「いいよ。立ったり座ったり大変だろう」

「大袈裟《おおげさ》ね」秋穂が声を転がすように笑う。「まだお腹なんて全然目立たないし、辛《つら》いのは朝だけだから」

「そうは言ってもな」台所でけんちん汁を注ぎながら、島尾は訊《たず》ねた。「お前は食べなくていいのか」

「後でね。調子は悪くないんだけど、熱いご飯の匂いがちょっと鼻につくのよ。何かつまんでおくから」

「胃が空っぽだと余計きついらしいな」

「うん。でも、大丈夫だから」

柔らかい会話に心地良さを感じながら、島尾は食卓に戻った。里芋の甘さがしっかり出たけんちん汁を味わってから、ふと真顔に戻って言う。

「店のことなんだけどな」

「何？」新しいお茶を注ぎながら秋穂が応じる。

「やめたらどうなるかな」

「ちょっと」秋穂が慌てて顔を上げる。お茶が零《こぼ》れ、テーブルカバーを濡《ぬ》らした。「冗談でしょう？　いきなり何よ」

島尾は頬杖《ほおづえ》をついた。

「この辺り、坪幾らぐらいするのかな。五十万とか六十万じゃないか？　もうちょっと安いかな。それでも、二千万円ぐらいにはなるだろう。それだけあれば、赤ん坊がいても三年や四年は楽に暮らせる」

「ちょっと待ってよ」秋穂の声に怒りが滲《にじ》み出る。表情に、数日前まで馴染《なじ》みだった厳しさが戻っていた。「簡単に言わないでよ。少なくとも今は、家はあるのよ。それだけでもずいぶん違うでしょう。何でいきなりそんなこと言い出すの」

島尾は慌てて首を振った。

「ちょっとな、最近いろいろ考えてるんだ。俺も親になるわけだしさ、コンビニのオヤジでもいいんだけど、子どものためにも、もっと何か他のことができるんじゃないかと思うんだ」

「コンビニの店長だって悪くないじゃない。何だかんだ言っても自分のお店なんだから。一国一城の主《あるじ》なのよ」

「うん。でも、こんな仕事をしてても、夢がないじゃないか」

「やだ、今さら夢なんて」秋穂が口を押さえて笑いを嚙《か》み殺した。

「そう言うなって」島尾はむきになって言い返した。「このままじゃ、埋もれちゃうじゃないか。子どもを育てていくことはできるだろうけど、それだけじゃ嫌なんだよ。家を売って、もっと物価の安い田舎に引っ越してさ、三年……いや、二年だけ待ってもらえれば何とかするよ」

「真面目に言ってるの？」

「ああ。畑でも借りれば、何とか食うぐらいはできるんじゃないかな」

「それで、何がしたいの。農業じゃないでしょう」秋穂が、湯呑《ゆの》みを乱暴に島尾の前に置いた。

薄いお茶の中に視線を落としこみながら、島尾は小声で答えを誤魔化した。

「まあ、その、何だよ」

「小説ね」

島尾は無言でうつむき、再び湯呑みを覗《のぞ》きこむ。秋穂がすっと手を伸ばし、島尾の手の甲を包みこんだ。

「私ね、頭から否定はしないわよ。あなたは高校を出てからずっと苦労してきて、好きなこともできなかったんだから。正直言って、ちょっと可哀相だと思ってる」

「それだったら――」島尾はすっと顔を上げた。

「ちょっと待って」秋穂が島尾の希望をやんわりと砕いた。「夢を持つ気持ちは分かるし、無理に捨てることはないと思うわ。でも、考えてみて。小説なんて何歳になっても書けるでしょう。そのうち嫌でも落ち着くんだから、それからでも遅くないでしょう。何も今じゃなくても」

「今じゃなけりゃ、書けないこともあるんだよ」

「でもねえ」秋穂が髪をかき上げる。「ちょっと冷静になって考えてよ。確かにこの家を売れば、何年かは生活できるかもしれないわよ。それこそ、物価の安い田舎にでも引っこんで、住むところさえあればお金もかからないかもしれない。でもそういうところでは、働く場所だって簡単には見つからないのよ。お金がかからない分、お金を稼ぐことも難しいでしょう」

「だから、畑でも作ってさ」

「簡単に言わないの」秋穂がぴしゃりと決めつけた。「農業って大変なのよ。うち、農家だったからよく分かってるの。中途半端なアルバイト気分でできるわけないじゃない。私だって、しばらくは子どもの世話で手一杯になっちゃうし」

「まあ、そうなんだろうな……そうだよな」島尾は箸《はし》をそっと置いて腕組みをした。知らぬ間に力が入っていたのか、指先が痺《しび》れてしまっている。「そんなこともできるかな、と思っただけだからさ。気にしないでくれ。お前の言う通りだ。そのうち時間を見つけてまた書くよ」

「そうよ。あなたなら書けるわよ」

その通りだ。いつでも書けるし、いい物を書ける自信もある。

本当は、小説などどうでもいいのだ。ただこの街を逃げ出したいだけである。全ての片がついた後で、腐れ縁を断ち切るためにこの街を出て行く。

今川。今になって初めて、お前の気持ちが分かるような気がした。お前は放浪生活が好きだったのではなく、単にこの街が嫌いだっただけではないのか。この街で腕をなくし、人生を捻《ね》じ曲げられてしまったのだから。この街はお前にとって、唾棄《だき》すべき存在だったのではないか。それでも人には、安住の地が必要だ。だから、この街ではない別の故郷を探して、世界中を歩き回っていたのではないか。

だったら、ずっと帰ってくるべきではなかった。お前の存在は、常に渦を巻き起こす。俺たちはずっとそれに巻きこまれ、目を回し続けていたのだ。

今、渦は止まった。冷静な頭で考え、新しい一歩を踏み出す時がようやく来たのだ。

電話が鳴り出す。秋穂と目が合った。島尾は何とか笑みを浮かべると、携帯電話を摑《つか》んで部屋を出た。階段を下りながら通話ボタンを押す。

顔が蒼褪《あおざ》めるのが自分でも分かった。

第九章

時折、夢が引き金になって目が覚めることがある。そういう時、だいたい俺は東京ドームでショートを守っている。三遊間の鋭い当たりに追いつき、逆シングルで押さえる。打者走者は足が速い。俺の肩と奴の足の勝負だ。深いところから一塁へ大遠投だとボールを握ろうとすると――右腕がない。

ラグビーの時もある。俺はスクラムハーフだ。ゴール前に攻めこんでのスクラム。ゆっくりと押しこみ、ボールをキープする。ナンバーエイトの足元からボールを拾って一気にサイドを突こうとすると――ボールが拾えない。左腕から零れたボールに相手フランカーが突進し、さっと拾い上げると俺を吹っ飛ばして逆襲に転じる。

一度だけ、ゴルフの夢を見たこともあった。オーガスタの濃い芝。最終日の十八番ホール、四打差を追いつき、七アンダーで首位に並んだ俺は、このホールで一気に勝負をかけようとドライバーを選んだ。風の向きを読み、どこまでも飛んでいけよとボールに話しかけ、アドレスに入る。ドライバーを高く振り上げた途端に――すっぽ抜ける。

なぜかいつも、スポーツの一場面なのだ。たぶん、こういうことだろう。あの冬の日、俺は右腕以外の大事な何か――おそらくは可能性をなくしたのだ。俺は何にでもなれたはずだ。どんなことでもできたはずだ。そういう思いが、悔しさが、俺にとって一番縁遠くなってしまったスポーツという形になって夢に現れるのだろう。できないことをしてみたい。できないからこそ、そこに飛びこんでいきたい。身を焼かれるような熱さに悶《もだ》えながら目が覚めると、失われてしまった可能性の数々があっという間に目の前を通り過ぎる。

俺は、人生の七割ぐらいを失ってしまったのだと思う。あるいは八割か。九割か。いや、可能性を失うということは、人生の全てをなくしてしまうことに他ならない。

どうしてあんなことをしてしまったのか、未《いま》だに分からない。あの時、あいつらさえいなければ、俺は腕をなくさずに済んだはずだし、思うままの人生を送ることもできただろう。

悔やむ必要はない、どうしようもないことだったのだし、俺がやったことは正しかったのだ。自分に言い聞かせても、後悔の念が消えるわけではない。今さら何をしても手遅れだ。たぶん俺は、あの事件を清算できないまま年老い、死んでいくのだろう。あれから二十五年も経ってしまったのだし、時を巻き戻すことは叶《かな》わないのだ。

一番悔やんでいるのが、あの黒い服の男を殺せなかったことだ。もう一歩だったと思う。脚を刺せたのだから、腹だろうが胸だろうが狙えたはずだ。一発で仕留めて、あいつの命を地面に垂れ流してしまえば、これほど後悔することもなかったのではないだろうか。少なくとも、抹殺すべき人間を抹殺したという満足感は残ったはずだ。

　今、ガキの頃に暮らした部屋でこれを書いている。電気も通じていないし、パソコンのバッテリーもそろそろ尽きそうだ。いつかこの思いを小説に仕上げることができるだろうか。今さら罪の告白をして、あいつらを苦しめることにはならないだろうか。

　しかし人のことを考えている余裕はない。俺は楽になりたいのだ。書いて、形にして残すことでしか、俺は自由になれない。

――「業火」第九章

「何だいお前、こんな時間に」藤代はぶつぶつ文句を言いながら、署の玄関から出てきた。もう当直の時間になっている。近くに立ち番の制服警官しかいないのを確かめ、伸び上がるようにして北見の肩を叩《たた》くと、署の建物に背中を向けさせた。

「こんなところにいるのを生活安全課の連中に見つかったら、また言いがかりをつけられるぞ」低い声で忠告する。

「言いがかりじゃないんです」風に消えそうなか細い声で北見が言った。見ると、白い顔がいつもよりずっと蒼褪めている。

「どういうことだ」

「いてくれてよかったですよ。藤代さんにお話ししておきたいことがあるんです」

「何だよ、そんな怖そうな顔をして。署にいなかったら家に電話してくれればいいだけじゃないか。電話番号、知ってるだろう」

「家には電話しづらいんですよ」

「どうして？　うちの女房が怖いのか？」

笑い飛ばしてやろうとしたが、「深刻な話なんです」という北見の一言が、藤代の表情を凍りつかせた。両手で頬を張り、気持ちを入れ直す。平板な声で「少し歩こうか」と誘った。

今日は、少しばかり気が緩んでいた。美保子の診断の結果はやはり鬱病《うつびょう》だったが、症状は比較的軽いという。しばらく投薬を続けて様子を見ることになったのだが、医者はさほど心配することはないと請けあってくれた。もちろん、まだ完全に安心はできないが、これから夫婦二人だけで暮らす年月に向けて、少しだけ光が見えてきたのは事実である。本当はさっさと帰って、二人から詳しく説明してもらうつもりだったのだが、夕方に繁華街で起きた傷害致死事件で足止めを食ってしまった。喧嘩《けんか》がエスカレートしただけなのだが、十九歳の少年が、三十歳のサラリーマンの腹をナイフでえぐってしまったのだ。まったく、クソガキが。かっとしてナイフを振り回す気持ちは分からないではないが、刺すならせいぜい太腿《ふともも》にしておくべきだ。それが喧嘩の良識というものではないか。ぶつぶつ文句を言いながら、五十嵐の書いた下手くそな調書に目を通している時に、北見から電話がかかってきたのだ。

二人は並んで、駅の方に向かって歩き出した。北見の方がだいぶ背が高いので、細い声をはっきり聞き取ろうとすると、スキップするように伸び上がりながら歩かなければならない。

「深刻な話って何なんだ」

「この前の件です」

「あのタレコミか？　あれは、誰かの嫌がらせだろうが」

「違います」

「違うって、何が違うんだ」藤代は、心臓が喉《のど》へ上がってくるように感じた。

「僕はドラッグを使ってました。少なくとも二か月前までは」

「俺は刑事だぞ」藤代は意識して声を低くし、忠告した。駅から歩いて十分以上かかる署の周囲は、この時間になると人通りも少ないのだが、誰かに聞かれるのを恐れた。

「いくら担当が違うからといっても、黙って見過ごすわけにはいかないんだ。それが分かって言ってるんだろうな」

「もちろん、分かってます。でも初犯だし、執行猶予がつく可能性もあるんじゃないですか」

「法律的なことはどうでもいい」藤代はぴしゃりと決めつけた。「一度貼られたレッテルは簡単には剝《は》がれないんだぞ」

「それも分かってます」

「だったら、何で俺に言うんだ」

「自白、かな」

「茶化すな」藤代は北見の背中を思い切り平手で叩いた。北見が二歩ほどよろけて前に出る。

「茶化してません」姿勢を立て直しながら答える北見の目は、どこか遠くを彷徨《さまよ》ってい
た。「藤代さんには知っておいて欲しかったんです」

藤代はゆっくりと首を振った。こいつには女房も子どももいる。守っていかなければ
ならないものは、決して少なくないのだ。そういうもの全てを捨てる覚悟ができたとい
うのだろうか。

「何でもっと早く言わなかった」

「こんなこと、簡単には言えませんよ」

「怖かったんだろう」

北見の喉仏《のどぼとけ》が大きく上下した。認める声がかすれる。

「そうです」

「だったらどうして、今になって言う気になった」

「やることができたから」今夜初めて、北見の声に一本筋が通った。

「やること？　それとこれと何の関係があるんだ」

「分かりません」

「いい加減にしろよ」藤代は北見の二の腕を摑《つか》んで絞り上げた。相当力を入れているのに、北見は表情を崩さず、歩調も緩めようとしない。藤代が引きずられるような格好になった。「お前、何をやらかすつもりなんだ」

「僕がやらなくちゃいけないのは、今川のことですよ」

藤代は北見の腕を放して立ち止まった。北見が二、三歩行き過ぎて足を止め、ゆっくりと振り返る。その顔には、暗い穴のような絶望が浮かんでいた。ふと、藤代は直感的に最悪の可能性を思い浮かべる。刑事の直感――それをいまわしく思いながらも、藤代は口を開いた。

「まさか、お前がやったんじゃないだろうな」

北見は穏やかな笑みを浮かべて首を振った。藤代はすぐに追いつき、今度は肘《ひじ》を支えるように彼の腕を取った。

「自分でも、そうじゃないかと疑ってたんです。でも、僕にはアリバイがありました。完璧《かんぺき》なアリバイです」

「そうか」藤代は思わず指を鳴らした。北見が不快そうにその指を見詰める。咳払《せきばら》いを一つして続けた。「入院してたっていうのは、そのことだったんだな。今川さんが殺されたのは、お前が入院している間のことだったんだ」

「その病院に僕を運びこんだのも、あいつだったんです」

「何とね」藤代は無精髭《ぶしょうひげ》の浮き始めた顎《あご》を撫《な》でた。「そういうことか。ヤクをやってると、記憶が飛ぶことがあるって言うからな」

「そうらしいですね。確かに、入院した前後の記憶がはっきりしないんですよ」

「だけど——いや、だからこそ自分を疑ってたわけだな」

「僕はあいつを憎んでたんです」遠くを見たまま、北見が独り言のように言う。「あいつも僕を憎んでました」

「……例の事件の関係か」藤代は眉《まゆ》をひそめた。

「今考えれば、あれが全ての始まりです。僕はずっと自分の気持ちを押し潰《つぶ》していた」

「あれだけのことがあったんだ、どんなことが起きてもおかしくない」

北見が深く溜息《ためいき》をついた。魂までもが吐息と一緒に吐き出されてしまうのではないかと、藤代は恐れた。

「僕たちの人生は、あれで滅茶苦茶《めちゃ》になったんです。それに僕たちは、ちゃんと立て直そうという努力をしなかった。とにかく生き残って無事だった、それで安心してしまったんですね。後はあちこちを繕いながら生きてきただけです」

「十歳やそこらのガキに、そんなことが分かるわけないだろう。それは後づけの屁理屈《へりくつ》じゃないか」

「でも、理屈は合ってるでしょう」

藤代はさっと小首を傾げてから、小さくうなずいた。

「分かったことにしておこう。で、どうするつもりなんだ」

「今川を殺した人間を……」

「捜すのか」

北見の首ががっくりと折れた。地面を見詰めながら首を横に振る。藤代はすかさず詰め寄った。

「誰がやったか、もう分かってるんだな」

「すいませんけど、これ以上は」北見がさっと顔を上げ、藤代に向かって両手を合わせた。指先が小刻みに震えている。

「俺は刑事だぞ」つい先ほども同じ台詞《せりふ》を言ったなと思いながら、藤代は声を強めた。「犯人が分かっていて、見逃すわけにはいかない。殺しは、他の犯罪とは重みが違う」

「分かってます。少しだけ時間が欲しいんです」

「それは、お前のわがままだ」

「それも分かってます」

「下手すりゃ、犯人隠匿だぞ」

「軽い罪じゃないですね。二年以下の懲役ですか」

「それが分かってて、時間をくれって言ってるんだな」

「どうしてこんなことになったのか、知りたいんです」

「それは、逮捕すれば警察でも調べる」

「自分で直接聞きたい」

「それはわがままを通り越してるな。捜査妨害になる」

「そうでしょうね。それで僕を逮捕しますか？」

開き直った北見の目に炎が点《とも》る。ひどく小さいが高温の炎で、藤代は無意識のうちに唾《つば》を呑《の》みこんでいた。

「時間は？　どれぐらい必要なんだ」言いながら、額の皺《しわ》が深くなるのを感じる。自分は今、明らかに刑事の職分からはみ出そうとしている。

「明日一杯ですね。朝のうちに決着がつくかもしれません」

「誰だか知らないが、向こうは、お前が感づいていることを知ってるのか」

「たぶん」

「危険だということは分かってるよな」

「それならそれで、構いません」

「おい、しっかりしろよ」藤代は北見の両腕を摑んで体を揺さぶった。「お前には嫁さんも可愛い娘もいるだろうが。何も、好き好んで危ない場所に飛びこんで行くことはないんだぞ」

北見がすっと顔を逸《そ》らす。藤代は、その横顔に必死に話しかけた。

「何だったら、俺も一緒に行ってやる。悪いようにはしない」

「警察がいるところで、まともに話なんかできませんよ」

堂々巡りする会話に、藤代はとうとう怒りを叩《たた》きつけた。

「だったらどうして俺のところに来た。黙って勝手にやれば良かっただろう」

北見が目を細めて柔らかい笑みを浮かべた。

「さあ、どうしてでしょうね」

それだけ言って体を捻《ひね》り、藤代の縛《いまし》めから逃れた。小さく頭を下げると、踵《きびす》を返して足早に歩き出す。何か言わなくては。思いとどまらせなくては。彼がどうして自分に会いに来たのか、藤代には分かっていた。自分に何かあった時、後始末をして欲しいということなのだろう。ある種の遺言である。馬鹿な。それは警察の——俺の仕事ではない。今すぐ北見を引き止め、必要なら留置場にぶちこんででも、今川を殺した人間が誰なのか聞きだすのが筋だ。

なのに足が動かない。分かっていたのだ。北見には、たとえ命を懸けても、人生を構築し直す権利がある。そして、法的な権限を持つ自分にも、それを止める権利はない。

そんなことを考えたのは、警察官になって初めてである。俺も年を取ったな、と藤代は自嘲《じちょう》気味につぶやいた。いや、定年を間近に控えた今、すでに警察官としての意識が揺らぎ始めているのかもしれない。だが警察官の考え方が、行動の仕方が、常に正しいとは限らないだろう。

署に戻るか。とりあえず、面倒を見てやらなくてはならないガキがいる。まだぐずぐずと言い訳を続け、謝罪の言葉の一つもなかった。これからはまったく違う人生を生きていくのだということを、頭に染みこませてやらなくてはいけない。

香織の口からは「お帰り」の言葉も出なかった。そのまま黙ってベッドに直行しても良かったが、どうせ今夜は眠れそうにないことは分かっている。日付が変わるころ、北見はダイニングテーブルに香織を呼んだ。

すでにパジャマに着替えていた香織は、何も言わず北見の斜め向かいに座った。その指が、彼女の拳《こぶし》の半分ほどもない黄色い犬のぬいぐるみを撫でる。明日菜がテーブルに置き忘れたものだ。

「何？」声は平板で、目を合わせようともしない。

「今日、病院に行って来た」

「そう」

「僕を入院させたのは今川だった」

「え」香織が顔を上げる。髪がはらりと額に垂れ、右目を覆い隠した。

「全然覚えてないんだけど、あいつが日本に戻ってから、僕は会ってたんだ。僕がどういう状況なのか、あいつにはすぐに分かったらしい。それで、あの病院に送りこんでくれたんだよ。金まで払ってね。あいつだって、そんなに余裕があるわけでもなかったはずなのに」

「そうだったの」髪をかき上げると、香織が二度、三度とうなずく。北見を見つめる目には、大きな笑みが浮かんでいた。「でも、分かって良かったじゃない。これで気になることはなくなったわね。明日、坊屋先生に電話して――」

　声の調子を変えずに、北見は香織の言葉を遮った。

「その後で、藤代さんに会った。薬を使っていたことを話したよ」

「どうして」香織が犬のぬいぐるみを手で払いのけ、北見の腕を摑《つか》む。床に落ちたぬいぐるみが小さく跳ね、横たわる格好で落ち着いた。「いくら知り合いだからって、藤代さんは警察官なのよ。逮捕されるかもしれないでしょう」

「そうだね」

「どうして？　あなたが黙っていれば分からないのよ」一瞬、香織が口を閉ざす。ややあって、薄く開いた唇から零《こぼ》れ出た言葉は、重く淀《よど》んでいた。「もちろん、黙っているのがいいことだとは思わないけど……自分でちゃんと立ち直った人だっているでしょう。何も正直に警察に話さなくても」

「分かってる」

「私たちはどうなるの？　明日菜、まだ小さいのよ」

「分かってる」抑揚のない声で北見は繰り返した。

「分かってないわ、あなたは」香織が首を振った。「いつもそうだった。自分の殻に閉じこもって、私たちには絶対に本音を言わないんだから」

「そんなことはない」彼女の左肩の辺りをぼんやりと眺めながら、北見は反論した。

「そうなの」香織も強情に言い張った。「司法試験のことにしてもそうじゃない。あなたはずっと、後悔してたのよ。私には分かってたわ。後悔し続けて、どんどん内側に落ちこんで。二人とも忙しかったから、ゆっくり話し合う余裕はなかったかもしれないけど、話して欲しかった。私たち、夫婦なのよ」

「これからは違うよ」

「そう」香織がゆっくりと、北見の腕を解放する。口の横に指を当て、頬に小さな窪《くぼ》みを作った。

「何でも話すし、相談するようにする。僕はやり直すんだ」

「やっとそういう気持ちになってくれたのね」香織が唇の端をきゅっと持ち上げた。

「もう遅い」という本音が、硬い表情の裏に見え隠れする。

「ああ」

しかし、どんな形で「やり直す」のかは分からない。渦巻く思いが胸の内で複雑な模様を描く。裏切られたという悔しさに加え、「どうして」という一番肝心な部分が分からないのが苛立《いらだ》たしい。目の前に垂れこめた霧を晴らし、一筋の光明に行く道を照らし出させることはできるはずだが、そうすることが怖くもあった。

「明日だ」

「明日？　明日、何があるの」

「いろいろなことをはっきりさせる。全部すっきりさせたいんだ」

「大丈夫なの」香織が再び、北見の右腕を摑んだ。細い指が食いこみ、痺《しび》れるような痛みが走る。今川が決して味わうことのできなかった腕の痛みだ。北見はゆっくりと香織の指を引きはがした。

「とにかく、明日になれば何かが変わる」

「無理しないでね」

「大丈夫だ」北見は辛うじて笑みを浮かべて見せた。大丈夫かどうか、それこそ明日になってみないと分からない。全てを明らかにすることはできるかもしれない。だが、そうなった後で自分が何を考え、どんな判断を下すかが予想できなかった。状況に応じて、と言うのは簡単だが、起こりうる様々なケースを想定するのさえ面倒である。そもそも、正しいかどうかは別にして、判断を下せるかどうかの自信もない。

「君はもう寝ろよ」

「あなたも寝ないと」香織が首を捻《ひね》って壁の時計を見る。細くしなやかな首の線が、柔らかい照明に照らされて鈍く光った。「もう遅いわ」

「少し調べものがあるんだ。先に寝ててくれ。なあ――」

「何？」立ち上がりかけた香織が椅子に腰を下ろす。

「今まで、いろいろ悪かった」

「どうしたの、急に」

「ずっと謝りたかったんだ。そもそも僕と結婚したことが、君にとって良かったのかどうか、分からない。僕より見こみのある男なんていくらでもいただろう。そういう男と結婚すれば、君はもっと幸せになれたはずだ」

「馬鹿なこと言わないで」香織がぴしゃりと言った。「私は、あなたと結婚して良かったと思ってるわ」

「でも、もしも、もしもだよ、君が妊娠しなければどうなってたかな。君だって、他にやりたいことがあったんじゃないのか」

「あの時私がやりたかったのは、あなたの子どもを産むことだけだったの。後悔なんかしてないわ」

よしてくれ。北見は力なく首を振った。この世に僕の遺伝子なんか残しても仕方ない。明日菜は素直でいい子に育っている。でもそれは僕という人間の特質を受け継いだからではない。香織が頑張って、きちんとしつけたからだ。

「いろいろ考えちゃうのは分かるわ。あなた、ひどい経験をしたんだもの。落ち着いたら、少しゆっくりした方がいいわよ」突然、香織が両手をぱしん、と合わせた。「そうだ、みんなで久しぶりに温泉でも行かない？」

北見は両手を後頭部にあてがって、胸をぐいと反らした。

「温泉か。そうだな、ずいぶん行ってないよな」

「そうよ」香織が、部屋の照明をかき消してしまいそうなほど明るい笑顔を浮かべた。「ね、何も考えないで二、三日ゆっくりすれば、元気になるわよ」

「ああ」

うなずいてその話題を打ち切り、香織が急に真顔になる。

「怒らないで聞いてね。私、二つだけ、あなたに直してもらいたいことがあるの」

「何だい」

「考え過ぎることと、気を遣いすぎること」香織が、子どもに言い聞かせるように、親指、人差し指と順番に折った。「家族なんだから、気を遣わないで。私たちと一緒の時ぐらい、楽にしてよ。私たちの前で緊張してたら、疲れちゃうわよ」

「そうだな」それができれば苦労はしない。性分なのだ。あれこれ考えてばかりで、いつもがんじがらめになってしまう。

テーブルの端を摑んで立ち上がった。依然として足元が覚束ない。事務所のデスクで出番を待っている「R」が目に浮かんだ。明日はあいつの助けを借りるか。素面《しらふ》では、とても行けそうにない。

「やっぱり僕も寝よう。明日、早いんだ」

「何時？　起こすわよ」

「いいよ、勝手に起きるから」

「でも」

「これは僕の問題なんだ。君を巻きこみたくない」

「また、壁を作っちゃうのね」香織が唇を嚙《か》む。血の気の失《う》せた下唇が細かく震え、目からは光が消えていた。

納得させる言葉もなかった。書斎に向かう。ドアを開けようとした時、リビングルームのドアが開いて明日菜が顔を出した。右手でドアノブを握り締めたまま、左手で目を擦《こす》っている。

「パパ」

明日菜、という言葉が喉《のど》の奥で乾いて粉々に砕ける。抱き上げてやりたい。抗し難い欲望に襲われたが、体が動かなかった。指先が触れただけで、明日菜も自分も粉々に砕けてしまいそうに思えた。

明日菜が危なっかしい足取りで近づいてきて、北見の腰の辺りに抱きついた。一瞬身がすくんだが、次の瞬間には硬直が解け、北見は跪《ひざまず》いて明日菜をきつく抱きしめた。海老《え》ぞりの格好になりながらも、明日菜が必死に北見の首に顔を埋めようともがく。

「どうした、明日菜」

「パパ、またどこかに行っちゃうの？」

「パパはずっとここにいるよ」

「行っちゃうの？」

明日菜の声が涙で湿る。首に温かい吐息がかかったが、北見の体は凍りついたままだった。小さな背中を撫《な》でてやったが、明日菜の体の強張《こわば》りは解けない。

「パパはどこへも行かないよ」

「ねえ、パパ、どこかへ行っちゃうの？」

寝ぼけているわけではない。子どもらしい感情を押し潰《つぶ》してしまうこともある明日菜だが、今夜はそれを素直に出しているだけなのだ。香織には分からない本質的な危機を、明日菜は感じ取っている。

明日菜を抱いたまま立ち上がる。右手で腰を支え、左手で髪を撫でてやった。指に心地良いその感触に、ほんの一瞬だが、体の中に温かいものが流れ出すのを感じる。それでも今夜、心の底から安心して眠ることはできそうにない。自分の不安が明日菜に伝わり、明日菜の体がそれを増幅して打ち返してくる。やがては二人とも、恐怖の海に溺《おぼ》れてしまうだろう。

顔を捻って香織を見やる。紙のように白い顔には、いかなる表情も浮かんでいなかった。

結局僕は、二人を守ることができない。厄介事を一気に解決する妙手は思い浮かばず、全てを放棄して一緒に逃げ出そうと宣言することもできず、今はただ、迫り来る崩壊の時をじっと待っているだけなのだ。少し前なら、必ず何かに頼ろうとしただろう。だが、そういう甘えは全て叩《たた》き潰され、自分は世界中でたった一人なのだということが、今は嫌というほどよく分かっている。

酒は何の助けにもならなかった。宗教など最初から問題外である。全ての宗教はカルトなのだから。存在するはずもない神に祈ることなど、単なる時間の無駄遣いである。

一時は、ドラッグが完璧《かんぺき》な解答であるように思えた。しかしそれも結局は役に立たなかったことを、今は認めざるを得ない。肉体と精神、それに時間を食い荒らされ、多くの物を失っただけだった。

愛する者の存在すら、最後には重荷になってしまう。

たぶんこれからは、何かに頼ろうとする時間も気持ちもなくなるはずだ。誰かが助けてくれるわけではない。何の助けも借りずに、自分で全てを背負っていかなくてはならない。納得したわけではなかったが、それを避けるための方便もなかった。その事実が次第に心の中で固まり、柔らかく温かい明日菜の頬の感触が遠ざかるのを感じる。


薄い闇の中、乳白色の朝もやが矢萩川の川面《かわも》を覆い尽くし、ゆるゆると流れていく。寒さは足元から忍び寄り、奈津は厚いコートを着てこなかったことを悔やんだ。気づくと、右手で腹を押さえている。朝はどうしても吐き気を抑えられず、今朝も家を出る前に吐いてしまった。吐けば少しはすっきりするはずなのに、今日に限っては、もやもやとした感覚が体の中心に居座っていた。

どこか腰を下ろす場所はないかと首を巡らせる。それとも、車に戻ろうか。車の中なら温かい。こんな冷えこむ場所にいたら、体に悪いに決まっている。車の中にいても、彼が来ればすぐに分かるはずだ。

土手に続く緩い坂道を、一歩一歩踏みしめるように登り、車のドアを開ける。エンジンをかけ、エアコンの設定温度を上げた。吹き出し口に手を当て、冷え切ってしまった手を強く揉《も》み合わせる。徐々に体の強張りは解けていったが、吐き気は消えない。ペットボトルのお茶を一口飲んで、何とか気分を落ち着かせようとしたが、かえって吐き気が増す。シートを倒して額に手を当て、きつく目を閉じた。

間違いない。彼は、何か摑《つか》んでいるのだ。そうでなければ、こんな場所へ呼び出すわけがない。ここは今川が死んだ場所、さらに言えば、二十五年前に彼らの悲劇が始まった場所でもある。話を劇的にしようとでもいうのか、それともこの場所に何か決定的な証拠でも残っているというのか。

奈津にとっても、この河原は、記憶のあちこちに楔《くさび》となって打ちこまれている場所である。人通りが少ないせいもあって、暗くなってから今川と落ち合うのに都合が良かったのだ。橋脚の陰に隠れるようにしながら抱き合う。今川の指が、そのまま下着の中に入ってくることもあった。

馬鹿なことをしたものだと思う。今川はあっさりと奈津の心に入りこみ、そして何の前触れもなく出て行った——十七歳からの人生は、その繰り返しに過ぎなかった。他に女がいたらしいことも、薄々感づいていた。自分の許《もと》に戻ってくるのは、そういう女たちと切れた時に決まっている。今川にとっては港のような存在なのだと自分を納得させようとしたこともあったが、やがては、そうやって自分を騙《だま》すことにも疲れた。近くにいるから都合良く使われているだけではないか。夜中や早朝に呼び出されることもよくあった。冗談じゃないと憤然としながらも、電話を切って十秒もしないうちに、いそいそと身支度を始めていたものである。そして生活臭のない彼の部屋で、ラブホテルの一室で、あるいは車の中で脚を開いた。

時に明確な嫌悪感を感じながら。

今川は、将来に対する見通しを何一つ持っていなかった。ふらふらと放浪を繰り返し、定職にもつかない。結婚の話が出たことは一度もなかったし、「どうするつもりなの？」と詰め寄ると、決まって冷ややかな視線を浴びせられた。今川は、明日という日の大事さを決して認めようとしなかった。

七年前に、「多分、もう戻らない」と宣言して今川が日本を離れた時には、三日三晩泣いた後で、大きな棘《とげ》が抜けたようにほっとしたものだ。もう、彼のわがままに振り回されることもない。これからは自分の好きなことをして、別の、もっと誠実な男を見つけて生きていこう。例えば、北見のような。

——しかし北見は、別の女と結婚してしまっていた。そして時が経つに連れ、今川の体温を懐かしく思い出すようになった。外科手術ですっぱりと切り落とされた右腕の残《ざん》骸《がい》を撫でてやると、彼は猫のように喉を鳴らして喜んだものだ。みんなこいつを怖がるんだ、お前だけは違うなと言って、左手で髪を撫でてくれた。あの優しさが、胸に響く心地良い声が蘇《よみがえ》る。

何度、彼を捜して海外へ渡ったことだろう。同じこととの繰り返しだった。見つける。

抱き合う。永遠の愛を誓う。些細《ささい》なことで衝突する。二度と会わないと決心して帰国し、二月後にはまた今川のぬくもりを思い出している。

そうこうしているうちに時は流れ、四捨五入すれば四十歳という年齢になってしまった。もちろん、自分の意思で今川の呪縛《じゅばく》から抜け出し、人生をやり直すことができたはずだということは十分に分かっている。だが、人はいつでも、責任を転嫁できる相手を探し続けるものだ。私は悪くない。今川という巨大な質量を持った物体に振り回されていただけだ。

ほんの三か月ほど前、夏の終わりの怒濤《どとう》の日々を思い出す。予告もなしに突然帰国した今川。プロポーズ。つかの間の高揚感と、その後に訪れた、経験したことのない挫折《ざせつ》。

「私は悪くないの」奈津はぼそりとつぶやいた。目を開け、シートを戻して真っ直ぐに前を見詰める。思居橋を行きかう車はまだ少ない。彼が来ないかと目を凝らしてみたが、まだのようだった。ダッシュボードの時計に目をやる。約束の時間までは、まだ二十分もあった。昨夜あんな電話を受けて眠れるわけもなく、ほんの少しうつらうつらしただけで、待ちきれずに家を飛び出してきてしまったのだ。

彼も同じ気持ちだろうか。言葉を探しながら眠れぬ夜を過ごし、一睡もできないまま、この橋へ向かっている最中だろうか。

突然、楽天的な思いが芽生える。それはたちまち大きく枝を張り、奈津の胸を希望の花で満たした。

私たちは、同じなのだ。彼も私も、今川に振り回された人間だという一点においては共通している。話せば分かってくれるだろう。私の気持ちを理解してくれるだろう。もしかしたら、立場が逆になっていた可能性もあるのだ。冷静に理屈で遣《や》り合っても勝てるわけがないのだから、とにかく情に訴えてみよう。もしも彼の中に、私に対する気持ちが少しでも残っていれば、それを揺さぶってみるという手もある。何だったら、この車の中で抱き合ってもいい。十八年前は、彼だって、それを切実に望んでいたはずである。ずいぶん遅くなってしまったが、願いを叶《かな》えてやってもいい。

お茶を一口。今度は吐き気は襲ってこなかった。気持ちが落ち着いて、体の具合も安定したようである。やれる。今ならやれる。道を切り開いていくためには、綺麗事《きれいごと》ばかりは言っていられないのだ。

起き上がろうとすると、体のあちこちが悲鳴を上げた。年には勝てんな、とぶつぶつ文句を言いながら、藤代は刑事部屋のソファの上で片肘《かたひじ》ついて上体を起こした。結局家には帰らず、土曜の夜を署で過ごしてしまった。壁の時計は六時半を指している。とりあえず、寝坊はしなかったようだ。起き上がり、爪先でサンダルを探す。素足に突っかけて立ち上がり、大きく伸びをした。肩の下の方で、枯れ木が折れるような嫌な音がする。構わず窓辺に歩み寄り、窓を開けた。目の前は駐車場、その向こうはイチョウ並木が続く広い国道である。今はまだ走る車も少ない。空がようやく白み始め、立ち並ぶマンションの隙間から覗《のぞ》く朝の最初の光が、藤代の目を突き刺した。空気は冷えこみ、寝不足の目がしばしばする。

まずは一発電話を入れて、驚かせてやるか。出端《でばな》を挫《くじ》けば、あいつの気も変わるかもしれない。

デスクの電話を取り上げ、自宅に電話をかける。今朝は冷静になろう。昨夜は不意打ちを食らったようなもので何も言えなかったが、今考えてみると、刑事としては恥ずべき態度だった。今しなければならないのは、徹底的に話し合うことである。相手の本音を引き出し、どうすれば一番いいかを一緒に考える。たとえ相手が犯罪者であっても――いや、犯罪者だからこそ、そういう気持ちを忘れては駄目だ。

呼び出し音が十回鳴った後で、ようやく香織が電話に出てきた。

「ああ、香織さんですか。藤代です。久しぶりですね。すいませんね、こんな朝早くから……ええ、緊急の用件でしてね。彼、まだ寝てますか」

藤代は無言で香織の言葉に耳を傾けた。受話器を握り締めた手が白くなり、血管が浮き上がる。こめかみがひくひくと痙攣《けいれん》し、口が半開きになった。元々細い目が糸のようになる。

「いないって、どういうことですか。ええ……どこかに行く予定？　それは聞いてないんですね。どこへ行ったか、心当たりは？　はい……いや、いいんです。あなたは家にいて。私が責任を持って捜しますから。大丈夫ですよ、分かってますから。ええ、また連絡します。心配しないように」

心配しないように？　何という無責任な言い方だ。早朝、警察から電話がかかってきて、夢から現実に引き戻される。しかも亭主はどこかに姿を消してしまった。これで心配しない女房がいたら、お目にかかりたい。

馬鹿が、と自分を罵《ののし》り、藤代は靴下を穿《は》いてネクタイを首に引っかけた。昨夜椅子の背に引っかけておいたスーツとコートを一緒に引っつかんで、足早に刑事部屋を出る。絶対に捜し出してやる。まだ街が寝ている間に決着をつけて、あいつを泥沼から引っ張り出してやるのだ。

そう、あいつは首まで泥に埋もれているに違いない。


何度も壁の時計を見上げているうちに、首が痛くなってしまった。両肩も張っている。マッサージは無理だとしても、熱いシャワーの下にしばらく立っていたかった。火傷《やけど》する寸前まで温度を上げた湯が肩の凝りをほぐし、体を流れていくに任せる——それで少しはましになるはずだが、シャワーまでの距離は果てしなく遠い。

「松本《まつもと》君」

「はい」隣で大欠伸《おおあくび》をしていたアルバイトの学生が、バットで尻《しり》を叩《たた》かれたようにぴしりと背を伸ばす。ずり落ちた眼鏡を慌てて直した。

「もう少しで交替が来るけど、それまで一人で大丈夫か」

「ええ、いや……」

「大丈夫だよな」

「はい」

　何とも頼りない返事に、島尾は小さく舌打ちをした。一向にやる気の見えない松本だが、この店ではもう一年以上も働いている。まあ、任せても大丈夫だろう。しかし、こうも頼りない返事をされると、店を放ってでも行かなければならないという切迫した義務感も萎《な》えてしまう。

　また時計を見る。そろそろ時間だ。やはり行かなければ。二人だけにしておくと、何が起きるか分からない。本当は店番を、特にアルバイト一人を残して行くのはまずい。今やコンビニエンスストアは、強盗にとって格好の標的なのだ。だが、今はそんなことを心配している場合ではない。

「ちょっと出てくるわ。すぐ戻るから、しばらく一人で頼む」

「はあ」

　情けない返事に後ろ髪を引かれながら、島尾は事務室に引っこんだ。制服を脱ぎ捨て、ピーコートを羽織る。昨夜の天気予報で、今朝はかなり冷えこむと言っていた。

　車のキーを拾い上げたところで、携帯電話が鳴った。番号で相手を確認すると、すぐに出る。

「来たか」挨拶《あいさつ》も抜きで切り出した。電話を握る手が、ぎゅっと強張《こわば》る。相手の声は、受話器をハンカチで覆ってでもいるように、ぼやけて聞こえた。

「今、車を降りるところ」

「電話してるところ、見られてないだろうな」

「私、自分の車の中にいるから。彼のいるところからは見えないはずよ……今、車を降りて土手を下ってるわ」

「分かった。あいつはしばらく待たせておけ。君は顔を出すな。俺もこれからそっちへ行く」

「駄目よ」

「何言ってるんだ」島尾は天を仰いだ。「何が起きるか、分からないぞ」

「私一人で何とかできるわ」

「ちょっと待て」デスクに平手を叩きつける。「急にどうしたんだ。昨日までは、ずっと怖がってたじゃないか」

「やっと分かったのよ。私も彼も同じなの。同じ立場の人間なの。話せば、きっと分かってくれるわ」

「無理だ。お前だって、あいつの性格を知らないわけじゃないだろう。今川のこととなったら、冷静じゃいられないんだぞ」

「彼も被害者なの」

硬い声で相手が繰り返す。その声に忍びこんだあやうさに気づき、島尾は体を震わせた。

「ああ、そうだよ。そんなことは分かってる」島尾は髪に手を突っこみ、くしゃくしゃにした。「それを言ったら俺だって被害者だ。だけど、それぞれ立場が違うんだよ。仲間のつもりで近づいていったらばっさり、なんてことになるかもしれないぞ」

「彼は、そんなことはしないわ」

「何を呑気《のんき》なことを言ってるんだよ。ヤク中は何をやりだすか、予想もつかないんだぜ。危険だ」

「今は大丈夫よ。私には分かるの」

「無茶だ」島尾は、彼女の口調に妙な自信と酔ったような調子が交じっているのに気づいた。昔からこうだ。彼女は自分を、あるいは相手を簡単に信じてしまう。その結果何度も痛い目に遭っているのに、まったく懲りていない。馬鹿が。失敗から学習しないのは愚か者の証拠である。

「無理するな。とにかく、俺が行くまで待ってろ」

電話を切って、島尾は裏口から飛び出した。あの女は本当に何も分かっていない。俺が何を心配してると思ってるんだ。お前が殺されることじゃない。お前なんか死んでも、俺の人生には何の影響もないんだから。問題は、お前があいつにうまく丸めこまれて、自分の罪を認めてしまうことだ。そうなったらいやおうなく俺も巻きこまれるし、そうなったら逃げ切ることはできないだろう。全ては終わりだ。クソ、こんなことなら、もっと強気に出ておくべきだった。薬漬けになってぐちゃぐちゃになった頭に嘘を吹きこんで騙《だま》してやろうという計画は、その時は素晴らしい考えに思えたが、やはりまどろっこしいものだったし、結局あいつは俺が張り巡らせた壁を突破してしまった。

あいつさえいなくなれば、全てを闇に葬れる。

冷えこんでいるせいか、エンジンのかかりが悪い。島尾は拳《こぶし》を固めてハンドルを打ち、悪態をついた。それに脅かされたように、今度は簡単にエンジンがかかる。磨《す》り減ったタイヤを鳴らしながら、島尾は明け始めた街に飛び出していった。

朝露に湿った枯れ草を踏みしだきながら、足早に歩いた。ジーンズの裾《すそ》が濡《ぬ》れ、すぐに靴下も湿って、不快感が足元から上がってくる。奈津の姿は見当たらない。やはり怖《おじ》気《け》づいたのだろうか。それとも少しばかり早過ぎたのか。約束の時間まであと五分。河原に下りた北見は橋の下まで歩き、橋脚に背中を預けて煙草に火を点《つ》けた。ジーンズのポケットに両手を突っこみ、背中を丸めて川面《かわも》を見つめる。くわえた煙草の火先が細かく震えた。冷え切ったコンクリートを背負っていると、体が芯《しん》から凍えてくる。

全てはここから始まったのだ。右に視線を転じる。あの辺り……そう、ここから十メートルほど先に捨てられていたあの車から。だいたい、あれは誰の車だったのだろう。北見たちは、様々な仮説を話し合った。いつの間にかそれは、夏のキャンプで語られる怪談の様相を呈してきたが、一番怖い話を捻《ひね》り出したのは島尾だった。いわく、誘拐された子どもがこの車に閉じこめられ、犯人が身代金を受け取りに行っている間に、熱射病になって干からびて死んでしまった。後部座席についている染みは、その時に殴られてついた血痕《けっこん》ではないか――今考えると下らない話だが、少なくとも島尾には、物語を紡ぎ出す才能はあったようだ。再び川に目を向け、ゆるゆると流れる水をぼんやり眺める。

「北見君？」

声をかけられ、北見はゆっくりと首を巡らせた。いつの間に土手を下りてきたのか、奈津が十メートルほど離れたところに立っている。そう、ちょうどあの車があった辺りに。一瞬、奈津の顔に、黒い物体になって死んでいた藤山の姿が重なった。

「今朝は冷えるね」北見は、震える奈津を見つめた。薄手のコートではいかにも頼りなく、体温を封じこめようとするように、両腕で自分の体を抱きしめている。

「この冬一番の冷えこみらしいわね」

北見の雑談に応じながら、奈津は、立っている場所から一歩も動こうとしなかった。両手で盛んに二の腕を擦る。北見は橋脚から背中を引きはがすと、枯れ枝を集め始めた。両手一杯に枯れ枝が集まると、積み重ねてライターで火を点ける。最初は威勢よく煙が立ち上るばかりだったが、それは少しずつ収まり、代わって小さな炎が舌を出した。焚《た》き火の前にしゃがみこみ、両手をかざす。じんわりとした温かさが、掌《てのひら》から体に伝わった。

「少し温まったら」

奈津がのろのろと近づいてきた。焚き火からたっぷり一メートルも離れて立つと、遠慮がちに両手を差し出す。それを見て、北見は思わず声を上げて笑ってしまった。

「それじゃ、全然温まらないだろう」

「いいの」奈津がかすれた声を押し出す。分かるよ。何を言われるか想像もつかなくて、不安で一杯になっているんだろう。しかし、北見には一つの確信があった。こんな朝早い時間にこんな場所まで出かけてくるのだから、彼女も心に秘めたものがあるのだ――今日、ここで決着をつけてしまおうという決心が。だったら腹の探り合いはやめて、一気に行くしかない。

「どうして嘘をついたんだ」

「嘘って」

「あの原稿」北見は息を吸いこみ、奈津の言葉を待った。反応はない。革ジャンパーの前を開け、原稿を入れた封筒を取り出す。奈津の方に突き出すと、彼女は銃でも向けられたように一歩引いた。

「この原稿は嘘だらけなんだ」北見は封筒を投げ捨て、原稿をむき出しにした。風が吹きつけ、原稿が音を立てて揺れる。「例えばこんなことが書いてあった。僕があいつを成田空港で見送った場面。原稿では、僕が贈ったサファリジャケットを着ていることになっているけど、あの時あいつは、半袖《はんそで》のTシャツ一枚だった。まだ寒かったのに、馬鹿みたいに張り切ってたんだよ。そういう奴だったよな。

それと、明日菜が生まれた時のこともそうだ。あいつは確かに、ストックホルムから近況報告のメールをくれた。でも、僕がそれに返事を書いたのは、一週間以上経ってからのことだった。子どもが生まれた後っていうのは何かと忙しくてね。メールをチェックしてる暇もなかったんだ。原稿には、翌日すぐに僕から返事が来たって書いてあるけど、それは間違いだ。そういうことって、忘れるものじゃないと思う」

「それは――」奈津が辛うじて言葉を押し出したが、北見は自分の台詞《せりふ》で乱暴に押し潰《つぶ》した。

「まだある。僕の結婚式の時だ。こう書いてあるね。『千本の赤いバラを載せた花屋の軽トラックで教会に乗りつけた』って。そう、確かにバラの花だった。何て奴だろうね。あんなこと、普通は恥ずかしくてできるものじゃない。でも、肝心なところが間違ってる。あの時のバラは、赤じゃなくて白だったんだ。白いバラは、勝手に赤には変わらない。君は、出流からこの話を聞いたんだろう。でも、『バラ』っていうだけで、色までは確かめなかったんじゃないか。

それと、あいつが日本に帰ってくる時の話もおかしい。編集者に勧められたから、パタゴニアのガイドの仕事を辞めたって書いてあるんだけど、その編集者は、そんなこと、一言も言ってないんだ。小説で飯が食えるっていう保証はないからね。それを、無責任に仕事を辞めて小説に専念して下さいなんて言えるわけがない。他にもある――」

「もういいわ」平板な声で奈津が遮る。「だから何なの？　これは小説でしょう。だったら、本当のことが書いてなくても、大騒ぎする必要はないじゃない」

北見は原稿を丸めて拳に叩《たた》きつけた。

「これは小説じゃない。メモだ。メモを軸にして、徐々に小説の形にしていく、それがあいつのやり方なんだ。担当の編集者もそう言っていた」

「彼だって、昔のことを完璧《かんぺき》に覚えてるわけじゃないでしょう。勘違いすることだってあるわよ」

「僕にはそうは思えない。あいつの記憶力は抜群だからね。特にこの原稿には、あいつの人生で節目になったことが、いろいろと書いてある。あいつは、そういうことを忘れる人間じゃないよ」

「それはあなたの思いこみよ。彼は、ちょっと抜けてるところがあったから。そういうことは、あなたより私の方がよく知ってるのよ」

「そうかもしれない。でも君は、あいつと一緒に炎を潜り抜けてないからね」

「何よ、それ」奈津がむっとして唇を捻《ね》じ曲げた。

「君には分からないこともあるって言ってるんだ。そんなことはどうでもいい。とにかく、この原稿は、出流本人が書いたものじゃない。あいつをよく知っている別の人間が書いたものなんだ」

「そんな証拠、ないでしょう」

「だけど、出流が書いたという証拠もない。直筆なら鑑定もできるだろうけど、元がフロッピーだからね。こんなもの、誰でも書けるんだよ。どっちなんだ？　あいつが書いたのか、そうじゃないのか」

奈津が北見を睨《にら》みつけた。立ち上る焚き火の煙越しに、その顔は不自然に歪《ゆが》んで見える。唇はねじれ、瞼《まぶた》は痙攣《けいれん》して顔色は失《う》せていた。今まで彼女がこんな表情を浮かべたことがあっただろうか。北見は、頭の中にあるアルバムの彼女のページを素早くめくってみた。何年も会っていない間に内面が崩れてしまい、それに見合った新しい顔を手に入れたのかもしれない。

「あなた、何が言いたいの」

「あの原稿は、君が書いたんだろう」

「もしもそうだったら？　何か問題でもあるの？」

「分からないんだ」北見は首を振った。煙が目に染み、涙が溢《あふ》れ出す。曲げた人差し指の関節で涙を拭《ぬぐ》った。「誰かが、ずっと僕を陥れようとしてきた。僕はヤク中だ。入院して治療してきたけど、死ぬまで治らない。治るわけがないんだ。今だって、何か薬が欲しくてたまらない。そのことは隠して生きていくつもりだった。でも、誰かが警察に話した。どうしてなんだ？　そんなことをして何になるんだ？　その時、僕は思ったよ」

「何を」つき合うように質問をぶつけてはくるが、奈津の声にはおよそ熱が感じられなかった。

「自分が出流を殺したんじゃないかって。ドラッグを使っていて、記憶のない時期があった。それが、あいつが殺された時期と重なっているんだ。だから、もしかしたら自分で覚えていないだけで、出流を殺してしまったんじゃないかと思った。この原稿を書いた人間は、僕を精神的に追い詰めようとしていたんだと思う——僕が出流を憎んでいたって気づかせることでね。実際、追いこまれたよ。でも、結局僕は殺していなかったんだ。あいつが殺された時、入院していたんだからね。病院を抜け出してあいつを殺すことは、実質的に不可能だった。残念だったね」

「私は別に——」頼りない奈津の声が空気に溶ける。

「僕が警察に事情聴取された後、君に会っただろう。あれは、あまりにもタイミングが良過ぎなかったか？　不自然だ。君は、僕の様子を確認するために、ずっとあそこで待ってたんじゃないのか」

「あれは偶然よ」

「やめようよ、奈津。君を裁くつもりも権利も僕にはない。知りたいだけなんだ。誰が出流を殺したのか、誰が僕を陥れようとしたのか。なあ、奈津」

北見は答えを強要したが、奈津は押し黙ったままだった。河原に視線を落とし、パンプスで足元の石を蹴《け》っている。

「奈津、説明してくれ」

「もうやめろよ」土手の方から声がした。振り向くと、島尾が体を斜めに倒してバランスを保ちながら、濡《ぬ》れた斜面を滑るように下りてくるところだった。どこに隠れていたのか。北見は全然気づかなかったが、今の話を聞かれたのは間違いないだろう。

「島尾」北見の声が頼りなく風に飛ばされる。が、島尾の耳には届いたようだった。

「奈津は何もしてない」島尾の声に、傲慢《ごうまん》な色が加わった。「奈津にこんな原稿が書けるわけないだろう」

「じゃあ――」

「俺だよ」島尾が北見の二メートル前で立ち止まる。芝居がかった仕草で両手を合わせた。

「そうなのか？」

「奈津じゃなくて俺を呼び出すべきだったな。奈津を餌に使わなくても良かったのに」

「どっちでも同じだよ。二人で仕組んだことなんだろう」

返事はない。ないことで、北見の疑問は確信に変わった。

「どうしてこんなことをしたんだ。どうして僕に、出流を殺したなんて思いこませようとしたんだ」

「俺が書いたのはそのインチキ原稿だけじゃないぞ」北見の質問を無視して島尾は説明を始めた。「そんなクソみたいな原稿は一日で書けた。お前の言う通りで、細かい点が間違ってたのは勘弁してくれ。お前の結婚式の話は、特にな。あの時、俺は盲腸の手術で入院していて、式に出られなかったから、人から聞いた話で適当に書いちまったんだ。でも、今のお前だったら、そういうことには気づかないと思ったんだけどな」

「ヤク中でも、時々頭は晴れるんだ――ちょっと待てよ。書いたのはこれだけじゃない？　どういうことなんだ」

「あいつの小説も俺が書いた。『極北』は俺の小説なんだよ。あいつが俺から盗んで、自分で書いたことにして出版社に持ちこんだんだ」島尾がすうっと息を吸う。「あいつは、俺の才能や夢まで盗んで行ったんだぜ」


息が上がる。クソ、こんなことなら、覆面パトカーを借り出してくればよかった。歩いて十分のところを走って三分で済ませようとしたために、眩暈《めまい》がし、ふくらはぎが悲鳴を訴えている。息を整える間も惜しく、すぐにインタフォンを鳴らした。待ち構えていたように、香織がすぐにドアを開けた。自分も出かけようというつもりなのか、すでにジーンズとトレイナー、厚手のウールのコートという格好に着替えている。艶《つや》やかな長い髪は、緩く束ねてコートの上に垂らしていた。

「連絡は？」

「ありません。私も捜しに行きます」

「駄目だ」藤代は両手を前に突き出して香織を押し止めた。「ここに連絡があるかもしれない。待っていた方がいい」

「でも」

「娘さんを一人にしちゃいけませんよ」

　それで香織の動きが止まった。藤代は大きく息を継ぎ、大丈夫だと言う代わりにうなずいて見せた。

「私が責任を持って捜すから。そうだ、事務所の合鍵《あいかぎ》はありませんか。もしかしたら、あそこに行っているかもしれない」

　うなずき、香織が室内に取って返した。まあ、何とも大した女房じゃないか。もっと取り乱してもおかしくないのに、ちゃんとこっちの言うことを理解して、迷うことなく動いている。こんな嫁がいながら、北見はどうしてヤクなんかに手を出したのだろう。ぐずぐずと言い訳する彼の顔が目に浮かんだ。いつまでも自分を哀れんでいろ。どんな理屈を揃えようと、全ては方便に過ぎない。あいつはどこかで罪を贖《あがな》わなければならないのだ。ただし、それを言い渡すのが自分の役目だと考えると気持ちが怯《ひる》む。

「鍵です」香織が差し出した鍵を受け取り、一礼して踵《きびす》を返した。事務所まで走って五分、それまで脚が持つだろうかと考えながら一歩を踏み出した時、香織の声が追いかけてきた。

「あの」

　振り向く。初めて見る不安そうな表情が浮かんでいた。

「余計な心配をしちゃいけない」

「あんたが信じてやらなくちゃ、あいつはこの世で一人きりになっちまうんだよ」

香織の顔がきゅっと引き締まる。タオルを絞るようにコートの裾《すそ》を握った細い指からは、血の気が引いていた。

「いや、すまない。言い過ぎた」藤代は慌てて言い繕った。「何とかするから。心配しないで待ってて下さい」

「でも」

香織が小さくうなずく。藤代もうなずき返し、今度は振り向かずに走り出した。自分を罵《ののし》りながら。

バッジを返すその日まで、刑事は成長し続ける。勘は次第に研ぎ澄まされるし、経験を積んで尋問の技術も間違いなく向上する。ただ、今のような状況は、刑事として対処できるようなものではなかった。あの程度のことしか言えないとは。かえって彼女を不安に陥れてしまったではないか。

俺もまだまだだな。六十を間近にして、人としての修行はもう一度やり直しだ。

薄い紫色に染まり始めた空を、柔らかい陽光が満たす。ほんのわずかだが気温が上がり、川面《かわも》を流れる靄《もや》はますます白みを増した。北見は刺すような視線を島尾に送り続けたが、二人の間では会話は失われたままだった。全ては、北見が想像していた枠を大きくはみ出している。

ようやく言葉を搾り出す。かすれた声が島尾に嚙《か》みついた。

「お前が『極北』を書いた？」

「そう言っただろうが」

「どういうことなんだ。『極北』は出流の小説じゃないのか」

「あいつは、七年前に海外へ行ってからも、ずっと俺には連絡してきてたんだ。どういうつもりだったかは知らないけどね。とにかく俺は、あいつがどこでどんなことをしてきたかは、だいたい知ってた。まったく、俺みたいにコンビニの店番をしている人間から見れば、冒険そのものの人生だよ。正直言って羨《うらや》ましかった。どうして自分はあいつみたいな生き方ができないのかって、散々悩んだよ。それで、あいつの冒険を小説にすることにしたんだ」

「頼まれたのか」

「違う。俺が勝手に書いた。代償行動ってやつだな。散々話は聴かされてたから、書くのは簡単だった」

「じゃあ『極北』は、出流の自伝的な小説じゃなくて、あいつをモデルにお前が書いた評伝だったんだ」

「そういうことだ」島尾がうなずく。煙草を口にくわえ、火を点《つ》けようとしたが、何を思ったのかパッケージに戻す。顔を上げると、唇が奇妙に捻《ね》じ曲がっていた。「あいつぐらいいろんな経験をしてれば、小説のネタは幾らでも持ってる。エピソードを書いていくだけでいいんだから、楽だったよ。後は、ちょっと小説的に話を大袈裟《おおげさ》に膨らませて、恋愛沙汰《ざた》を織りこんでね」

島尾が奈津の方を向いた。奈津は胃の辺りで両手を組み合わせたまま、凍りついている。髪が風に揺れるので、彫像になってしまったのではないとようやく分かるぐらいだった。島尾が、同情を滲《にじ》ませた口調で奈津を慰める。

「今さらこんなことを言っても仕方ないけど、お前が心配することじゃない。それは、確かにあいつも海外でいろいろあったはずだけど、最後はお前のところに戻ってくるしかないと思ってたんだよ」

「そんなこと……」か細い奈津の声が風にかき消される。

「それがいったいどういう経緯で本になったんだ」

北見は少し高い声で奈津の言葉を遮った。なぜか、島尾よりも奈津の方が危険だという考えが頭にこびりつく。彼女に喋《しゃべ》らせてはいけない。

「だから言っただろう、盗まれたんだ」

「盗むって、あいつはパタゴニアにいて、お前は日本じゃないか」

「ファイルのやり取りなんて簡単だよ」島尾が溜息《ためいき》をつく。一瞬、顔の周りで白い息が渦を巻き、彼の表情を覆い隠した。「俺は、書き上げても何かするつもりはなかった。自分だけのお楽しみってやつだな。まあ、あいつに見せて、笑い話にしてやろうとは思ったけど」

「それで送ってやったわけだ」

島尾が深い溜息をつく。

「今考えてみれば馬鹿だった。でも、あいつがあんなことをするなんて、考えもしなかったよ。本当に、あいつが何を考えてるかは最後まで分からなかった」島尾が髪をかき上げ、天を仰いだ。釣られるように、北見も上を向く。急速に青みを増す空に、薄い雲が流れていた。今日は一日晴れるかもしれない、と北見はぼんやりと思った。そして僕たち三人の間では、晴れ上がった空のように、何一つ隠し事がなくなってしまった。

北見はぽつんとつぶやいた。

「お前は、僕よりも出流のことを理解していた。誰よりも出流をよく知っていた」

「馬鹿言うな」

「いや」北見はゆっくりと首を振った。「あの偽の原稿、僕は本当に信じたんだ。出流の苦しみや悩みがよく出ていると思った。本当にあいつのことをよく知ってないと、あんな話は書けない」

「そんなことはどうでもいい」

顔を紅潮させて吐き出し、島尾がコートのポケットから一枚のフロッピーディスクを取り出した。

「とにかく、これが証拠だ。俺が書いた『極北』のオリジナル原稿だよ」

「出流は、お前の許可なしに、『極北』の原稿を出版社に送ったんだな」

「そう。自分が書いたことにしてね。俺は全然知らなかった。本になって初めて分かったんだよ。新聞の広告で見た時のショック、お前には分からないだろうな。その後で、あいつから連絡があったんだ。『俺の話をまとめてくれてありがとう』だってさ」島尾が鼻を鳴らした。「タレント本か何かのつもりでいたんじゃないのか。あいつにとって俺は、ゴーストライターってわけだよ。冗談じゃないよな。本になるかどうかは分からなかったけど、あれは俺の原稿なんだ。それなのにあいつは堂々と自分のものだと言い張って、本にしちまったんだから」

「それは、お前に実力があったっていう証明じゃないか」少しでも島尾の気持ちを和らげることができればと、北見は持ち上げた。

「馬鹿らしい」島尾が吐き捨てる。「ちっとも嬉《うれ》しくない――あのな、コンビニで一番大変なこと、何だか分かるか」

「さあ」

「万引きだよ。一件一件の額は小さくても、積み重なれば馬鹿にはできない。でも、こいつはそんなこととは訳が違う。物を盗まれるのと、魂を盗まれるの、どっちが大変だと思う」

「じゃあ、何で抗議しなかったんだ。盗作みたいなものじゃないか。そういう事情なら、出版社だって何か手を打ったはずだ」

「本の形になってからじゃ、手遅れなんだ。出した本が盗作だって分かれば、出版社は大恥をかく。謝罪広告を出して、本も回収しなくちゃいけないだろうし、新聞や週刊誌にも叩《たた》かれるだろう。それでも、俺は絶対に報われないんだ。盗作された人間なんて、何の価値もないんだぜ」

「どうして諦《あきら》めたんだ」北見は挑みかかるように言った。「お前に意地があれば、たとえ大きなスキャンダルになることが分かっていても、間違いを訴えるべきだったんだ。でも、お前はそうしなかった。出版社がどうのこうのって問題じゃなくて、出流を相手に喧嘩《けんか》はできなかったんだろう。違うか」

「ああ、そうだよ」島尾があっさりと認める。「お前ならよく分かるよな。お前も同じだったんだから。あいつがお前から金を受け取ってたのだって、要するに恐喝じゃないか。あいつは金がないわけじゃなかったんだぞ。お前がわざわざ面倒を見てやる必要なんか、なかったんだ」

「それは――」

「分かってる」島尾が面倒《めんど》くさそうに言って、北見の言葉を遮った。「俺たちはあいつに借りがあった。自分の命より重いものなんてないからな。それを助けてもらったんだから、一生かかっても借りは返せない。俺だってそう思ってたから、何も言えなかったんだよ。小説の件にしても、黙ってあいつに席を譲ってやったんだ」

北見は、次第に居心地が悪くなってくるのを感じた。目の前に漂う焚《た》き火の煙を手で払いのけ、島尾を睨《にら》みつける。

「それだけで、どうして……」北見は言葉を呑《の》みこんだ。どうしてあいつを殺した。その質問を発すれば、世界がぼろぼろに崩れ落ちてしまいそうな気がしていた。

島尾が細い目を一杯に見開く。この場で交わされた会話の全てを、目で記憶しようとでもいうように。

「それだけ？　違う。あいつに対する恨みはそれだけじゃない」

「どういうことだ」

「千春はあいつに殺されたんだ」

「どういうことだ」北見は語気を強めて繰り返した。

「七年前。あいつが海外に行っちまう直前だ。あの頃今川は、奈津と千春の二股《ふたまた》かけてたんだ。千春はあいつに遊ばれたんだよ。ただ、俺がそれを知ったのは三か月前だけどな。出流が帰ってきて、喋ったんだよ。もう時効だと思ったのかもしれないけど、俺にとっては時効はない。千春は車に排ガスを引きこんで自殺した」島尾がぐるりと周囲を見回した。「まさにこの場所でな。あの土手の上だよ」

「病気だったって聞いてるぞ」北見は、自分の声が震え出すのをはっきりと意識した。

「自殺だなんて、大きな声で言えるかよ。しかも今川は、さっさと海外に行っちまった。千春が妊娠したのを知っててだぞ」言葉を切り、島尾がぐるりと周囲を見渡す。「なあ、北見、俺たちはあの時から、この河原を一歩も出てないような気がしないか？　俺たちはずっと、今川に縛りつけられてたんだ」

その通りだ。うなずきはしなかったが、北見は心の中で同意していた。

僕たちは、今川の奴隷だった。腕一本と引き換えに自分たちの命を助けてくれた今川にはどうしても逆らえなかったし、一生をかけて償いをしなければいけないと思いこんでいた。あいつは太陽で、僕たちは惑星。ずっとその引力から逃れることができず、何をするにしても今川の影響から抜け出せなかったのは間違いない。

「それでも俺は、我慢したね」島尾が奈津の手をゆっくりと振りほどく。「自分の小説が盗まれても我慢した。今までだって、ずっとそうしてきたからな。もしもあいつがあのまま帰ってこなければ、そのうち忘れることができたかもしれない。だけど、あいつは帰ってきて、千春のことを話した。許せなかったの、分かるだろう」

「お前が殺したのか」北見は辛うじて質問をぶつけた。島尾の目が大きく見開かれる。

水の音だけが、静寂を破っていた。

「帰ってこなかったら、いつかは忘れられる。いや、忘れはしないけど、少なくとも封じこめることはできたと思う。ところがあいつは帰ってきて、俺に『極北』の次の小説を書けと言った——命令した」

「君は知ってたのか」北見は奈津に質問を飛ばした。虚《うつ》ろな目をした奈津が、辛うじてそれと分かる程度にうなずく。

「うちの事務所に来たのも、様子を見に来たんだな」喋りながら、顔から血の気が引くのを感じた。「僕が何か知ってるかどうか、それが知りたかったんだろう。僕は出流に会っている——あいつが、僕がドラッグを使ってるって気づいた時だ。その時、君も一緒にいたんだろう。様子がおかしいのはすぐに分かったはずだよな。それで、何か覚えていないか確かめようとしたんだ」

「もうやめようや」島尾がぼそりと言った。力が抜け、体が半分に萎《しぼ》んでしまったような感じだった。「俺もお前も、今川の犠牲者だ。命は助けてもらったけど、代わりにあいつに魂を盗まれたんだよ。とにかくあいつはいなくなった。やっと抜け出せたんだぜ。これ以上話をややこしくするなよ。警察だって真面目に調べていない。このまま放っておけば、自殺のままで終わるんだ」

「だったら、どうして僕をはめようとしたんだ」

島尾が肩をすぼめる。

「お前が余計なことをするからだよ。放っておけば、あいつのことなんかみんな忘れる。それを、親友だとか言って、悲壮感を漂わせてさ。せっかく俺が忠告してやったのに、一人で盛り上がりやがって」

「親友のことを思って何が悪い」親友、という言葉が頭の中で空回りした。僕たちの関係は、友情と呼ぶにはあまりにも歪《ゆが》んだものなのだ。

「お前は、自分で分かってなかっただけで、俺を追い詰めてたんだ。冗談じゃない。誰かが責任を取らなくちゃいけないにしても、それは俺じゃない」

「ふざけるな。責任を取るのはお前だ」

「無理だね」島尾がふっと小さく笑った。「ガキができたんだぜ。守ってやらなくちゃいけないものができたんだ」

「僕にも家族はいる」

「他人のことなんか考えていられるかよ。途中までは上手《うま》くいったんだ。お前が、自分がやったと思いこんで、警察に自首してくれるかと思ったんだがね」

馬鹿らしい。だが、一時の僕は完全に、島尾の書いたシナリオ通りの役割を演じていた。彼に操られていた。やっぱり僕はヤク中なのだ。ヤク中に自分の意思はない。いつでも、ドラッグを手に入れ、体に取りこむことだけしか考えていないからだ。

「詰めが甘かったな。僕だって、たまには頭がすっきりする。普通に考えれば、おかしいのはすぐに分かるよ」

「何とでも言え……それで、どうするつもりだ」

「お前はまだ認めていない。出流を殺したのかどうか」北見は思居橋に目をやった。島尾が——あるいは奈津と二人がかりで今川を突き落とす。三人の荒い息が混じりあい、今川は抵抗するが、最後には川面《かわも》に衝突することになる。考えたくもない光景だった。首を振り、頭から想像を追い出す。

「どうする？　俺を警察に突き出すか」挑発的に島尾が言葉を叩きつける。

「分からない」

「じゃあ、黙ってろよ。なあ、そうしてくれ」島尾の口調が、突然懇願するそれに変わった。「お前さえ黙っててくれれば、俺たちはこれからも無事に生きていける」

北見は、島尾に寄り添うように立つ奈津に目を転じた。

「君はどうなんだ？　せっかく出流と結婚することになってたんだろう。どうしてこんなことになったんだ。あいつを殺すのに、君も関係してたのか」

「すぐに『結婚はやめだ』って言われたわ」奈津が乾いた声で答えた。「予想はしてたのよ。彼のことだから、すぐに気が変わるだろうって。でも私は、彼から『結婚しよう』って言われたことは一度もなかった。だから、舞い上がっちゃったのよ。それをひっくり返された時のショックがどれだけ大きいかは、あなたにも分かるでしょう」

「だから、二人であいつを殺したのか」

「三人で飲んで帰る途中、この場所でね。彼が、無神経なことを言うから……千春ちゃんのこと、初めて聞いたのよ。あんまりじゃない。だから……」

「ショックだったのは分かるよ。君も、僕は黙っているべきだと思うか。このまま何もなかったことにして、口をつぐんでいればいいと思うか」

「もうよせよ」島尾が割って入った。「千春のことを聞かされて、俺たちは爆発した。仕方ないじゃないか。あいつのやったことは許されない。分かるだろう？　とにかく、お前が黙ってれば全て丸く収まるんだ。お前もう、今川に苦しめられることはない」

「でも僕たちは、別の痛みを抱えて生きることになるんだぞ」

「どっちにしろ、苦しいことに変わりはないだろう。だったら、新しい苦しみの方がましだ。それで少しでも何かが変わるなら、俺は後悔しない」

「駄目だって言ったら？」

島尾が力なく首を振る。

「仕方ないな」吐息と一緒に言葉を吐き出す。側に立っている奈津を手で押しのけた。奈津が二、三歩よろめくようにして脇へ離れる。次に北見の視線が島尾を捉《とら》えた時、彼の手には大型のカッターナイフが握られていた。本来は、荷物の梱包《こんぽう》を解く時に使うような、実用一点張りのものである。それが今、まったく別の光を帯びて北見の顔を照らし出していた。


事務所には鍵《かぎ》もかかっておらず、中は、相変わらず薄《うっす》らとしたカビの臭いに包まれていた。照明を点《つ》ける。誰もいない。人がいた気配もない。トイレや、かつて弁護士たちが使っていた個室を一つ一つ覗《のぞ》いてみたが、やはり北見の姿はなかった。音を立てて、北見の椅子に乱暴に腰を下ろす。おもむろに一番上の引き出しを開けると、封筒を見つけ出した。それが癖になっているせいで、ハンカチを使って慎重に開ける。赤いカプセルが二つ、テーブルの上に転がりだした。舌打ちしながら、引き出しを叩《たた》きつけるように閉める。あの野郎、今は使ってないだと？　だったらこれは何なんだ。このカプセルが風邪薬だとは思えなかった。こいつを署に持って帰って生活安全課の連中に渡せば、全ては終わる。俺があいつに引導を渡すことになるのだ。

クソ。額に滲《にじ》み出した脂汗を手で拭《ぬぐ》い、引き出しの捜索を再開する。ほとんど空だし、入っているのもガラクタばかりだ。半分使ったボールペン、書きかけのメモ、北見の判子が押されないまま放置された決裁書類。意味のあるものは何一つなく、彼がここでほとんど仕事をしていなかったということが証明されただけだった。

溜息《ためいき》をつき、引き出しを閉める。いっそのこと、応援を頼むか。当直の連中を叩き起こし、捜索班を結成する。冗談じゃない。いったい何の容疑であいつを捜すのだ。それにそんなことをしたら、今まで自分が様々な秘密を腹の中に呑《の》みこんでしまっていたことが、署の連中にばれてしまう。

ふと、デスクの上に載った写真のフォルダに目が行く。まだ新しいが、中に入った写真はどれも古いものばかりだった。海水パンツを穿《は》いて、上半身ずぶ濡《ぬ》れで肩を組む四人の少年。北見はその頃からひょろりとした体型で、いかにも頼りなげに見える。河原に座りこんで何かを話し合う四人。寝転がって陽射しを浴びている少年たち。川から顔だけ出し、ぷかぷかと浮かんでいる北見。

ふと気づいた。この写真はいずれも河原で撮られている。見覚えのある光景だ。目を細めて写真を凝視する。思居橋だ。今川が殺された場所であり、時を溯《さかのぼ》れば、北見たちの運命を狂わせたあの事件が起きた場所でもある。

もしも北見が、あらゆることに決着をつけようとしているなら、全てが始まった場所がその舞台に相応《ふさわ》しいと考えてもおかしくない。それに朝早いこの時間なら、邪魔する人間もいないはずだ。

藤代は椅子を蹴《け》って立ち上がった。フォルダが床に落ち、写真が散乱する。過去が床に零《こぼ》れ落ち、時の流れが滅茶苦茶《めちゃくちゃ》になってしまったように、ばらばらに広がった。

第十章

「やめろ」

北見の忠告を無視して、島尾がすり足で間合いを詰めた。見えない壁に背中が押しつけられたように、北見の足は動かなくなった。逃げる場所はいくらでもあるというのに。

一瞬、風が強く吹き抜ける。雲の切れ間から漏れ出た朝の陽射しがカッターナイフの刃に反射し、北見の目を鋭く突き刺した。

「やめて」か細い奈津の悲鳴が千切れ、風に持って行かれる。島尾が鋭く一歩を踏み出し、ナイフを真っ直ぐ突き出した。北見は上体をそらして避《よ》けたが、刃が革ジャンパーの胸元を切り裂いた。

「やめて！　こんなことしても何にもならないのよ」奈津は涙声になっていた。

「黙ってろ」真っ直ぐ北見に視線を据えたまま、島尾が奈津を怒鳴りつける。怒りのためか恐怖のためか、声は震えていたが、カッターナイフの刃先はしっかりと北見を狙っていた。

僕が死ねばいいんだ。僕が死ねば二人は逃げ延びられる。このままの状態が続いたら、三人とも破滅するしかないのだ。犠牲者は、三人よりも一人の方がいい。僕が全ての責任を背負い、今川を殺したことにしてしまえば二人は助かる。

しかし島尾よ、お前はそれでいいのか。二人も人を殺して、これからまともに暮らしていけると思うのか。一生拭えない、しかも人に話すことのできない重荷を背負い、生まれてくる子どもの顔を正面から見ながら育てることができるのか。

笑顔と縁の切れた人生を送る覚悟はあるのか。

今川にも明確な悪意はなかったのだろう。あいつが失ったものはあまりにも大きかったし、周りに見返りを求めたのも当然だと思う。そして誰かが何かを与えなければならなかった以上、その役目は僕たちが背負うしかなかった。

島尾が大きく右手を振り上げる。北見の頭を縦に真っ二つに割ろうという勢いだ。反射的に右手を挙げ、顔を庇《かば》う。振り下ろされた刃が、右の手首に食いこんだ。痛みと同時に、体を凍りつかせるような冷たさが走る。刃が骨に当たる感触が確かに感じられた。悲鳴を上げながら、奈津が割って入る。島尾が罵《のの》り、もう一度カッターを振り上げた。北見は、自分の方に向いた奈津の背中を突き飛ばした。奈津と島尾が一塊になってよろける。しかし、振り下ろした島尾の腕の勢いは衰えず、刃が奈津の首に突き刺さった。

時間が凍りつく。一瞬早く我に返った北見は、腕を伸ばして島尾の手を殴りつけた。その弾みにカッターが奈津の首を切り裂き、噴き出した血が北見の頬を点々と濡らした。

奈津がゆっくりと振り向きかけ、赤く染まった北見の顔を見て、短い悲鳴を上げて崩れ落ちる。島尾の手を離れたカッターが石の間で跳ね、最後に澄んだ音を立てて落ち着いた。

「大丈夫か！」

野太い叫び声が響き、島尾がびくりと体を震わせる。北見が声のした方を振り向くと、藤代が転びそうになりながら土手を駆け下りてくるところだった。状況を悟ったのだろう、島尾が一瞬だけ北見と奈津に醒《さ》めた視線を投げかけてから走り出した。北見は跪《ひざまず》き、奈津の首を抱えた。傷は首の付け根辺りで、血が止まらない。慌ててハンカチを押し当て、強く圧迫した。クソ、首の出血なんか、どうやって止めればいいんだ。力を入れたら首を絞めてしまう。

息を切らした藤代が、二人の前で膝《ひざ》をつく。

「遅かったか」荒い息の下から罵声《ばせい》を吐き出した。もうずっと小さくなってしまった島尾の背中を目で追いながら、確認する。「あいつがやったのか」

「救急車を呼んで下さい」

「あいつが全部やったのか？」

「救急車を呼んで下さい！」北見は悲鳴のように叩きつけた。意識を失いかけた奈津の顔は蒼白《あおじろ》く、体は冷え切っている。首を押さえる北見の指の隙間から溢《あふ》れ落ちる奈津の血が、小川のように流れた。左手を伸ばし、手を握ってやる。小刻みな痙攣《けいれん》が、はっきりとした死を予感させた。

藤代が立ち上がる。周囲を見渡しながら携帯電話を取り出し、消防を呼び出した。

「ああ、負傷者一名。そう、思居橋のたもとです。思居橋ですよ、矢萩川にかかってる橋の。怪我は切創。首、いや、肩かな。出血がひどい」

藤代の声が遠ざかる。いつの間にか川面《かわも》の靄《もや》は晴れ、浅い流れがはっきりと見えるようになっていた。

川から消えた靄は、今は北見の心を覆い尽くしていた。


北見の手首の怪我も、思ったより重傷だった。太い血管は外れていたが、傷が深い。止血処理をしてもらったが痛みがひどく、指先が痺《しび》れていた。そのまま奈津につき添って救急車に乗りこむ。藤代は現場に残った。これから始まる島尾の捜索の指揮を執るのだろう。島尾も長く逃げ延びることはできないはずだ。あいつには、この街以外に行く場所などないのだから。

奈津の顔の大部分は、酸素マスクに覆い隠されてしまっていた。救急隊員は「最善を尽くす」と約束してくれたが、その言葉はゼロから百までひどく大きな振幅を持って、北見の脳に様々な想像を送りこんだ。横たわる奈津に生気はなく、すでに死んでしまったように見える。北見は彼女の脇に座り、ずっと手を握っていた。そうすれば生き長らえるのではないかと思い、必死に手をさする。

救急車が走り出した。土手を登る坂道は石ころだらけで、車が不安定に左右に揺れる。北見はかすかな吐き気、それに手首の痛みと戦いながら、奈津の手をさすり続けた。

不思議と薬は欲しくない。コカインで精神を研ぎ澄ませる必要もないし、リタリンで安楽な気持ちになりたくもない。睡眠薬はご法度《はっと》だ。今は完全にノーマルな意識のまま、全てを見届けなければならない。それが自分の義務なのだと強く思った。

奈津の手が、北見の手を弱々しく握り返す。傷口が開くように薄く目が開いた。半透明の酸素マスクの下で口が動く。北見は屈《かが》みこみ、彼女の口元に耳を近づけた。

「……取って」

北見は救急隊員の目を盗んで、彼女の口から酸素マスクを外した。ほう、と奈津が小さく息を吐き出す。その顔に、笑顔に近いような表情が浮かんだ。話しづらそうに、何度か舌で唇を舐《な》める。

「赤ちゃんがいるの」

「何だって」

奈津が、震える手を下腹部に伸ばす。

「出流の子どもか」馬鹿な質問だ。北見は、自分を殴り倒したくなった。あるいは、手首の傷をより深く刻んでもいい。異教の戒律に従うように、手首を切り落としてしまってもいいのだ。僕は、それだけの罪を犯しているはずである。

誰かを憎んだことではなく、自分の運命に正面から向き合わなかった罪だ。

「あなたの子なら良かったのにね」奈津が口の両端をきゅっと持ち上げた。瞬間、彼女が誰よりも、何よりも大事だった十七歳の夏が蘇《よみがえ》る。「あんなことにならなかったら、今頃は……」

「もう喋《しゃべ》るな」

「この子が……」奈津が腹をさする。北見は彼女の手に自分の手を重ねた。ほっとしたように、奈津が息を吐き出す。北見はかすかな吐き気を覚えながら、嘘を吐き出した。

「絶対助かるから。子どもも大丈夫だ」

「もちろん」奈津が弱々しい笑みを見せる。「私にはもう、この子しかいないの」

愛し、それと同じだけ憎んでいた今川の子だというのに、それほど大事なのか。北見は辛うじて質問を呑《の》みこみ、無言でうなずいた。今この瞬間、こんなことは訊《き》けない。彼女にも守るべきものがあったのだ。

「あなたは、やり直してね」

「駄目だ」

「あなたは何もしてないのよ。出流を……こんな目に遭わせたのは私たちなんだから。あなたには関係ない」

「いや、僕の責任だ」

「馬鹿言わないで」柔らかい声で奈津が言って、北見の手を握り締める。存外に力強く、生への執念を感じさせた。「あなたはやり直せるわ。もう誰も、あなたの人生を邪魔しない」

「僕はヤク中だ」

「治せばいいわ」

「簡単に言うな」

奈津の喉《のど》が小さく上下した。

「あなたには家族がいるじゃない。素敵な奥さんと、可愛い娘さんが。一人でいじけてちゃ駄目よ。もう、誰もいなくなった……あなただけが残ったんだから。幸せになる権利も義務も、あなたにしかないのよ」

彼女は覚悟している。目を閉じると目の端から涙がこぼれ、蒼白い頰を伝った。

「奈津？」北見は慌てて彼女の手をきつく握り締めた。「奈津、おい、奈津！」

北見の怒鳴り声に、救急隊員が目をむいて振り向く。奈津の酸素マスクが外れているのに気づき「何してるんだ」と声を荒げて北見を押しのけた。北見は救急車の床に尻《しり》から崩れ落ちながら、ぼんやりと奈津を見ていた。君は間違っている。僕もこれから、罪の清算をしなければならないのだ。それに家族を巻きこむことはできない。香織も明日菜も、きっと別の人生を歩いていくだろう。僕なんかと一緒にいない方が、あの二人は幸せになれる。

幸せになる権利。義務。奈津の言葉が脳裏でぐるぐると回る。君と島尾、そして今川の分まで合わせた人生を生きろというのか。自分の人生を再構築することすら覚束ないというのに。

僕に重荷を背負わせないでくれ。

それまで信号をパスして突っ走ってきた救急車がスピードを落とす。病院に着いたのだろう、救急隊員が盛んに無線で誰かとやりあっていた。がたんと段差を乗り越えるショックの後、救急車の速度はさらに落ちた。

北見は素早く立ち上がり、後部のドアを押し開けた。眩《まぶ》しい光が車内に流れこみ、目がくらむ。のろのろと流れるアスファルト目がけて飛び降りた。綺麗《きれい》に着地できずに転び、したたかに膝を打ったが、何とか痛みをこらえて歩き出す。

「おい、どこへ行くんだ！」救急隊員の声が追いかけてくる。その声に蹴飛《けと》ばされるように、北見は走り出した。手首がずきずきと痛み、周囲の光景が溶解して回り出す。病院の敷地を飛び出して、最初に見つけたタクシーに転がりこんだ時には、ほとんど気を失いそうになっていた。

数時間街を彷徨《さまよ》い、北見は結局矢萩川に戻ってきた。野次馬も含めて、すでに人気はない。現場検証も終わったのだろう。河原に腰を下ろすと、途端に眠気と疲労が襲ってきた。包帯を巻いた手首をぎゅっと握ると、激しい痛みに涙がこぼれ、同時に意識がはっきりする。立ち上がり、大きな石に足を取られながら、川に向かってゆっくりと歩いていく。水辺まで来ると、川の流れの複雑なリズムが体を包むのに任せた。そのままゆっくりと歩を進める。水に足を踏み入れた途端、メッシュのスニーカーに、切りこむような冷たさが染みこんだ。スニーカーの甲に残った奈津の血糊《ちのり》が、水の中でゆらゆらと揺れている。

果たせなかった約束を思い出す。七年前、成田空港で今川と交わした約束。帰ってきたらこの場所で会おう——いや、考えてみればその約束は、二十五年前のあの事件の直後にこの場所で交わされたものだったのだ。負けるなよ。また戻ってこような。ふいに今川の言葉が脳裏に蘇る。

記憶のない時期に、あいつとここで会っていたかもしれない。その時僕たちは、どんな言葉を交わしたのだろう。もしかしたら、初めて本音をぶつけ合い、永遠に壊れることのない友情を確認できたのかもしれない。

幾つもの可能性が、分岐点があった。確かに僕たちは子どもだったが、より良い道を選ぶために、何かできたのではないだろうか。その頃は無理でも、長じて何らかの手は打てたはずだ。なのに僕たちは時に流され、じっと苦痛に耐えるだけで、思い切った一歩を踏み出そうとしなかった。

一歩。今はその一歩を踏み出せる。水が足首を覆い、ほどなく脛《すね》の中ほどまでが濡《ぬ》れた。それほど深くないことは分かっている。溺《おぼ》れようと思ってもそう簡単にはいかないだろう。だが僕は、身をもって今川の苦しみを知りたい。彼が感じた孤独を感じ、死を前にした時の苦痛を味わいたい。

解説

吉田《よしだ》伸子《のぶこ》

「男の子には誰でも秘密基地が必要だ」
こんな書き出しで本書の序章は始まる。ここで登場する男の子とは、カズ、イズル、タカ、ミノルの四人。小学四年生の彼らにとっての秘密基地は、河原に捨てられたぼろぼろの車だった。

運転席が特等席で、助手席が二番目。屋根の一部に穴が開いているため、後部座席の右隅は濡《ぬ》れており、その近くの場所は「貧乏席」と呼ばれていた。早い者勝ちで良い席に座ることはせず、「少なくとも四人の仲間のうち三人が揃ってからジャンケンで席順を決める」のが、彼らの恒例の儀式だった。

冒頭のこの部分だけで、彼ら四人の仲が、上下の隔てのない、フラットな気持ちの良い関係であることが分かる。力ずくで特等席を独占する子がいないのだ。グローブボックスやトランクには、家から持ってきたチョコレートやポテトチップス、回し読みするための漫画。ボロくて狭いながらも、そこは少年たちにとっての楽園だった。

けれど、その楽園は一瞬にして崩壊する。ある冬の日、変質者によって、ガソリンをかけられ火を放たれた彼らのうち、逃げ遅れたカズは焼死。イズルはタカとミノルを助けたことで、右腕を喪《うしな》ってしまったのだ。楽園が地獄になったその日、彼らの幸福な少年時代も終わってしまった——。

物語はそこから一転、二十五年後に舞台を移す。一人の男が空っぽの事務所で立ち尽くしている。いつもならラッシュアワーのような騒々しさを呈しているはずの「南多摩《みなみたま》法律事務所」には誰もおらず、まるで廃墟《はいきょ》のような趣さえ漂わせている。男——北見貴《きたみたか》秋《あき》はふらふらと自分のデスクに向かい、そこで自分宛《あて》の封書を見つける。それは、「あなたの所在が分からなくなってから一か月になります」という書き出しで始まる、南多摩法律事務所の職員一同からの辞表だった。

身から出た錆《さび》だとはいえ、職員一同に逃げ出された形となった北見が、自棄酒《やけざけ》をあおっていた時、事務所に一人の女性がやって来る。服部奈津《はっとりなつ》は、高校時代に北見が付き合っていた女性であり、別れて以来疎遠になっていた。そんな彼女が、北見に告げたのは、ある男の死だった。その男の名は今川出流《いまがわいずる》。そう、二十五年前、自らの腕と引き換えに、変質者から自分＝北見貴秋＝タカを救ってくれたイズルだった。

根無し草のように世界を放浪していた出流は、初めて書いた小説が売れて注目を浴び、作家になっていた。その出流が、橋から落ちて溺《おぼ》れ死んだのだという。その橋、思居橋《おもいばし》とは、奇《く》しくも、かつてイズルたちが秘密基地にしていた河原にある橋だった。事故なのか自殺なのかははっきりしないが、警察は自殺の方向で扱うらしい、と。奈津は北見をずっと探していたのだが、北見の妻に聞いても居場所は教えてもらえず、一ヶ月くらい前から事務所も閉まってしまったため、探しあぐねていたところ、たまたま、近くを通りかかったら灯《あか》りが点《つ》いていたので、来てみたらしい。

出流の死だけでも、北見にはショックなことだったが、追い打ちをかけるように、奈津の言葉が北見の耳を打つ。どうして今川と会っていたのか、という北見の問いかけに、奈津はこう答えたのだ。「だって、彼と結婚する予定だったから」。

奈津と北見と出流。高校時代、北見から奈津を奪ったのが出流で、北見の心の奥には、奈津という小石がいつも沈んでいた。お互いに気性の激しいところのある奈津と出流は、別れては寄りを戻すことを繰り返しており、北見はそういう二人の愛憎劇を噂として耳にするだけで、「二人が巻き起こす嵐からはできるだけ距離を置くように努めていた」のだ。

この奈津が北見にもたらした出流の死の知らせから、物語はゆっくりと動き出す。出流と自殺、が結びつかない北見は、独自に出流の死の真相を追うことに。やがて、北見がたどり着いた真実とは――。

本書の大筋を説明すると、こんな感じになるのだが、実際はそんなストレートな物語ではない。何より、主人公である北見のキャラが曲者なのだ。そもそも、どうして北見が二ヶ月ほど姿をくらましていたのかといえば、入院していたからなのだが、では、何の病気で入院していたのか、何故、北見の妻は夫の入院先を秘密にしていたのか、といえば、薬物依存の治療のためで、要するに北見はヤク中だったのである。

しかも、北見自身、どうしてその病院に入院することになったのか、記憶が飛んでいる。誰かに担ぎ込まれたらしいのだが、どういう状況でそんなことになったのか、覚えていないのだ。記憶が飛んでいる、ということはじわじわと北見の首を絞めてくる。もしや、自分は、記憶を失っている間に出流を殺《あや》めてしまったのではないか。

北見がそんなふうに考えてしまうのには理由があって、そのことも物語が進むと次第に明らかになってくるのだが、それよりも何よりも、この北見という男、精神的に脆《もろ》いのである。そもそも薬にハマった理由というのが、弁護士だった父がなくなり、父の事務所の跡を継いだものの、北見自身は司法試験を通ることができず、弁護士にはなれなかった、という負い目があったからだ。弁護士ではない自分が、弁護士事務所を経営する。そのプレッシャーに押しつぶされた挙げ句の、薬物依存なのである。

確かに、弁護士ではないのに弁護士事務所の所長、というのは当事者である北見にとって、コンプレックスを肥大化させる要因ではあっただろう。北見の言うことを信じるならば、事務所の弁護士たちにも、弁護士資格のない北見に対して〝見下した感〟があったのもしれない。でも、北見自身にもベースとして、〝どうせ自分は弁護士ではないし〟という卑屈さがあるのだ。その卑屈さが、物語の随所に顔をのぞかせるものだから、読んでいて北見に対してイラついてしまう。

おまけに、物語の途中、途中で、どうやら出流が書いたと思しき小説の断片が挿入されて、頭の中には？マークが積み重なっていく。それが、中盤あたりから、一気に？が！に変わり始めると、そこから先はページを繰る手が止められなくなる。

出流が自分の腕と引き換えに助けたもう一人の男、ミノル＝島尾豊《しまおみのる》の日常──親から受け継いだ店をコンビニにし、文字通り、身を粉にして働いているものの、決して楽な生活ではない──や、胸の奥に小石のように沈んだままになっている奈津に対する北見の想い、亡くなった父の親友で、北見も可愛がってもらっていた刑事の藤代《ふじしろ》が、娘離れができない妻が鬱《うつ》状態にあることへの屈託を抱えていること、等々、細部がしっかりと描かれていることで、物語の終盤、出流の死の謎に収斂《しゅうれん》していくさまを、読み重りのあるものにしている。

心が折れがちな北見を、余計な口出しを控えて支える北見の妻・香織《かおり》と、幼い娘である明日菜《あすな》の無邪気さが、物語の要所、要所で救いになっているのもいい。脆さを抱えた北見が、最後の最後に持ちこたえる鍵《かぎ》が、そこにある。

本書は作者の作品群の中では異色な一冊に違いないのだが、一人の男の脆さをさらけ出し、そこから再生の兆しまでを描き上げたという点では、間違いなく本書もまた堂場《どうば》さんならではの物語なのである。

本作は、二〇〇九年十一月に中公文庫から刊行されました。

本書はフィクションであり、登場する人物・団体など架空のものであり、現実のものとは関係ありません。

約《やく》束《そく》の河《かわ》

堂《どう》場《ば》瞬《しゅん》一《いち》

令和元年 6月25日 初版発行

発行者●郡司 聡

発行●株式会社KADOKAWA
〒102-8177 東京都千代田区富士見2-13-3
電話 0570-002-301(チビダイヤル)

角川文庫 21672

印刷所●旭印刷株式会社
製本所●株式会社ビルディング・ブックセンター

表紙画●和田三造

ISBN 978-4-04-106743-7 C0193

◇◇◇

角川文庫発刊に際して

角川源義

第二次世界大戦の敗北は、軍事力の敗北であった以上に、私たちの若い文化力の敗退であった。私たちの文化が戦争に対して如何に無力であり、単なるあだ花に過ぎなかったかを、私たちは身を以て体験し痛感した。西洋近代文化の摂取にとって、明治以後八十年の歳月は決して短かすぎたとは言えない。にもかかわらず、近代文化の伝統を確立し、自由な批判と柔軟な良識に富む文化層として自らを形成することに私たちは失敗して来た。そしてこれは、各層への文化の普及滲透を任務とする出版人の責任でもあった。

一九四五年以来、私たちは再び振出しに戻り、第一歩から踏み出すことを余儀なくされた。これは大きな不幸ではあるが、反面、これまでの混沌・未熟・歪曲の中にあった我が国の文化に秩序と確たる基礎を齎らすためには絶好の機会でもある。角川書店は、このような祖国の文化的危機にあたり、微力をも顧みず再建の礎石たるべき抱負と決意とをもって出発したが、ここに創立以来の念願を果すべく角川文庫を発刊する。これまで刊行されたあらゆる全集叢書文庫類の長所と短所とを検討し、古今東西の不朽の典籍を、良心的編集のもとに、廉価に、そして書架にふさわしい美本として、多くのひとびとに提供しようとする。しかし私たちは徒らに百科全書的な知識のジレッタントを作ることを目的とせず、あくまで祖国の文化に秩序と再建への道を示し、この文庫を角川書店の栄ある事業として、今後永久に継続発展せしめ、学芸と教養との殿堂として大成せんことを期したい。多くの読書子の愛情ある忠言と支持とによって、この希望と抱負とを完遂せしめられんことを願う。

一九四九年五月三日

角川文庫ベストセラー

天国の罠　堂場瞬一
ジャーナリストの広瀬隆二は、代議士の今井から娘の香奈の行方を捜してほしいと依頼される。彼女の足跡を追ううちに明らかになる男たちの影と、隠された真実とは。警察小説の旗手が描く、社会派サスペンス！

逸脱　捜査一課・澤村慶司　堂場瞬一
10年前の連続殺人事件を模倣した、新たな殺人事件。県警を嘲笑うかのような犯人の予想外の一手。県警捜査一課の澤村は、上司と激しく対立し孤立を深める中、単身犯人像に迫っていくが……。

歪　捜査一課・澤村慶司　堂場瞬一
長浦市で発生した2つの殺人事件。無関係かと思われた事件に意外な接点が見つかる。容疑者の男女は高校の同級生で、事件直後に故郷で密会していたのだ。県警捜査一課の澤村は、雪深き東北へ向かうが……。

執着　捜査一課・澤村慶司　堂場瞬一
県警捜査一課から長浦南署への異動が決まった澤村。その赴任署にストーカー被害を訴えていた竹山理彩が、出身地の新潟で焼死体で発見された。澤村は突き動かされるようにひとり新潟へ向かったが……。

黒い紙　堂場瞬一
大手総合商社に届いた、謎の脅迫状。犯人の要求は現金10億円。巨大企業の命運はたった1枚の紙に委ねられた。警察小説の旗手が放つ、企業謀略ミステリ！

角川文庫ベストセラー

感傷の街角　大沢在昌

早川法律事務所に所属する失踪人調査のプロ佐久間公がボトル一本の報酬で引き受けた仕事は、かつて横浜で遊んでいた〝元少女〟を捜すことだった。著者23歳のデビューを飾った、青春ハードボイルド。

漂泊の街角　大沢在昌

佐久間公は芸能プロからの依頼で、失踪した17歳の新人タレントを追ううち、一匹狼のもめごと処理屋・岡江から奇妙な警告を受ける。大沢作品のなかでも屈指の人気を誇る佐久間公シリーズ第2弾。

追跡者の血統　大沢在昌

六本木の帝王の異名を持つ悪友沢辺が、突然失跡した。沢辺の妹から依頼を受けた佐久間公は、彼の不可解な行動に疑問を持ちつつ、プロのプライドをかけて解明を急ぐ。佐久間公シリーズ初の長編小説。

天使の牙（上）（下）　大沢在昌

新型麻薬の元締め〈クライン〉の独裁者の愛人はつみが警察に保護を求めてきた。護衛を任された女刑事・明日香ははつみと接触するが、銃撃を受け瀕死の重体に。そのとき奇跡は二人を〝アスカ〟に変えた！

天使の爪（上）（下）　大沢在昌

麻薬密売組織「クライン」のボス、君国の愛人の体に脳を移植された女刑事・アスカ。かつて刑事として活躍した過去を捨て、麻薬取締官として活躍するアスカの前に、もう一人の脳移植者が敵として立ちはだかる。

角川文庫ベストセラー

夏からの長い旅　大沢在昌

最愛の女性、久邇子と私の命を狙うのは誰だ？　第二の事件が起こったとき、忘れようとしていたあの夏の出来事が蘇る。運命に抗う女のために、下ろすことのできない十字架を背負った男の闘いが始まる！

シャドウゲーム　大沢在昌

シンガーの優美は、首都高で死亡した恋人の遺品の中から〈シャドウゲーム〉という楽譜を発見した。事故から恋人の足跡を遡りはじめた優美は、彼に楽譜を渡した人物もまた謎の死を遂げていたことを知る。

六本木を1ダース　大沢在昌

日曜日の深夜0時近く。人もまばらな六本木で私を呼び止めた女がいた。そして行きつけの店で酒を飲むうちに、どこかに置いてきた時間が苦く解きほぐされていく。六本木の夜から生まれた大人の恋愛小説集。

眠りの家　大沢在昌

学生時代からの友人潤木と吉沢は、千葉・外房で奇妙な円筒形の建物を発見し、釣人を装い調査を始めたが……表題作のほか、不朽の名作「ゆきどまりの女」を含む全六編を収録。短編ハードボイルドの金字塔。

一年分、冷えている　大沢在昌

人生には一杯の酒で語りつくせぬものなど何もない。それぞれの酒、それぞれの時間、そしてそれぞれの人生。街で、旅先で聞こえてくる大人の囁きをリリカルに綴ったとっておきの掌編小説集。

角川文庫ベストセラー

烙印の森　大沢在昌

私は犯罪現場専門のカメラマン。特に殺人現場にこだわるのは、〝フクロウ〟と呼ばれる殺人者に会うためだ。その姿を見た生存者はいない。何者かの襲撃を受けた私は、本当の目的を果たすため、戦いに臨む。

ウォームハート　コールドボディ　大沢在昌

ひき逃げに遭った長生太郎は死の淵から帰還した。実験台として全身の血液を新薬に置き換えられ「生きている死体」として蘇ったのだ。それでもなお、愛する女性を思う気持ちが太郎をさらなる危険に向かわせる。

B・D・T［掟の街］　大沢在昌

不法滞在外国人問題が深刻化する近未来東京、急増する身寄りのない混血児「ホープレス・チャイルド」が犯罪者となり無法地帯となった街で、失跡人を捜す私立探偵ヨヨギ・ケンの前に巨大な敵が立ちはだかる！

悪夢狩り　大沢在昌

未完成の生物兵器が過激派環境保護団体に奪取され、その一部がドラッグとして日本の若者に渡ってしまった。フリーの軍事顧問・牧原は、秘密裏に事態を収拾するべく当局に依頼され、調査を開始する。

未来形J　大沢在昌

その日、四人の人間がメッセージを受け取った。四人はイタズラかもしれないと思いながらも、指定された公園に集まった。そこでまた新たなメッセージが……差出人「J」とはいったい何者なのか？

角川文庫ベストセラー

秋に墓標を　(上)(下)　大沢在昌

都会のしがらみから離れ、海辺の街で愛犬と静かな生活を送っていた松原龍。ある日、龍は浜辺で一人の見知らぬ女と出会う。しかしこの出会いが、龍の静かな生活を激変させた……！

魔物　(上)(下)　大沢在昌

麻薬取締官・大塚はロシアマフィアと地元やくざとの麻薬取引の現場を押さえるが、運び屋のロシア人は重傷を負いながらも警官数名を素手で殺害し逃走。その超人的な力にはどんな秘密が隠されているのか？

ブラックチェンバー　大沢在昌

警視庁の河合は〈ブラックチェンバー〉と名乗る組織にスカウトされた。この組織は国際犯罪を取り締まり奪ったブラックマネーを資金源にしている。その河合たちの前に、人類を崩壊に導く犯罪計画が姿を現す。

アルバイト・アイ 命で払え　大沢在昌

冴木隆は適度な不良高校生。父親の涼介はずぼらで女好きの私立探偵で凄腕らしい。そんな父に頼まれて隆はアルバイト探偵として軍事機密を狙う美人局事件や戦後最大の強請屋の遺産を巡る誘拐事件に挑む！

アルバイト・アイ 毒を解け　大沢在昌

「最強」の親子探偵、冴木隆と涼介親父が活躍する大人気シリーズ！　毒を盛られた涼介親父を救うべく、東京を駆ける隆。残された時間は48時間。調毒師はどこだ？　隆は涼介を救えるのか？

角川文庫ベストセラー

アルバイト・アイ
王女を守れ
大沢在昌

冴木涼介、隆の親子が今回受けたのは、東南アジアの島国ライールの17歳の王女の護衛。王位を巡り命を狙われる王女を守るべく二人はある作戦を立てるが、王女をさらわれてしまい…隆は王女を救えるのか？

アルバイト・アイ
諜報街に挑め
大沢在昌

冴木探偵事務所のアルバイト探偵、隆。車にはねられ気を失った隆は、気付くと見知らぬ町にいた。そこには会ったこともない母と妹まで…！　謎の殺人鬼が徘徊する不思議の町で、隆の決死の闘いが始まる！

アルバイト・アイ
誇りをとりもどせ
大沢在昌

莫大な価値を持つ「あるもの」を巡り、右翼の大物、ネオナチ、モサドの奪い合いが勃発。争いに巻き込まれた隆は拷問に屈し、仲間を危険にさらしてしまう。死の恐怖を越え、自分を取り戻すことはできるのか？

アルバイト・アイ
最終兵器を追え
大沢在昌

伝説の武器商人モーリスの最後の商品、小型核兵器が行方不明に。都心に隠されたという核爆弾を探すために駆り出された冴木探偵事務所の隆と涼介は、東京に裁きの火を下そうとするテロリストと対決する！

生贄のマチ
特殊捜査班カルテット
大沢在昌

家族を何者かに惨殺された過去を持つタケルは、クチナワと名乗る車椅子の警視正からある極秘のチームに誘われ、組織の謀略渦巻くイベントに潜入する。孤独な潜入捜査班の葛藤と成長を描く、エンタメ巨編！

角川文庫ベストセラー

解放者 特殊捜査班カルテット2

大沢在昌

特殊捜査班が訪れた薬物依存症患者更生施設が、何者かに襲撃された。一方、警視正クチナワは若者を集めたゲリライベント「解放区」と、破壊工作を繰り返す一団に目をつける。捜査のうちに見えてきた黒幕とは？

十字架の王女 特殊捜査班カルテット3

大沢在昌

国際的組織を率いる藤堂と、暴力組織〝本社〟の銃撃戦に巻きこまれ、消息を絶ったカスミ。助からなかったのか、父の下で犯罪者として生きると決めたのか。行方を追う捜査班は、ある議定書の存在に行き着く。

標的はひとり 新装版

大沢在昌

かつて極秘機関に所属し、国家の指令で標的を消していた男、加瀬。心に傷を抱え組織を離脱した加瀬に来た〝最後〟の依頼は、一級のテロリスト・成毛を殺す事だった。緊張感溢れるハードボイルド・サスペンス。

眠たい奴ら 新装版

大沢在昌

破門寸前の経済やくざ高見は逃げ込んだ温泉街で警察嫌いの刑事月岡と出会う。同じ女に惚れた2人は、政治家、観光業者を巻き込む巨大宗教団体の跡目争いの渦中へ……はぐれ者コンビによる一気読みサスペンス。

冬の保安官 新装版

大沢在昌

ある過去を持ち、今は別荘地の保安管理人をする男。冬の静かな別荘で出会ったのは、拳銃を持った少女だった（表題作）。大沢人気シリーズの登場人物達が夢の共演を果たす「再会の街角」を含む極上の短編集。

角川文庫ベストセラー

軌跡

今野　敏

目黒の商店街付近で起きた難解な殺人事件に、大島刑事と湯島刑事、そして心理調査官の島崎が挑む。（「老婆心」より）警察小説からアクション小説まで、文庫未収録作を厳選したオリジナル短編集。

熱波

今野　敏

内閣情報調査室の磯貝竜一は、米軍基地の全面撤去を前提にした都市計画が進む沖縄を訪れた。だがある日、磯貝は台湾マフィアに拉致されそうになる。政府と米軍をも巻き込む事態の行く末は？　長篇小説。

陰陽
鬼龍光一シリーズ

今野　敏

若い女性が都内各所で襲われ惨殺される事件が連続して発生。警視庁生活安全部の富野は、殺害現場で謎の男・鬼龍光一と出会う。祓師だという鬼龍に不審を抱く富野。だが、事件は常識では測れないものだった。

憑物
鬼龍光一シリーズ

今野　敏

渋谷のクラブで、15人の男女が互いに殺し合う異常な事件が起きた。さらに、同様の事件が続発するが、その現場には必ず六芒星のマークが残されていた……警視庁の富野と祓師の鬼龍が再び事件に挑む。

豹変

今野　敏

世田谷の中学校で、3年生の佐田が同級生の石村を刺す事件が起きた。だが、取り調べで佐田は何かに取り憑かれたような言動をして警察署から忽然と消えてしまった——。異色コンビが活躍する長篇警察小説。